DIE WÖLFE DES X-CLANS

Andorra Sektor
Das Experiment
Pfeil des Winters
Bariloche Sektor

I0691519

Ich war gerade dabei, meiner Wand den letzten Schliff zu verpassen, als sie sich öffnete und Alpha Sven mit einem weiteren Tablett voller Essen hereinkam. Er stellte es in unser Nest, woraufhin ich verärgert knurrte. Ich nahm das Tablet und warf es mit einem leisen, warnenden Knurren auf den Boden.

Essen gehört nicht ins Nest!, schrie ich in Gedanken.

„*Kari.*" In einer spürbaren Welle strömte die Wut darüber aus ihm heraus, die meine innere Wölfin aus der Fassung brachte. Aber ich wich nicht zurück. Er hatte versucht, mein Nest mit *Fisch* und − ich schnupperte − Rindfleisch zu beschmutzen.

Ich warf ihm einen finsteren Blick zu, ohne mich darum zu scheren, dass das Essen nun auf dem Boden lag. Besser der Boden als meine Laken.

„Du wirst *essen*", forderte er.

Ich schnaubte. Das hatte nichts mit meinem Essen zu tun, sondern damit, dass er unser Nest nicht respektierte.

„Ich meine es ernst", sagte er mit eiskaltem Tonfall und sein Schnurren war längst verstummt. „Ich bin fertig mit dieser Selbstverletzungssache."

Er wollte über Selbstverletzung reden? Er hatte versucht, mir *Essen* ins *Nest* zu legen. „Du bist ein schrecklicher Alpha." Er sollte es besser wissen, als einen so geschätzten Raum zu zerstören. *Mein Nest.* Das war etwas, das ich nie zuvor besessen hatte. Vielleicht war es Teil seines Spiels − dieser Wunsch, mir das Gefühl zu geben, zu Hause zu sein, aber ich war weder zu Hause noch sicher und stand völlig unter seiner Kontrolle.

Mein Herz setzte einen Schlag aus.

Ja.

Das war der Sinn dieser Lektion gewesen. Er hatte mir

erlaubt, mich ein paar Tage lang wie im Himmel zu fühlen, nur um es mir dann wieder wegzunehmen.

„Ein *schrecklicher* Alpha?" Sein Zorn durchzuckte meine Sinne und brachte meinen inneren Aufruhr zum Schweigen.

Hatte ich ihn so genannt? Ich konnte mich nicht erinnern. Ich war zu sehr auf mein Nest und die Situation konzentriert und … *warum verhalte ich mich so?* Ich war noch nie territorial gewesen. Und ich wusste es besser, als dieses Bett als meins zu betrachten, geschweige denn als mein Nest anzusehen.

„Ich habe dich gebadet, gefüttert, für dich geschnurrt, dir Wärme und Schutz geboten, und du hältst mich für einen *schrecklichen Alpha?*" Seine Stimme steigerte sich zu einem lauten Brüllen, das mich im Nest einsinken ließ und allein aus Instinkt rief ich nach meinem Wolf. Fell spross über meine Haut und versetzte mich schneller in meine Wolfsgestalt, als ich erwartet hatte.

Aufgrund der Ernährung, erkannte ich.

Ich fühlte mich bereits stärker, und Alpha Sven hatte mir Trost und Essen gegeben.

Ein wütendes Knurren folgte auf meine Verwandlung, und der Alpha war wütender, als ich ihn je erlebt hatte. „Du wirst dich jetzt sofort zurückverwandeln", befahl er. „Oder, so wahr mir Gott helfe, Kari, du wirst die Konsequenzen *nicht* mögen."

BARILOCHE SEKTOR

DIE WÖLFE DES X-CLANS

LEXI C. FOSS

Bariloche Sektor - English: Bariloche Sector

Copyright © 2021 Lexi C. Foss

Korrekturlesung: Jasna Michalak

Umschlagdesign: Jay R. Villalobos

Cover-Modelle: Kristen & Mason

Cover-Fotografie: CJC Photography

Herausgegeben von: Ninja Newt Pubilshing, LLC

Deutsche Übersetzung: Well Read Translations

eBook: 978-1-68530-010-4

Taschenbuch:

ISBN: 978-1-68530-012-8

❀ Erstellt mit Vellum

BARILOCHE SEKTOR

DIE WÖLFE DES X-CLANS

BARILOCHE SEKTOR

DIE WÖLFE DES X-CLANS

Im Leben gibt es eine Menge Unterdrückung und Gewalt.
Und am Ende gibt es nur den Tod.

Kari Zamora

Mein Vater versklavte mich. Ruinierte mich. Verkaufte
mich. Ließ mich zurück, um zu leiden.
Bis *er* mich rettete.

Alpha Sven Mickelson vom Nordsektor behauptet, mein
Retter zu sein. Er will, dass ich lebe und schwört, mich zu
beschützen. Aber ich weiß, dass man Alphas nicht trauen
kann. Alles, was er will, ist sich mit mir zu paaren, um
mich zu besitzen und mich zu seiner zu machen.

Niemanden kümmert es, was ich will. Aber das werden sie
noch, denn ich habe einen Plan.
Einen, den niemand kommen sehen wird.
Und wenn sie merken, dass ich weg bin, wird es zu spät
sein, um mich zu verfolgen.

Sven Mickelson

Meine Bestimmung ist es, zu führen. Zu besitzen. Ich bin
ein Alpha von bedeutendem Geburtsrecht und ich bin

bereit, einzufordern, was mir gehört. Nur sie verweigert sich mir weiterhin.

Omega Kari ist gebrochen. Zerstört. Ein Weibchen, das von denen zerfetzt wurde, denen sie am meisten vertraut hat. Ich bin der Einzige, der sie wieder heilen kann – wenn sie mich lässt.

Sie denkt, ich würde ihre Abneigung nicht spüren, aber ich spüre die Kämpferin, die unter ihrem Fell lauert. Ich fordere sie heraus. Denn wenn sie das tut, werde ich endlich meinen Anspruch geltend machen können.

Also los, kleine Wölfin.
Versuch zu rennen.
Ich werde dich nicht weit kommen lassen.
Und gemeinsam werden wir den Bariloche Sektor bis auf den Grund niederbrennen.

Hinweis: Dies ist eine eigenständige Werwolf-Romanze mit Omegaverse- und dystopischen Elementen. Bitte lesen Sie die Warnung der Autorin, da diese Geschichte deprimierendes Material enthält.

EINE NACHRICHT VON

LEXI

Dieses Buch könnte eines der schwierigsten sein, das ich je geschrieben habe. Es war nicht die Geschichte, mit der ich so sehr zu kämpfen hatte, sondern Karis Stimme. Sie klingt so unglaublich zerbrechlich. Sie hat mich an einen so dunklen Ort geführt, vielleicht an den dunkelsten, den ich je in meinem eigenen Kopf aufgesucht habe. Es war eine deprimierende Erfahrung, aber sie entwickelte sich zu einer Geschichte voller Schönheit und Stärke.

Dennoch halte ich es für wichtig, die Leser zu warnen, dass dieses Buch emotional sehr belastend ist. Kari befindet sich zu Beginn ihrer Geschichte mitten in einer Depression, und das spürt man beim Lesen. Sie ist selbstmordgefährdet, gebrochen und hoffnungslos. Wenn Sie mit traurigen Gefühlen zu kämpfen haben oder sich leicht von depressivem Material beeinflussen lassen, würde ich es mir noch einmal überlegen, dieses Buch zu lesen. Sie können auch mit dem zweiten Teil anfangen, wo ihr Genesungsprozess beginnt.

Dies ist eine Geschichte über Wachstum, Stärke und Kraft. Damit Kari die Wölfin werden kann, die sie sein sollte, muss sie mit ihrer Vergangenheit abschließen.

Während andere Bücher dieser Reihe das Thema der zweifelhaften Einwilligung beinhalten, konzentriert sich dieses Buch auf die nährenden Aspekte einer heilenden Beziehung. Es gibt starke Elemente des Zwangs und des Widerspruchs in Karis Vergangenheit, aber dieses Buch konzentriert sich mehr auf ihre Gegenwart und Zukunft.

Sven ist also eine andere Art von Alpha. Er ist rücksichtsvoll und besorgt, und obwohl er Kari auf seine Weise unter Druck setzt, ist er dabei respektvoller als andere Alphas dieser Welt. Er ist das, was Kari braucht, auch wenn sie es nicht zugeben will.

Diese Geschichte hat mir das Herz gebrochen. Aber am Ende war es den Schmerz wert.

Ich hoffe, dass Ihnen der letzte Teil der X-Clan-Reihe gefällt. Und hoffentlich werden wir uns wiedersehen, wenn ich die V-Clan-Sektoren dieser Welt vorstelle.

Fühlen Sie sich gedrückt,
Lexi

Haftungsausschluss: Dieses Buch enthält depressive Inhalte, einschließlich Selbstmordgedanken, Szenen der Selbstverletzung und Hoffnungslosigkeit. Dieses Buch ist möglicherweise nicht für Leser geeignet, die auf depressive Inhalte reagieren.

PROLOG

EINE WARNUNG VON KARI

Meine Welt ist ein Albtraum.

Ich bin ein unfruchtbares Omega-Weibchen, weil mein Vater nicht wollte, dass ich mich paare. Also verwandelte er mich in ein Wesen, das nur für männliches Vergnügen benutzt wird.

Alphas haben mich genommen.

Sie haben mich missbraucht.

Sie haben mich gequält.

Sie haben mich gebrochen.

Ich weiß nicht mehr, wie ich jemandem vertrauen oder wie ich weiterleben soll.

Meine Geschichte ist grausam und nichts für schwache Nerven.

Ein Happy End gibt es in diesem Leben nicht. Nur Schmerz, Leid und Machtmissbrauch.

Vielleicht werde ich eines Tages entkommen.

Aber heute ist nicht dieser Tag.

Morgen wahrscheinlich auch nicht.

Sven Mickelson verspricht, mir zu helfen. Ich glaube ihm aber nicht. Ich weiß, was er wirklich will – eine gehorsame, kleine Omega, die bereit ist, seinen Knoten zu ertragen. Er wird mir keine Wahl lassen. Er wird mich nehmen, weil er es kann.

Die Alphas sind alle gleich.

Sie sind dunkle, seelenlose Wesen, die nur den Wunsch haben, sich fortzupflanzen.

Mein Vater hat dafür gesorgt, dass das nie passieren wird.

Jetzt bin ich also nur noch eine kleine Fick-Omega.

Ich habe vor langer Zeit gelernt, wo mein Platz ist.

Nichts wird sich ändern.

Denn dieses Leben ist nicht gütig, es ist brutal.

Alphas sind dominant und führen. Betas arbeiten für sie, um die Gesellschaft aufrechtzuerhalten. Und Omegas sind die wertvollen Juwelen, die seltenen Wesen, die sich Alphas als Partnerin nehmen, um die X-Clan-Rasse zu vermehren.

Aber das ist nicht meine Geschichte.

Ich bin eine Omega mit einer unbrauchbaren Gebärmutter. Es gibt nur ein Schicksal für mich. Und das ist sicherlich nicht das der Hingabe oder der Liebe.

Ich habe euch gewarnt.

TEIL I

SKANDINAVISCHE SEKTOREN

KARI

WINTERSEKTOR

Noch eine Nacht. Das war es dann. Wenn ich das überlebe, werde ich … Ich brach bei dem Gedanken ab, weil ich nicht wusste, wie ich meine Zukunft beschreiben sollte. Mein Leben lag in den Händen von Alpha Enrique. Ich würde nicht frei sein. Ich würde immer noch Schmerzen ertragen müssen, aber es konnte nicht schlimmer sein als im Bariloche Sektor.

Die Sensoren, die an meinen erogenen Zonen vibrierten, ließen etwas anderes vermuten. Sie erinnerten mich eklatant an meine Aufgabe in dieser Welt.

Eine Omega zum Ficken für Alphas.

Mein Wohlbefinden und mein Vergnügen waren ihnen völlig egal. Es ging immer nur um ihre Befriedigung.

Das Heulen hallte in meinem Käfig wider und ließ mir einen Schauer der Grausamkeit über den Rücken laufen. Mein Magen kribbelte und meine Schenkel verkrampften sich. Meine Erregung durchdrang die Luft.

Die Vibrationen nahmen zu, trieben meine Erregung in die Höhe und schickten Blitze durch meinen Körper. Es brannte … pochte und pulsierte. Es *tat weh*.

Noch eine Nacht, sagte ich mir noch einmal und wollte mich damit beruhigen. *Ich kann damit umgehen …*

Und dann erhob sich ein wütendes Knurren über alle anderen Stimmen und ließ mir alle Härchen an meinen Armen zu Berge stehen. Es spritzte Blut auf den Boden, als die Alphas miteinander kämpften. Sie hatten alle ein Ziel vor Augen – *mich* zu besitzen.

Sie würden sich abwechseln – einer nach dem anderen, bis ich nur noch ein Häufchen Elend sein würde.

Diese Vibrationen hatten mich so stark stimuliert, dass ich fast in die Brunst geraten war, was alle Alphas um mich herum dazu brachte, um mich zu kämpfen.

Wer würde die Barriere zuerst durchbrechen?

Würde er die Beherrschung verlieren, sodass ich dieses Mal tatsächlich sterben könnte?

Würden zwei von ihnen gleichzeitig versuchen, in mich einzudringen?

Ich erschauderte und erinnerte mich an das Bild meiner Schwester, die erst letzte Woche fast zu Tode geknotet worden war. Ihr Gefährte war getötet worden und hatte sie als eine Omega zurückgelassen, die nur noch einen Zweck hatte – einen Knoten zu akzeptieren.

Mir fielen die Augen zu.

Bin ich am Leben? Das habe ich mich diese Woche zum tausendsten Mal gefragt. *Oder hast du endlich den Frieden gefunden?*

Ich habe mich oft gefragt, wie der Tod wohl sein würde. Ruhig. Sanft. Alle Grausamkeiten vergessen. Die ultimative Flucht.

Nein, knurrte mein innerer Wolf, schickte mir einen Ruck durch den Körper und holte mich in die Gegenwart zurück. Meine Beine zitterten vor Verlangen, mein Körper flehte diese Alphas an, sich zu nehmen, was ihnen gehörte, um mich zu erlösen.

Es war ein falsches Versprechen. Egal, wie sehr sie sich bemühten, ich würde immer unbefriedigt bleiben, wegen dem, was *er* mir angetan hatte.

Ein Knoten verursachte nur noch mehr Qualen.

Die Alphas würden es nicht bemerken. Sie würden belohnt werden und das war das Einzige, was für sie zählte.

Beim nächsten lauten Brüllen rollte ich mich zusammen. Der Kampf war zu Ende.

Ich hatte mir nicht einmal die Mühe gemacht, nachzusehen, wer gewonnen hatte. Ich hatte auch nicht zugehört, als die Alpha-Königin sich an die Kandidaten wandte, um zu sagen, was als Nächstes kam.

Ich wusste es bereits.

Sie wechselten sich in der Reihenfolge vom Stärksten zum Schwächsten ab, um sicherzustellen, dass die besten Alphas im Raum mich benutzt hatten, solange ich noch bei Bewusstsein war.

Es hatte für mich gut funktioniert. Die Stärksten waren immer die Grausamsten und ich verlor so das Bewusstsein.

Ich würde es bald vergessen. Ich musste nur aushalten. Überleben. Warten.

Die Vibration, die über meine Klitoris schlich, stimulierte mich weiterhin und sorgte dafür, dass mein Körper demjenigen, der mich zuerst nahm, einen reibungslosen Zugang bot.

Meine Brustwarzen stellten sich als Beweis des Interesses auf.

Das alles waren hervorgerufene Reaktionen meines Körpers. Omegas wurden geboren, um den Knoten zu akzeptieren, um als Sklaven zu dienen, die gefickt und nach Belieben eines Alphas benutzt werden konnten.

Die Betas sahen tatenlos zu und zogen es stattdessen vor, die gesellschaftlichen Normen aufrechtzuerhalten, indem sie das taten, was sie jeden Tag taten – verdammt noch mal.

Und Alphas regierten und führten an.

Nun, nicht alle Alphas, nur die Stärksten. Die anderen waren Krieger, die den Anführer unter ihnen beschützten.

Nach dem wenigen, was ich vom Wintersektor gesehen hatte, schien diese Kolonie hauptsächlich aus Betas zu bestehen. Das erklärte, warum Alpha Enrique rekrutiert worden war, um in die Reihen von Alpha Vanessa einzutreten. Sie brauchte einen Stellvertreter, jemanden, der ihr den Rücken frei hielt und ihr auf Abruf zur Verfügung stand.

Der Alpha des Bariloche Sektors hatte mir gesagt, dass ich das Geschenk von Alpha Enrique für seinen Dienst sein sollte. Er hatte mir gesagt, ich solle eine gute Omega sein und alles tun, was von mir verlangt wurde. Im Gegenzug dafür würde er mir vielleicht eines Tages das Schicksal meiner Schwester verraten.

Es war alles eine Lüge.

Ich hatte vor langer Zeit gelernt, dass man sich nie auf das Wort eines Alphas verlassen sollte.

Aber Alpha Enrique gab mir Hoffnung. Er war nicht wie die anderen. Er war immer … freundlicher als die anderen Alphas. Unterstützend, sogar interessiert. Er verlor sich nie in Wutausbrüchen. Er hatte mich sogar gehalten und getröstet, als ich geweint hatte.

Das Geräusch des Motors versetzte meine Instinkte in höchste Alarmbereitschaft, als sich der Käfig zu heben begann.

Es ist Zeit, dachte ich wie betäubt und versuchte erfolglos, die Augen zu schließen.

Die Alphas, die mich umringten, brüllten furchteinflößend. Ihr Instinkt, etwas einzufordern, übernahm die Vernunft und trieb sie alle auf mich zu.

Einer bahnte sich einen Weg durch die Massen. Seine blauen Augen waren die eines Wolfes mit eisiger Entschlossenheit. Er vernichtete jeden, der sich ihm in den Weg stellte, und die Wut, die in seine Gesichtszüge gemeißelt war, ließ mein Herz mehrere Schläge aussetzen.

Er wird mich in Stücke reißen, wurde mir klar, als ich seine Größe und sein wildes Knurren bemerkte. Dieser Gedanke war mir schon mehrmals durch den Kopf gegangen, aber bei diesem Alpha wurde er noch realer.

Er strahlte eine Dominanz aus, die ich tief in meiner Seele spürte und die meinen inneren Wolf wimmern ließ. Ich verspürte sofort den Zwang, mich seinen Bedürfnissen zu unterwerfen und ihm zu erlauben, alles zu tun, was er wollte.

Die anderen Männchen versuchten zuerst, mich zu erreichen, aber ihre Knochen brachen unter seinem Zorn und dem Knurren eines anderen.

Ich presste meine Beine zusammen, sowohl aus Bedürfnis als auch aus Angst.

Es war nicht nur ein Mann, der es auf mich abgesehen hatte, sondern zwei.

Und nach dem, was ich über ihre Vorgehensweise erahnen konnte, waren sie von gleicher Stärke und Statur.

Wenn sie beide gleichzeitig in mich eindringen … Ich brach den Gedanken ab und war unfähig, mir das Szenario vorzustellen. Es würde anders sein als alles, was ich bisher durchgemacht hatte und würde mich zerbrechen, bevor ich überhaupt einmal Luft holen könnte.

Alpha Enriques Knurren traf auf meine Ohren. Seine Wut über die sich zuspitzende Situation war offensichtlich. *Er weiß, dass ich sterben werde.* Ich versuchte, meine Aufmerksamkeit auf ihn zu lenken, um ihm mit meinen Augen zu sagen, dass ich mein Schicksal akzeptierte, aber plötzlich spürte ich starke Hände um meine Taille, bevor ich dazu die Kraft aufbringen konnte.

Meine Wölfin ergab sich sofort und überließ sich dem viel stärkeren Alpha. Er hatte mich jetzt in seinen Klauen. Ich konnte nichts anderes tun, als zu versuchen, es zu überleben.

Ich konnte nicht sagen, wer mich hielt, und ich zwang mich, nicht hinzusehen. Seine Hitze umhüllte meine klamme Haut und ließ mich aufstöhnen, während die Vibrationen an meinen Genitalien meine Lust weiter steigerten.

Er drückte meinen Kopf an seine Brust und sprintete durch die Menge. Er suchte einen sicheren Platz, um seine Beute zu besteigen.

Ich schloss die Augen und wollte an eine schöne Erinnerung denken, was mir ermöglichte, dem Schrecken zu entkommen, von dem ich wusste, dass er nun kommen würden.

Nur gefühlt einen Herzschlag später traf eisige Luft auf meine heiße Haut und brachte mich dazu, die Augen zu öffnen.

Er will mich draußen verknoten? Im Schnee?

Ich jammerte ein wenig, denn ich mochte den Gedanken überhaupt nicht, wie kalt sich das anfühlen würde. Wahrscheinlich würde er mich danach zum Sterben zurücklassen.

Und was ist mit dem zweiten Alpha passiert?, fragte ich mich verwundert.

Ich konnte das Heulen und Knurren hinter uns hören, als dieser Alpha mit mir wegrannte. Er war zu schnell für die anderen Alphas. Zu stark und zu *dominant*.

Schließlich wurde er langsamer. Ich zitterte in seinen Armen aus einer verworrenen Mischung aus Furcht und Vorfreude.

Ich brauchte ihn in mir.

Und doch wusste ich, dass mich sein Knoten auch töten könnte.

Es war eine schwindelerregende Kombination aus Begierde und Furcht, die mir einen wimmernden Laut entlockte.

„Pst", flüsterte er … ein seltsames Geräusch in meinen Ohren, begleitet von einem tiefen Knurren, das mir ein weiteres Stöhnen entlockte.

Er hielt mich mit einem Arm fest und drückte mich an seinen Oberkörper, während er interessiert mit seiner anderen Handfläche über mich strich. Seine Finger berührten sofort meine empfindlichen Stellen und streichelten mich wie einen Preis, für den er mich wahrscheinlich hielt.

Das Grollen in seiner Brust verstärkte sich, seine Verärgerung war spürbar.

Irgendetwas an meiner Situation ärgerte ihn. War ich nicht feucht genug? Erwartete er, dass ich betteln würde? Dass ich vor Not schrie? Was hatte er … ?

Das Vibrieren an meinen erregten empfindlichen Stellen hörte auf und entlockte mir einen schockierten Seufzer. Es war so plötzlich und unerwartet, dass mir schwarz vor Augen wurde.

Dann verschwanden die Stimulatoren an meinen Brüsten, gefolgt von dem, der tief in meinem feuchten Kanal steckte.

Er hatte ihn herausgerissen, als wäre er im Weg gewesen.

Mit alarmierender Geschwindigkeit durchzog mich ein Ruck und raubte mir die Sicht.

„Mach dir keine Sorgen. Ich habe dich, kleine Wölfin", sagte der Alpha sanft zu mir, und seine Worte hallten in meinem Kopf nach.

Ich war mir nicht sicher, ob sie echt waren.

Was, wenn ich sie mir nur ausgedacht hatte?

Wie auch immer, ich konnte ihm nur eines antworten. *Ja, du hast mich. Und das ist genau das, wovor ich Angst habe.*

Ich konnte nicht sagen, ob ich es laut ausgesprochen hatte oder nicht.

Wahrscheinlich Letzteres …

Zu dem Zeitpunkt, als ich diesen Gedanken überhaupt in Erwägung gezogen hatte, war ich bereits in Ohnmacht gefallen. Ein Meer von Dunkelheit. Mein Lieblingszustand – ohnmächtig.

KARI

SKANDINAVISCHER LUFTRAUM

Ein lauter Knall und ein Knistern holten mich ins Leben zurück. Mein innerer Wolf regte sich verwirrt. Die Luft um uns herum roch fremd und stank nach Fisch.

Wo bin ich?

Der Wind pfiff an uns vorbei und war fast genauso laut, wie die beiden männlichen Stimmen in der Nähe.

Bin ich am Leben?

Etwas Weiches und Warmes wurde um meine Schultern gelegt und ich war mit einem Gurt an der Hüfte festgeschnallt.

Ein Alpha sagte etwas, bevor er mich mit seinen dunklen, gefährlichen Augen ansah. Ich blinzelte ihn an, da ich nicht verstanden hatte, was er gesagt hatte. Zufriedenheit schimmerte in seinem Blick, als er sich wieder auf seinen blonden Gefährten konzentrierte.

Sie saßen in zwei großen Sesseln, umgeben von elektronischen Geräten und technischem Schnickschnack. Vor ihnen befand sich ein großes Fenster. Ich sah den Himmel und den Mond über ihnen, der die sternenklare Nacht schmückte.

Fliegen, stellte ich schließlich fest. *Wir fliegen …*

Ich hatte gerade meinen ersten Flug hinter mich gebracht, als ich vom Bariloche Sektor in den Wintersektor geflogen worden war. Der Alpha des Bariloche Sektors hatte mich gezwungen, mich in einen Wolf zu verwandeln, bevor er mich für gefühlte 3 Tage in einen Käfig in einen Frachtraum sperrte.

Diese Alphas hatten mich stattdessen in eine Decke gehüllt … und mich auf einem Stuhl angeschnallt, der ihrem eigenen ähnelte.

Ich beobachtete sie und fragte mich, wohin sie mich bringen wollten.

Sie waren von gleicher Statur und Größe. Ihre Dominanz war spürbar und bestätigte mir, dass diese beiden diejenigen waren, die ich in meinem Käfig gefürchtet hatte.

Aber soweit ich das beurteilen konnte, hatten sie mich noch nicht wirklich berührt. Sie hatten nur die Stimulatoren entfernt, mich in diese weichen Decken gehüllt und mich an meinem Sessel festgeschnallt. Meine Arme und Handgelenke waren frei, ebenso meine Beine. Der Gürtel an meiner Hüfte war nicht verschlossen, nur ein Schnappverschluss, den ich selbst leicht lösen könnte.

Ich runzelte die Stirn. *Was ist denn hier los?*

Ich schaute aus dem Fenster neben mir und bemerkte den dunklen Himmel. Auch da draußen gab es keine Antworten.

Meine Nase zuckte, als ich die Gerüche und den fischigen Gestank wahrnahm.

Ich schaute mich einen Moment lang im Raum um, weil ich spürte, dass da noch jemand war. Jemand Vertrautes.

Snow.

Enriques Verlobte.

Ihr Geruch strömte aus dem Frachtraum in den hinteren Teil des Flugzeugs. Hatten sie Snow in eine Kiste eingesperrt? So wie man mich in den Wintersektor gebracht hatte?

Als ich darüber nachdachte, runzelte ich automatisch meine Stirn. *Warum sollten sie Snow mitnehmen?* Sie war eine Beta-Prinzessin und wurde deshalb verehrt. Wollten sie Snow als Geisel mitnehmen?

Vielleicht war sie auch gar nicht hier und ihr Geruch hatte sich nur in meinem Kopf festgesetzt.

Ich hatte die Prinzessin nur einmal zufällig getroffen, als Alpha Vanessa mich als Geschenk für Alpha Enrique zur Schau gestellt hatte. Die Beta-Prinzessin hatte nicht reagiert, aber ich konnte mir vorstellen, dass sie von der Vorstellung, dass ihr Verlobter eine Omega geschenkt bekam, nicht begeistert war. Meine Existenz konnte nur zu einem Zweck genutzt werden – zur Befriedigung eines Alphas. Betas konnten mit dem Alpha-Knoten nicht umgehen, zumindest nicht ohne Risiko, daran zu sterben.

Die Minuten vergingen schweigend, während sich die beiden Alphas im vorderen Teil des Flugzeugs zurücklehnten.

Ich wartete darauf, dass einer von ihnen den ersten Schritt machte, denn ich wusste genau, dass sie mich mitgenommen hatten, um mich nach Herzenslust für ihre Bedürfnisse benutzen zu können.

Doch die Minuten zogen sich in die Länge, und dann ging das Flugzeug in den Sinkflug über.

Es war noch dunkel, was darauf hindeutete, dass wir nicht sehr lange unterwegs waren. Vielleicht eine Stunde Flug insgesamt? Ich konnte es nicht wirklich sagen, und es war mir auch egal. Ich war mehr daran interessiert, wohin wir geflogen waren. Als wir landeten, konnte man auf der einen Seite des Flugzeugs das Meer sehen. Auf der anderen Seite tauchte in der Ferne ein kleines Dorf auf, mit neuen Gebäuden.

Es gab jede Menge Schnee, genau wie im Wintersektor.

Nordsektor, schätzte ich. Ich kannte die X-Clan-Sektoren auf der ganzen Welt. Meine Mutter hatte sie mir als kleines Mädchen beigebracht und gesagt, wohin ich gehen sollte, falls ich jemals aus dem Bariloche Sektor entkommen würde. Der Nordsektor stand auf ihrer Liste, aber wer wusste schon, ob ich dieser alten Information trauen konnte? Außerdem wusste ich nicht einmal, ob ich meinen Standort richtig benannt hatte.

Die beiden Alphas sprachen leise miteinander. Ihre Worte drangen zu mir und ich versuchte, ihnen nicht zuzuhören und zog es vor, meine Gedanken zu einem schönen Ort zu lenken. Aber es war schwer, die Nuancen ihres Gesprächs nicht aufzuschnappen. Der Blonde wollte wissen, ob der Dunkelhaarige vorhatte, mit ihm um mich zu kämpfen.

„Du würdest nicht gewinnen", sagte der Dunkelhaarige schlicht und einfach.

„Ich weiß", antwortete der andere, ohne dagegen anzukämpfen, was mich überraschte. Alphas gaben selten so leicht nach. Und wenn ich mir die beiden ansah, war ich mir nicht sicher, wer von ihnen recht hatte. Sie schienen doch ziemlich ebenbürtig zu sein.

„Warum forderst du mich heraus?", fragte der Mann mit den tödlichen, dunklen Augen.

„Nein, das tue ich nicht. Ich möchte nur wissen, ob ich mich darauf vorbereiten muss, mich der Herausforderung zu stellen."

„Was zum Teufel ist los mit dir?"

Der Blonde starrte den anderen Mann nur an. „Antworte mir, Kazek. Willst du mit mir um sie kämpfen?"

Der Duft von Testosteron umgab das Flugzeug und rief meine innere Wölfin herbei. Sie sehnte sich danach, sich zu unterwerfen und den Schmerz zwischen meinen Schenkeln zu stillen. Die Stimulatoren hatten mich nicht befriedigen können. Aber wenigstens vibrierten sie nicht mehr überall an meinem Körper.

„Du warst schon immer ein eingebildeter Hurensohn", murmelte Kazek.

Der andere Alpha antwortete nicht, sondern starrte ihn nur weiter an.

„Verdammt, dann hast du es schwer, Mann. Du kennst das Mädchen nicht einmal." Alpha Kazek hielt inne. „Das wird deine Beerdigung, Mickelson. Ich werde dich nicht ihretwegen herausfordern. Aber andere werden es tun."

Mickelson, wiederholte ich für mich, als ich den Nachnamen aufschnappte und erkannte. *Alpha Ludvig Mickelson vom Nordsektor.* Er stand definitiv auf der Liste meiner Mutter, als ein Alpha, dem man vertrauen konnte.

Aber meiner Erfahrung nach gab es keine Alphas, denen man vertrauen konnte. Nicht in dieser neuen Welt und auch nicht in meinem Leben.

Die beiden Männer redeten weiter, aber ich hörte nicht mehr zu und dachte stattdessen an meine Mutter und meine Schwester.

Die Erstere war vor über einem Jahrzehnt durch die Hand meines Vaters gestorben. Sie hatte sich geweigert, einen seiner Generäle zufriedenzustellen. Sie hatte dafür den ultimativen Preis bezahlt …, nachdem mein Vater sie gezwungen hatte, dabei zuzusehen, wie seine Generäle mit meiner bereits gebrochenen Schwester spielten.

Mein Kiefer spannte sich bei der Erinnerung an und mein Herz schmerzte durch den Verlust.

Sie ist an einem besseren Ort, sagte ich mir … ein Mantra, das ich mir im Laufe der Jahre oft gesagt hatte. *Sie leidet nicht mehr.*

„Willst du das Mädchen oder nicht?", schnauzte Alpha Kazek, und sein Ton ließ mir einen Schauer über den Rücken laufen. Wütende Alphas hatten mich immer eingeschüchtert. Wenn sie wütend wurden, zahlte ich normalerweise den Preis in Form von körperlicher Misshandlung.

„Sie gehört mir", antwortete Alpha Mickelson, und sein Tonfall ließ mich erneut erschauern.

Starker Wolf. Dominanter Rüde. Würdiger Gefährte. Meine innere Wölfin schnurrte praktisch in Erwartung. Aber der menschliche Teil in mir wusste es besser, als ihn auf diese Weise zu bewundern.

Ich würde niemals einen Gefährten bekommen.

Das war nicht mein Schicksal in dieser Welt.

Alpha Kazek knurrte, bevor er das Thema beendete, „Wenn du sie willst, dann kämpfst du mit dem Alpha des Nordsektors um sie. Ich werde es nicht für dich tun."

Seine Worte ließen mich innehalten.

Moment … ich dachte, Alpha Mickelson wäre der Alpha des Nordsektors?

Ich hatte keine Zeit, über die Frage nachzudenken, denn der blonde Alpha war schon auf dem Weg zu mir. Meine Glieder erzitterten aus Erwartung und aus Angst, denn ich wusste, was jetzt kommen würde.

Seine große Hand fand die Schnalle an meiner Taille schneller als ich blinzeln konnte, und er hob mich in seine kräftigen Arme, als ob ich nichts wöge. Ein leises Stöhnen entrang sich meiner Kehle bei der Berührung und mein Körper reagierte unwillkürlich auf den einsetzenden Schmerz zwischen meinen Schenkeln.

Er antwortete mit einem Grummeln aus seiner Brust,

das mich zusammenzucken ließ. Es war kein Knurren, sondern eher ein leiser Nachhall.

Ein Geräusch der Verärgerung, vielleicht?

Nur ... nein, das war nicht ganz richtig.

Es ... es fühlte sich tatsächlich irgendwie gut an. Das Grummeln in seiner Brust setzte sich fort, streichelte mich und meine Seele und veranlasste meine Wölfin sich sofort niederzulassen.

Ich bemerkte kaum, wie er mich aus dem Flugzeug trug, zu sehr waren mein Geist und meine Wölfin auf den beruhigenden Rhythmus in seiner Brust konzentriert.

Ein Schnurren, dachte ich und wollte mich an ihn schmiegen. *Er ... er schnurrt.*

Meine Mutter hatte mir einmal davon erzählt und gesagt, es sei ein Geräusch, das nur Alphas machen konnten. Sie war so verträumt gewesen, als sie darüber gesprochen und gesagt hatte, es sei einer der wenigen Momente gewesen, in denen sie sich wirklich sicher gefühlt habe.

Savi hatte es auch erwähnt. Ihr Alpha-Gefährte hatte gelegentlich für sie geschnurrt.

Aber kein Alpha hatte je zuvor für mich geschnurrt.

„Wie heißt du, kleine Wölfin?", fragte der Alpha mit dem Grollen in seiner Stimme.

Ich schluckte. „Ka-Kari." Es kam mit einem erstickten Laut aus mir heraus. Meine Stimme hatte einen krächzenden Ton, als hätte ich gerade mehrere Tage lang geschrien.

Vielleicht hatte ich das.

Mein Körper war nicht unter meiner Kontrolle. Ich reagierte wie befohlen, tat alles, was die Alphas mir sagten, alles in der Hoffnung, ein paar Momente der Ruhe und des Friedens zu gewinnen.

„Kari", wiederholte er. Seine tiefe Stimme war wie eine sinnliche Liebkosung. „Ich bin Sven."

Also nicht Ludvig Mickelson. Vielleicht ein Bruder? Oder ein Sohn?

„Willkommen im Nordsektor", fuhr er fort. „Hier bist du sicher."

Sicher? Ich hätte fast gelacht. Ich war nirgendwo *sicher*.

Sein Schnurren wurde intensiver, als ob er meine Zweifel spürte, und sein Griff um mich wurde fester, als er mich mit Leichtigkeit an dem Dorf vorbeitrug und einen Weg hinunter zu den höheren Gebäuden ging. Diese hatte ich vom Flugzeug aus schon gesehen.

Sanftes Licht beleuchtete unseren Weg. Der Bürgersteig war vom Schnee geräumt und unter riesigen Bäumen zu großen Haufen aufgetürmt. Die Vegetation war anders als in meiner Heimat. Ich hatte nicht viel Zeit draußen verbracht. Ich hatte mich nur dann in einen Wolf verwandelt, wenn ein Alpha es verlangt hatte. Manchmal zogen sie es vor, sich in Tiergestalt zu paaren.

Mit flauem Magen fragte ich mich, wie dieser Alpha mich wohl besteigen würde.

Daraufhin schnurrte er noch lauter und die Vibration drang in mich ein und verlangte, dass ich mich entspannte. Es war fast bezaubernd. Es war ein bisschen … ärgerlich …, weil ich wusste, dass das alles nur eine Methode war, mich in einen willigeren Zustand zu versetzen, um mich zu ficken.

„Pst", flüsterte er. „Ich werde dir nicht wehtun, Kari."

Diesmal entkam mir ein Schnauben, bevor ich es herunterschlucken konnte.

Er hielt mitten im Schritt inne und schaute mich mit seinen hypnotisch blauen Augen an. Sein blondes Haar fiel ihm in die Stirn und zwang ihn, den Kopf zu schütteln, um die Strähnen nach hinten zu werfen. Nur fiel die

Strähne wieder über sein Gesicht und verlieh ihm eine fast jungenhafte Ausstrahlung.

Aber er hatte nichts *Jungenhaftes* an sich.

Er hatte harte, maskuline Gesichtszüge, ein markantes Kinn und perfekte Wangenknochen. Er war wunderschön, wirklich. Aber das waren die meisten Alphas. Dieser hier trug auch einen Hauch von einem Wolf in sich. Ich konnte sehen, wie sein Tier mich anstarrte und mein Aussehen und meine Eignung als Gefährtin beurteilte.

Sein innerer Wolf würde sich bald über diesen Gedanken lustig machen, da er erkennen würde, dass ich zu kaputt war, um seinen Knoten jemals auf Dauer zu akzeptieren.

Ich konnte ihm keinen Erben schenken. Ich konnte mich nicht einmal in seinen Armen entspannen.

„Wenn ich etwas sage, dann meine ich es auch", sagte er und hielt meinen Blick gefangen. „Ich werde dir nicht wehtun, Kari. Das schwöre ich."

Ich wusste es besser, als ihm zu glauben. Also schaute ich einfach weg. Er konnte die ehrenhafte Masche spielen, so viel er wollte. Er konnte sogar vorgeben, nett zu mir zu sein. Ich würde es als das ansehen, was es war – eine Ablenkung, bis sein wahres Ich zum Vorschein kam.

„In Ordnung", murmelte er. „Dann werde ich es dir beweisen."

Ich war mir nicht sicher, was er damit meinte.

Sein grummelndes Schnurren lenkte mich jedoch vom Versuch ab, es herauszufinden.

Er nahm seine Schritte wieder auf, und ich lehnte mich an seine Brust, nahm das Geräusch auf und fragte mich, ob es mich später in meinen Träumen trösten würde. Ich könnte einen friedlichen Schlaf gebrauchen. Vielleicht würde er für mich schnurren, nachdem er mich heute Nacht gefickt hatte.

Ich schloss die Augen und ließ mich noch ein paar Sekunden lang einlullen.

Wenn überhaupt, dann würde ich diese Erinnerung nutzen, um zu überleben, was auch immer vor mir lag.

Ich hatte diesen Alpha in Aktion gesehen. Ich wusste, dass Gewalt und Mord in seiner Seele lauerten. Es war nur eine Frage der Zeit, bis er mich als Ventil benutzen würde.

Schließlich war das mein Schicksal. Warum sollte es bei ihm anders sein?

SVEN

NORDSEKTOR

KARI SCHMIEGTE SICH AN MICH. Ihre zierliche Gestalt trug mehr Narben, als eine Omega je haben sollte. Es waren keine Narben, die sichtbar waren. Nein. Es waren innere Wunden, die sich in ihre blassblauen Augen eingebrannt hatten und ihre schwarzen Pupillen für immer verdunkelten.

Diese Frau hatte auf eine Weise gelitten, wie es keine Frau je tun sollte. Und schon gar nicht ein Omega-Weibchen. Sie waren zu selten, um gequält zu werden, selbst eine in ihrem Zustand.

Unfruchtbar, hatte Alpha Vanessa gesagt. *Kari ist unfruchtbar.*

Deshalb war sie in die Dienstleistungsbranche verbannt worden. Ihre Existenz war nur für einen Akt nützlich.

Das mochte zwar stimmen, aber das bedeutete nicht, dass sie es verdiente, in einem Käfig zu leben, von Alphas benutzt zu werden und die Gewalt und was ihr sonst noch angetan worden war, zu akzeptieren.

Der Bariloche Sektor hatte sie als Hochzeitsgeschenk an Alpha Enrique geschickt.

Wie charmant …

Doch anstatt sie wie vorgesehen zu benutzen, hatte Alpha Vanessa das Omega-Weibchen ausgezogen und ihre Erregung mit einem Haufen sinnlicher Spielzeuge erzwungen.

Verdammte Schlampe, dachte ich wütend. Kari wäre von den anwesenden unfähigen Alphas in der Luft zerrissen worden. Was, wie ich vermutete, auch der Sinn der Sache hätte sein sollen. Die berüchtigte Königin der Spiegel war für ihre blutigen Vorlieben bekannt. Wahrscheinlich wollte sie Omega Kari leiden sehen, bevor Alpha Enrique den Job erledigte.

Er hätte es getan. Obwohl er wahrscheinlich der einzige andere Alpha im Raum gewesen wäre, der genug Kraft gehabt hätte, – sowohl geistig als auch körperlich – um dem Mädchen zu helfen. Nachdem er allen beim Ficken zugesehen hätte, wäre er in den Rausch verfallen.

Ich schüttelte den Kopf und ärgerte mich noch mehr.

Kari bewegte sich in meinen Armen. Ihre Wölfin reagierte auf meine Erregung.

Ich brachte sie wieder in einen entspannten Zustand und verstärkte mein Schnurren noch einmal. Es war ein Geräusch, das für Gefährtinnen reserviert war. Es kam mir jetzt so natürlich vor. Mein Wolf war zufrieden mit dem Weibchen in meinen Armen. Es war ihm egal, dass sie angeblich unfruchtbar war. Er wollte sie trotzdem und ich wollte sie auch.

Es war ein Gefühl, das ich noch nie zuvor erlebt hatte. Manche würden vielleicht annehmen, dass es nur ein Alpha war, der auf die starke Präsenz einer Omega reagierte, aber Kari war nicht das erste Omega-Weibchen, das ich kannte.

Da ich der Sohn eines mächtigen Alphas war, hatten sich mehrere Sektorenführer gemeldet und mir angeboten, eine Paarung zu arrangieren, um ein Bündnis zu schließen. Aber keine der Omegas, die ich getroffen hatte, hatte jemals meinen Wolf angesprochen, zumindest nicht, bis ich die zierliche kleine Blondine in dem Glaskäfig gesehen hatte. Als ich ihren Duft wahrgenommen hatte, wusste ich, dass ich sie haben musste.

Sie war nicht dazu bestimmt, eine Dienerin im Nordsektor zu sein. Sie war dazu bestimmt, mir zu gehören. Ich spürte es tief in meiner Seele und mein Wolf stimmte von ganzem Herzen zu.

Unfruchtbar, dachte ich wieder und runzelte die Stirn. *Wenn sie unfruchtbar ist, warum reagiere ich dann so stark auf sie?*

Denn es ging nicht nur darum, sie zu verknoten. Ich wollte sie retten, um sie für mich zu beanspruchen.

Ehrlich gesagt, eine dumme Reaktion. Ich kannte sie nicht. Aber ihr natürlicher Duft war wie ein Leuchtfeuer für mein inneres Tier.

Selbst, als wir das Herz des Nordsektors betraten, wo die Gerüche des Rudels die Luft durchdrang, konnte ich nur die Frau in meinen Armen riechen.

„Sven", sagte Joel, als ich mich dem Hauptgebäude inmitten des Korridors näherte. Er stand draußen auf seinem üblichen Posten. Er war der Vollstrecker und einer meiner unbeliebtesten Mitarbeiter.

„Joel", erwiderte ich und hielt inne, als er mir den Weg versperrte.

„Wen hast du da?"

Ich sah ihn nur an. Der Geruch von Kari war Antwort genug. Er wusste, dass ich eine Omega im Arm hatte, und ich hatte nicht vor, ihm zu erklären, warum.

„Wo hast du sie gefunden?", fragte er, bevor er tief einatmete. Seine Nasenlöcher blähten sich vor Interesse auf und entlockten meinem Wolf ein Knurren.

Kari versteifte sich und ich bereute sofort den

Warnton, den ich von mir gegeben hatte. Ich ließ mein Schnurren für sie wieder aufleben, was Joels Augenbrauen vor Überraschung in die Höhe schnellen ließ.

Ja, du und ich, Gefährten, dachte ich. Aber ich gönnte ihm die Genugtuung dieser Antwort nicht, sondern sagte ihm stattdessen, „Ich habe keine Zeit für ein Gespräch. Mach die Tür auf und sag Alpha Ludvig, er soll mich in der Gästesuite treffen."

„Du willst, dass ich ihm einen Befehl gebe?" Joel klang ungläubig.

„Nein. Ich möchte, dass du ihm *meinen* Wunsch übermittelst", konterte ich. „Ist das ein Problem?"

Joel knirschte mit den Zähnen, als er die Tür öffnete. „Überhaupt nicht", murmelte er durch seinen zusammengebissenen Kiefer. Als ich an ihm vorbeiging, grummelte er, „Eingebildeter Wichser."

„Mit gutem Grund", entgegnete ich ihm, ohne ihm einen Blick zuzuwerfen. „Schönen Abend noch."

Ich konnte mir einen sarkastischen Unterton nicht verkneifen. Er war mir altersmäßig überlegen, aber in der Hierarchie der Wölfe war er mir unterlegen. Nicht wegen der Führungsrolle meines Vaters, sondern weil ich mir meinen Weg nach oben erkämpft hatte. Die einzigen, die über mir standen – abgesehen von meinem Vater – waren Kaz und Alana.

Ich hatte sie aus Respekt nicht herausgefordert.

Das bedeutete aber nicht, dass ich sie nicht besiegen konnte.

Ich nahm Kari auf einen Arm, während ich den Aufzug mit einem Daumenwisch nach unten rief. Sie gab keinen Laut von sich und versuchte auch nicht, sich zu bewegen, als wir einstiegen.

Nachdem ich den speziellen Code eingegeben hatte, der uns die Fahrt nach oben ermöglichte, nahm ich sie wieder in beide Arme und wiederholte, „Ich werde dir nicht wehtun."

Diesmal hatte sie nicht gespottet. Ich beschloss, dass das eine Verbesserung war.

„Du bist keine Sklavin mehr", fügte ich hinzu und strich mit dem Daumen über die Haut an ihrem Hals. Es hatte einige Mühen gekostet, ihr Halsband zu entfernen. Die Wunden an ihrem Hals ließen darauf schließen, dass es schon lange nicht mehr abgenommen worden war. Es war wahrscheinlich programmiert und fungierte als eine Art Peilsender. Deshalb hatten wir es zerstört, und auch, weil es einfach falsch war, ein so exquisites Geschöpf zu versklaven.

Sie hob ihre Hand zaghaft zu ihrem Hals und ihre Augen öffneten sich, als sie es spürte. „Warum …?"

„Weil du keine Sklavin mehr bist", sagte ich erneut, als sich die Türen zum Penthouse dieses Gebäudes öffneten.

Der lange Korridor vor uns hatte an jedem Ende eine Tür, die zu einer Art geschütztem Raum führte, der für Gäste gedacht war, die ein wenig mehr Sicherheit brauchten. Nur diejenigen, die einen Sicherheitscode hatten, konnten diese Etage betreten. Das bedeutete auch, dass Kari nicht gehen konnte, aber die geräumigen Wohnungen und der Außenwohnbereich sollten sie zufriedenstellen, während ich mit meinem Vater alle Einzelheiten besprechen würde.

Ich trat in den Flur, bog nach links ein und öffnete dann mit meiner Uhr die Tür.

Kari nahm ihre Umgebung überhaupt nicht wahr, sondern konzentrierte sich auf ihren Hals. Ich bemerkte das leichte Zittern in ihren Fingerspitzen, als sie weiterhin ihren Hals berührte.

„Tut es weh?", fragte ich sie.

„Es tut immer weh", flüsterte sie.

Ich blickte auf ihren Hals. „Dein Hals?"

„Alles." Es kam so leise heraus, dass ein Mensch die Antwort wahrscheinlich überhört hätte. Aber meine Wolfsohren hatten es aufgeschnappt, zusammen mit der gebrochenen Art, wie sie es gesagt hatte.

„Hast du Hunger?" Ich machte mich auf den Weg in die Küche, als ich die Frage stellte.

Sie hatte nicht geantwortet.

„Kari? Hast du Hunger?", versuchte ich es erneut. Ich war mir nicht sicher, wie viele Vorräte in der Speisekammer und im Kühlschrank waren, da dieser Gästebereich nur selten benutzt wurde. Wahrscheinlich würde ich ihr noch ein paar Vorräte besorgen müssen.

Sie schüttelte langsam den Kopf.

„Durst?", bot ich an.

Diesmal begann sie den Kopf zu schütteln, nickte aber schließlich.

Ich hielt sie auf einem Arm, öffnete den Kühlschrank mit der anderen Hand und fand darin einen Pack mit Wasserflaschen – sonst nichts. „Hier", sagte ich, nahm eine Flasche heraus und reichte sie ihr.

Mit ihren kleinen Fingern drehte sie den Verschluss ab und führte die Flasche zu ihrem Mund. Sie sah mich dabei nicht an, sondern konzentrierte sich auf die Wand. Nach ein paar Schlucken hatte sie genug getrunken. Sie umklammerte die Wasserflasche wie eine Rettungsleine, sodass ich nicht versuchte, sie ihr wegzunehmen. Stattdessen trug ich sie durch den Wohnbereich ins Schlafzimmer und zeigte ihr, wie sie in den Außenbereich gelangen konnte.

„Falls sich deine Wölfin die Beine vertreten will", erklärte ich ihr, bevor ich mich wieder dem Zimmer zuwandte. „Im Bad dort drüben sollte alles vorhanden sein, was du brauchst. Ich werde sehen, was ich tun kann, um dir auch ein paar Kleidungsstücke zu besorgen."

„Warum?"

„Damit du dich wohlfühlst", antwortete ich.

„Oh."

Ich ging mit ihr zum Bett und setzte sie auf die Matratze. Ihre Augen weiteten sich, ihr Puls überschlug sich und sie begann sich zu winden. Ich brauchte einen Moment, um den Grund ihres plötzlichen Schreckens zu verstehen. Fast hätte ich daraufhin geknurrt. „Ich werde dich nicht ficken, Kari. Jedenfalls nicht auf diese Weise."

Oh, ich hatte durchaus vor, sie zu nehmen, aber nicht in diesem Zustand.

Während ihr süßer Duft meinen Wolf definitiv ansprach, zerstörte der Unterton der Angst die Stimmung. Ich wollte, dass sie sich wohl dabei fühlte und erregt war, nicht verängstigt und erregt von erotischen Stimulatoren.

„Ich ... ich ..." Sie schluckte und ihr Blick fiel zu Boden. „Ich verstehe das nicht."

Ich fuhr mir mit den Fingern durchs Haar und betrachtete ihre Situation. Innerhalb weniger Stunden war sie von der gewaltsamen Stimulation in einem Käfig in ein ziemlich großes Schlafzimmer gekommen. Ich konnte einen Teil ihrer Verwirrung verstehen, wenn man bedachte, was Vanessa mit dem anfänglichen Plan – eine mit Hilfsmitteln erregte Omega vor einer Schar hungriger Alphas baumeln zu lassen – offensichtlich bezweckt hatte.

Kari hatte damit gerechnet, gefoltert und gefickt zu werden.

Und ich hatte sie bei ihrer Ankunft direkt in ein Schlafzimmer gebracht.

Sie hatte sich also direkt auf ihr Ziel konzentriert und verstand meine Verärgerung nicht.

Ich hockte mich vor ihr auf den Boden und legte

meine Handflächen neben sie auf die Matratze. Dazwischen hingen ihre Beine. Sie setzte sich ein wenig aufrechter hin und ihr Blick wurde wach, als ich sie absichtlich dazu zwang, mich von oben anzustarren, statt von unten.

„Der Nordsektor ist nicht wie der Wintersektor oder der Bariloche Sektor", versprach ich ihr. „Du bist hier keine Sklavin. Du bist ..." Ich konnte das richtige Wort nicht finden. Mein Wolf sagte *Meins,* während mein Verstand sie einen *Gast* nennen wollte. Aber keines von beiden war wirklich richtig. „Nun, wir werden herausfinden, was du bist. Aber du gehörst jetzt hierher."

Ein Summen an meinem Handgelenk hielt mich davon ab, noch etwas zu sagen. Mit einer Drehung meines Arms zog ich die Nachricht meines Vaters hervor und stand wieder auf.

„Ich muss mich mit Alpha Ludvig treffen, um ihn über deinen Sektorenwechsel zu informieren", sagte ich ihr leise, wobei ich aus Gewohnheit den Namen und Titel meines Vaters benutzte. Ich sprach ihn fast immer so an, wenn ich mit anderen zu tun hatte. Kaz war eine der wenigen Ausnahmen von dieser Regel, vor allem, weil er sich für mich mehr wie ein Familienmitglied anfühlte als ein gewöhnlicher Kamerad.

„Wasche dich ein wenig und versuche dich auszuruhen", schlug ich vor. „Ich komme bald wieder, um nach dir zu sehen. Ich bringe auch etwas zu essen mit."

Sie antwortete nicht, also schaute ich nach unten und sah, dass sie immer noch die Wasserflasche wie einen Rettungsanker umklammerte.

„Niemand außer mir wird diese Räume betreten. Vielleicht Alpha Ludvig, je nachdem, was er braucht. Nur sehr wenige haben die Zugangscodes. Du bist hier sicher, Kari."

Ihr Gesichtsausdruck verriet mir, dass sie das nicht glaubte.

Ich seufzte und schüttelte den Kopf. „Du wirst sehen, dass ich recht habe", versprach ich ihr. „Geh duschen und schlafen. Ich bin bald wieder da."

Sie antwortete nicht.

Anstatt nur herumzustehen und zu warten, ging ich und beschloss erneut, mich durch Taten statt durch Worte zu beweisen. Ich konnte nicht einmal so tun, als wüsste ich, was sie durchgemacht hatte, aber ich hatte eine ziemlich gute Vorstellung von einigen Dingen.

Der Alpha des Bariloche Sektors war nicht für seine Freundlichkeit bekannt und das Halsband um ihren Hals war ein weiterer Beweis dafür.

Mit einem leisen Knurren betrat ich den Flur, wo mein Vater neben dem Aufzug auf mich wartete. „Ich rieche ein unverpaartes Omega-Weibchen und einen Überschuss an Fisch", sagte er zur Begrüßung. „Warum?"

KARI

NORDSEKTOR

MEINE INNERE WÖLFIN HEULTE AUF, als sie die Anwesenheit eines anderen Alphas in der Nähe bemerkte. *Alpha. Überlegen. Dominant.*

Ich konnte ihn mehr spüren als sehen. Seine Präsenz war wie ein Leuchtfeuer, das Unterwerfung forderte.

Sven hatte gesagt, dass außer ihm und Alpha Ludvig niemand diese Räume betreten würde. Das bedeutete, dass letzterer angekommen war. Aber er war nicht in dem Raum, sonst hätte ich ihn deutlicher hören können. Stattdessen hörte ich nur leise Stimmen.

Ich nahm noch einen Schluck Wasser, um mich abzulenken, falls Sven gelogen hatte und zurückkommen wollte, um mich zu verknoten. Ich hatte schon vor langer Zeit gelernt, dass es am besten war, Sex mit leerem Magen zu ertragen. Immer, wenn ich zuerst aß, verlor ich den Inhalt auf dem Alpha, und das ging nie gut aus.

Das leise Murmeln ging weiter, und ich hatte das Gefühl, dass sie nicht näher gekommen waren.

Ich stellte die Flasche ab und wickelte die Decke fester um mich, bevor ich aufstand. Ein Blick durch die

Schlafzimmertür bestätigte, dass sie nicht in der Wohnung waren. Also schlich ich mich zur Eingangstür, um zu sehen, ob ich sie besser hören konnte.

Vielleicht würden sie ihre Pläne für mich enthüllen.

Sven hatte gesagt, ich sei keine Sklavin. Er hatte auch gesagt, dass er nicht vorhatte, mich in meinem jetzigen Zustand zu ficken – was auch immer das heißen mochte – und dass wir herausfinden würden, wo mein Platz hier war.

Aber nicht ein einziges Mal hatte er mich gefragt, ob ich hier sein wollte. Er hatte sich auch nicht die Mühe gemacht, mir zu erklären, warum er mich aus dem Wintersektor mitgenommen hatte. Er hatte mir nur immer wieder gesagt, dass ich in Sicherheit sei.

Ich hatte fast gelächelt.

Eine Omega war in der Nähe eines Alphas *nie* sicher.

Als ich mich der Tür näherte, wurden ihre Stimmen für mein Wolfsgehör deutlicher. Wäre ich näher an der Tür gewesen und eine stärkere Wölfin, hätte ich ihre Worte wahrscheinlich vom anderen Zimmer aus hören können. Aber leider musste ich mein Ohr an die Tür pressen, um wirklich zu verstehen, was sie sagten.

„… Gefährtin?", fragte die tiefere Stimme.

„Das ist nicht das, was …"

„Ich habe gehört, was du gesagt hast, Sven. Sie ist eine unfruchtbare, sterile Omega, die du für dich beanspruchen willst. So funktioniert das aber nicht, und das weißt du."

„Ich habe sie gewonnen und deshalb gehört sie mir."

„Berichtigung. Sie gehört *mir*", antwortete die tiefe Stimme tödlich sanft. „Alles, was du tust, fällt auf den Nordsektor zurück und dazu gehört auch, sich mit anderen Alphas um eine Omega-Sklavin zu prügeln."

Stille kehrte ein, und mir lief ein Schauer über den Rücken.

„Es war richtig, das zu tun", sagte Sven nach einem kurzen Moment. „Ich werde mich nicht dafür entschuldigen."

„Hier geht es nicht um richtig oder falsch, sondern darum, wie sich deine Entscheidungen auf den gesamten Sektor auswirken wird. Wenn das, was du mir über die Situation erzählt hast, wahr ist, dann hast du sie fair und ehrlich gewonnen. Aber sie gehört nicht dir, Sven. Sie gehört jetzt zum Nordsektor. Damit wird sie für alle Alphas verfügbar sein."

Mir wurde im Magen flau, als meine Zukunft vor meinen Augen aufblitzte.

Sven hatte gesagt, ich sei hier keine Sklavin. Ich hatte ihm nicht ganz geglaubt, aber das Entfernen meines Halsbandes war eine nette Geste gewesen.

„Dazu ist sie nicht bereit", sagte Sven in einem ebenso dominanten Ton. „Sie ist unterernährt, erschöpft und verängstigt. Ich weiß, dass du das genauso gut riechen kannst wie ich. Sie muss essen und schlafen. Außerdem muss sie untersucht werden, um festzustellen, ob sie wirklich unfruchtbar ist."

„Und du willst derjenige sein, der diesen Prozess überwacht." Das war keine Frage, sondern eine Feststellung.

„Ich habe sie gewonnen. Daher sollte es meine Aufgabe sein, sie auf den Nordsektor vorzubereiten."

Ich hätte fast geschnaubt. Natürlich würde er mir anbieten, mir zu Essen zu geben und mich selbst zu „untersuchen". Ich wusste, was das bedeutete. Er würde mich vor den anderen verknoten. Er würde sich an mir satt sehen und mich dann an seine Freunde weitergeben.

Alle Alphas waren gleich.

Sie interessierten sich nur für ihren Knoten. Ihr Vergnügen. Ihr *Bedürfnis*.

Es ging nie um uns oder darum, was wir wollten. Wir existierten nur, um uns zu bücken und es zu ertragen.

Ich machte mir nicht die Mühe, den Rest des Gesprächs zu belauschen. Ich hatte gehört, was ich wissen musste.

Sven Mickelson war genau wie jeder andere Alpha, dem ich begegnet war. Er hatte mich in einem brutalen Kampf gewonnen und mich in seinen Heimatsektor gebracht. Weg von Alpha Enrique – dem einzigen männlichen Wolf in meinem Bekanntenkreis, der sich jemals um meine Wünsche geschert hatte.

Was nun? Fragte ich mich. Ich war an einem Ort, den ich nicht kannte – einem Ort, von dem meine Mutter behauptet hatte, er sei anders – mit Alphamännchen, die mich zu einer Sklavin ihrer eigenen Art machen wollten.

Ja, er hatte mir das Halsband abgenommen, aber das bedeutete nichts, wenn er vorhatte, mich einfach in diesem Gefängnis zu halten, damit die Alphas des Nordsektors mich benutzen konnten.

Ich knirschte mit den Zähnen, als ich mich ins Schlafzimmer zurückzog.

Er hat mich angelogen. Ich war mir nicht sicher, warum mich das überraschte. Oder vielleicht war *überrascht* nicht der richtige Ausdruck. Es … es … nun, es tat aus irgendeinem Grund weh. Vielleicht, weil er einen kleinen Hoffnungsschimmer geweckt hatte – einen Schimmer, den meine Mutter in meine Gedanken als junges Mädchen gebracht hatte.

Sie hatte immer gesagt, dass es da draußen anständige Alphas gab.

Ein paar Minuten lang hatte ich ihr geglaubt.

Alpha Sven war fast zärtlich zu mir gewesen. Aber sein wahres Gesicht hatte er auf dem Flur gezeigt. Er betrachtete mich als sein Eigentum, weil er mich *gewonnen* hatte.

Nun plante er, mich auf die Alphas des Nordsektors vorzubereiten, zweifellos, indem er vorgab, freundlich und rücksichtsvoll zu sein. Und dann würde er alles wieder kaputtmachen, wenn er das Bedürfnis hätte, zu ficken.

Nun, ich würde es ihm nicht leicht machen. Er hatte mir die einzige Hoffnung genommen, indem er mich aus dem Käfig geholt hatte. Ich hätte nur noch eine letzte Nacht durchhalten müssen und dann hätte mir Alpha Enrique geholfen.

Er war der einzige Alpha, der sein Wort gehalten hatte.

Jetzt konnte ich ihn nicht mehr erreichen, weil Alpha Sven mich gestohlen hatte. Er hatte alles ruiniert.

Ich hasste ihn.

Ich weigerte mich, ihm zu gehorchen und würde damit beginnen, nichts zu essen und nicht zu baden.

Ich beschloss sogar noch einen Schritt weiter gehen und ließ meine Decke fallen – ich würde nicht länger ein Mensch sein.

Meine Wölfin folgte meinem Ruf gerne, und unsere Freiheit, uns nach Belieben zu bewegen, war eine einzigartige Erfahrung. Das Halsband hatte mich immer kontrolliert. Ohne es konnte ich mich endlich mit meiner tierischen Seite verbinden, wie es sich für einen Gestaltwandler gehörte.

Alpha Sven hatte mir unwissentlich die Gelegenheit dazu gegeben.

Jetzt würde ich es ihm heimzahlen, indem ich es gegen ihn verwendete.

Du willst, dass ich gesund genug bin, um deinen Knoten zu akzeptieren? Viel Glück dabei.

Ich hatte es satt, eine Sexsklavin zu sein.

Ich wollte das Recht haben, zu wählen und zu diesem Zeitpunkt entschied ich mich für den Hungertod.

Meine Wölfin knurrte missbilligend.

Es ist besser so, argumentierte ich.

Sie schnaubte laut und erinnerte mich daran, dass ich mich aus eigenem Antrieb verwandelt hatte, ohne dass es jemand verlangt hatte.

Das war so natürlich gewesen, dass ich es kaum gespürt hatte. Normalerweise tat das Verwandeln weh – fast so, als würden meine Knochen umgedreht werden. Jetzt war es so, als würde ich meiner Natur entsprechen.

Ich wirbelte herum und genoss das Gefühl, frei zu sein. Mein Fell sträubte sich und strich statisch aufgeladen über meinen Rücken. Ich wollte laufen, toben und spielen. Aber ich konnte nirgendwo anders hin als in den Außenbereich.

Ich lief zu der Tür, die Sven mir gezeigt hatte, und stürzte nach draußen. Dann hüpfte ich in weniger als einer Minute zum Ende des grasbewachsenen Terrassenbereichs.

Nun, das ist enttäuschend.

Sie führte nur zu einer anderen Tür, die in ein Zimmer führte, das dem Zimmer ähnelte, das ich gerade verlassen hatte. Ein Blick durch die Schlafzimmertür offenbarte ebenfalls einen ähnlichen Bereich. Es waren also eigentlich zwei Suiten, die durch den Flur mit dem Aufzug und der Außenterrasse miteinander verbunden waren.

Ich ging wieder nach draußen und betrachtete die Äste der Bäume über mir. Es waren lebende Bäume, deren Wurzeln im Boden und im Gras darunter steckten, und sie verdeckten größtenteils den Himmel über mir. Ich nahm die Glasfenster wahr, die sich hoch über die Balkongeländer erstreckten. Sie vervollständigten die Umzäunung, aber erlaubten mir, das Meer und den Mond dahinter zu sehen. Vom Außenbereich in die Wellen darunter zu springen, war hier unmöglich. Wenn man bedachte, dass ich mich mindestens zwanzig Stockwerke hoch befand, konnte ich diese Sicherheitsmaßnahme verstehen.

Nun, das war auf jeden Fall besser als mein Käfig im Bariloche Sektor. Aber ich wusste, dass ich mich nicht an diese luxuriöse Gefängniszelle gewöhnen sollte.

Sobald Alpha Sven merkte, dass ich keine Lust hatte, seine Befehle zu befolgen, würde er mich in einen Käfig werfen, genau wie es mein Vater getan hatte.

Meine Wölfin heulte ein wenig bei dem Gedanken, also lenkte ich sie ab, indem ich ihren animalischen Sinnen die Zügel überließ.

Geh schnuppern.

Geh auf Wanderschaft.

Geh auf Entdeckungsreise.

Vielleicht könnte ich sie sogar dazu überreden, auf dem Weg ein paar Dinge zu zerstören. Zum Beispiel die Kissen hier …

Du kannst mich nicht austricksen, Alpha Sven. Ich kenne deine Art. Also werde ich etwas Neues ausprobieren und mich nicht unterwerfen. Du hast nichts, was du mir vorhalten kannst, um mich zu zwingen, mich zu fügen. Was habe ich also zu verlieren?

SVEN

Kari hatte schon geschlafen, als ich ihr vorhin das erste Mal Essen bringen wollte. Sie hatte die Sofakissen zerrissen, um ihren Unmut kund zu tun. Ich hatte überlegt, sie hochzuheben und sie zum Bett zu bringen, damit sie sich darauf zusammenrollen konnte. Sie sah so süß aus, wie sie in ihrer pelzigen Form auf den zerrissenen Kissen schlief, dass ich sie nicht stören wollte.

Trotzdem würden wir über die Sauerei reden müssen, die sie angerichtet hatte. Die Couch war nicht billig, und mein Vater wäre nicht erfreut, wenn er erfahren würde, dass sie von einer Omega in Wolfsgestalt zerstört worden war.

Wahrscheinlich würde man mich mit dem Aufräumen beauftragen, da ich für sie verantwortlich war. Aber als ich sie in ihrer tierischen Form sah, war es das alles wert. Sie hatte ein weiches, blondes Fell, das zu ihrer natürlichen Haarfarbe passte. Das fand ich interessant, denn mein Fell war dunkelbraun mit weißen Strähnen und überhaupt nicht wie mein aschblondes Haar.

Ich hatte mich gefragt, ob ihre Augen blau waren oder ob sie sich in der Wolfsform verändert hatten.

Als ich jetzt die Tür zu ihrer Suite öffnete, war es das Erste, was ich entdeckte.

Blau.

Ich hätte fast gelächelt, aber dann wurde mir der Zustand des Zimmers bewusst. „Was zum Teufel?", hauchte ich.

Diesmal hatte sie mehr als nur die Couch zerstört. Der Holztisch war in Stücke zerrissen worden. Die Kissenflusen schmückten den gesamten Raum. Überall waren ausgenommene Kissen zu sehen, Bücher waren zerfetzt, zwei Regale umgestürzt, ein Fernseher zertrümmert und eine Reihe von Geschirr zerbrochen.

Diese Omega hatte einen Wutanfall gehabt.

Sie saß selbstgefällig in der Mitte und warf mir einen Blick zu, der mich aufforderte, mich zu revanchieren. *Was nun, Alpha,* fragten ihre glitzernden Augen.

Ich war mir nicht sicher, was ich sagen sollte.

„Warum?", fragte ich. „Warum hast du das Zimmer zerstört?"

Sie antwortete mit einem nicht entschuldigenden und leicht verärgerten Räuspern.

Ich verengte meinen Blick und versuchte herauszufinden, was sich zum Teufel diese kleine Wölfin dabei gedacht hatte. Ein kurzer Blick in die Küche zeigte, dass sie nicht gegessen hatte. Ich ging ins Schlafzimmer und fand die Laken als Stofffetzen auf dem Boden. Ich ging weiter ins Badezimmer.

Die Dusche roch sauber und es waren keine Anzeichen sichtbar, dass jemand kürzlich Shampoo oder Seife benutzt hatte. Das bedeutete, dass sie auch nicht geduscht hatte.

Sie hatte sich in eine hübsche blonde Wölfin verwandelt und diese Hälfte des Penthouses zerstört.

Ich machte mir nicht die Mühe, die andere Seite zu kontrollieren. Hier würde schon eine Menge Aufräumarbeiten auf mich zukommen. „Das waren wirklich schöne Laken", informierte ich sie, als ich den Wohnraum wieder betrat. Sie hatte sich nicht von ihrem Platz weg bewegt und hatte immer noch diesen selbstgefälligen Gesichtsausdruck. „Die meisten Omegas hätten die gerne als Nest benutzt."

Sie fletschte die Zähne und knurrte tief in ihrer Kehle.

„Das ist süß", erwiderte ich. „Soll ich auch knurren?"

Sie schnaubte, als wollte sie sagen, *Tu dein Schlimmstes, Alpha.*

Offensichtlich wollte sie eine Reaktion von mir – eine Art Zurechtweisung. Vielleicht wollte sie mich mit diesem kolossalen Anfall dafür bestrafen, dass ich gegangen war.

Nun, ich war kein Freund von Spielchen.

Ich hatte ihr aus einer misslichen Lage geholfen, und so hatte sie es mir gedankt? Indem sie auf meine Gastfreundschaft pfiff?

„Verwandle dich zurück", sagte ich ihr. „Jetzt."

Stattdessen legte sie sich hin, wobei sich ihre Augen in subtiler Unterwerfung von den meinen lösten. Ich begann zu knurren und nur der Schauer über ihrem Rücken hielt mich im Zaum.

Es verursachte Schmerzen, eine Wölfin zu zwingen, sich zu verwandeln, wenn sie es nicht wollte, und es schien, dass Kari heute nicht in der Stimmung war, ein Mensch zu sein. Vielleicht verarbeitete sie das Erlebte immer noch. Natürlich erklärte das nicht den Zustand des Zimmers, und ich konnte nicht vorgeben zu verstehen, wie es war, in ihrer Situation zu sein.

Alphas sollten sich um schwächere Rudelmitglieder kümmern und sie nicht ausbeuten.

Seufzend ging ich vor ihr in die Hocke. „Ich habe

versprochen, dir nicht weh zu tun, Kari", sagte ich so leise wie möglich. „Und ich werde dieses Versprechen auch halten."

Ihre Ohren zuckten, aber sie reagierte in keiner Weise. Dennoch vermutete ich, dass es sich um eine Art Test handelte, um zu sehen, wie weit sie mich treiben konnte, bevor ich auf sie losging.

Einige Alphas hätten keine Geduld gehabt.

Ich war keiner dieser Alphas.

Ich griff nach vorne und strich mit meinen Fingern sanft über ihr keckes Ohr, als Geste, die sie beruhigen sollte, doch ihr Fell zuckte aus Unsicherheit. Der Duft ihrer Angst war stark, und brachte mich dazu, die Berührungen einzustellen und wieder aufzustehen.

Wenn sie fest entschlossen war, ihre Wolfsgestalt beizubehalten, würde ich ihr das vorerst erlauben. Hauptsache, sie aß etwas.

Auf der Suche nach etwas Tiergerechtem ging ich in die Küche und fand eine Schüssel mit Wasser. Ich nahm einen Teller und legte ein rohes Steak darauf.

Sie rührte sich nicht. Sie lag regungslos auf dem Boden, während sie auf das wartete, was ich zu tun gedachte. Das arme Mädchen erinnerte mich an ein misshandeltes Haustier. Ihre Haltung war stets wachsam, denn sie erwartete das Schlimmste von jedem in ihrer Umgebung.

Es würde Zeit brauchen, ihr Vertrauen zu gewinnen – etwas, das mir leider fehlte, da mein Vater sie in das Rudel einführen wollte. Er hatte nicht vor, sie weiterzureichen, sondern wollte ihr die Möglichkeit geben, einen geeigneten Gefährten zu finden.

Omegas brauchten den Knoten, genau wie Alphas. Die angeborenen Bedürfnisse schufen eine zielgerichtete Beziehung, in der die Alphas ihre Aggressionen auf erfüllende Weise abbauen konnten und sich verknoten konnten, während sich die Omegas im Gegenzug sicher und befriedigt fühlte.

Aber ich wollte mehr als das.

Ich wünschte mir eine Gefährtin, und obwohl das Alpha-Weibchen behauptete, dass dies bei Kari unmöglich sei, war mein Wolf anderer Meinung.

Daher die verkürzte Zeitspanne – ich musste sie nicht nur auf die Begegnung mit dem Rudel vorbereiten, sondern auch darauf, dass sie bereit war, mir zu gehören.

Glücklicherweise liebte ich Herausforderungen aller Art und diese hier würde die lohnendste von allen sein.

„Ich gebe dir noch einen Tag Zeit, um dich an deine neue Umgebung zu gewöhnen", sagte ich, als ich in den Wohnbereich zurückkehrte. „Aber ich erwarte, dass du isst, während ich weg bin." Ich stellte die Schüssel und den Teller vor ihr ab. „Eine Dusche wäre auch empfehlenswert." Ich schaute mich im Zimmer um. „Und vielleicht versuchst du, nichts Weiteres zu zerstören. Das wird jetzt schon viel Arbeit sein." Ganz zu schweigen davon, dass es teuer war, alles zu ersetzen.

Sie sah mich nicht an, aber ihre Ohren zuckten wieder und bestätigten, dass sie alles gehört und verstanden hatte, was ich gesagt hatte.

„Vierundzwanzig Stunden", fügte ich hinzu, als ich mich auf den Weg zur Tür machte. „Und ich meine es ernst, Kari. Ich erwarte, dass du isst. Du wirst die Konsequenzen nicht mögen, wenn du es nicht tust."

Ich hatte versprochen, sie nicht zu verletzen, und das würde ich auch nicht tun, aber ich würde auch keine Selbstverletzung tolerieren. Dazu gehörte auch, nicht zu essen.

„Wenn du das Fleisch nicht magst, dann schau im Kühlschrank nach, es gibt es eine Menge Alternativen."

49

Sie beachtete mich nicht.

Anstatt mich zu wiederholen, ging ich.

Sie hatte vierundzwanzig Stunden Zeit, um Einsicht zu zeigen.

Wenn sie es nicht tat, würde ich ihr zeigen, wie ein echter Alpha in dieser Situation reagierte. Ich vermutete, dass es ihr keinen Spaß machen würde. Aber sie würde es überleben. Und sie würde mir später dafür danken.

SVEN

Iᴄʜ ʙᴇᴛʀᴀᴄʜᴛᴇᴛᴇ das rohe Steak im Schnee, wohl wissend, woher es stammte – vom Außenbereich, der zu einer bestimmten Gästesuite gehörte.

Lars schnupperte an dem Fleisch. Er neigte seinen Kopf zur Seite, als er die Spuren der Omega auf der Oberseite aufnahm.

Er zog seine schwarze Schnauze hoch und musterte mich mit neugierigen braunen Wolfsaugen.

„Sie ist ein Neuzugang", sagte ich mit leiser Stimme. „Alpha Ludvig will sie in ein paar Wochen vorstellen."

Oder in ein paar Tagen, dachte ich verärgert.

Als ich ihm gestern von Karis Zustand berichtet hatte, hatte er keine Nachsicht gezeigt und gesagt, ich müsse sie vorbereiten, bevor das Rudel von ihrem Geruch Wind bekam.

Dabei hatte sie mir nicht gerade geholfen, indem sie ihr verdammtes Essen vom Balkon geworfen hatte.

Wahrscheinlich dachte sie, dass es ins Meer fallen würde, denn von ihrem Standpunkt aus hatte sie den kleinen Landstreifen nicht gesehen. Von den Glasfenstern, die die Wände der Außenterrasse säumten, konnte sie nur das Meer sehen. Sie hatte offensichtlich einen der Lüftungsschlitze gefunden, durch den sie ihr Essen hinauswerfen konnte.

Normalerweise ließen wir diese Schlitze geschlossen, um den Bereich vor Schneeverwehungen zu schützen. Ich hatte sie jedoch offen gelassen, weil ich dachte, sie würde die frische Luft zu schätzen wissen.

Das musste ich bei meinem nächsten Besuch korrigieren. Vorausgesetzt, ich erinnerte mich überhaupt daran. Alles, worauf ich mich wirklich konzentrieren konnte, war mein Wunsch, ihr eine Lektion in Sachen Respekt zu erteilen.

Ungehorsame kleine Omega. Ich habe dich gewarnt, kleine Wölfin, und du hast meine einzige Forderung buchstäblich aus dem Fenster geworfen.

Lars grunzte und lenkte meinen Blick wieder auf ihn. Wahrscheinlich konnte er meine wachsende Aggression spüren.

Es gab eine Sache, die ich verachtete – Respektlosigkeit. Als junger Alpha hatte ich das regelmäßig erlebt. Aber es gab einen Grund dafür, dass ich aufgestiegen war. Kari war dabei herauszufinden, warum mich die Wölfe vom Nordsektor trotz meines Alters als fast so überlegen wie Kaz und Alana betrachteten.

„Sag es nicht den anderen", sagte ich zu Lars, und mein ruhiger Tonfall war bestimmend. Da ich ein ranghöheres Mitglied des Rudels war, würde er sich an meine Forderung halten. Dennoch hielt ich es für notwendig, den Grund dafür zu erklären. Untergebene waren eher bereit, sich zu fügen, wenn sie einen triftigen Grund zum Handeln hatten. „Sie ist noch nicht bereit, jemanden zu treffen." Als er mich weiter anstarrte, fügte ich hinzu, „Sie ist aus dem Bariloche Sektor."

Er zuckte sichtlich zusammen und sein Wolf stieß ein leises Knurren aus.

„Ja, genau mein Gefühl." Der Bariloche Sektor war für die Misshandlung von Omegas berüchtigt. Aber niemand unternahm etwas dagegen, weil wir alle unsere eigenen Probleme zu bewältigen hatten.

Zum Beispiel mussten wir die Infizierten von unserem Territorium fernhalten.

Die Wölfe des X-Clans waren immun gegen das Zombie-Virus, aber das hielt die infizierten Menschen nicht davon ab, trotzdem zu versuchen, uns zu beißen. Wir waren Warmblüter und Nahrung in ihren toten Köpfen.

Ich war mit dieser Situation aufgewachsen, da die Pandemie fast achtzig Jahre vor meiner Geburt stattgefunden hatte. Aber andere, wie Kaz sprachen oft von einem Leben vor der Infektion.

War Kari aus dieser Zeit, fragte ich mich und schaute zu dem Gebäude hinauf. *Wie alt ist sie?*

Vielleicht sollte ich sie fragen, nachdem ich sie dazu gebracht hatte, mir zu sagen, warum sie ein so gutes Steak vom Balkon geworfen hatte.

Oh, du hättest besser etwas gegessen. Irgendetwas anderes, dachte ich und knirschte vor Frustration mit den Zähnen. Vielleicht war es falsch gewesen, sie noch einen Tag länger alleine zu lassen. Wie auch immer, es schien, als hätte sie Freiraum gebraucht.

Ich schüttelte den Kopf.

Nun, du hattest deinen Freiraum, kleine Wölfin. Fast sechsunddreißig Stunden lang. Ich musste meiner Mutter vorhin bei einer Aufgabe helfen, die viel länger gedauert hatte, als erwartet.

Das bedeutete, dass Kari schon seit zwei Tagen hier im Sektor war.

Wenn mein Verdacht richtig war, hatte sie seit ihrer Ankunft noch nichts gegessen.

„Tu mir einen Gefallen und mach das weg", sagte ich zu dem Beta in Wolfsgestalt. „Ich will nicht, dass jemand ihre Fährte aufnimmt." Denn das würde meine Zeit nur noch mehr verkürzen.

Lars nickte zustimmend und hob dann das Fleisch mit den Zähnen auf. Ich war mir nicht sicher, ob er vorhatte, das Steak zu essen oder es ins Wasser zu werfen. Ich blieb nicht, um es herauszufinden, denn mein inneres Tier brüllte vor Wut darüber, dass diese Omega einen klaren Befehl missachtet hatte.

Ich hatte ihr einen sicheren Raum zum Erholen und Verstecken gegeben und auch eine Fülle von Nahrungsangeboten gemacht, und sie dankte es mir, indem sie die Möbel zerstörte und ein gutes Stück Fleisch vom Balkon warf.

Okay.

Jetzt ist die Zeit für eine Lektion gekommen.

Wenn sie nicht auf sich selbst aufpassen konnte, würde ich die Arbeit für sie erledigen.

Ich gab die erforderlichen Codes ein und stand innerhalb weniger Minuten vor ihrer Tür.

Als ich eintrat, herrschte Stille. Ein kurzer Blick in die Küche zeigte, dass Kari keinen einzigen Bissen des Essens angerührt hatte. Die Schüssel mit Wasser, die ich ihr hingestellt hatte, lag umgedreht auf dem Teppich und das Wasser war in den Bodenbelag eingedrungen – noch eine Sauerei, die ich später beseitigen musste.

Aber ich musste zuerst eine ungehorsame Omega bestrafen.

Ich machte mir nicht die Mühe, nach ihr zu rufen. Stattdessen folgte ich meiner Nase und fand sie als Fellknäuel zusammengerollt im Außenbereich.

„Verwandle dich", forderte ich.

Sie reagierte nicht. Sie hob nicht einmal ihren kleinen Kopf, war aber definitiv wach. Am Zittern ihrer Schultern konnte ich erkennen, dass sie sich nicht nur meiner Anwesenheit bewusst war, sondern dass sich ein kluger Teil von ihr auch Sorgen darüber machte, was als Nächstes kommen würde.

„Verwandle dich", wiederholte ich und gab ihr eine weitere Chance, dies freiwillig zu tun.

Als sie sich weigerte, knurrte ich befehlend und zwang sie, nur durch meine bloße Willenskraft in die menschliche Gestalt zurückzukehren.

Sie wimmerte, als ihr Körper auf meine Dominanz reagierte und genau das tat, was ich ihr befahl zu tun. Ihre Mangelernährung zeigte sich darin, wie schnell sie gehorchte, denn sie war in ihrem schwachen Zustand nicht in der Lage, auch nur den Anschein eines Kampfes gegen meinen Wolf zu führen.

Die Knochen knackten, als sie ihre Beine ausstreckte, und ihr Tier knurrte vor Schmerz auf, weil es zum Rückzug gezwungen war.

Sie begann zu zittern und ihr Schrecken verströmte einen stechenden Geruch, der meine Nase zucken ließ.

Sie rollte sich noch fester zusammen und versuchte, sich mit den Armen um die Beine zu legen, um sich zu verstecken.

„Kari." Ihr Name rollte mit einem Knurren von meiner Zunge und ließ sie zusammenzucken. Sie rollte sich auf den Rücken, streckte ihre Beine auf dem Boden aus und spreizten sie in einer Weise, die die meisten als Einladung zum Ficken betrachten würden.

Mein Wolf war neugierig geworden.

Der Mann in mir erkannte die Geste der Unterwerfung.

Sie war darauf trainiert worden, so zu reagieren, wenn ein Alpha ein Bedürfnis hatte, sich zu befriedigen – einfach dazuliegen und es hinzunehmen. Mein Herz pochte schmerzhaft in meiner Brust. Mein ganzer Frust und Zorn darüber, dass sie sich nicht um sich selbst kümmerte, erblasste.

Das arme Mädchen hatte die Hölle durchgemacht und erwartete das Schlimmste von meiner Wut.

Alles, was ich wollte, war, mich um sie zu kümmern, und ich vermutete, dass sie keine noch so großen Worte davon überzeugen würden. Also würde ich die Sache nur durch Taten angehen können.

Ich hockte mich neben sie und schob meine Arme vorsichtig unter ihre Schultern und Knie, um sie vom Boden zu heben. Ihr geringes Gewicht verriet mir, wie zerbrechlich sie war. Ihr Magen war leer. Sie hatte schon, wer weiß wie viele Tage des Hungerns hinter sich.

Ich drückte sie an meine Brust, begann zu schnurren und nahm sie mit ins Haus.

Anders als beim letzten Mal kuschelte sie sich nicht an mich. Sie blieb schlaff und ihre Augen fielen zu, als wäre sie bereits tot.

Ich drückte meine Lippen auf ihren Scheitel und trug sie ins Schlafzimmer. Sie reagierte nicht, sie atmete nicht einmal. Sie hatte sich bereits mit ihrem Schicksal abgefunden.

Ich hatte sie nicht auf das Bett gelegt, stattdessen nahm ich sie mit ins Bad und setzte sie auf die Marmorplatte. Ich lehnte sie mit dem Rücken gegen den Spiegel und streckte eine Hand aus, weil ich Angst hatte, sie könnte zur Seite fallen. Sie blieb mit geschlossenen Augen und geschlossenem Mund sitzen.

Dies war eine Omega, die in einen Abgrund gefallen war und dem Alpha erlaubte, zu tun, was er wollte. In diesem Zustand gefiel sie mir ganz und gar nicht. Ich mochte lieber das ungehorsame Knurren von gestern oder die Gemütlichkeit, die sie in der letzten Nacht gehabt hatte, als ich sie das erste Mal hierher gebracht hatte.

Irgendetwas war passiert, als hätte sie eine Art Schalter in ihrem Kopf gedrückt, der einfach ihren Geist zum Aufgeben gebracht hatte, und ich vermutete, dass sie seit ihrer Ankunft kurz davor war, das zu tun. Ihr Freiraum zu geben, war der falsche Schritt gewesen. Ich würde es nicht noch einmal tun.

Sie musste genährt und aufgepäppelt werden, um ihr Vertrauen zu gewinnen.

Und auch ein Bad, dachte ich und betrachtete die Wanne.

Angesichts ihres lethargischen Zustands schien das nicht die beste Wahl zu sein, also schaltete ich stattdessen die Dusche ein. Um das Essen würde ich mich kümmern, sobald sie wieder warm und sauber in ein Handtuch gewickelt war.

Ich zog meine Schuhe und Socken aus und entkleidete mich bis auf die Boxershorts. Ich fuhr mit den Fingern durch mein Haar, um die widerspenstigen Strähnen zu bändigen.

Prompt fielen die Locken wieder an die Seiten meines Gesichts.

Mein Haar hatte eine Länge, dass ich es weder richtig zurückbinden noch hinter den Ohren halten konnte.

Ich gab den Versuch auf und prüfte die Temperatur des Wassers. Trotz des Winters war das Wasser bereits warm. Ich ließ die Glastür offen und ging hinüber, um Kari wieder auf den Arm zu nehmen, wobei mein Schnurren laut vibrierte, um sie so ruhig wie möglich zu halten. Sie schien es nicht zu bemerken und war zu sehr in ihren Gedanken versunken, um überhaupt zu bemerken, was geschah.

Sie in ihre menschliche Form zurückzuzwingen, musste der Auslöser gewesen sein. Es tat weh, wenn man befahl, sich zu verwandeln, und irgendetwas sagte mir, dass sie mich absichtlich zu diesem Punkt getrieben hatte, damit ich ihr alle Wahlmöglichkeiten nehmen würde. Sie wollte, dass ich der Bösewicht in dieser Welt war, um ihr meine schlechteste Seite zu zeigen. Ich war mir nicht sicher, wie sie davon profitieren wollte. Vielleicht war es für sie ein Weg, ihre neue Normalität zu definieren.

Ich fuhr mit den Fingern durch ihr Haar, während ich uns unter das warme Wasser stellte. Das Wasser prasselte an ihren blonden Haaren und an ihrer blassen Haut herunter. Ihre Bewegungslosigkeit bestätigte, dass sie in einer Art bewusstlosem Zustand war. Das konnte sie bleiben, während ich mich um sie kümmerte, aber sie musste irgendwann wieder zu sich kommen, um essen zu können.

Ich drückte sie an meine Brust und benutzte die andere Hand, um ihr Haar zu waschen und auszuspülen, was sich als eine kleine Herausforderung erwies, aber mit ihrer zierlichen Statur war sie leicht zu handhaben. Ich wiederholte den Vorgang mit der Spülung und seifte sie dann gründlich ein.

Nicht ein einziges Mal bewegte sie sich.

Sie machte sich auch nicht die Mühe, diese hübschen blauen Augen zu öffnen.

Ihr Herzschlag blieb konstant und ihre Atmung flach, aber sie schlief nicht. Nur … eine einzige Leere.

Ich ließ das Wasser noch eine Weile über uns beide laufen und sorgte dafür, dass der ganze Schaum in den Abfluss floss, bevor ich die Dusche abstellte. Mein Brustkorb vibrierte weiterhin in diesem ruhigen, rhythmischen Grollen, in der Hoffnung, dass es sie aus diesem Zustand herausholen würde.

Aber nichts schien zu funktionieren.

Ich wickelte sie in ein großes, flauschiges Handtuch, kämmte ihr Haar und trocknete mich ab, ohne dass es mir gelang, sie zu wecken.

Seufzend flüsterte ich, „Na gut, Kleines. Du hast gewonnen." Sie konnte so nicht essen, und ich wollte nicht riskieren, sie noch tiefer in diesen Zustand zu treiben, indem ich sie zwang, aus diesem Zustand auszubrechen.

Stattdessen setzte ich sie auf den Boden des Schlafzimmers und bezog das Bett mit frischer Bettwäsche – da sie die anderen Laken und die Bettdecke mit ihren Krallen zerstört hatte. Ich holte einige Flaschen Wasser aus der Küche und stellte sie neben dem Bett ab.

Sie blieb die ganze Zeit über regungslos. Ihr Körper gehörte mir – ich konnte ihn bewegen und mit ihm machen, was ich wollte.

Ich hob sie vom Boden auf, trug sie zum Bett und bettete uns in die Decken. Wenn sie sich ausruhen wollte, würde ich mich zu ihr legen.

Ich streichelte ihr über ihren Rücken und ließ sie meine Stärke als Alpha spüren, während mein Wolf durch das Grollen in meiner Brust schwor, dass er sie in diesem geschwächten Zustand so lange beschützen würde, wie sie es brauchte.

Meins, brummte er. *Diese Omega ist für mich bestimmt.*

KARI

MEINE WÖLFIN GÄHNTE und streckte sich. Ihre Zufriedenheit strahlte durch meine unscharfen Gedanken und ich fühlte mich ausgeruht und doch schwach.

Ein seltsames Gefühl ... nicht der schwache Teil, sondern der ausgeruhte Teil.

Und sicher, stellte ich fest. Mein Körper kribbelte vor fremder Wärme.

Ein Summen hallte durch mich hindurch, das meine Adern erwärmte und meinen Wolf veranlasste, in gleicher Weise zu knurren. Sie mochte dieses sich wiederholende Geräusch, die beruhigende Stille, die ihre niederen Sinne ansprach.

Was ist das, fragte ich mich und suchte nach der Quelle. *Wo bin ich?*

Ich wachte oft in einem verwirrten Zustand auf, ohne mich meiner Umgebung und der Schrecken, die gerade auf mich losgelassen worden waren, bewusst zu sein. Aber ich konnte mich nicht erinnern, jemals so zufrieden gewesen zu sein, als hätte ich stundenlang friedlich geschlafen.

Nach ein paar Sekunden des Nachdenkens rief ich meine letzte greifbare Erinnerung ab – die Erinnerung an Alpha Sven, der mich gezwungen hatte, mich zu verwandeln.

Ich zitterte, und der Schrecken des Augenblicks verursachte eine Gänsehaut auf meinen Armen, nur, als sich diese Vibration verstärkte, wurde im nächsten Atemzug meine Haut glatter. *Ich mag dieses Geräusch wirklich*, dachte ich mit einem mentalen Seufzer. *So ein hypnotisches, schönes Grollen.*

Meine Lippen spitzten sich.

Die Erinnerung an Alpha Sven, der von mir verlangte, in die menschliche Form zurückzukehren, blieb mir im Gedächtnis haften. Ich hatte ihn zu weit getrieben, und darum ging es ja – ich wollte, dass er mir wehtat. Ich wollte ihn provozieren, damit wir diesen Tanz einfach hinter uns bringen konnten.

Untersuch mich.

Stell mich den anderen Alphas vor.

Oder töte mich einfach.

Warte ... Ich runzelte die Stirn. *Ist das der Grund, warum ich mich so gut fühle? Bin ich endlich tot?*

Meine Augen waren zu schwer, um sie aufzumachen und mein Körper zu entspannt, um sich zu bewegen.

Oh, und dieses sanfte Schnurren brachte mich dazu, mich lieber noch tiefer in der Wärme um mich herum zu vergraben, als mich von ihr wegzurollen.

Ich fühlte mich definitiv nicht *untersucht* oder *benutzt*. Tatsächlich war ich überhaupt nicht ärgerlich. Nur hungrig. Das bestätigte mein Magen, der vor Hunger knurrte.

Machen Mägen das, wenn man tot ist?, fragte ich mich mit gerunzelter Stirn.

Etwas Weiches strich über meine Haut, glättete die

Falten auf meiner Stirn und glitt dann am Rande meines Gesichts entlang zu meinem Kinn hinunter. „Du musst essen", murmelte jemand mit tiefer Stimme, und unterstrich sie mit diesem süchtig machenden Grollen.

Alpha Sven.

„Wir liegen seit fast einem Tag in diesem Bett, kleine Wölfin", fuhr er fort. „Das sind drei Tage ohne Essen, und wer weiß, wie lange davor. Dein Magen sagt mir, dass du dir dessen auch bewusst bist. Also öffne diese hübschen Augen, und wir werden das Problem gemeinsam lösen."

Er strich sanft unter meinen Augen entlang, während sich ein stählernes Band um meinen Oberkörper legte. Seine Finger wanderten zurück zu meinem Haar und kämmten sich wissend durch meine Strähnen, was mir ein Kribbeln über den Rücken jagte.

Wie …? Ich brach ab und war unsicher, was ich überhaupt fragen wollte und konnte mich an nichts erinnern, was passiert war, nachdem er mich verwandelt hatte. Ich hatte mich in eine Art Starre gebracht und das Schlimmste erwartet. Aber der saubere Duft und die Wärme auf meiner Haut waren keine Anzeichen für etwas Schlimmes.

Ich fühlte mich … *sauber.*

Und sicher, dachte ich wieder. *Sehr sicher.*

Aber das ergab keinen Sinn. Er war so wütend und fordernd gewesen. Knurren hatte ich schon so oft gehört. *Beweg dich, damit ich dich ficken kann. Schalte ab, damit ich dich verknoten kann. Schalte ab, damit ich dich* besitzen kann.

Meine Oberschenkel waren nicht geprellt. Mein Inneres schmerzte nicht, abgesehen davon, dass sich mein Magen wegen des Hungers verkrampfte. Meine Haut fühlte sich erfrischt und unbefleckt an.

Ich hatte keine Schmerzen, nur Hunger.

„Ich weiß nicht ..." Meine Stimme klang rau, meine Kehle war unglaublich trocken.

Alpha Sven bewegte sich, riss mich aus meinem Ruhepol und entlockte meiner Wölfin einen leisen Protest. Ich versuchte, es zu verbergen, die Laute meiner Wölfin zu verbannen, aber der Alpha musste mich gehört haben, denn er flüsterte leise in mein Ohr, während er sich um mich herum bewegte.

Meine Augenlider weigerten sich, sich zu heben, sodass ich blind für das war, was er tat.

Dann kam eine Plastikflasche an meine Lippen. „Trink", befahl er und ließ mir einen Schauer über den Rücken laufen.

Ich willigte ein, weil ich das Wasser brauchte. Es brannte in meiner Kehle. Er schnurrte als Antwort, offensichtlich erfreut über mein Einverständnis.

Was zum Teufel ist passiert?

Alphas machten das nicht. Sie kümmerten sich nicht um mich, nachdem sie mich gefickt hatten. Sie ließen mich mit ihrem Samen durchtränkt zurück, damit der nächste mich benutzen konnte.

Aber die Decken unter mir waren so *weich* und dieser Mann war so *heiß*. Er erinnerte mich an die Sonne und seine Hitze drang in meine Haut ein und hüllte mich in ein Meer aus Geborgenheit, das meine Wölfin zu überwältigen drohte. Sie wollte sich in ihm verlieren, seine Stärke annehmen und ihn anflehen, sie nie zu verlassen.

Das muss ein Trick sein, dachte ich. *Eine Art Spiel.*

Er nahm die Flasche von meinem Mund, wobei sein Daumen einen Tropfen von meiner Lippe auffing. Er bewegte sich wieder, und diesmal öffnete ich die Augen, und sah, wie er über mich hinweg die Flasche auf den Nachttisch neben uns stellte.

Er hatte kein Hemd an, und sein blondes Haar war

durcheinander gewühlt und stand an den Haarspitzen ab. Sein Schnurren überrollte mich, als er seinen Kopf auf demselben Kissen, wo meiner lag, ablegte. Er hatte einen Arm unter mich geschoben, der sich wie ein Feuerband entlang meines unteren Rückens anfühlte.

Ich war nackt – was mich nicht überraschte, wenn man bedachte, was wir wahrscheinlich in diesem Bett getan hatten.

Nur roch ich weder meine Erregung noch seinen Samen. Die Laken waren sauber und rochen dezent nach Seife und Wasser. Alphas Svens maskulines Aroma umgab mich ebenfalls, sein Zeichen auf meiner Haut war das von Schweiß und *Mann*.

Aber nicht so, wie ich es sonst erlebt hatte.

Er hatte mich auf eine fremde Art gebrandmarkt, seine Berührung war seltsam zärtlich.

Sein Daumen strich über mein Kinn und lenkte meinen Blick zu ihm hinauf. „Bist du bereit, etwas zu essen?"

Mein Wolf nickte in mir und flehte mich an, sein Angebot anzunehmen. Ich wusste jedoch, was nach dem Essen kommen würde, und nur weil ich mich nicht an unsere erste Brunft erinnern konnte, hieß das nicht, dass ich mich nicht an die zweite erinnern würde. Vor allem, wenn er mich zum Essen zwang. Es war schwer, in meine Gedanken zu flüchten, wenn mein Körper verlangte, dass ich den Inhalt meines Magens wieder herausbrachte.

Seine blauen Augen leuchteten auf und seine Miene verdüsterte sich. „Hm, ich verstehe." Er zog sich zurück, sein Schnurren verließ mich, als er sich vom Bett auf seine Füße stellte.

Das Tier in mir knurrte über den Verlust des Kontakts, während mein Verstand darum kämpfte, einen anderen

Ausweg zu finden, bevor wir wieder mit dem anfingen, was auch immer es war.

„Ich schätze, wir machen das auf die harte Tour", sagte Alpha Sven und ging zur Tür.

Scheiße, ich muss hiii …

Moment mal. Warum ist er nicht nackt?

Sein muskulöser Rücken verjüngte sich zu einer schlanken Taille und seine Haut war glatt und blass. Er trug schwarze Boxershorts.

Ich starrte verwirrt auf seinen festen Hintern.

Dann verschwand er ohne ein weiteres Wort durch die Tür.

Ich griff nach dem Laken, aber meine Hand war langsamer als ich wollte, da mir die Kraft fehlte, und hob schließlich das Laken an, um zu enthüllen, was ich bereits wusste. *Ich bin nackt.*

Aber er war es nicht.

Er hatte mich gehalten, während er Unterwäsche trug.

Welcher Alpha macht das?

Ich ließ das Laken wieder fallen, drehte mich auf den Rücken und starrte an die Decke. *Hat er nicht …? Was hat er …?* Die unvollendeten Fragen kreisten in meinem Kopf, und mein Verstand war unfähig, eine Erklärung zu finden.

Zum ersten Mal in meinem Leben versuchte ich mich daran zu erinnern, was ein Alpha mit mir gemacht hatte. Aber mein Gehirn weigerte sich zu kooperieren. Ich hatte abgeschaltet und war dann warm, bequem und *sicher* in seinen Armen aufgewacht. Ich konnte mich nicht erinnern, wann ich mich das letzte Mal so gefühlt hatte.

Vielleicht vor meiner ersten Brunst, als meine Mutter noch Zeit mit mir und meiner Schwester hatte verbringen dürfen. Damals hatte ich mich wohlgefühlt. Unschuldig. Glücklich.

Meine Schwester hatte gerade ihren Gefährten

gefunden, und meine Mutter war so hoffnungsvoll gewesen.

Bis mein Vater Savis Alpha getötet hatte.

Er hatte mich meiner Mutter weggenommen, um mich in meine neue Aufgabe und mein Leben als Omega einzuführen.

Mir drehte sich der Magen um, als ich mich an den Schmerz erinnerte, aus meinem sicheren Versteck geholt und in den Kerker geworfen worden zu sein, um gebrochen, benutzt und körperlich und seelisch misshandelt zu werden.

Vielleicht war das der Zweck dieses Spiels – mir einen Hauch von Sicherheit zu zeigen, um ihn mir dann wieder zu nehmen. Aber zu welchem Zweck? Was würde Alpha Sven gewinnen, wenn er mich in einem Moment beschwichtigte, nur um mich im nächsten zu brechen?

Ich war bereits am Boden zerstört.

Gebrochen.

Benutzt.

Er könnte mir alles antun, und ich würde es zulassen. Er könnte mich töten, und ich würde mich nicht einmal wehren. Warum sollte er sich die Mühe machen, zu schnurren, mich zu baden oder – meine Nase zuckte bei den Düften in der Luft – zu essen?

Es sei denn, er wusste, dass es mich danach wach halten würde – um zu erfahren, welche Boshaftigkeit er besaß.

Ich erwog, in meine Tiergestalt zu wechseln, um mich vor dem zu verstecken, was auch immer er vorhatte, aber seine Schritte hallten durch die Suite und machten mich auf seine Annäherung aufmerksam.

Mein Herz setzte einen Schlag aus. *Wenn ich meinen Wolf rufe, dann …*

„Nicht", sagte er und betrat das Zimmer. „Ich will dir

nicht wehtun, Kari. Aber ich werde deine Menschengestalt erzwingen und dich zum Essen bringen."

Ich blinzelte ihn erschrocken an. *Woher kannte er meinen Plan?*

„Ich konnte spüren, wie deine Energie auf meiner Haut gekribbelt hat", erklärte er, indem er wieder meinen Ausdruck oder meine Gedanken las oder meine *Energie* spürte und meine unausgesprochene Frage beantwortete.

Ich war mir nicht sicher, was ich davon halten sollte, dass er so gut mit mir im Einklang war, dass er meine Gedanken lesen konnte.

Er stellte ein Tablett auf dem Bett ab, und die Teller darauf enthielten genug Essen, um eine ganze Armee satt zu bekommen. Mein Magen knurrte vor Aufregung, meine Wölfin wanderte ungeduldig in mir herum und sehnte sich nach etwas zu essen.

Aber wir wussten beide, was als Nächstes kommen würde.

Es bedeutete, dass ich nur einen kleinen Happen essen durfte, sonst würde ich es später sehr bereuen.

Das war schon immer so gewesen und hatte mich in einen ständig geschwächten Zustand gebracht. Aber ich zog es vor, zu verhungern, als alle meine Mahlzeiten während oder nach dem Sex wieder herauszuwürgen.

„Zu dieser Jahreszeit ist es mehr Stunden dunkel als hell, da ist ein Frühstück immer angebracht." Er begann, auf die Speisen auf dem Tablett zu zeigen und sie zu beschreiben.

Es gab Eier, Räucherlachs, verschiedene Käsesorten und einen Teller mit geschnittenem Gemüse. Nichts davon klang appetitlich, wenn ich an das beabsichtigte Ergebnis dieser Erfahrung dachte.

Alpha Sven bemerkte mein Zögern mit einer hochgezogenen Augenbraue. „Ich fange an, dich zu füttern, wenn du nicht eine Gabel nimmst und es selbst tust."

Mein Kiefer krampfte sich zusammen, und ein Teil von mir wollte ihn schon aus Prinzip zurückweisen.

Es war eine unsinnige Reaktion, eine, die mir auf jeden Fall das Todesurteil einbringen würde, und zwar ein schmerzhaftes. Aber ich konnte es nicht verhindern. Ich wusste, was als Nächstes kommen würde, und ich wollte mir meine zuvor zufriedene Stimmung nicht verderben.

Ein Teil von mir wollte ihn bitten, wieder zu schnurren und wieder in seinen Armen einzuschlafen, nur um noch ein paar Minuten Ruhe zu haben.

In der Annahme, dass das alles war, was wir getan hatten. Aber so wie ich mich fühlte, schien das das einzig wahrscheinliche Szenario zu sein. Ein Mann von der Größe von Alpha Sven würde überall auf meinem viel kleineren Körper blaue Flecken und Spuren hinterlassen. Wenn er mich gefickt hätte, würde ich es spüren können. Zumal er gesagt hatte, dass ich erst seit einem Tag oder so schlief.

Drei Tage hier, dachte ich und erinnerte mich an das, was er gesagt hatte. *Ja, ich würde …*

„Kari." Mein Name wurde mit einem warnenden Knurren ausgesprochen.

Langsam richtete ich mich auf und lehnte mich gegen das Kopfteil. Dann griff ich nach einer Selleriestaude und kaute darauf herum.

Sein Kiefer zuckte, aber er sagte nichts. Er sah nur zu.

Nachdem ich geschluckt hatte, nahm ich noch eine, und seine Augen verengten sich.

Das Spiel wiederholte sich noch drei Runden, bevor er mein Handgelenk festhielt. „Ich weiß nicht, welches Spiel du spielst, Omega, aber du brauchst mehr als nur Kaninchenfutter."

„Du hast den Gemüseteller mitgebracht", bemerkte ich leise.

Seine Augenbrauen hoben sich bei meiner Bemerkung. „Die sind Beilage. Iss den Lachs."

„Dann gib mir einfach den Lachs, anstatt ein Tablett mit einer Auswahl", antwortete ich, ohne zu wissen, woher mein Rückgrat plötzlich kam. Es war die Art von Ton, die ich meiner Schwester zu geben gepflegt hatte, als wir noch jünger gewesen waren. Es war definitiv nicht die Art von Antwort, die ich jemals einem Alpha gegeben hatte.

Instinktiv wich ich zurück und erinnerte mich erst dann an das Holzbrett in meinem Rücken. *Verdammt.* Ich senkte den Blick und murmelte eine Entschuldigung, aber das war zu wenig, zu spät. Alphas schätzten keinen Ungehorsam. Sie töteten Omegas für weniger.

Alpha Sven hielt mein Kinn fest, und ich schloss die Augen und akzeptierte mein Schicksal.

„Sieh mich an", sagte er streng.

So *wird es also sein,* dachte ich resigniert. Gezwungen, meiner Bestrafung zuzusehen. Und jetzt, wo ich etwas zu essen im Magen hatte, würde ich wahrscheinlich die ganze Zeit über anwesend bleiben.

Natürlich war es das, was ich verdiente. Ich wusste es besser, als meine Meinung zu sagen.

„*Kari*", schnauzte er ungeduldig und rüttelte mich damit auf.

Seine blauen Augen loderten auf mich herab, als er sich mir mit grimmiger Miene neben mich auf das Bett kniete.

„Ich werde dir nicht wehtun." Seine Worte waren für mich wie ein Schlag in die Magengrube, aber die Irritation in seinem Gesichtsausdruck verursachte eine Gänsehaut auf meiner Haut. „Aber ich werde auch nicht zulassen, dass du dir selbst wehtust. Also wirst du etwas essen, bis ich der Meinung bin, dass du ausreichend gegessen hast."

Er ließ mich los, nahm neben mir Platz und stellte das Tablett auf seinen muskulösen Schenkeln ab. Ich fühlte mich so klein in seiner Gegenwart. Seine Größe übertraf meine mindestens um das Doppelte.

Das war nichts Neues für mich, aber seine schönen Gesichtszüge hatten etwas Sanftes an sich, das anderen Alphas fehlte. Das machte ihn nicht weniger männlich, sondern eher angenehmer. Er hatte nicht die barbarische Strenge, die viele der Alphas des Bariloche Sektors besaßen. Er wirkte fast königlich. Göttlich. Überirdisch.

„Auch wenn du mich so anstarrst, kommst du nicht aus der Sache raus, Süße", murmelte er, und seine vollen Lippen verzogen sich an einer Seite. „Obwohl es mir nichts ausmacht, wenn du mich ansiehst."

Ich blinzelte verwirrt. Dann wurde mir klar, dass ich ihn schon eine Zeit lang bewundert hatte – ich studierte einfach die Konturen seines Gesichts und den männlichen, kantigen Schnitt seines Kiefers. Anstatt damit aufzuhören, betrachtete ich ihn weiter, wobei ich die kräftigen Sehnen seines Halses und die Breite seiner Schultern bemerkte.

Die meisten Alphas hatten starke Muskeln. Sven war da keine Ausnahme. Aber seine Adern traten nicht so hervor wie die der anderen und seine Arme waren eher schlank und athletisch als hart und einschüchternd.

Er unterbrach meine Betrachtung, indem er mir eine Gabel zum Mund führte. Ich öffnete ihn, denn ich hatte keine andere Wahl. Ein rauchiger Geschmack traf auf meine Zunge, und mein Wolf knurrte anerkennend angesichts der offensichtlich hohen Qualität des Fischs.

Es war lange her, dass ich etwas anderes als den Abfall von anderen zu essen bekam. Diese Art von Küche würde wahrscheinlich mein inneres Gleichgewicht stören und mich kränker als sonst machen. Aber ich konnte mir ein anerkennendes Stöhnen nicht verkneifen, als ich schluckte, denn es schmeckte wirklich dekadent.

Als Antwort schnurrte er, und dieses Geräusch war eine hypnotische Liebkosung, die mich in einen passiven Zustand versetzte. Ich machte mir keine Gedanken mehr darüber, dass mir später schlecht werden könnte, sondern genoss den Moment, solange er auch andauern mochte. *Ich muss nur sicherstellen, dass es das wert ist*, dachte ich und genoss den Geschmack. Schließlich begann mein Magen zu protestieren, mein Magen war klein und gereizt, weil ich jahrelang kaum etwas gegessen hatte.

Alpha Sven drängte mich nicht, sondern aß selbst zu Ende, während er das beruhigende Grollen in seiner Brust beibehielt. Dann stellte er das Tablett auf den Boden und musterte mich.

Mein Herz sank, denn mein Körper wusste bereits, was als Nächstes kommen würde.

Ich wollte um mehr Zeit bitten, um wenigstens ein paar Minuten für mich zu haben, das Essen zu verdauen, bevor wir begannen, aber ich wusste, dass ich das nicht tun sollte.

Also legte ich mich stattdessen hin, spreizte die Beine, wie man es mir beigebracht hatte, und wartete.

Alpha Sven nahm die Aussicht in sich auf, bevor er sich neben mir ausstreckte und sich auf seinen Ellbogen stützte. „In diesem Zustand werde ich dich nicht ficken, Omega", sagte er. „Du kannst noch nicht mit mir umgehen. Also kannst du dich entspannen."

Ich zog die Stirn in Falten. *Was?*

Er strich mit seinen Fingern an meinem Kiefer entlang, sein Schnurren wurde intensiver, als er sanft über meinen Hals bis hinunter zu meinem Brustbein strich und eine Linie zwischen meinen Brüsten zog.

„Ich werde dich nicht anlügen, Kari", murmelte er,

und seine Fingerspitzen wanderten hinunter zu meinem Bauch und umkreisten meinen Bauchnabel. „Mein Wolf hat bereits seinen Anspruch auf dich erhoben. Deshalb beabsichtige ich, dich zu beanspruchen, aber ich werde es erst tun, wenn du stark genug bist, mich zu nehmen."

Ich zitterte, weil ich nicht wusste, was ich darauf antworten sollte. Ich hatte keine Wahl. Er wollte mich, also würde er mich auch bekommen. So wie alle Alphas. Und wenn er meiner überdrüssig war, würde er mich einem anderen geben.

Früher hatte ich von der Flucht geträumt. Ich wollte mir ein neues Leben irgendwo anders aufbauen oder einfach in den Wäldern sterben, ganz allein.

Vielleicht könnte ich meinen Plan hier wieder aufgreifen. Er hatte mir einen ziemlich großen Käfig zur Verfügung gestellt, in dem ich mich aufhalten konnte, und dazu noch erstklassiges Essen, das es mir ermöglichen würde, etwas Kraft zu bekommen.

Was würde passieren, wenn ich die Fenster des Balkons zerschlug und ins Meer sprang? Würde ich durch den Aufprall getötet? Oder würde mein Wolf mich heilen können? In meinem jetzigen Zustand würde ich sterben. Aber wenn ich weiter aß und einige meiner natürlichen Eigenschaften als Gestaltwandler wiedererlangte, könnte ich vielleicht überleben.

Um was zu tun?, fragte ich mich und dachte an die Kälte draußen. *Um zu erfrieren?*

Alphas Svens Berührung wanderte tiefer zu meinem rasierten Schamhügel und hinüber zu meiner Hüfte. So ein federleichtes Streicheln hatte ich noch nie erlebt. Seine Hände erforschten meinen Körper, von dem er bereits entschieden hatte, dass er ihm gehörte, egal wie lange er ihn begehrte.

Mir wurde bei dem Gedanken flau in der

Magengegend und es entfachte in mir einen Hass auf alle Wölfe und deren grausames Spiel, was das Schicksal mir gebracht hatte.

Jedoch konnte ich nicht leugnen, dass seine Fingerspitzen eine gewisse Wärme unter meiner Haut hervorriefen, die gut zu dem tiefen Nachhall passte, der von seiner Brust ausging.

Er lullte mich in einen unterwürfigen Zustand ein, in dem ich mich seinem Willen fügen sollte. Ich war nicht stark genug, um mich gegen ihn zu wehren, also versuchte ich stattdessen Kraft daraus zu ziehen, die er mir anbot, und erlaubte meinem Geist, von einem Ausweg zu träumen. Alphas hatten mich mein ganzes Leben lang benutzt.

Was würde es schaden, den Spieß jetzt umzudrehen?

Das schien nur fair, nach allem, was ich durchgemacht hatte. Wenn er mich stärken wollte, um ihn zu nehmen, dann würde ich es zulassen. Wenn sich aber eine Gelegenheit bieten würde, dann würde ich diese neue Kraft zu meinem Vorteil nutzen.

Und laufen.

KARI

Ich wachte neben Sven auf, der mich gewärmt hatte und mein Verstand kämpfte damit, sich zu erinnern, wann ich eingeschlafen war. Alpha Sven hatte mich gefühlt stundenlang gestreichelt – seine Hände erkundeten meinen Körper, berührten mich aber trotz meiner gespreizten Schenkel nie an einer wirklich intimen Stelle.

Er vermittelte mir ein Gefühl von Sicherheit und Wärme, nach dem ich mich ein Leben lang gesehnt hatte. Obwohl ich es besser wusste und nicht auf seine Tricks hereinfallen wollte, konnte ich die Annehmlichkeit seiner Anwesenheit nicht leugnen.

Ich öffnete die Augen und sah den muskulösen Brustkorb. Ich hatte meinen Kopf an seine Brust gelehnt. Seine starken Arme legten sich um mich, während er weiterhin dieses erstaunlich leise Geräusch von sich gab. Er schnurrte schon seit Tagen ununterbrochen, so erschien es mir zumindest. Es war süchtig machend und hypnotisierend und definitiv ein Geräusch, das ich sehr vermissen würde, wenn es zu Ende war.

Seine Finger kämmten durch mein Haar, als er sagte: „Es ist wieder Zeit zu essen."

Ich stöhnte fast auf. Dieser Mann war besessen vom Essen. Mir kam es so vor, als hätte ich erst vor zehn Minuten gegessen, aber das leichte Knurren in meinem Magen sagte mir, dass es schon viel länger her sein musste, vielleicht sogar schon einen ganzen Tag. Die Zeit war hier in diesem Nest aus Wärme und einlullendem Schnurren schwer zu erfassen. Irgendwann hatte ich gedanklich Wände um dieses Bett errichtet, als wollte ich uns hier im Bett gefangen halten, damit wir es nie verlassen konnten.

Seine Lippen pressten sich auf meinen Kopf, als er versuchte, sich aus unserem Kokon zu befreien. Ich knurrte verärgert, weil er damit meine errichteten Barrieren durchbrach.

Er hielt inne, und ich brummte zustimmend und schmiegte mich tiefer in die Vibrationen seiner Brust.

„Du wirst mich nicht davon abhalten, Essen zu holen, Kari", warnte er.

Ich ignorierte ihn, da ich nicht wusste, was er meinte, und drückte mich weiter an seinen Körper, um die Zufriedenheit wiederzufinden, die ich erlebt hatte, bevor er sich bewegt hatte.

Er seufzte und zog mich wieder an sich und strich dann mit den Fingerspitzen über meinen Rücken. Es war der Himmel. Oder vielleicht die Hölle, denn ich wusste, dass es nicht von Dauer sein würde, und mit jedem Herzschlag rechnete ich mit dem Schlimmsten.

Aber je länger er mich festhielt, desto mehr entspannte ich mich. Dann streckte ich die Hand aus, um meine in Gedanken errichtete Decke zu berühren, wie er es getan hatte, als er gehen wollte, und schloss noch einmal die Augen.

Der große Alpha hatte versucht, unser Nest zu verlassen.

Ich knurrte.

Diesmal knurrte er zurück.

Meine Wölfin wimmerte.

Er küsste mich auf die Stirn und entfernte sich trotz meiner Proteste und ließ mich in meiner gedanklichen Festung allein zurück. Es war seltsam, aber natürlich. Ich erkannte plötzlich die Zeichen des Nestbaus, etwas, das ich bei anderen Omegas gesehen, aber nie selbst erlebt hatte.

Ich hatte noch nie einen eigenen Raum besessen, noch hatte ich jemals Zugang zu so viel luxuriösem Bettzeug gehabt. Meine Zelle war damals im Bariloche Sektor doch eher ein Käfig gewesen. Die einzigen Male, die sie mich herausgelassen hatten, waren, wenn ein Alpha mich in einem Bett haben wollte, und dieses Bett war nie mein eigenes gewesen.

Das hier ist auch nicht meins, dachte ich und runzelte die Stirn.

Aber das hielt mich nicht davon ab, eines der Kissen aufzuschütteln und die Decken wieder an die gewünschte Stelle zu legen. Ich ließ einen Platz für Alpha Sven frei, was seltsam war, denn er gehörte definitiv nicht in mein Nest. Aber ich mochte es, wie sein Duft die Laken prägte. Und ich mochte auch seine Wärme.

Ich war gerade dabei, meiner Wand den letzten Schliff zu verpassen, als sie sich öffnete und Alpha Sven mit einem weiteren Tablett voller Essen hereinkam. Er stellte es in unser Nest, woraufhin ich verärgert knurrte. Ich nahm das Tablet und warf es mit einem leisen, warnenden Knurren auf den Boden.

Essen gehört nicht ins Nest!, schrie ich in Gedanken.

„*Kari.*" In einer spürbaren Welle strömte die Wut darüber aus ihm heraus, die meine innere Wölfin aus der

Fassung brachte. Aber ich wich nicht zurück. Er hatte versucht, mein Nest mit *Fisch* und – ich schnupperte – Rindfleisch zu beschmutzen.

Ich warf ihm einen finsteren Blick zu, ohne mich darum zu scheren, dass das Essen nun auf dem Boden lag. Besser der Boden als meine Laken.

„Du wirst *essen*", forderte er.

Ich schnaubte. Das hatte nichts mit meinem Essen zu tun, sondern damit, dass er unser Nest nicht respektierte.

„Ich meine es ernst", sagte er mit eiskaltem Tonfall und sein Schnurren war längst verstummt. „Ich bin fertig mit dieser Selbstverletzungssache."

Er wollte über Selbstverletzung reden? Er hatte versucht, mir *Essen* ins *Nest* zu legen. „Du bist ein schrecklicher Alpha." Er sollte es besser wissen, als einen so geschätzten Raum zu zerstören. *Mein Nest.* Das war etwas, das ich nie zuvor besessen hatte. Vielleicht war es Teil seines Spiels – dieser Wunsch, mir das Gefühl zu geben, zu Hause zu sein, aber ich war weder zu Hause noch sicher und stand völlig unter seiner Kontrolle.

Mein Herz setzte einen Schlag aus.

Ja.

Das war der Sinn dieser Lektion gewesen. Er hatte mir erlaubt, mich ein paar Tage lang wie im Himmel zu fühlen, nur um es mir dann wieder wegzunehmen.

„Ein *schrecklicher* Alpha?" Sein Zorn durchzuckte meine Sinne und brachte meinen inneren Aufruhr zum Schweigen.

Hatte ich ihn so genannt? Ich konnte mich nicht erinnern. Ich war zu sehr auf mein Nest und die Situation konzentriert und … *warum verhalte ich mich so?* Ich war noch nie territorial gewesen. Und ich wusste es besser, als dieses Bett als meins zu betrachten, geschweige denn als mein Nest anzusehen.

„Ich habe dich gebadet, gefüttert, für dich geschnurrt, dir Wärme und Schutz geboten, und du hältst mich für einen *schrecklichen Alpha*?" Seine Stimme steigerte sich zu einem lauten Brüllen, das mich im Nest einsinken ließ und allein aus Instinkt rief ich nach meinem Wolf. Fell spross über meine Haut und versetzte mich schneller in meine Wolfsgestalt, als ich erwartet hatte.

Aufgrund der Ernährung, erkannte ich.

Ich fühlte mich bereits stärker, und Alpha Sven hatte mir Trost und Essen gegeben.

Ein wütendes Knurren folgte auf meine Verwandlung, und der Alpha war wütender, als ich ihn je erlebt hatte. „Du wirst dich jetzt sofort zurückverwandeln", befahl er. „Oder, so wahr mir Gott helfe, Kari, du wirst die Konsequenzen *nicht* mögen."

So ein Mist. Ich hatte ihn wirklich wütend gemacht. Viel wütender als bei den anderen Malen. Und jetzt wollte er mich wirklich vernichten.

Ich sprang aus meinem Nest und hatte Angst, dass er mich packen und festhalten könnte.

Ich tat das Falsche, denn er stürzte sich knurrend auf mich, sein Wolfsblick in seinen Augen. Ich hatte ihn nicht nur beleidigt, sondern auch seine Raubtierinstinkte geweckt.

Das war schlecht.

Sehr, sehr schlecht.

Ich rannte in den Wohnbereich, um von ihm wegzukommen, und warf dabei mehrere Gegenstände um. Er brüllte mir hinterher, blieb dann neben der Couch stehen und richtete seine Aufmerksamkeit auf die Tür.

Meine Nackenhaare sträubten sich, und ein tiefes Knurren drang aus meiner Kehle, als ein süßer Duft meine Nasenflügel erreichte.

Omega.

Konkurrenz.

Abneigung.

Die Reaktion kam von meiner inneren Wölfin und Alpha Sven erwiderte mein Knurren, als er zum Schlafzimmer marschierte und sich eine Jeans und ein Hemd anzog, bevor er zur Tür ging.

Ich war verärgert darüber, dass er mich für eine andere Omega verließ. Er erstarrte, als er schnauzte: „*Stopp.*"

Die Tür knallte hinter ihm zu.

Mein inneres Tier tobte und war wütend darüber, dass er mich abserviert hatte, um mit einer anderen Frau zusammen zu sein. Währenddessen versuchte ich herauszufinden, was zum Teufel gerade passiert war und warum.

Ich hatte ein Nest gebaut.

Er hatte versucht, mein Nest zu beschmutzen.

Ich hatte das Essen auf den Boden geworfen.

Dann hatte ich ihn einen schrecklichen Alpha genannt.

Und jetzt hatte er mich verlassen, um mit einer anderen Frau zusammen zu sein.

Ich saß auf meinem Hintern, blinzelte ins Leere und versuchte, das Gefühlschaos zu ordnen, das in mir ausbrach. Er hatte mich verlassen. War das nicht eine gute Sache? Mein Wolf sah das nicht so. Ein Teil von mir wollte ins Schlafzimmer stürmen und die Sicherheit zerstören, die er mir dort gegeben hatte, während der andere Teil von mir ins Schlafzimmer schleichen und in meinem sicheren Hafen weinen wollte.

Ich hatte … es vermasselt.

Mehr oder weniger.

Vielleicht.

Ich konnte es mir nicht erklären. Alpha Sven verhielt sich nicht wie die Wölfe, die ich kannte. Er … er bot mir Essen und einen Zufluchtsort an. Er *schnurrte* für mich.

Und jetzt bestrafte er mich, indem er mit einer anderen Omega spielte. Einer anderen Sklavin? Besaß er mehrere?

Meine Nase zuckte, der Geruch war immer noch stark. In diesem Moment wurde mir klar, dass er noch nicht ganz weg war. Er stand im Flur vor der Tür, so wie er es neulich mit Alpha Ludvig getan hatte.

Stimmen trafen auf meine Ohren und ließ sie irritiert zusammenzucken bei dem süßen Klang von … *Moment mal* … Ich erkannte diese Stimme.

Snow.

Aber sie war eine Beta, keine Omega.

Hatte sie eine Omega dabei?

Ich schnupperte noch einmal in die Luft, suchte und fand nur den Duft einer Omega, der sich mit dem Duft meines Alphas vermischte.

Meine Augenbrauen hoben sich. *Mein Alpha? Whoa, nein, nein, nein. Nicht* mein *Alpha.*

Ein Grummeln in meiner Brust regte sich, als mein Wolf erwiderte: *Mein Alpha.*

Ich schüttelte mein Fell aus und versuchte, meine geistigen Fähigkeiten wiederzuerlangen, denn ich hatte eindeutig den Verstand verloren. Dann ließ ich mich wieder auf einem Haufen der zerrissenen Kissen nieder. *Die könnten sich gut in meinem Nest machen. Eventuell …*

Die Tür öffnete sich, und der Duft von Konkurrenz lag in der Luft, was meinen Wolf knurren ließ. *Konkurrenz!*

„Wir sind mit diesem Gespräch noch nicht fertig", sagte Alpha Sven, wobei seine blauen Augen auf mir ruhten. „Betrachte dies als ein Geschenk der Zeit, Omega. Du hast jetzt mindestens zwei Stunden Zeit, deine Einstellung zu ändern."

Meine Einstellung?, wiederholte ich für mich und

schnaubte. *Du bist derjenige, der mit einer anderen Omega auf dem Flur flirtet!*

„Du wirst essen, während ich weg bin", fuhr er fort.

Essen? Das hat nichts mit Essen *zu tun,* brummte ich. Er konnte mich nicht hören, da ich in Wolfsgestalt war, aber vielleicht konnte er die Gedanken aus meinen Augen lesen, so wie er es früher getan hatte. *Und wo willst du in den zwei Stunden hin? Mit deiner neuen Omega spielen?* Allein der Gedanke daran ließ meine Nackenhaare in die Höhe schnellen. Eine völlig irrationale Reaktion, aber nichts an dieser Situation war rational.

„Verhungern ist keine Option", schnauzte er, diesmal offensichtlich unfähig, meine Gedanken zu lesen. Oder vielleicht hatte seine neue Omega sein Urteilsvermögen vernebelt.

Ich hasse dich.

„Ich werde dich zwingen zu essen, so wie ich es gestern getan habe", fügte er hinzu und ließ mich innehalten. „Du hast die Wahl, Omega."

Er betrachtete das Füttern als Zwang? An welchem Punkt hatte er mich zu irgendetwas gezwungen? Er hatte mir nur die Gabel an die Lippen gehalten, und ich hatte den Rest gemacht.

Warte mal kurz. Jetzt lenkst du mich auch noch mit deiner Essensbesessenheit ab. Ich starrte ihn an. *Hier geht es nicht ums Essen, du dummer Alpha.*

Er stemmte die Hände in die Hüften. „Zwei Stunden", sagte er. „Iss, bade und sei menschlich, wenn ich zurückkomme."

Warum eigentlich? Damit du mich als nächste benutzen kannst, nachdem du mit deiner neuen Omega gespielt hast?, verlangte ich und war mir nicht sicher, woher all diese Wut in mir kam, aber ich gab meinen Gefühlen trotzdem nach. Ich hatte mich noch nie besitzergreifend gegenüber einem Alpha gefühlt, und hatte keine Ahnung, warum ich es plötzlich bei diesem hier empfand. Vielleicht, weil er nach einem Jahrzehnt der Qualen ein paar Stunden lang nett zu mir gewesen war.

Aber irgendetwas ist anders an ihm, dachte ich, als er vor mir in die Hocke ging und mir in die Augen sah.

„Ich war wegen deiner Situation nachsichtig. Das wird aufhören, wenn ich zurückkehre, und dieses Verhalten wird streng geahndet werden." Er sprach die Worte langsam aus, als ob er dachte, ich würde sie sonst nicht verstehen.

Am liebsten hätte ich ihn angeknurrt, aber stattdessen hielt ich seinem Blick stand, um zu zeigen, dass ich keine Angst hatte. Er konnte mich jetzt bestrafen, wenn das bedeutete, nicht zu der anderen Omega zu gehen.

Was zum Teufel ist los mit mir?, fragte ich mich und war wie im Delirium über diese bizarre Veränderung. Ein plötzlicher Drang, mich auf ihn stürzen zu wollen und ihm in den Hals zu beißen, machte mich schwindlig und unfähig, zu reagieren.

Meins, wütete meine Wölfin.

Warum?, fragte ich als Antwort.

Alpha Sven stand abrupt auf. Seine Verärgerung war wie ein Peitschenhieb, die meinen Drang nur noch mehr anheizte. *Geh nicht weg*, wollte meine Wölfin sagen. *Du gehörst hierher. In mein Nest.*

Hör auf, flehte ich. *Stopp diesen Wahnsinn.*

„Bring sie zur Vernunft, ja?", sagte er und verwirrte mich noch mehr.

Konnte er das Bedürfnis meiner Wölfin spüren, ihn zu markieren? Wollte er mir sagen, ich solle es unter Kontrolle bringen?

Natürlich würde er das wollen. Als unfruchtbare

Omega konnte ich ihn nicht wirklich beanspruchen, und umgekehrt war es auch so. Diese ganze Situation war …

„Ich muss dafür sorgen, dass Kazek nicht den halben Sektor umbringt", sagte er vom Flur aus und ließ mich die Stirn runzeln.

Wie?

Das Geräusch des sich schließenden Fahrstuhls ließ meine Wölfin aufschrecken. Er war soeben mit dieser Omega weggefahren und hatte damit bewiesen, dass ich genau wusste, was er in den nächsten zwei Stunden zu tun gedachte.

Ich knurrte, warf den Couchtisch neben mir um und sprang zur Tür, bereit, die Wände des Korridors hochzuspringen.

Ich erstarrte, als ich im Gang Snow erblickte.

Sie war die Quelle des Omega-Geruchs.

KARI

MEINE WÖLFIN KNURRTE in Anerkennung und war gleichzeitig verärgert, die Konkurrentin zu kennen. Eine königliche Beta. *Wie ist sie zu einer Omega geworden?*, fragte ich mich. *Und was will sie von meinem Sven?*

Oh, aber er gehört mir nicht!, erinnerte ich mich selbst.

Verdammter Mist, ich habe wegen dieses Mannes völlig den Verstand verloren.

Snow knurrte mich an. Ihr Knurren war ebenso eindringlich, aber dennoch mit einem Hauch von Sorge unterlegt. „Ich bin nicht in der Stimmung, Kari", sagte sie. „Aber ich bin froh, dass es dir gut geht."

Ich hielt inne und war verblüfft. *Du bist froh, dass es mir gut geht? Warum?* Wir kannten uns kaum. Ich war ein Geschenk für ihren Verlobten gewesen. Eine Omega zum Verknoten, weil sie nicht … *Aber jetzt ist sie eine Omega.* Ich konnte es überall an ihr riechen, genauso wie den Duft des anderen Alphas, der an ihr haftete, als sei sie beansprucht worden.

Sie schlich durch die Tür, offensichtlich fertig mit unserem Gespräch, und sah sich um.

Neugierig folgte ich ihr und war ein wenig darüber verärgert, dass sie meinte, einfach in meinen Bereich eindringen zu können. *Nicht in meinen Bereich* korrigierte ich mich zum tausendsten Mal, als sie die Küche begutachtete. Dort stand ein weiteres Tablett mit Essen, von dem ich annahm, dass es für Alpha Sven bestimmt war, damit er es zu sich nehmen konnte, nachdem er mich gefüttert hatte.

Ups.

„Wow", hauchte sie und bewunderte den Kühlschrank.

Ich folgte ihrem Blick, ohne zu wissen, was sie so beeindruckend fand.

Dann betrachtete sie die Kratzspuren, die ich auf dem Esstisch hinterlassen hatte – ich hatte ihn neulich bei meinem Wunsch, die Suite zu zerstören, zerkratzt – und ging dann weiter in mein Zimmer.

Hm.

Ich rief meine menschliche Gestalt auf und wollte ihr sagen, dass sie sich von meinem Nest fernhalten sollte. „Okay ...", sagte sie und drehte sich direkt zu mir um, als ich mich verwandelt hatte.

„Was machst du da?", fragte ich in einem etwas aggressiveren Ton, als ich beabsichtigt hatte – sie stand zu nahe an meinem Nest.

„Ich versuche, den Außenbereich zu finden, den Alana erwähnt hat", antwortete sie.

Ich wusste nicht genau, wer *Alana* war, also konnte ich nur sagen: „Oh." Dann nickte ich und zeigte ihr die Tür im hinteren Teil des Raumes, die zur Außenterrasse führte. „Das ist ein Glasgebäude", sagte ich und betrachtete die Bäume. „Ich nehme an, für ein Gefängnis ist es ganz okay", was mich zu der Frage brachte, warum sie hier war. Ich hatte sie neulich im Flugzeug gerochen, aber gedacht, dass ich sie mir nur eingebildet hatte. Seit meiner Ankunft hatte ich sie ganz vergessen.

Die Erinnerung daran brachte mich dazu, sie zu fragen, warum sie sich ins Flugzeug geschlichen hatte. Darauf erwiderte sie: „Warum hast du ihnen nicht gesagt, dass ich da war?"

Ich blinzelte und gab zu, dass ich mir nicht sicher gewesen war, ob sie wirklich anwesend war oder nicht. Dann schaute ich mich um und fügte hinzu: „Ich bin immer noch nicht sicher, ob *das hier* echt ist."

Das war mir alles so fremd, und der Drang, Alpha Sven für mich zu beanspruchen, machte es nur noch deutlicher.

Wenigstens ist er nicht mit einer anderen Omega abgehauen, tröstete ich mich.

Ich hätte fast geknurrt, denn das sollte mich nicht trösten. Ich wollte ihn hassen. „Sie sind keine guten Alphas, weißt du", sagte ich, mehr zu mir selbst als zu Snow. „*Er* lügt, um mich zu täuschen. Aber ich weiß es besser. Alle Alphas nehmen sich, was sie wollen und dann vernichten sie uns, und ich werde das nicht zulassen."

So. Ich hatte es gesagt und das machte es wahr.

Warum zittert dann mein Kinn?

Oh Gott!

Ich schluckte den Drang zu weinen hinunter und ging einen Schritt von ihr weg. Ich erstarrte, als ich plötzlich das Heulen der Alphas in der Ferne wahrnahm. *Oh nein! Oh, nein, nein, nein!* Ich kannte dieses Geräusch. *Kampf. Zerstörung. Aggression. Gewalt.*

Die Alphas des Bariloche Sektors hatten oft gekämpft, und brauchten dann ein Ventil, um diese Aggressionen abzubauen.

Es ist so weit.

Sie werden gleich kommen.

Sven hat mich hier zurückgelassen, und er wird mich jetzt bald diesen Alphas vorstellen.

Meine Knie brachen ein, als ich mich in eine Ecke zurückzog und meine Arme über meinen Kopf verschränkte. Ich begann zu schaukeln. *Es wird alles gut werden. Ich habe heute noch nichts gegessen. Ich werde die Schmerzen überleben.*

Verdammt, ich hätte ihn nicht wegstoßen sollen. Ich hätte … Ich hätte einfach … Ich war nicht sicher. Ich war überhaupt nicht sicher!

Snows Stimme hallte um mich herum, aber ich konnte sie wegen des Heulens der Alphas nicht hören. Sie waren so wütend. So aggressiv. So grausam.

Die Omega neben mir sprach mit mir, aber ich verstand sie nicht.

Ihre Worte waren Kauderwelsch, da sie sich mit dem Geheul vermischten.

Nach ein paar Minuten begann ich Wortfetzen zu verstehen. Sie sagte etwas über Alpha Enrique – dass er geplant hatte, sie zu töten. Meine Lippen verzogen sich nach unten.

Alpha Enrique würde das nie tun, dachte ich. *Es sei denn, es war nötig, um mich zu beschützen.*

Vielleicht wusste er, dass sie eine Omega war und wollte sie von ihrem Elend befreien, bevor die anderen sie wie mich und Savi benutzen konnten?

Sie erzählte weiter, dass sie nach ihrer Ankunft in die Brunst gekommen war und dass die Unterdrückungsmittel ihre wahre Natur verborgen hatten. Das erklärte ihren Beta-Status.

Dann erzählte sie mir von Alpha Kazek, wie er sie für sich beansprucht hatte. Und jetzt wurde er bestraft, weil er sich ohne Erlaubnis eine Omega genommen hatte – etwas, das mich noch mehr verwirrte. War es nicht allen Alphas erlaubt, ohne Erlaubnis zu nehmen, was sie wollten? Oder vielleicht war es, weil er sie ohne die Erlaubnis des Sektoren-Alphas genommen hatte?

„Ich glaube, deshalb heulen sie", schloss sie. „Er sagte, ich würde es hören, aber nicht sehen können."

Ich war mir nicht sicher, wer *er* war, oder was genau sie meinte. Aber ihre Erklärung beruhigte mich ein wenig, weil sie andeutete, dass es gar nicht um mich ging.

Es geht um sie.

Das Blut in meinen Adern gefror, denn das war fast noch schlimmer. Sie schien nicht zu verstehen, was mit ihr als Nächstes passieren würde. Sie war unschuldig und wusste nichts von dem Schicksal, vor dem Alpha Enrique sie hatte retten wollen.

Arme Snow.

Ich betrachtete sie nicht mehr als Rivalin, sondern als Gleichgesinnte, als neu gewonnene Freundin.

Unten sprach ein Alpha, seine Stimme klang laut und wütend und verursachte eine Gänsehaut auf meinen Armen. Groß. Mächtig. *Furchterregend.*

Dann erkannte ich seine Stimme. Ich hatte sie im Flugzeug gehört. *Das muss ihr Alpha Kazek sein.* Eine Sekunde später nannte er seinen Namen, gefolgt von seiner Position und bestätigte damit, dass er es war.

Er fuhr mit der Erklärung fort, wen er sich als Gefährtin genommen hatte – *Snow aus dem Wintersektor.* Auf diese Ankündigung folgte ein Knurren, was mir sagte, dass die Wölfe es missbilligten. Doch er ließ sich nicht beirren und sagte, er sei bereit, für ihre Herausforderungen. Dann warnte er sie, dass er sich bis zum Tod duellieren würde, bevor er sich unterwerfen würde, und schloss mit den Worten: „Ich begrüße euer Blut an meinen Händen."

Ich erzitterte. „*Das ist* dein Gefährte?"

„Äh, ja. Das ist Alpha Kazek."

Ich errötete. „Er klingt erschreckend."

Sie antwortete nicht, aber ich sah die Zustimmung in ihren Gesichtszügen. Ich fühlte mich plötzlich glücklich, dass es Alpha Sven war, der versucht hatte, mich zu beanspruchen, und nicht Alpha Kazek.

„Was passiert mit dir, wenn er verliert?", fragte ich mit sanfter Stimme.

„Ich werde von einem neuen Alpha beansprucht", flüsterte sie zurück.

Das ergab keinen Sinn. „Aber wenn er stirbt, wird dich die Trennung zerstören." Ich blickte zu ihr auf, weil ich wusste, was das mit ihr machen würde. Denn ich hatte gesehen, wie es meiner Schwester ergangen war. „Die Bande sollen unzerstörbar sein."

„Unzerstörbar?", wiederholte sie, und ihr Tonfall bestätigte, dass sie keine Ahnung hatte, was auf sie zukommen würde.

Falls Alpha Kazek verlor, würde sie eine Sklavin werden, eine gebrochene Omega, die herumgereicht, verspottet und gefickt werden würde, bis sie sich nach dem Tod sehnte. Und nur ein gütiger Alpha würde ihn ihr geben.

Von denen hatte ich bisher nur einen kennengelernt. *Alpha Enrique.* Er hatte bereits versucht, mich zu retten und war gescheitert – weil man mich mitgenommen hatte, bevor er eine Chance dazu hatte.

„Ja", flüsterte ich und bestätigte das unzerstörbare Band. „Ich habe immer geglaubt, dass es ein Segen war, dass mein Vater mich unfruchtbar gemacht hat, da Alphas eine gebrochene unfruchtbare Omega nicht beanspruchen. Sich nicht binden zu können, bedeutet, dass meine Seele nie mit einem anderen verbunden sein wird, verstehst du? Aber ich habe auf die harte Tour gelernt, dass Alphas mich auf eine ganz andere Art und Weise zerstören können."

„Dein Vater hat dich unfruchtbar-" Ihre Worte wurden durch ein scharfes Keuchen unterbrochen, ihre Augen flammten panisch auf, während sie zu Boden sank und sich zu einem Ball zusammenrollte.

Mir stiegen die Tränen in die Augen, und die Erinnerung daran, wie meine Schwester vor vielen Jahren in genau derselben Situation gewesen war, blitzte vor meinen Augen auf.

Ihr Gefährte ... sie spürt ihren Gefährten ...

„Snow", hauchte ich und war unsicher, wie ich ihr helfen sollte, aber ich fühlte mich verpflichtet, es zu versuchen. Das Heulen draußen wurde lauter, die Aggression peitschte durch meine Sinne und brachte mich dazu, auf die Knie zu gehen und mich neben ihr zu verkriechen. Aber ich musste stark sein, um meiner neuen Vertrauten zu helfen. Das war alles, was ich tun konnte.

Ich blieb bei ihr, flüsterte gelegentlich ihren Namen und versuchte, sie zu trösten. Sie schrie ... ihre Qualen durchbohrten mein Herz. Es ging so weiter und die Situation kam mir unheimlich bekannt vor. Mein Herz brach für sie, für meine Schwester, für meine Mutter. Für all die Omegas, die gelitten hatten.

Tränen liefen über meine Wangen, meine Lunge schmerzte, ich bekam keine Luft mehr.

Snow beruhigte sich schließlich. Ihre Schultern entspannten sich und zitterten nicht mehr. *Zu früh*, dachte ich. *Zu früh, um diesen toten Blick zu entwickeln.* Meine Schwester hatte Monate gebraucht, um diesen Zustand zu erreichen. Sie hatte so oft geschrien und geweint und versucht, sich umzubringen. Aber Snow ... sie beruhigte sich zu schnell. Und auch das Heulen draußen verstummte.

Was ist hier los?, fragte ich mich, blickte mich um und versuchte, die veränderte Situation zu analysieren.

„Snow?", flüsterte ich. „Äh – bist du …?" Ich konnte die Frage nicht fertig formulieren, weil ich nicht wusste, was ich wirklich fragen sollte. *In Ordnung* schien nicht angemessen zu sein. Natürlich war sie das nicht …

„Mir geht es gut", röchelte sie. Ihre Stimme war von den vielen Schreien angeschlagen.

Ich starrte sie an und war von der wundersamen Genesung schockiert. Bedeutete das, dass ihr Alpha gewonnen hatte? Würde man ihn gegen sie einsetzen? Um sie zur Unterwerfung und zum Gehorsam zu zwingen?

Ich wagte nicht zu fragen, denn ihre Haltung und ihr Auftreten verrieten mir, dass sie schon genug verletzt war. Ich blieb bei ihr, gab ihr das bisschen Kraft, das ich hatte, und versuchte, eine Verbindung zu ihr herzustellen.

Dann erstarrte ich, als ich seine starke Präsenz wahrnahm.

Alpha.

Dominant.

Mächtig.

Kämpferisch.

Mein Wolf übernahm sofort die Kontrolle. Ich verwandelte mich in Wolfsgestalt und ignorierte die Umstrukturierung meiner Knochen. Ich konnte nicht zulassen, dass jemand Snow in diesem Zustand berührte. Sie war zu zerbrechlich. Sie konnten sich stattdessen mit mir befassen. Ich würde es aushalten. Ich würde der Sandsack für ihre Aggressionen sein.

Snow rollte sich vor Schreck zusammen.

Und ich stand vor ihr, bereit, mich demjenigen zu stellen, der eintrat.

Es war ein blonder Mann, groß, breitschultrig und das Ebenbild von Alpha Sven. *Sein Vater*, erkannte ich mit einem Knurren. *Du wirst sie nicht anfassen!*, sagte mein Wolf zu ihm und ging in Verteidigungsstellung.

Er knurrte vorwurfsvoll und war über mein Verhalten offensichtlich verärgert.

Und das war alles, was nötig war, um mich in die Ecke zu treiben, weil mein Bedürfnis, mich zu unterwerfen, meinen Geist übermannte. *Ich hasse dich,* dachte ich bei ihm und rollte mich zusammen. *Ich hasse euch alle!*

„Mach deine Strafe nicht noch schlimmer, als sie ohnehin schon ist, Omega", antwortete er, wobei sein Tonfall mit einer Warnung unterstrichen wurde.

Meine Wölfin wimmerte und versuchte, in der Wand zu verschwinden. Ich wollte sie einen Feigling nennen, aber ich konnte es nicht. Das war der Alpha des Nordsektors. Sein Alter schüchterte mich ein, ebenso wie seine überlegene Ausstrahlung.

Ich erkannte, wo Alpha Sven seine Macht herhatte.

Diese beiden waren Naturgewalten, gegen die ich keine Chance hatte. Und das sagte ich ihm, indem ich mich so eng wie möglich zusammenrollte.

Er sah mich einen Moment lang an und richtete dann seinen Blick auf Snow.

Er begann zu schnurren ...

Der Klang war nicht derselbe wie der von Alpha Sven, und das irritierte meinen Wolf, weil ich ihn nicht hören wollte. Ich wollte *meinen* Alpha, den, an den sich mein Wolf in den letzten Tagen gewöhnt hatte.

Ich stecke in großen Schwierigkeiten.

SVEN

Iᴄʜ ꜱᴛᴀɴᴅ im Flur und wartete darauf, dass mein Vater sein Gespräch mit *Winter* beendete. Die Omega-Prinzessin hatte ihren Namen von Snow Frost in Winter geändert, nachdem Kazek sie beansprucht hatte. Das war passend und ich wusste, dass er diese Veränderung veranlasst hatte. Es war typisch für ihn, eine neue Identität vorzuschlagen, um die alte auszulöschen.

Glücklicherweise schien er sich draußen weitgehend unter Kontrolle zu haben. Als Winter mir von der Strafe erzählt hatte, die mein Vater angeordnet hatte, hatte ich mir Sorgen um meine Kameraden gemacht. Kazek auf diese Weise auf die anderen loszulassen, war gefährlich, aber als ich sah, wie er aufgebracht mit großen Schritten über das Feld lief, wusste ich, warum mein Vater das angeordnet hatte.

Kazek hatte nur einen Fehler – er zweifelte an seiner eigenen Fähigkeit, einen Sektor zu führen. Er sah sich selbst nicht so, wie andere es taten, und nahm immer an, dass das Rudel ihn nicht für einen würdigen Alpha hielt.

Dieser Test würde beweisen, was mein Vater bereits wusste – die Meute würde Kazeks Anspruch respektieren.

Ein paar der jüngeren Alphas hatten versucht, gegen ihn zu kämpfen, vor allem, weil sie noch nicht reif genug waren, um eine solche Chance zu ignorieren. Aber sie gingen schnell zu Boden und gaben sofort auf.

Kaz würde nun drei lange Tage abwarten müssen, während er darauf wartete, wieder mit seiner Gefährtin vereint zu werden.

Und mein Vater hatte die Absicht, sie hier bei Kari warten zu lassen.

Ich seufzte und lehnte mich gegen die Wand. Ich hatte ihn auf dem Weg nach oben gewarnt, dass Kari immer noch das Essen verweigerte und sich damit selbst Schaden zufügte. Er war nicht erfreut gewesen und hatte mir gesagt, ich solle das in Ordnung bringen.

Dann hatte er mir gesagt, ich solle hier warten, während er mit Winter sprach.

Er wollte nicht, dass unser beider Energien die Omegas überwältigten. Ich vermutete auch, dass er Kari selbst einschätzen wollte, da er sie noch nicht offiziell kennengelernt hatte.

Du bist ein schrecklicher Alpha.

Ihre Worte hallten in meinem Schädel wider, und die Wucht, die dahinter steckte, schlug immer wieder auf mein Herz ein. Sie hatte so heftig und wütend geklungen, als sie diese Aussage gemacht hatte, als ob sie meine bloße Anwesenheit beleidigt hätte.

Der größte Teil meiner Wut hatte sich in Verwirrung aufgelöst, weil ich alles für sie getan hatte, was ein Alpha tun konnte, außer sie zu verknoten. War das der Grund, warum sie auf mich losgegangen war? Weil ich sie noch nicht gefickt hatte?

Mein Kiefer spannte sich an.

Sie war noch nicht bereit dazu, sie war zu geschwächt aus Mangel an Nahrung und Misshandlungen. In diesem Zustand würde ich sie nicht nehmen. Sie würde einfach damit klarkommen müssen. Es war meine Aufgabe als Alpha, ihre Heilungsschritte zu überwachen und dafür zu sorgen, dass es ihr gut ging. Wenn das bedeutete, dass sie mich für *schrecklich hielt* und mich hasste, weil ich mich um sie kümmerte, dann war das eben so.

Allerdings würde es meine Absicht, sie zu beanspruchen, stark beeinflussen. Das war ein Problem, denn wir hatten jetzt weniger als drei Tage Zeit, um die Differenzen zwischen uns zu beseitigen.

„Sobald die Prüfungen abgeschlossen sind, werden wir eine Feier für unsere neuen Mitglieder im Nordsektor veranstalten und Kazeks Anspruch offiziell festigen", hatte mein Vater vor weniger als einer Stunde im Sektor angekündigt.

Die Anwesenheit von Kari war durchgesickert, ihr Duft ließ sich nicht verbergen. Vor allem, da ich ihn wie ein Parfüm auf meiner Haut zu tragen schien. Mehrere Alphas hatten versucht, mich nach ihr zu fragen, aber mein Vater hatte sie verjagt, als er mir sagte, ich solle ihn zu den Gästesuiten begleiten.

Die Nachricht von ihrem Aufenthaltsort würde sich nun im ganzen Sektor verbreiten, denn jeder wusste, dass die Gästesuiten nur für einen Zweck genutzt wurden – um einen wertvollen Menschen zu schützen.

Jetzt waren zwei Omegas hier oben, sodass eine Wache erforderlich war. Ich hatte vor, diese Rolle zu übernehmen, aber ich vermutete, dass Alpha Alana helfen würde. Oder sie würde an der Seite von Kaz bleiben, um sicherzustellen, dass er niemanden ernsthaft verletzte. Er hatte eine beeindruckende Beherrschung an den Tag gelegt, als Joel ihn vorhin herausgefordert hatte, aber das bedeutete nicht, dass er nicht nach ein paar Tagen ohne seine Gefährtin ausrasten würde.

Mist. Kaz hat eine Gefährtin, dachte ich und atmete tief durch. Jetzt verstand ich, warum er mich gedrängt hatte, das Flugzeug mit Kari zu verlassen. Ich hatte erwartet, mit ihm um sie kämpfen zu müssen, aber er hatte mich gehen lassen. Ich hätte wissen müssen, dass er seine Gründe gehabt hatte.

Ich stieß mich von der Wand ab, als ich spürte, dass mein Vater sich der Tür näherte, und wartete auf den Befehl, den er mir geben würde.

Er betrat den Korridor und schloss die Tür leise hinter sich, bevor er eine Augenbraue hochzog. „Du hast vergessen zu erwähnen, dass eine neue Einrichtung erforderlich ist."

Ich räusperte mich. „Nun, ich habe dir gesagt, dass sie schwierig ist und sich weigert, zu essen."

„Sie versucht auch, dich zu provozieren, vielleicht in der Hoffnung, dass du ihr wehtust oder sie tötest."

Ich starrte ihn an. „Was?"

„Sie ist eindeutig selbstmordgefährdet, Sven. Ich weiß nicht, was die Wölfin durchgemacht hat, aber sie ist in keinem guten Zustand, obwohl sie bewundernswerter Weise versucht hat, Winter zu beschützen. Es hat nur eine Sekunde lang angehalten, aber es ist der Versuch, der zählt."

Ich runzelte die Stirn. „Winter beschützen, wovor?"

„Vor mir", antwortete er schlicht. „Sie fürchtet sich vor Alphas."

Nun, das hatte ich bereits festgestellt. „Und du willst sie dem Sektor vorstellen?"

„Nein, ich möchte sie in den Sektor einführen, damit sie sieht, wie das Leben hier ist, bevor sie irgendwelche Entscheidungen trifft", erwiderte er. „Ich werde niemandem erlauben, ihr in diesem Zustand den Hof zu machen. *Dich eingeschlossen.*"

„Sie gehört bereits mir", erwiderte ich. „Und du wirst meinen Wolf nicht daran hindern können, seinen Anspruch zu erheben."

Er sah mich an – sein Blick war berechnend. „Du bist vielleicht mein Sohn, aber ich bin immer noch der Alpha des Sektors."

„Das respektiere ich, aber ich sage dir auch, dass sie mir gehört. Ich werde mich um sie kümmern. Ich werde ihr helfen, sich zu erholen. Und wenn sie bereit ist, werde *ich* ihr den Hof machen." Es gab nichts, was er hätte sagen oder tun können, um mich von diesem Weg abzubringen. Mein Wolf hatte sich schon vor Tagen entschieden, und ich hatte nicht vor, meine Instinkte zu verleugnen.

„Unfruchtbare Omegas können nicht beansprucht werden", erinnerte er mich sanft.

„Mein Wolf sagt etwas anderes." Vielleicht war sie nicht in der Lage, schwanger zu werden. Vielleicht war sie nicht einmal in der Lage, in die Brunst zu kommen, aber sie hatte etwas an sich, das mich ansprach, und ich weigerte mich, es zu ignorieren.

„Dann hoffe ich, dass dein Wolf recht hat", antwortete er. „Sieh zu, dass du in den nächsten Tagen etwas über ihre Unfruchtbarkeit herausfindest. Wir werden uns vor der Feier unterhalten und entscheiden, was das Beste für ihre Einführung ist."

„Du hast keinen Zweifel daran, dass Kaz gewinnen wird."

Er schnaubte. „Natürlich weiß ich es nicht. Er ist derjenige, der an sich selbst zweifelt. Alle anderen wissen, dass er mehr als fähig ist."

„Und du tust das hier, um ihm das klarzumachen."

Er lächelte nur. „Ich habe die Königin der Spiegel noch

nie gemocht. Vielleicht wird Kazek etwas dagegen unternehmen."

„Mit dem richtigen Anstoß könnte er das schaffen."

Mein Vater musterte mich einen Moment lang. „Hm, ja. Das könnte er." Irgendetwas sagte mir, dass er jetzt mehr über mich als über Kaz sprach. Er ging nicht weiter darauf ein, sondern tippte auf der Fahrstuhltastatur einen Code ein und sagte: „Ich schicke Alana hoch, um auf Winter aufzupassen, da ich vermute, dass du mit Kari alle Hände voll zu tun haben wirst."

Er betrat den Aufzug, als dieser ankam, und sah mich noch einmal an.

„Es ist ein schmaler Grat zwischen Sanftmut und Dominanz. Beherrsche ihn und du wirst sie für dich gewinnen können." Er drückte auf einen Knopf, woraufhin sich die Türen schlossen, während er leise hinzufügte: „Viel Glück."

KARI

DIE LETZTEN WORTE von Alpha Ludvig gingen mir durch den Kopf.

Alpha Kazek wird nach den Herausforderungen hungrig sein, und ich meine nicht nach Essen. Also mach dich bereit, Omega. Er wird anspruchsvoll und rücksichtslos sein, und er wird absoluten Gehorsam verlangen.

Snow schien nicht zu verstehen, was er gemeint hatte, denn sie verharrte noch lange nachdem er gegangen war, mit hängenden Schultern in einer unterwürfigen Haltung. Ich verwandelte mich in meine menschliche Gestalt zurück, um sie zu warnen, aber als sie zu mir aufblickte, konnte ich die Entschlossenheit in ihren Augen sehen. Sie war nicht gebrochen oder verängstigt, sondern stark und bereit, sich der Zukunft zu stellen.

Sie hatte denselben Gesichtsausdruck wie meine Schwester – die Schwester, die gestorben war, als unser Vater ihren Gefährten getötet hatte.

Ich hoffte für Snow, dass ihr Alpha überleben würde.

Allerdings war ich mir nicht sicher, ob das am Ende für sie besser sein würde. Vielleicht würde er besitzergreifend sein und sich weigern sie zu teilen, dann dürfte sie nur seinen Knoten empfangen. Vielleicht würde er aber auch Gefühle für sie entwickeln und für sie schnurren ...

Meine Mutter pflegte zu sagen, dass es möglich war, dass ein Alpha seine Gefährtin sogar liebte und wertschätzte.

Ich hatte es nie selbst erlebt, schon gar nicht im Bariloche Sektor.

Snow wandte ihren Blick von mir ab – ihre Ablehnung war offensichtlich. Sie wollte allein sein. Ich verstand dieses Bedürfnis, also ließ ich sie auf der Terrasse allein zurück und überlegte, was ich tun sollte.

Alpha Sven wollte, dass ich duschte, aß und ein Mensch war, wenn er zurückkam. Es wäre klug von mir gewesen, ihm zu gehorchen, vor allem, damit ich in einer vernünftigen Verfassung war, um Snow zu helfen, wenn sie mich brauchte.

Wir waren jetzt Freundinnen.

Als Freundin war ich es ihr schuldig, für sie da zu sein, falls das Schlimmste passieren sollte.

Paarungsbande verbanden die Seelen miteinander und sorgten dafür, dass beide den Schmerz des jeweils anderen spürten. Das war der Grund, warum sich meine Schwester nie wirklich erholt hatte. Jedes Mal, wenn ich sie gesehen hatte, hatte sie diesen toten Blick in den Augen gehabt, als wäre ihre Seele schon vor langer Zeit gestorben und alles, was zurückgeblieben war, war ihre Hülle.

Die Alphas kümmerte das nicht. Sie genossen es, eine gebrochene Omega in ihren Betten zu haben. Deshalb spielte ich oft dieselbe Rolle und zog es vor, mich in meine Gedanken zu verkriechen, während sie sich zwischen meinen Schenkeln bedienten.

Der Gedanke, dass Snow ein ähnliches Schicksal erleiden könnte, ließ mich erschaudern, und mir wurde flau im Magen. Ich kannte sie nicht lange und ich war ihr nichts schuldig, aber als Omega-Kollegin fühlte ich mit ihr. Ich würde mein Bestes tun, um ihr auf jede erdenkliche Weise zu helfen, denn ich wusste, wie es war, ganz allein in dieser Welt zu sein.

Es gab niemanden, der mir helfen konnte. Damals nicht – und auch jetzt nicht. Niemals. Ich hatte mich längst mit diesem Schicksal abgefunden, aber Snow würde es nicht tun müssen.

Ich hatte noch nie auf das Überleben eines Alphas gehofft, aber ich hoffte, dass Kazek gewann, damit Snow nicht leiden musste und ihre Seele keinen Schaden nahm.

Mit einem Schaudern kniete ich mich hin, um das Tablett auf dem Boden neben unserem Bett aufzuheben, und tat mein Bestes, die Speisen vom Teppich zu nehmen und sie wieder auf die vorgesehenen Teller zu legen. Dann zwang ich mich, so viel wie möglich davon aufzuessen, um Alpha Sven zufriedenzustellen.

Während ich kaute, fielen mir die Augen zu, und meine Fantasie beschwor die Mahlzeit mit Eiern und Lachs herauf, die wir gestern gegessen hatten. Ich tat so, als wäre es seine Gabel und nicht meine Finger, die meine Lippen berührten, während ich mir das Steak einverleibte.

Ich hörte nicht auf, bis mein Magen protestierte.

Dann stand ich auf und ging pflichtbewusst unter die Dusche, um mich zu waschen.

Erst als ich die Glastür öffnete, bemerkte ich, dass Alpha Sven da war und mich beobachtete. Er hatte einen gequälten Gesichtsausdruck, den ich nicht ganz verstand. War er verärgert, dass ich noch nicht geduscht hatte?

Ich sprang ins Innere der Dusche und tastete mit den Händen über die marmorierte Wand nach dem Duschkopf. Ein eisiger Schwall traf auf meine Haut. Erschrocken öffnete ich meinen Mund, aber ich wagte nicht, mich zu bewegen. Ich wollte ihn nicht weiter verärgern. Er hatte mir gesagt, ich solle essen und duschen, bevor er zurückkam, und er war schon hier, bevor ich es geschafft hatte, fertig zu werden.

Wenn er mich jetzt bestrafte, würde ich Snow nicht mehr helfen können, und das …

Seine Hand schloss sich um meinen Nacken und er zog mich aus dem kalten Wasser an seine muskulöse, warme Brust. Er hatte sich ausgezogen und trug nur noch Boxershorts, als er mit seiner anderen Hand um mich herumgriff, um etwas am Wasserhahn zu verstellen. „Links", flüsterte er gegen mein Ohr. „Links ist heißes Wasser. Rechts ist kalt."

Meine Zähne klapperten so heftig, dass ich nicht antworten konnte, also nickte ich nur.

Er ließ mich nicht los, sondern führte mich langsam zurück unter das wärmende Wasser. Dann legte er seine Arme um mich, um mich zu umarmen.

Wir standen mehrere Minuten lang so da und sagten nichts. Die Gänsehaut auf meinem Körper schmolz allmählich dahin und das warme Wasser linderte einen Schmerz, von dem ich gar nicht wusste, dass er da gewesen war.

Alpha Sven küsste meine Schläfe, bevor er seinen Mund wieder an mein Ohr führte. „Du hättest nicht vom Boden essen müssen, aber danke, dass du etwas gegessen hast."

Ich zitterte und meine Augen füllten sich mit Tränen.

Ich verstand diesen Alpha nicht, verstand nicht, was er von mir wollte, oder warum er so freundlich zu mir war. Das brachte mich durcheinander und verwirrte mich.

Ich wollte mich vor Erleichterung in ihn hineinfallen lassen, ihn anflehen, wieder zu schnurren, und ihn bitten, mich einfach festzuhalten. Aber ich wollte auch, dass er mich fickte und es hinter sich brachte, denn das war alles, was Alphas wirklich wollten. All die Herzensgüte würde mich nur schmerzhaft durch meine Träume verfolgen.

Das hatte mich nur noch mehr zum Weinen gebracht, weil ich all das genießen wollte, aber Angst hatte, mich zu sehr zu verausgaben.

Alpha Sven fing mich auf, als meine Knie nachgaben, und er hielt mich aufrecht, während er mir ins Ohr schnurrte und mich beruhigte, wie es sich für einen Alpha gehörte.

Ich hatte hasste ihn dafür, aber ein Teil von mir, betete ihn auch an und wollte für immer so mit ihm verbunden sein. Ich wollte mich seinem Schutz und seiner Macht hingeben und nie wieder in die Hände von grausamen Raubtieren fallen.

Plötzlich verstand ich, was meine Schwester für Joseph empfunden hatte. Er war so ein Alpha gewesen, der seine Gefährtin angebetet und beschützt hatte. Er hatte versprochen, alles für sie zu tun, aber dann wurde er betrogen und dazu gezwungen, sich zu unterwerfen. Später hatte mein Vater ihn getötet.

„Er hatte nie eine Chance", flüsterte ich mir zu. „Niemand hatte eine gegen *ihn*."

„Wen?", fragte Sven überrascht.

„Meinen Vater." Meine Stimme war kaum zu hören. Ich fragte mich, ob ich überhaupt sprach oder ob ich es nur in meinen Gedanken hörte. Warum sollte ich diesem Alpha etwas darüber erzählen? Was könnte er schon tun? „Es ist bereits geschehen. Er hat ihn getötet."

„Dein Vater?"

Ich nickte und gab dem ungewohnten Drang nach, die Grausamkeiten meines Lebens auszusprechen und zu … *weinen* und zu schreien und zu schimpfen und zu toben. Nur war meine Stimme überhaupt nicht laut, sondern sehr leise und eindeutig gebrochen, als ich sagte: „Er hat Savis Gefährten getötet. Alpha Joseph hatte ihr die Welt versprochen, und mein Vater hat ihn dafür getötet." Mein Herz klopfte in meiner Brust und meine Welt zerbrach vor meinen feuchten Augen.

„Warum?"

„Wettbewerb", brummte ich und neigte meinen Kopf zurück, um ihn anzusehen, damit er mich verstand. „Alpha Carlos mag keine Konkurrenz. Er schlachtet sie alle ab. Aber nie auf faire Weise." Zumindest nach dem, was ich beobachtet hatte. „Er betrügt."

Genau wie bei Alpha Joseph.

Von hinten ... ein Messer in den Rücken.

Der Wolf lag sterbend am Boden.

Alpha Sven erstarrte, lenkte mich von der Erinnerung an das Verbrechen ab und zwang mich, mich auf sein gutaussehendes Gesicht zu konzentrieren. „Alpha Carlos ist dein Vater?"

Ich nickte und meine Lippen verzogen sich zur Seite. „Er hat mich erschaffen. Alles von mir. Bis ins kleinste Detail." Ich drückte meine Hand auf meinen Unterleib, als wollte ich ihm die Narben tief im Inneren zeigen. „Er hat dafür gesorgt, dass ich mir nie einen Gefährten nehmen kann, damit es keine weitere Konkurrenz für ihn, wie durch Alpha Joseph, geben kann."

Ich muss eingeschlafen sein, überlegte ich. *Warum sollte ich sonst über solche Dinge sprechen?*

Wegen Snow ...

Mit neuer Energie erinnerte ich mich an meine neue Aufgabe – meine neue Freundin zu schützen. „Sie ist jetzt eine Omega? Snow?" Das verstand ich immer noch nicht ganz.

Nur hatte sie etwas von Unterdrückungsmitteln erwähnt. Ich hatte sie nie genommen. Aber manchmal benutzten sie die Alphas im Bariloche Sektor ... um zu bestrafen ... um Omegas zu quälen ...

Konzentriere dich, dachte ich und brach die Gedanken daran ab. *Konzentriere dich auf Snow. Sie braucht mich jetzt. Ich muss stark sein.*

„Snow ist jetzt eine Omega", wiederholte ich nicht als Frage, sondern als Feststellung.

Alpha Sven studierte mich einen Moment lang, als würde er versuchen, meine Gedanken zu lesen. Vielleicht hatte er meine Frage bereits bestätigt. Wenn ja, hatte ich ihn nicht gehört.

„Ja", antwortete er langsam. „Und sie hat auch einen neuen Namen gewählt. Winter."

„Oh." Ich dachte darüber nach und war kurzzeitig durch die Ablenkung beruhigt. „Das ist ein guter Name für sie." Ihre Haut war so blass wie Schnee, aber ihr Haar so dunkel wie die Nacht. *Winter* ergab also Sinn. Es war ein starker Name für meine neue Freundin.

Aber das wird nicht ausreichen, um sie zu retten, dachte ich gefühllos.

„Ich ... ich hoffe, ihr Alpha überlebt." Es war die Wahrheit, aber ich hatte nie vorgehabt, es laut auszusprechen. Ich hasste alle Alphas. Sie waren abscheuliche, rücksichtslose Kreaturen, die nahmen ... nahmen ... und *nahmen.*

Mein Kiefer spannte sich an und meine Augen fielen zu.

Omegas brauchen Alphas, um zu überleben. Omegas waren auf Alphas angewiesen, nicht nur zeitweise, sondern immer. Es war ein inneres *Bedürfnis.* Ich verabscheute es, aber für Snow ... *Winter* ... konnte ich es akzeptieren. Ihr Alpha musste leben, damit sie in diesem Leben überhaupt noch eine Chance hatte.

„Kaz wird es gut gehen", murmelte Alpha Sven. „Nur der Rest des Sektors sollte jetzt um sein Leben fürchten."

„W-warum?", stammelte ich verwirrt von seiner Bemerkung.

„Weil er ein entschlossener Hurensohn und einer der stärksten Alphas ist, die ich je getroffen habe."

Mein Magen drehte sich um. *Arme Winter.* „Vielleicht würde sie ..." Nein. Ich konnte es nicht sagen. „Sie braucht ihn jetzt, um zu überleben." Ohne ihn würde sie verrückt werden ... genau wie Savi.

Ein leises Schluchzen entrang sich meiner Kehle, und mein Herz brach für uns beide. Eine war zu einem Leben im Fegefeuer ohne Gefährten verurteilt und die andere würde für immer mit einem Gefährten leiden müssen.

Omegas hatten nie eine Wahl. Wir wurden immer nur genommen.

„Was meinst du damit, Kari? Warum braucht sie ihn, zum Überleben?"

Ich blickte zu ihm auf und war über die Fragen erschrocken. Verstand er nicht, was das bedeutete? Alpha Kazek hatte Omega Winter auf ewig zerstört, indem er sie für sich beanspruchte.

„Die Bindung", murmelte ich, und meine Sicht verschwamm durch die Traurigkeit, die diese beiden Worte auslösten. „Es ... es bricht einer Omega das Herz, wenn ihr Alpha stirbt. Meine Schwester ..." Ich schluckte, mein Blick fiel auf sein Schlüsselbein. „Ich weiß nicht einmal, ob sie noch am Leben ist. Er hat versprochen, es mir zu sagen, wenn ich in den Nordsektor gehe. Aber dann ... hast du mich mitgenommen."

Ich runzelte die Stirn und war unschlüssig. Ich war mir nicht sicher, was mich dazu veranlasst hatte, darüber zu reden, aber jetzt konnte ich scheinbar nicht mehr aufhören.

„Alpha Enrique sollte mir helfen. Aber du hast es ruiniert." Und ich sollte ihn dafür hassen, denn jetzt würde ich nie erfahren, was mit meiner Schwester passiert war. Ich würde nie frei sein. Ich würde immer benutzt und verknotet und dann wieder weggeworfen und *verletzt* werden.

„Dir helfen?", wiederholte er, und seine Stimme klang weit entfernt von mir, als ob ich durch einen Tunnel laufen würde.

Nur, ich konnte nicht entkommen. Das alles war echt. Kein Traum. Es war Schicksal.

Dennoch nickte ich, und antwortete dem Alpha wie hypnotisiert.

„Er ist Josephs Zwilling", gab ich zu und dachte dabei an Enrique. „Er hat versprochen, mich zu retten." Es kam flüsternd aus mir heraus, und mein Herz brach, als mir klar wurde, dass das jetzt nie passieren würde.

Ich war der Gnade dieses neuen Alphas ausgeliefert, dieses Alphas, den ich nicht verstand, mit seinen zärtlichen Berührungen und seinem grollenden Schnurren.

Selbst jetzt hielt er mich, als wäre ich etwas Besonderes.

Als würde ich ihm etwas bedeuten.

Als wollte er nicht, dass ich zerbrach.

„Aber es ist alles eine Lüge", sagte ich. „Alles ist eine Lüge."

„Was ist eine Lüge?"

„*Du*", warf ich ihm vor, und meine Hände ballten sich zu Fäusten, weil ich den Drang verspürte, ihn zu schlagen. „Das hier. *Alles*. Und ich verstehe nicht, warum du das tust!"

Ich brach fast unter der Welle der Angst, die folgte, zusammen und meine Hände lösten sich, als mir klar wurde, dass ich keine Kraft mehr hatte, um in dieser Welt zu überleben. Ich konnte kaum noch stehen … Ich konnte nicht gegen Alpha Ludvig kämpfen … Ich konnte … Ich konnte weder Winter, noch mich selbst beschützen.

Denn die Alphas hatten mich in ein *Nichts* verwandelt. Doch derjenige, der mich festhielt, bedrohte immer wieder meine Entschlossenheit. Er verspottete mich mit dem Gedanken an *Hoffnung*, und ich wusste nicht, warum er sich überhaupt die Mühe machte.

„Ich bin schon kaputt, Alpha. Ich bin bereits ein Wrack. Ich bin bereits willig. Warum machst du das mit mir? Nur um … nur um …" Ich konnte nicht die richtigen Worte finden, mein Herz zerbrach in meiner Brust, als eine neue Welle von Tränen meine Sicht überflutete.

„Nur um was?"

„Um mich zu verknoten", hauchte ich, als meine Beine völlig nachgaben.

Er hob mich in seine Arme und drückte mich an seine Brust, während ich unter dem warmen Duschstrahl weinte. Ich weinte um mein eigenes Leben. Um Savi. Um meine Mutter. Um die Zukunft von Winter.

Ich weinte … und weinte … und lehnte mich schluchzend in seine Arme.

Es fühlte sich … *gut* an und war eine Befreiung, von der ich nicht wusste, dass ich mich danach sehnte. Eine, die ich brauchte, um wieder atmen zu können.

Aber ich hatte nicht verstanden, worum es ging. Ich verstand nicht, warum er mich immer wieder in den Arm nahm und mich tröstete, während ich *weinte*.

Er sagte die meiste Zeit nichts …, sondern schnurrte für mich und hielt mich fest. Er beschützte mich vor dieser grausamen Welt.

Es war ein friedlicher Moment – das perfekte Ende für mein quälendes Leben.

Nur hatte er nicht versucht, mich zu töten oder mir weh zu tun. Er hat nur ... *geschnurrt*.

Wer bist du?, hätte ich fast gefragt.

Aber er kam mir zuvor und machte eine Aussage, die nur ein Alpha machen konnte.

„Omegas brauchen den Knoten", sagte er leise. „Warum solltest du meinen nicht wollen?"

Dann tue es doch einfach, wollte ich ihn anflehen, damit diese Qualen endlich ein Ende haben konnten. Hoffnung war zwecklos. Freundlichkeit war gefährlich. Und doch ertappte ich mich dabei, die Wahrheit auszusprechen. Mein Wille war gebrochen, sodass ich keine Kraft fand, mich dagegen zu wehren.

„Es tut weh", gab ich zu. „Es ist schmerzhaft. Es ist ..." Ich brach ab, war erschöpft und mit den Gedanken ganz woanders. Warum soll ich mir die Mühe machen, es zu erklären? Es würde ihn nicht interessieren. Ich würde nur meinen Atem und meine Zeit verschwenden, das Unvermeidliche hinauszögern und mich dabei irgendwie noch mehr schwächen.

Vielleicht hatte ich mich auch geirrt und war doch noch nicht völlig gebrochen, jetzt, wo ein Alpha mir einen Funken Freundlichkeit schenkte – ein Geschenk, das ich nie wieder erhalten würde. Es würde eine Erinnerung sein, die ich für immer in meinem Herzen tragen würde.

„Er hatte mir versprochen, mir zu helfen", wimmerte ich und dachte an Alpha Enrique. „Und jetzt weiß ich nicht, wo ich bin und was mich erwartet. Und ich weiß nicht, wie ich dir richtig gefallen kann."

„Deine Offenheit gefällt mir", flüsterte er mir ins Ohr. „Ich will mehr darüber wissen, warum es weh tut, den Knoten zu nehmen."

„Warum?", fragte ich ihn schluchzend. „Alphas kümmert das nicht. Sie nehmen sich, was sie wollen." Kurz darauf kam mir ein weiterer Gedanke, der mich verstummen ließ. „Willst du, dass es weh tut?" Hatte ich ihm gerade die Informationen geliefert, die er wollte, um mich endlich zu verknoten? Würde er mich noch härter ficken, weil er jetzt wusste, dass mich das in einen Dauerzustand der Qual versetzen würde?

Er knurrte gegen mein Ohr, und das Geräusch jagte mir einen Schauer der Panik über den Rücken. „Ich habe geschworen, dir nichts zu tun, Omega. Und das habe ich auch nicht, oder? Was habe ich getan, dass du denkst, ich würde dir jemals etwas antun *wollen*?"

Meine Kehle fühlte sich rau an, als ich versuchte, mich zum Schlucken zu zwingen. Aber es war nicht genug Speichel in meinem Mund, um dem nachzukommen. „Alphas … *fügen Omegas Schmerzen zu.*"

„Nicht alle Alphas."

Ich schüttelte den Kopf. Er verstand es nicht … „Das tun sie."

„Ich nicht." Er fuhr mit den Fingern durch mein Haar, zog meinen Kopf zurück und zwang mich, seinen strahlend blauen Augen zu begegnen. „Gib mir drei Tage."

Ich runzelte die Stirn. „Drei Tage?" Seine Aufforderung riss mich aus meinem mental vernebelten Zustand und ertränkte mich in einem Meer von Verwirrung. „Drei Tage? Wofür?"

„Gib mir drei Tage, um es dir zu beweisen. Ich will dir zeigen, wie ein Leben mit mir ist. Dann werden wir weitersehen."

Ich blinzelte. „W-warum?"

„Weil ich dich will."

Okay … „Dann nimm mich." Es war einfach und direkt. Ich würde ihn nicht aufhalten.

Er schüttelte den Kopf. „Nicht auf diese Weise. Ich will, dass du mir gehörst."

„Wie lange?"

„Bis in alle Ewigkeit."

Meine Lippen bewegten sich lautlos, seine Aussage ergab keinen Sinn. „Aber … aber ich bin unfruchtbar. Er hat mich unfruchtbar gemacht. Ich kann mich nicht paaren."

„Wer hat dich unfruchtbar gemacht?"

„Alpha Carlos … m-mein Vater …" Ich hasste es, ihn so zu nennen, aber das war er nun mal. „Er … nach dem er Joseph getötet hat … hat er dafür gesorgt …"

„Dass du dich nicht paaren kannst", beendete Alpha Sven für mich. „Indem er dich sterilisierte."

Ich nickte und meine Lippen zitterten, als ich mich an die Schmerzen der Prozedur erinnerte. Aber das Schlimmste war der Schmerz, den ich jedes Mal verspürte, wenn ein Alpha mich verknotete. „Es fühlt sich an wie Nadeln … der Knoten … er pulsiert … und …" Ich zitterte, meine Schultern krampften sich zusammen. Ich wollte nicht weiterreden, aber ich hörte mich sagen: „Der Knoten geht zu tief und berührt diese Stelle, wo er das mit mir gemacht hat."

„Und die Alphas spüren das nicht?"

Ich schüttelte den Kopf. „Sie sind zu sehr dem Rausch verfallen, um es zu bemerken."

„Scheiße", hauchte er. „Seit wann ist das schon so?"

„Schon immer", gab ich zu. Während mein Vater die Behandlung entwickelte, erlebte ich mehrere Ejakulationen allein. Er hatte es zuerst an anderen Omegas getestet, um die Überlebensrate zu testen, bevor er mich der Behandlung unterzog. „Ich war sechzehn." Das war nicht wichtig gewesen, aber ich hatte das Bedürfnis, das laut auszusprechen.

„Wie alt bist du jetzt?"

Ich dachte über die Frage nach. „Zwanzig …

Vierundzwanzig?" Es war nur eine Vermutung. Ich hatte schon lange aufgehört, Geburtstage zu feiern. „Zeit ist bedeutungslos."

„Zeit ist alles", erwiderte er. „Würdest du mir drei Tage geben? Um dir zu zeigen, dass nicht alle Alphas grausam sind?"

„Was passiert nach den drei Tagen?"

„Du wirst die anderen Alphas des Nordsektors treffen."

Mein Herz schlug bis zum Hals. Er hatte davon gesprochen, mich für immer zu behalten, was offenbar nur drei Tage bedeutete. „Oh."

„Nicht, wie du denkst, Kari. Alpha Ludvig, der ein viel besserer Alpha als dein Vater ist, möchte dich allen Wölfen in unserem Rudel vorstellen. Er möchte, dass du ein Teil vom Nordsektor wirst."

„Um für alle seine Alphas verfügbar zu sein", flüsterte ich und erinnerte mich an das, was er in der ersten Nacht gesagt hatte. „Ich verstehe …"

„Das glaube ich nicht", antwortete Alpha Sven und strich mir über die Wange. „Du bist nur für sie *verfügbar*, wenn du es willst, und nach dem, was du mir gerade über den Knoten erzählt hast, glaube ich nicht, dass du überhaupt verfügbar sein wirst."

Ich runzelte die Stirn. „Ich verstehe das nicht."

„Ja, das denke ich mir …", murmelte er, bevor er seine Lippen auf meine Stirn presste. „Aber ich werde unsere gemeinsame Zeit nutzen, um es dir besser zu erklären, und ich werde dir zeigen, wie Alphas auch sein können. Wir fangen damit an, diese Dusche zu beenden."

SVEN

Es hatte mehrere Stunden gebraucht, um Kari soweit zu beruhigen, dass sie schlafen konnte. Ich schnurrte für sie, streichelte sie und gab ihr zu essen. Sie kuschelte sich in ihr Nest und ihr Haar verteilte sich wie ein Fächer über die Kissen. Ich kämmte kurz mit meinen Fingern durch die blonden Strähnen, bevor ich mich auf die Uhr an meinem Handgelenk konzentrierte.

Eine Drehbewegung erweckte die Uhr zum Leben, deren Technologie speziell auf meine Genetik programmiert war. Sie veränderte sich mit mir und reagierte nur auf meine Berührungen und Befehle. Ich rief einen leeren Nachrichtenbildschirm auf, unter dem sich eine Tastatur befand. Dann tippte ich leise eine Nachricht an meinen Vater, während ich Kari beobachtete. Sie schlief und hatte ihre Nase an meine Brust gepresst, während sie sich in meinem Schnurren verlor.

Ich teilte ihm alle Einzelheiten unseres Gesprächs mit und fragte ihn, ob wir es einrichten könnten, dass ein Arzt ihre Aussagen über den Eingriff, den ihr Vater an ihr durchgeführt hatte, beurteilte.

Allein beim Tippen spannte sich mein Kiefer aus Zorn über das Geschehene an. Doch ich schluckte den Drang hinunter, denn ich wusste, dass Kari jetzt einen zärtlichen Alpha brauchte, keinen wütenden.

Alpha Carlos ist ihr Vater, tippte ich in den Betreff der E-Mail. Das würde die sofortige Aufmerksamkeit meines Vaters erregen. Denn meine Aufmerksamkeit hatte es auf jeden Fall erregt.

Ich war dem Alpha des Bariloche Sektors noch nie begegnet, aber ich wusste von seinem brutalen Ruf.

Er hatte seine eigene Tochter zu einem Leben in Knechtschaft gezwungen, indem er sie *sterilisierte*. Ich biss die Zähne zusammen und mein Wolf tobte unter meiner Haut. Sie hatte gesagt, dass es weh tat, verknotet zu werden, was darauf hindeutete, dass das, was er getan hatte, nicht endgültig war.

Wenn er ihre Gebärmutter entfernt hätte, wäre die Verletzung mit der Zeit geheilt. Vielleicht wäre sie sogar nachgewachsen, da wir unsterblich waren. Allerdings hörten wir, um unser fünfundzwanzigstes Lebensjahr herum auf zu altern und zu wachsen. Wenn er also die Gebärmutter in Teenagerjahren herausgenommen hätte, wäre sie vielleicht nicht nachgewachsen, da ihre Unsterblichkeit dann noch nicht eingesetzt hätte.

Wie auch immer, Kari musste von einem Arzt untersucht werden. Aber nicht heute. Wir würden darauf hinarbeiten müssen. Ich würde erst einmal Vertrauen aufbauen und dann weitermachen.

Ich überprüfte meine Nachricht, fügte am Ende eine Notiz hinzu, in der ich Alana bat, einige Dinge, wie zum Beispiel Lebensmittel, zu besorgen und drückte dann auf Senden.

Kari rührte sich nicht, ihre vollen Lippen waren geöffnet und sie schlief friedlich an mich gelehnt. Ich richtete mich ein wenig auf, rollte mich mehr zu ihr hin und schlang meine Arme fest um sie.

Sie stieß einen langen Seufzer aus, schwer von den Qualen ihrer Vergangenheit. Dann kuschelte sie sich wieder an meine Brust, als würde sie mich bitten, laut für sie zu schnurren. Ich küsste ihren Kopf und gab ihr die Vibrationen, nach denen sich ihre Wölfin sehnte, und schloss meine Augen, um mit ihr zu ruhen.

Einige Stunden später begann sie sich zu regen, was meinen Wolf dazu veranlasste, in einem Augenblick hellwach zu sein. Ich war mir nicht sicher, was passieren würde, wenn sie aufwachte, und ich wollte vorbereitet sein.

Ein leises Summen an meinem Handgelenk verriet mir, dass ich eine Nachricht verpasst hatte – wahrscheinlich eine Antwort meines Vaters –, aber ich riskierte nicht, die Nachricht aufzurufen. Ich wollte Kari meine ungeteilte Aufmerksamkeit schenken, falls sie wieder anfangen sollte zu weinen.

Als sie jedoch ihre Augen öffnete, sah ich klare, kristallblaue Augen, die mit Besorgnis, nicht mit Qualen gefüllt waren. Sie betrachtete mein Gesicht einen Moment lang, blickte auf meine Brust hinunter und rollte sich dann auf den Rücken, weil sie offensichtlich Platz brauchte.

Ich ließ es geschehen, stieß nur ein leises Schnurren aus und löste meinen Griff um sie. Sie versuchte nicht, sich von meinem Arm unter ihren Schultern zu lösen, und wir waren immer noch mit unserem Oberkörper verbunden. Ihr Blick schweifte über das Nest, und sie runzelte die Stirn, als sie feststellte, dass eines ihrer Laken durch ihre Bewegungen leicht verzogen war.

Sie streckte die Hand aus, um die Kante zu glätten, und begann dann, die anderen Decken neu zu ordnen. Ich sah ihr dabei zu, und ging auf die Knie, um alle Laken genauso zurecht zu ziehen, wie sie es tat. Als sie vom Bett glitt, um im Badezimmer zu verschwinden, stützte ich mich auf meine Ellenbogen, um ihr nachzusehen.

Kari kam nach einer Minute mit unseren Handtüchern aus der Dusche und meinen Klamotten von gestern zurück und legte sie leise in ihren sicheren Hafen, an die Stellen, die sie offensichtlich für sie geschaffen hatte.

Das alles geschah schweigend und mit großer Konzentration.

Langsam ließ ich mich wieder auf die Seite fallen und wartete ab, was sie als Nächstes tun würde.

Sie fuhr mit ihren Fingern über die Ränder, überprüfte noch einmal alles und ließ sich dann langsam wieder an meiner Seite nieder und drückte ihre Nase an meine Brust. Ich hatte diese Seite der Omega noch nie zuvor erlebt, aber mein Wolf war voll und ganz in ihren Bann gezogen, bewachte sie, während sie schlief, und schnurrte dankbar, dass sie ihn in ihren Raum einschloss.

„Das ist mein erstes Nest", flüsterte sie. „Darf ich es eine Weile behalten?"

„Du kannst es so lange behalten, wie du willst", versprach ich ihr.

Ihr Kopf wippte leicht und sie nickte zufrieden. Ich wartete darauf, dass sie mehr sagte, aber sie schien sich damit zufriedenzugeben, einfach schweigend herumzuliegen, zumindest bis ihr Magen uns beiden mitteilte, dass sie etwas essen musste.

„Hast du eine Vorliebe für bestimmte Lebensmittel?", fragte ich Kari.

Sie versteifte sich daraufhin, was meine Instinkte anregte.

„Kari, du musst etwas essen", sagte ich mit etwas strengerer Stimme, als ich beabsichtigt hatte. Aber ich wollte nicht wiederholen, was gestern passiert war. „Bitte zwing mich nicht, dich dazu zu zwingen."

Sie schwieg einen langen Moment, was meinen Wolf in Aufregung versetzte. „K-Können wir im anderen Zimmer essen?" Ihre Frage war so sanft, dass sie mich an eine Feder erinnerte, die in der Luft schwebte und nur knapp mein Ohr streifte.

Ich runzelte die Stirn und stützte mich auf meinen Ellbogen, um zu ihr hinunterzusehen, als sie sich auf den Rücken rollte. „In einem anderen Zimmer?"

„O-oder direkt vor dem Nest?", stammelte sie und sah ein wenig verwirrt und verängstigt zugleich aus, als ob sie erwartete, dass ich sie anschreien würde, weil sie überhaupt gefragt hatte.

Ich sah sie einen Moment lang an, während sich das Verständnis seinen Weg durch meinen Verstand bahnte. „Hast du deshalb gestern das Tablett auf den Boden geworfen? Weil ich es ins Nest gestellt habe?"

Sie schluckte, ihr Kinn wippte leicht und sie nickte. „J-ja. Ich … es tut mir leid. Ich wollte nicht, oder ich weiß nicht … es tut mir leid." Ihre Augen glitten zur Seite, um zu zeigen, dass sie sich unterworfen hatte, und ihre Stimme war zum Schluss auf ein Flüstern gesunken.

Ich streichelte ihre Wange und lenkte ihren Blick wieder auf mich. „Du brauchst dich nicht für meinen Fehler zu entschuldigen", sagte ich ihr in einem so sanften Tonfall, wie ich ihn aufbringen konnte. „Es tut *mir leid*, dass ich dein Nest nicht respektiert habe. Ich werde es nicht wieder tun."

Ihre Aussage, ich sei ein schrecklicher Alpha, ergab plötzlich einen Sinn. Sie hatte es nicht so gemeint, wie ich es interpretiert hatte, sondern nur in der Hitze des Gefechts, dass ich versucht hatte, ihr etwas Besonderes zu verderben, indem ich nicht gefragt hatte, bevor ich etwas in ihren sicheren Hafen legte.

Sie starrte mich an, als hätte sie noch nie gehört, dass sich ein Alpha entschuldigte.

Ich war bereit zu wetten, dass es eine Menge Dinge gab, die sie noch nie mit einem Alpha erlebt hatte, wenn man bedachte, was sie mir alles erzählt hatte.

Mein Blick fiel auf ihren Mund, und ich fragte mich, ob sie überhaupt einmal richtig geküsst worden war. Ein tiefes Bedürfnis in mir drängte mich, es herauszufinden – nicht durch Fragen, sondern durch Taten.

Ich ignorierte diesen Instinkt, denn ich wusste, dass sie noch nicht bereit war.

Doch dann schob sich ihre kleine rosa Zunge heraus und befeuchtete ihre Unterlippe.

Langsam hob ich meine Augen zu den ihren und stellte fest, dass mich ihre Wölfin durch geweitete Pupillen anstarrte. Ihr Atem kam stoßweise heraus, als ihr Herz schneller schlug.

Interesse, erkannte mein inneres Tier. *Gegenseitiges Interesse.*

Ein Kuss würde nicht schaden. Er könnte sogar helfen. Denn ich würde ihr zeigen, wie ein echter Alpha seine zukünftige Gefährtin behandelte. Ich war nicht einer dieser Feiglinge aus ihrem Heimatsektor, der eine Sklavin quälen und verletzen wollte, um sich zu befriedigen. Nein, ich war ein Alpha, der ihrer Wölfin würdig war.

Ich fuhr mit dem Daumen über ihre Lippe, um sie auf meine Absicht hinzuweisen.

Ihre Iris verdunkelte sich, während ihre Wölfin mich weiterhin mit einer Intensität beobachtete, die ich bis in meiner Seele spürte. Ich senkte allmählich meinen Kopf, wobei ich die ganze Zeit diese beiden Augen voller Neugierde mit meinen festhielt, und drückte meinen Mund auf ihren.

Sie holte kurz Luft und ihre Lippen öffneten sich

spontan. Ich stürzte mich nicht hinein und übernahm sofort die Kontrolle, sondern ließ sie in Ruhe einatmen und unsere Umarmung schmecken. Ich ließ ihr ihren Raum und ich wollte, dass sie das Gefühl vorerst ohne meine Zunge erlebt. Es war ein sanftes Zusammentreffen der Münder, um sie zu verführen und um meine Anbetung für sie auszudrücken.

Sie erwiderte meinen Kuss nicht sofort. Ihr Körper lag ganz still unter meinem, als ob sie erwartete, dass ich etwas von ihr erzwingen würde.

Aber nach einem kurzen Augenblick entspannte sie sich und ihre Lippen trafen fester auf meine.

Ich strich mit den Zähnen über ihre Unterlippe und testete ihre Reaktion. Ihr Mund öffnete sich, diesmal nicht, um auszuatmen, sondern um ihrer Zunge zu erlauben, die Stelle zu liebkosen, die meine Zähne gerade gestreift hatten.

Die ganze Zeit über hielt sie meinen Blick fest, ihre Pupillen waren voll und verführerisch erregt.

Sie hob eine Hand zu meinem Nacken und ihre Berührung war so zaghaft, als sie meine Haut streifte. Ich schnurrte, als sie mit ihren Fingerspitzen durch meine Haare fuhr und mich auf ähnliche Weise kämmte, wie ich es in unserer gemeinsamen Nacht unzählige Male mit ihr getan hatte.

Kari küsste mich erneut, aber dieses Mal mit etwas mehr Kraft, da ihre Wölfin die Oberhand gewann und ihre Handlungen bestimmte. Ich spürte, wie das Tier unter ihrer Haut tobte, sie wollte meine Gegenwart genießen und nehmen, was ich zu bieten hatte.

Es war der natürliche Instinkt einer Omega, sich einem Alpha zu unterwerfen.

Aber das war nicht das, was ich wollte.

Ich wollte, dass sie bereitwillig und eifrig mitmachte,

und das Schnalzen ihrer Zunge an meiner Lippe bestätigte es mir. Selbst wenn es mehr ihr Wolf als die Frau war, die auf mich reagierte, zeigte es unsere Kompatibilität.

Ich berührte ihre Zunge mit meiner eigenen und drang dann langsam in ihren Mund ein, um einen sinnlichen Tanz zu beginnen, der alle Männer, die vor mir gekommen waren, auslöschen sollte.

Diese Omega gehörte mir.

Und ich wollte, dass sie wusste, was das bedeutete.

Sie schloss die Augen, gab sich unserem Kuss hin und ließ zu, dass ihr Körper ihren Gedanken folgte. Ich schnurrte lauter, um sicherzugehen, dass sie meine Zustimmung spürte, und verwöhnte sie mit einem heißen Kuss, der sie brandmarken und beanspruchen sollte, ohne Spuren zu hinterlassen. Ohne Schaden. Ohne sie zu verletzen. Ich versicherte ihr, dass sie mein Verlangen nach mehr spürte, mein Versprechen, sie zu halten, mein Bedürfnis, sie als mein Eigentum zu deklarieren.

Ein leises Wimmern entrang sich ihrer Kehle, nicht aus Angst oder Schmerz, sondern aus einem inneren Bedürfnis heraus, das mich durchströmte und meinen Wolf zur Weißglut trieb.

Ich wollte sie mehr als alles andere in meinem Leben. Diese Frau hatte so tief in mir einen Anspruch erhoben, dass keine andere mehr in der Lage sein würde, mich zu berühren.

Eine solch bizarre und verrückte Neigung. Aber mein Wolf war schon immer stur und zielstrebig gewesen, manchmal sogar impulsiv, aber immer logisch und mit Voraussicht.

Und im Moment war Kari mein Ziel.

Alles, was ich von dieser Sekunde an tat, würde für sie, für uns, für unsere Wölfe sein.

Ich verspürte ein tiefes Verlangen, als ihr Schleim die

Luft durchdrang und ihre Erregung wie ein Aphrodisiakum auf meine Zunge traf, die ich mit einem Kuss verschlang. Ich würde sie nicht nehmen. Nicht heute und nicht morgen. Nicht, bis sie bereit war. Aber ich würde ihr alles geben, was sie wollte.

Ihre Finger glitten in meinen Nacken und ihre Nägel gruben sich in meine Haut, als sie versuchte, mich näher an sich zu ziehen. Sie spreizte ihre Schenkel zur Begrüßung, und ich ließ mich mit meinem harten Schwanz instinktiv zwischen ihnen nieder und spürte ihre Hitze.

Meine Boxershorts wirkten wie eine Barriere und schützten mich davor, etwas zu tun, was ich nicht tun sollte. Das hielt sie jedoch nicht davon ab, sich in mich hinein zu wölben. Ihr kleines Wimmern verwandelte sich in ein Stöhnen, als sie ihre erregte Mitte gegen meinen Schwanz presste.

„Kari", warnte ich und fuhr erneut mit den Zähnen an ihrer Lippe entlang.

Als Antwort gab sie ein entzückendes Knurren von sich und erstarrte, als könne sie nicht glauben, dass sie diesen Laut gerade über ihre Lippen gebracht hatte.

Ich lächelte gegen ihren Mund und tauchte meine Zunge wieder in ihren Mund hinein, um ihre noch einmal zu streicheln. Sie erwiderte dieses Mal nicht mit demselben Enthusiasmus und wurde starrer, als ob sie versuchte, ihre Wölfin zu bändigen.

Anstatt sie weiter zu drängen, fuhr ich mit meiner Nase an ihrer Wange entlang und drückte meine Lippen an ihr Ohr. „Kein Essen im Nest", murmelte ich. „Erste Regel zur Kenntnis genommen und verstanden. Sag mir Bescheid, wenn du noch mehr Regeln hast." Ich knabberte an ihrem Ohrläppchen und ging vor ihren schön gespreizten Schenkeln in die Knie.

Sie starrte zu mir hoch und ich konnte ihre geröteten

Wangen sehen. Ihr Blick fiel auf meine Leistengegend, während sich ihre Nasenflügel aufblähten.

Ich blieb einen Moment lang so knien und erlaubte ihr, jeden Zentimeter meines Ober- und Unterkörpers zu studieren. Zwischen ihren Beinen keimte neues Interesse auf, als ihr Körper sich auf mein Eindringen vorbereitete.

Aber anstatt ihren erregten Zustand auszunutzen, beugte ich mich nur hinunter, um einen Kuss auf die Mitte ihres Venushügels zu drücken. Sie zuckte unter meiner Berührung zusammen und ihre Finger umklammerten die Laken auf beiden Seiten ihrer Hüften.

„Wenn du Lust hast, sag es mir", flüsterte ich gegen ihre feuchte Mitte. „Ich werde dich mit meiner Zunge verwöhnen." Ich demonstrierte es mit einem einzigen Lecken, schmeckte ihre Erregung und stöhnte, als ich die köstliche Essenz verschlang.

Mein Wolf schlich erregt unter meiner Haut und verlangte nach mehr.

Doch als sie nicht antwortete – zumindest nicht mit Worten – setzte ich mich wieder auf. Ein Hauch von Angst lag in ihren blauen Augen, aber ihre schöne Röte blieb, ebenso wie ihre geweiteten Pupillen.

Definitiv interessiert, dachte ich mir.

Damit könnte ich arbeiten.

Später.

Sie brauchte zuerst Nahrung.

„Pizza", entschied ich, weil ich eine Ablenkung brauchte, bevor ich sie verschlang. „Jeder mag Pizza."

Ein Teil ihrer Angst löste sich in Verwirrung auf.

Anstatt zu erklären, manövrierte ich mich vorsichtig aus ihrem Nest, ohne ihre erbauten Wände zu stören, und ging zur Tür. „Wir treffen uns in der Küche", sagte ich ihr. „Wir werden dort essen."

Und wenn du willst, genieße ich dich zum Nachtisch.

KARI

MEIN HERZ POCHTE UNAUFHÖRLICH gegen meinen Brustkorb.

Was war das?, dachte ich verwirrt, während ich meine Oberschenkel zusammenpresste und mich auf die Seite rollte. *Warum habe ich so reagiert?*

Ich hatte schon früher Erregung erlebt. Aber nie auf *diese* Weise. Niemals mit ein paar sanften Berührungen.

Und dieser Kuss ...

Ich berührte meine Lippen und strich über die Stelle, an der seine Zähne meine Haut gestreift hatten. Es kribbelte, ... die Erinnerung an sein unsichtbares Brandzeichen steuerte meinen Körper und meinen Geist.

Es hatte sich ... *gut* angefühlt.

Und auch das Lecken zwischen meinen Schenkeln.

Oh Gott ... es pulsierte in meinem Unterleib, mein Bedürfnis stieg, als ich mich daran erinnerte, wie sich sein stoppeliges Kinn an meinen empfindlichen Falten angefühlt hatte. Und seine Zunge.

Ich wollte mehr.

Ich wollte weniger.

Ich wollte schreien.

Ich wollte weinen.

Ich konnte nicht zwischen oben und unten oder rechts und links unterscheiden. In meinem Kopf tobten fremde Empfindungen und Wünsche, von denen ich nicht gewusst hatte, dass sie möglich waren. Alphas hatten mich noch nie verführt. Sie benutzten Spielzeuge oder vibrierende Stäbe, um mich zu stimulieren, und dann stießen sie zu. Manchmal kam ich, aber nie freiwillig.

Aber Sven brachte mich allein aus Spaß zum Orgasmus.

Was geschieht mit mir?, fragte ich mich, als ich mich in meinem Nest umsah und feststellte, dass ich es mit *seinen* Kleidern ausgestattet hatte. Ich sah diesen Raum als *unseren* an, nicht nur als meinen.

Das ist gefährlich, entschied ich. *So sehr gefährlich …*

Es löste einen Hoffnungsschimmer und Fragen aus, die mit „*Was wäre, wenn …?*

Ich schluckte. *Nein*. Ich konnte es mir nicht leisten zu träumen.

Aber er wollte drei Tage, von denen ich gerade den größten Teil des ersten in unserem Nest verbracht hatte. Was würde der Rest unserer gemeinsamen Zeit bringen? Mehr Lecken? Mehr Küsse? Sanfte Streicheleinheiten? Mehr Schnurren?

Ich zitterte. Selbst, wenn das alles nur eine List oder ein verdrehtes Spiel war, würde ich die Erinnerungen daran behalten, die ich später in dunklen Stunden als Trost abrufen konnte.

Vielleicht würden sie mich quälen und mir zeigen, wie das Leben einer fruchtbaren Omega hätte aussehen können.

Einer Omega, wie Winter.

Ich erstarrte, meine Sinne waren in höchster Alarmbereitschaft – doch ein einziger Atemzug verriet mir, dass sie noch hier war. *Geht es ihr gut?*, fragte ich mich, und die Sorge zog meinen Magen zusammen.

Alpha Ludvig hatte sie gewarnt, dass sie einundsiebzig Stunden Zeit hatte, sich auf das vorzubereiten, was als Nächstes kam. *Alpha Kazek wird hungrig sein, wenn er die Herausforderung beendet hat,* hatte er sie gewarnt. *Und ich meine nicht nach Essen.*

Meine Lippen verzogen sich. Ich musste nach ihr sehen.

Ich schlüpfte aus meinem Nest und machte mich auf die Suche nach meiner neuen Freundin. Ich fand sie auf der Terrasse, wo sie in Wolfsgestalt schlief.

In der Ferne heulte ein Alpha, was die Härchen auf meinen Armen zum Tanzen brachte, aber Winter schien zufrieden zu seufzen und sich noch tiefer in das Bett aus zerfetzten Kleidern zu verkriechen, welches sie geschaffen hatte.

Ich spürte etwas Warmes hinter mir und wirbelte in einem Satz herum, bereit, Winter zu verteidigen. Sven hob seine Hände zum Zeichen des Friedens und ging zwei Schritte zurück in die Suite, bevor er mir mit dem Kopf zu verstehen gab, dass ich ihm folgen sollte.

Er trug immer noch seine Boxershorts, aber er hielt ein Hemd in einer Hand.

Ich folgte ihm, hatte meine Augen auf das Hemd gerichtet und war neugierig, wofür er es zu verwenden gedachte.

Ich schloss leise die Tür hinter mir, ging auf ihn zu und erstarrte, als er mir das Hemd über den Kopf zog. „Alpha Alana hat mir ein paar Sachen mitgebracht", sagte er mit leiser Stimme, um die schlafende Wölfin draußen nicht zu stören. „Ich dachte, du möchtest dir vielleicht etwas ausleihen."

Der Baumwollstoff kitzelte meine Oberschenkel. Das Hemd wirkte bei meiner kleinen Statur eher wie ein Kleid.

Er zog mir die Haare aus dem Nacken und fuhr mit den Fingern durch die Strähnen, bevor er sie mir hinter die Ohren steckte. „Die Pizza ist im Ofen."

Dieser Alpha war sehr seltsam. Und er war süchtig nach Essen.

Er zupfte sanft an der Haarsträhne, die in der Nähe meiner Brust hing, und ging rückwärts in Richtung Wohnbereich. Ich folgte ihm instinktiv, hungrig nach dem, was er vorhatte.

Doch als wir das Zimmer erreichten, stieg mir ein neuer Duft in die Nase, und meine Wölfin stieß ein irritiertes Knurren aus.

Alphaweibchen.

„Alana", sagte er, bevor ich mich mit einer Frage blamieren konnte. „Sie ist die Stellvertreterin meines Vaters. Und offenbar hat sie eine Vorliebe dafür, Unordnung zu beseitigen." Er deutete auf das aufgeräumte Wohnzimmer, in dem die Couch und der Sessel wie neu aussahen.

Aber das war es nicht, was meine Augenbrauen in die Höhe getrieben hatte.

„Dein Vater hat einen weiblichen General?"

„Eigentlich hat er vier. Aber die anderen drei sind Betas. Alana ist die einzige Alpha. Genau genommen ist sie auch eine Vollstreckerin, kein General. Ich vermute jedoch, dass sie die Stellvertreterin meines Vaters wird, wenn Kazek den Wintersektor übernimmt." Er runzelte die Stirn. „Vorausgesetzt, er nimmt den Job an."

Ich blinzelte ihn an und war von dieser Information verblüfft. Kein Alpha hatte je so mit mir gesprochen, als ob er mich etwas anderes wissen lassen wollte, als wie man den Knoten richtig macht.

Ich hatte auch noch nie davon gehört, dass Frauen in die allgemeinen Ränge aufgenommen wurden. Alpha Vanessa war die einzige bemerkenswerte Ausnahme, aber sie hatte diese Rolle aufgrund ihrer familiären Beziehung zu Alpha Carlos erhalten. Sie war technisch gesehen meine Tante, aber ich würde sie niemals so nennen.

„Ist Alana deine Schwester?", fragte ich mich laut.

Sven schnaubte. „Nicht blutsverwandt, aber sie benimmt sich manchmal, als wäre sie mein älteres Geschwisterchen. Dasselbe gilt für Kaz. Sie genießen es beide, meine Grenzen auszutesten."

„Deine Grenzen zu testen?", wiederholte ich, ohne zu verstehen.

„Alpha-Grenzen", formulierte er neu. „Sie haben eine Vorliebe dafür, mich in Zombie-Nestern abzusetzen und die Zeit zu stoppen, wie lange ich für die Flucht brauche."

Mir fiel die Kinnlade herunter. Das klang *furchtbar*. „Warum?", fragte ich und war nicht in der Lage, das Keuchen in meinem Tonfall zu unterdrücken.

Er begegnete meinem Blick und ich sah seine Augen funkeln. „Es ist ihre Art, meinen Eifer zu testen. Und es hat mir geholfen, mich auf die Herausforderungen im Nordsektor vorzubereiten. Bei den Alphas geht es um Hierarchie, und manchmal kann das Alter ein entscheidender Faktor sein."

Ich studierte ihn. „Alter?" Ich hatte nicht daran gedacht, ihn das vorher zu fragen. Er war groß und stark und ein Alpha. Warum sollte sein Alter für irgendjemanden eine Rolle spielen?

„Ich bin fünfundzwanzig", sagte er in einem Ton, der mich herausforderte, ihn zu beleidigen. „Manche Wölfe glauben, Dominanz sei eine Frage der Erfahrung. Meine innere Bestie und ich sind da anderer Meinung."

„Oh." Ich nahm an, dass das einen Sinn ergab. Alpha Joseph war jünger gewesen. Aber das war nicht der Grund, warum mein Vater ihn in einem Kampf besiegt hatte.

In der Küche ertönte ein Piepton, woraufhin Sven sich von mir abwandte. Ich folgte ihm und der Duft aus dem Ofen ließ mir das Wasser im Mund zusammenlaufen.

Er holte eine riesige Pizza heraus, auf der der Käse und das Fleisch brutzelten.

Meine Augen wurden bei diesem Anblick groß. „Ich habe keine Pizza mehr gegessen, seit …" Ich brach ab, mein Herz klopfte erbärmlich in meiner Brust.

„Seit wann?"

„Seit … meiner Mutter", flüsterte ich und war unfähig, fortzufahren. Sie hatte ein paar Mal Pizza für mich und Savi gemacht, am liebsten eine mit Kartoffeln, Mais und Würstchen.

Diese hier schien eine andere Art zu sein − eine Art Fleisch, das wie rote Kreise aussah und mich ein wenig an Speck erinnerte.

Er fragte mich nicht nach meiner Mutter, sondern sagte: „Ich war mir nicht sicher, welche Sorte du magst, also habe ich mich für Peperoni und Schinken entschieden."

„Ich weiß nicht, ob ich das schon einmal hatte", gab ich zu. Schinken, ja. Peperoni, nein. Und definitiv nicht auf Pizza.

Er zog eine Schublade auf und holte ein scharf aussehendes Metallrad heraus. „Was ist das für ein Rad?"

„Würstchen, Kartoffeln und Mais", murmelte ich.

Er hielt inne und schaute mich an. Dann schaute er auf die Pizza und legte den Kopf schief. „Hm. Das wäre mal interessant zu probieren. Vielleicht mache ich sie morgen."

Meine Brust schmerzte bei dem Gedanken. „Ich kann helfen", bot ich an, bevor ich es zurücknehmen konnte.

Er schaute mich an und ich sah in seinen blauen Augen ein Funkeln. „Ich glaube, das würde mir gefallen."

Ich nickte und war erleichtert, dass ich ihn zufrieden gestellt hatte. Es löste ein warmes Gefühl in mir aus, was dazu beitrug, den Schmerz, der von meinem Herzen ausging, zu lindern und meine Nerven erheblich zu beruhigen.

Er schnitt die Pizza in Kuchenstücke und legte eins für mich auf einen Teller, bevor er sich ein zweites Stück für sich selber schnappte.

Er öffnete den Kühlschrank und holte eine Schüssel mit Fleischwürfeln heraus. Ich untersuchte sie und war neugierig, was er mit ihnen zu tun gedachte. Sie waren noch nicht gekocht.

„Für Winter", erklärte er, bevor er den Raum verließ.

Fast wäre ich ihm gefolgt, denn mein Instinkt, meine Freundin zu beschützen, stand im Widerspruch zum angeborenen Vertrauen meiner Wölfin in Alpha Sven. Diese war überhaupt nicht beunruhigt, dass er sich der anderen Omega näherte, und war mit der Vorstellung völlig zufrieden, dass er sich um Winter kümmerte. Sie war eher besorgt darüber, dass er sofort zurückkehrte – was er auch tat –, denn sie mochte den Gedanken nicht, ihn mit jemandem zu teilen.

Sein Daumen zeichnete eine Linie über meine Stirn und glättete meine Haut. „Du runzelst die Stirn", murmelte er. „Warum?"

„Meine Wölfin verwirrt mich", gab ich zu.

„Warum?"

„Sie ist ... besitzergreifend."

„Von mir?", vermutete er mit einem Lächeln in der Stimme. „Das ist gut, denn mein Wolf fühlt sich auch besitzergreifend dir gegenüber."

„Warum?"

„Weil du zu mir gehörst", antwortete er schlicht und brachte unsere Teller zum Esstisch. „Willst du Wasser oder etwas Süßes?"

Ich war zu sehr damit beschäftigt, ihn anzustarren, um darauf zu antworten.

Also holte er Wasser für uns beide und führte mich dann mit einer Hand auf meinem Rücken zum Tisch. „Die Spuren deiner Krallen sind eine interessante Dekoration", sagte er, während er mich auf einen Stuhl setzte.

Ich starrte ihn immer noch an, als er den Platz mir gegenüber einnahm. „Du kannst mich nicht beanspruchen, ich bin unfruchtbar." Die Worte kamen heraus, bevor ich sie zurückhalten konnte. „Ich verstehe nicht, was das alles soll. Ich bin … ich bin keine verfügbare Omega. Ich bin eine Sklavin."

„Du warst eine Sklavin", korrigierte er. „Und du bist ganz und gar *meine* Omega."

„Warum? Warum ich?"

Er betrachtete mich einen Moment lang und zuckte mit den Schultern. „Mein Wolf sagt, du gehörst zu mir. Also tust du das."

„Und was ist, wenn meine Wölfin anderer Meinung ist?", konterte ich.

„Das ist sie nicht."

Ich musste blinzeln. *Das … wie …? Aber …*

„Iss erst einmal", wies er an. „Wir können das später weiter besprechen."

„Worüber sollen wir später noch sprechen?", fragte ich,

leicht verärgert. „Du hast dich bereits für uns beide entschieden."

„Ja, das habe ich, aber es wird mir Spaß machen, dich davon zu überzeugen."

„Und wie willst du das anstellen?", verlangte ich, denn dieser Alpha war eindeutig verrückt. Warum diskutierten wir das überhaupt? Es konnte keine Zukunft für uns geben. Es war gefährlich, es überhaupt in Betracht zu ziehen. Unfruchtbare Omegas konnten nicht in den Zyklus kommen, was bedeutete, dass wir uns nicht fortpflanzen konnten und daher keine Gefährten nehmen konnten. Offensichtlich wusste er das. Warum also …

„Ich denke, ich fange damit an, dich mit meiner Zunge zu verehren", sagte er und unterbrach – und *vernichtete damit meine* Gedanken.

„Ähm, was?"

„Meine Zunge", wiederholte er, und seine Augen glühten, als er meinen Blick traf und festhielt. „Ich denke, so werde ich unser Werben beginnen."

Werben?, wiederholte ich zu mir selbst. *Zunge?*

Bei dem Gedanken wurde mir ganz warm ums Herz.

„Du kannst meinen Knoten nicht nehmen, aber das heißt nicht, dass wir nicht auf andere Weise spielen können", fuhr er fort. „Und glaub mir, Omega, ich habe eine ausgezeichnete Fantasie."

„Ich …" Ich schluckte. „Ich kann deinen Knoten nicht nehmen?" Ich war eine Omega. Natürlich konnte ich seinen Knoten nehmen. Das war der Grund für meine Existenz.

„Noch nicht", antwortete er. „Nicht bevor du von einem Arzt vollständig untersucht worden bist. Ich habe versprochen, dir nicht weh zu tun, Kari. Und du hast gesagt, es tut weh, dich zu verknoten. Also sind mir die Hände gebunden."

Ich starrte ihn an. „Du … du wirst mich nicht verknoten?"

„Oh, ich werde dich verknoten, Omega. Aber erst, wenn es sicher ist." Er deutete auf das unangetastete Essen auf meinem Teller. „Iss. Du brauchst Kraft. Wir besprechen das morgen weiter."

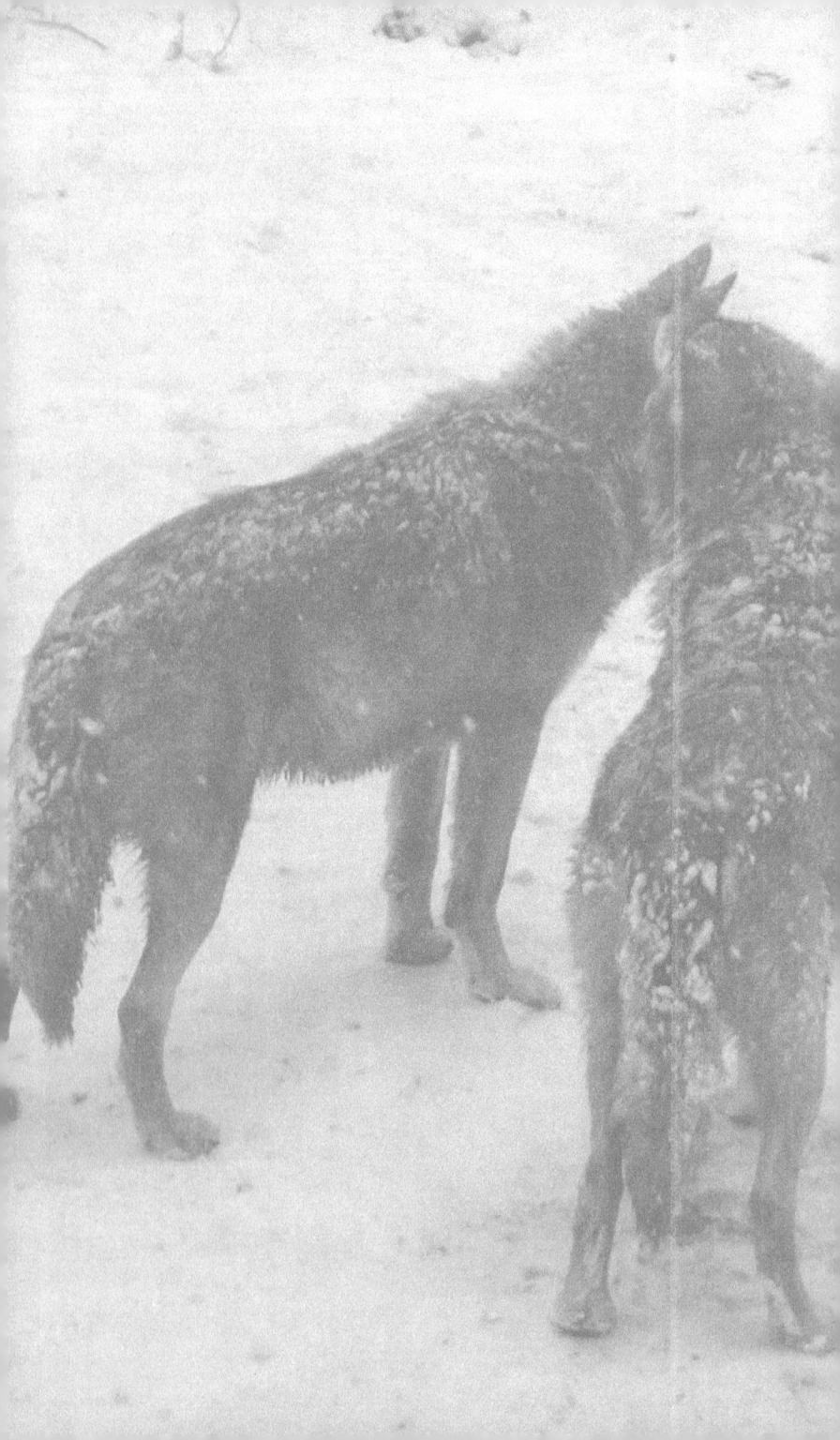

SVEN

Kari hatte mich vorsichtig beobachtet, als hätte sie erwartet, dass ich jeden Moment auf sie losgehen würde. Ihr angeborenes Misstrauen hatte mich genervt.

Deshalb hatte ich sie nach unserem Essen auch nicht zum Nachtisch geleckt.

Und das war auch der Grund, warum ich es in den zwei Tagen danach vermieden hatte, sie zu sehr zu berühren.

Wir hatten uns jede Nacht ihr Nest geteilt. Aber selbst das hatte eine gewisse Anstrengung erfordert. Sie hatte immer ihr Hemd ausgezogen und sich mit gespreizten Beinen in die Mitte gelegt, in der Erwartung, dass ich sie nehmen würde. Jedes Mal hatte ich sie sanft zur Seite geschoben, um Platz für mich zu schaffen, dann hatte ich sie mit einem Schnurren an mich gezogen und festgehalten, bis sie schließlich dem Schlaf erlag.

Wir hatten nicht über meine Ansprüche an sie gesprochen. Ich hatte sie auch nicht mit meiner Zunge oder meinem Kuss gereizt. Es war eine unerträgliche

Erfahrung gewesen, die mir unüberwindlichen Widerstand abverlangt hatte, aber ich hatte keine andere Wahl gehabt. Wir konnten nicht weitermachen, bevor ich nicht ihr Vertrauen gewonnen hatte.

Leider waren unsere letzten Stunden angebrochen, und ich war noch lange nicht an diesem Punkt angelangt.

Ich hatte die meiste Zeit damit verbracht, mit ihr wie mit jedem anderen Wolf zu reden. Das hatte vor unserem Essen neulich gut funktioniert, also hatte ich mich bemüht, diese einfache Kameradschaft aufrecht zu halten. Sie schien sich darauf einzulassen und erzählte sogar ein wenig von ihrer Mutter und ihrer Schwester, während wir gemeinsam die Pizza mit Kartoffeln, Mais und Würstchen zubereiteten.

Aber dann war mein Vater aufgetaucht, um nach Winter – und, nicht ganz so diskret, nach Kari – zu sehen, und sie hatte daraufhin völlig dicht gemacht. Danach hatte sie ihre Pizza kaum noch angerührt, und ich hatte die meiste Zeit unserer gemeinsamen Nacht mit Schnurren verbracht, während sie unruhig in meinen Armen schlief.

Ich hatte ihm am nächsten Morgen eine Nachricht geschickt, in der ich ihm sagte, er solle nicht wieder unangemeldet auftauchen. Er antwortete mit einem schnellen Einverständnis und sagte, wir würden heute nach der Begrüßungszeremonie reden.

Kari war noch lange nicht bereit, das Rudel zu treffen. Ich hatte in den letzten Tagen versucht, ihr mehr über den Nordsektor zu erzählen und ihr auch eine detaillierte Struktur der Hierarchie zu geben. Das schien ein guter Anfang zu sein, denn die weiblichen Generäle hatten sie neulich fasziniert. Sie hatte zugehört und ein paar Fragen gestellt, aber ich spürte bei jedem Gespräch ihr Zögern und ihre Besorgnis.

Sie hatte Angst, mir zu glauben.

Sie hatte Angst, mir zu vertrauen.

Sie hatte Angst, auch nur einen Funken Hoffnung zuzulassen.

Ich konnte es ihr nicht im Geringsten verdenken. Das Wenige, was sie mir über sich erzählt hatte, bestätigte, dass ihr Leben ein Horror nach dem anderen gewesen war. Sie hatte von ihrer Mutter in der Vergangenheitsform gesprochen und damit angedeutet, dass sie nicht mehr am Leben war. Und sie hatte bereits bestätigt, dass sie das Schicksal ihrer Schwester nicht kannte.

Mein Vater versuchte herauszufinden, was er konnte, aber der Alpha des Bariloche Sektors gehörte nicht zu unseren Verbündeten.

Ich gab das Rührei in eine Schüssel und stellte sie dann auf den Tisch neben den Obstsalat, den Kari gemacht hatte. Sie hatte alle Beeren sehr sorgfältig gewaschen, bevor sie den Salat zusammengestellt hatte. Sie arbeitete akribisch und perfekt, als hätte sie Angst, einen einzigen Fehler zu machen.

Den Abschluss bildete der Lachs, den ich im Ofen geräuchert hatte. Ich legte ihn auf einen Teller und stellte die Eier daneben.

Kari nahm Platz – bevor ich das tun konnte, erschien ein Alarm über meinem Handgelenk. Ihre Augen weiteten sich, als das Gesicht meines Vaters erschien. „Alana ist auf dem Weg nach oben, um Winter abzuholen", sagte er ohne Gruß. „Bleib vorerst bei Omega Kari. Ich melde mich wegen heute Abend."

Ich runzelte die Stirn und war verwirrt von der Planänderung. Er hatte mir erst gestern gesagt, dass er mich bei der Zeremonie dabei haben wollte. „Ist alles in Ordnung?"

„Pheromone", antwortete er.

„Ah." Kaz musste aufgeregt sein. Er wollte nicht riskieren, dass ich den Geruch aufnahm und ihn zu Kari brachte. „Verstanden."

Er nickte und beendete das Gespräch.

„Wie ist das passiert?", fragte Kari und starrte in die Luft über meinem Handgelenk. „Kann er …? Hat er …?" Ihre Augen weiteten sich, und sie blickte auf ihren eigenen Arm hinunter. „Bin ich …?"

„Das ist meine Uhr", erklärte ich und zeigte ihr das Gerät, das um mein Handgelenk geschlossen war. „Sie ist genetisch auf mich und meinen Wolf programmiert. Ich kann mich also mit ihr bewegen oder sie in diesem Fall verstecken, wenn ich will. Aber es ist wie ein Miniaturcomputer, der mit meiner DNA verbunden ist."

Sie blinzelte mich an, als wären mir fünf Köpfe gewachsen.

Amüsiert nahm ich ihr gegenüber Platz und rief den Hauptbildschirm auf, um ihr zu zeigen, wie die Uhr funktionierte und was sie alles konnte. Wir waren gerade dabei, die wichtigsten Anwendungen durchzugehen, als Alana eintraf.

„Gibt es einen Grund, warum ich Winter nicht einfach zum Aufzug begleiten kann?", fragte ich zur Begrüßung.

„Ja, Alpha Ludvig will, dass ich sie zuerst quäle", sagte Alana.

Karis Augen weiteten sich, was mich zum Knurren brachte. „*Alana.*"

„Was? Es ist wahr. Und Kaz hat es verdient. Er hat ihr meine Sachen zum Anziehen gegeben, Sven. Was für ein idiotischer Zug." Sie rollte mit ihren großen blauen Augen und warf ihren blonden Pferdeschwanz über ihre Schulter. „Du wirst feststellen, dass alle Kleider, die ich dir gegeben habe, deine eigenen sind. Gern geschehen."

Sie winkte Kari mit dem Finger zu, bevor sie den Tisch verließ und auf den Balkon ging. Kari stand auf und ihre Nackenhaare sträubten sich.

„Sie wird Winter nicht wehtun."

„Sie hat gerade gesagt ..."

„Ich weiß, was sie gesagt hat, aber sie hat es im übertragenen Sinne gemeint. Winter mag Alana nicht, weil sie in der Vergangenheit mit Kazek geschlafen hat. Also hat Alpha Ludvig Alana absichtlich hierher geschickt, weil er wusste, dass ihre Anwesenheit Winter bestrafen würde. Er ist nicht sehr erfreut darüber, dass sie sich ins Flugzeug geschlichen hat." Und mein Vater würde nach jeder Methode suchen, um die Omega zu bestrafen, ohne dabei zu riskieren, dass sie körperlich zu Schaden kam. „Ich verspreche, dass sie Winter nicht wehtun wird."

Gerade als ich das sagte, kam ein Knurren vom Balkon, gefolgt von einem leisen, warnenden Alpha-Knurren.

Kari schoss nach oben, bereit, einzugreifen, als Winter in Wolfsgestalt hereinlief. Sie fletschte ihre Zähne vor Alana, was die Alpha nur breit grinsen ließ. „Oh, ich mag dich", sagte sie.

Winter fletschte ihre Zähne noch einmal und machte damit deutlich, dass das Gefühl nicht auf Gegenseitigkeit beruhte.

„Behalte deine Krallen für dich, Süße. Ich will deinen Alpha nicht. Er gehört ganz dir."

Winter grunzte, als wolle sie andeuten, dass sie Alana überhaupt nicht glaubte, was Alana natürlich nur noch mehr amüsierte. „Sehen wir uns später bei der Begrüßungszeremonie?", fragte sie, als sie an mir vorbeiging, wobei ihr Blick kurz zu Kari mit einer offensichtlichen Frage in den Augen flackerte.

„Ja", antwortete ich. Sie würde mich sehen, aber nicht Kari, wenn es nach mir ginge.

Alana nickte. „Gut. Willkommen im Nordsektor, Omega Kari. Alle freuen sich darauf, dich kennenzulernen."

Kari erstarrte, was mich innerlich aufstöhnen ließ. „Tschüss, Alana", sagte ich durch meine Zähne.

Sie lächelte nur und öffnete Winter die Eingangstür. „Raus mit dir, kleine Omega."

Die *kleine Omega* schnappte erneut mit ihren Zähnen, was Alana ein weiteres leises Knurren entlockte. „Ich erlaube das, weil ich verstehe, dass du dein Revier markieren willst. Aber übertreibe es nicht."

Winter eilte zur Tür hinaus, Alana dicht auf den Fersen. Die Tür knallte hinter ihr zu und ließ Kari stirnrunzelnd am Tisch zurück. Sie stand immer noch da, die Hände an der Seite zu Fäusten geballt. „Wo bringt sie sie hin?"

„Zu Alpha Kazek."

„Bevor oder nachdem sie sie gefoltert hat?"

„Sie quält sie bereits", murmelte ich. „Ihre bloße Anwesenheit ärgert Winters Wölfin."

Kari sah mich an. „Das verstehe ich nicht."

„Wie würdest du dich fühlen, wenn ich dir sagen würde, dass ich Alana gefickt habe?", fragte ich sie und war aufrichtig neugierig, wie sie reagieren würde.

Sie enttäuschte mich nicht, denn ihre Wangen erröteten sich tiefrot und ihre Augen verengten sich. „Warum solltest du sie ficken? Du hast doch mich."

Es kostete echte Mühe, bei dieser Antwort nicht zu lächeln. „Das ist nicht das, was ich gefragt habe."

„Nun, deine Frage gefällt mir nicht."

„Und genau so quält Alana Winter gerade", murmelte ich.

Kari starrte mich nur weiter an. „Ich will nicht, dass du Alana fickst."

Okay, damit waren wir also durch. Ich konnte mir das Schmunzeln nicht verkneifen, das mir als Antwort entkam, was eindeutig das Falsche war, denn Kari knurrte, legte ihre Handflächen auf den Tisch und lehnte sich vor. „Sie kann keinen Knoten vertragen. *Ich schon.*"

„Süße, das ist nicht der Punkt." Ich griff nach vorne, um ihr Kinn zu umfassen, aber sie schnappte nach meiner Hand und biss zu. Fest. Meine Augenbrauen hoben sich. „Hast du mich gerade markiert?"

Ihre Augen wurden groß und die beiden roten Flecken wurden im Nu weiß, als sie auf meine Hand hinunter und dann wieder zu mir hinauf sah. „Oh … ich …" Ihre Knie gaben nach und sie fiel in einer flehenden Pose auf den Boden. „Es tut mir leid, Alpha. Ich … ich weiß nicht, was über mich gekommen ist. Ich … ich habe einfach *reagiert.*"

Eine Untertreibung.

Sie hatte mich einfach auf ihre Weise beansprucht.

Und mein Wolf sträubte, aber ihre Position auf dem Boden gefiel ihm nicht.

Ich stieß mich vom Tisch ab und ging zu ihr.

„Kari", murmelte ich und hockte mich vor sie. „Du brauchst dich nicht zu entschuldigen oder zu verbeugen. Ich bin nicht böse." Ich strich ihr sanft durchs Haar und griff mit einer Hand nach ihren Haaren, um ihren Kopf nach oben zu ziehen, als sie keine Anstalten machte, vom Boden aufzustehen.

Ihre Augen füllten sich mit Tränen, … ihre Beschämung war offensichtlich.

„Ich habe versucht, dir zu erklären, wie Alana Winter quält", sagte ich leise. „Omegas sind sehr territorial gegenüber ihren Alphas, so wie Alphas besitzergreifend gegenüber ihren Omegas sind. Das ist besonders am

Anfang einer Bindung schlimm, was bedeutet, dass Winter es nicht erträgt, in Alanas Gegenwart zu sein, weil sie eine von Kazeks früheren Geliebten ist."

Sie war nur eine *Fickfreundin*, aber ich wollte diesen Begriff bei Kari nicht verwenden.

„Komm schon, kleine Wölfin", sagte ich und legte meine Hand um ihren Nacken, um sie vom Boden hochzuziehen. „Wir müssen beide essen, und ich erkläre dir, wie meine Uhr funktioniert."

Ihr Blick wanderte zu meiner Hand und den kleinen Zahnabdrücken auf dem Handrücken. Ich hatte absichtlich meine andere Hand benutzt, um sie vom Boden hochzuheben.

„Willst du mich küssen und es besser machen?", bot ich an und versuchte, die Stimmung aufzulockern.

„K-Küssen?", wiederholte sie.

„Ja, Kari. Meine Hand", sagte ich und hielt sie ihr hin.

Sie machte keine Anstalten, die Abdrücke zu küssen, sie starrte sie nur an. Aber ich sah ein Aufflackern von Genugtuung in ihren Augen, ihre Wölfin freute sich, dass sie ihre Zähne in meine Haut versenkt hatte.

Mit einem Kopfschütteln löste ich meinen Griff um sie und ließ meine Hand wieder an meine Seite sinken. „Setz dich hin und iss, Kari."

Sie gehorchte schnell, nahm ihren Platz ein und hob ihre Gabel auf.

Seufzend kehrte ich zu meinem Stuhl zurück und legte die inzwischen kalte Pizza auf unsere Teller.

Wir aßen eine Weile schweigend, dann unterbrach ich die Stille, indem ich meine Erklärung über die Technologie an meinem Handgelenk beendete. Es handelte sich um ein fortschrittliches Gerät, das die Kommunikation sowohl innerhalb unseres Sektors als auch mit Verbündeten außerhalb des Sektors ermöglichte. Als ich ihr die Bilder und die Überwachungskameras zeigte, bemerkte ich, wie sie sich aufrichtete und zu dem Album zurückkehrte, das ihr ins Auge gefallen war.

Mit einem kleinen Lächeln zeigte ich das Foto meines älteren Bruders mit einem kleinen Wolf auf den Schultern. „Das ist Ander", sagte ich. „Und das ist sein Sohn, Joaquim. Obwohl, sie nennen ihn kurz Quim. Das ist der Name der Sprache, die in Andorra gesprochen wird – Katalanisch."

Ich war mir nicht sicher, ob Kari mich überhaupt gehört hatte. Sie war zu sehr damit beschäftigt, das Foto zu studieren.

Also wechselte ich zu einem zweiten Bild, das Ander mit seiner Omega-Gefährtin und ihrem Sohn zeigte. „Das ist Katriana", sagte ich ihr. „Die Gefährtin meines Bruders."

Kari beugte sich vor, als wollte sie das Bild berühren. Dann trafen ihre großen blauen Augen meine. „Sie … sie lächelt."

„Ja, und ich glaube, sie ist wieder schwanger." Ich war mir nicht ganz sicher, weil Ander es nicht bestätigt hatte, aber er war bei unserem letzten Telefonat etwas knurriger als sonst gewesen. „Ich hatte noch keine Gelegenheit, sie kennenzulernen, aber ich hoffe, das wird bald der Fall sein.

„Aber … aber sie lächelt." Kari schaute wieder auf das Bild. „Sie sieht glücklich aus."

„Ich denke, das liegt daran, dass sie glücklich ist", antwortete ich und musterte sie. „Du sagtest, Savi hatte einen Gefährten. War sie nicht glücklich?"

Kari dachte einen Moment lang darüber nach und dabei fiel ihr Blick auf den Tisch. „Ja. Sie war glücklich." Ihre Lippen verzogen sich, als sie sich auf die Wange biss. „Er gab ihr das Gefühl von Sicherheit."

„Wie es sich für einen Alpha gehört."

Ihr Blick wandte sich für eine Sekunde in die Ferne und plötzlich verhärtete sich ihre Miene. Dann schaute sie wieder auf das Bild, wobei sich ein Konflikt in ihren Gesichtszügen regte. Nach einem langen Moment räusperte sie sich und konzentrierte sich auf meine Hand. „Es tut mir leid."

Ich lächelte. „Nun, mir nicht."

Sie runzelte die Stirn. „Du bist wirklich nicht böse." Das war keine Frage, sondern eine Feststellung.

Ich schloss die Anwendungen auf meinem durchsichtigen Bildschirm und begegnete ihrem wachsamen Blick. „Nein, Kari. Ich bin begeistert." Es war keine Lüge. „Mein Wolf putzt sich gerade in mir heraus und freut sich, dass du ihn beansprucht hast."

„Ich habe ihn nicht beansprucht."

„Sicher", murmelte ich. „Bist du mit dem Essen fertig?"

Es sah fast so aus, als wollte sie sich streiten, aber sie überlegte es sich und nickte.

Ich ließ ihr Zeit, darüber nachzudenken, während ich die Küche aufräumte. Als ich fertig war, hatte sie sich nicht vom Tisch wegbewegt, hatte die Stirn gerunzelt, was auf tiefe Gedanken schließen ließ. „Das ist unser dritter Tag", sagte sie leise.

„Ja."

„Wie geht es weiter?"

„Du lernst den Sektor kennen", sagte ich ihr. In der Annahme, dass ich meinen Vater sowieso nicht umstimmen konnte.

„Und dann?"

„Und dann wirst du als Omega unter unserem Schutz in den Nordsektor aufgenommen." Ich legte meine Hand wieder in ihren Nacken. „Lass uns duschen gehen. Mein

Vater wird bald zu einem Treffen kommen, und ich muss bereit sein."

„Du lässt mich hier zurück?", flüsterte sie.

„Für eine Weile, ja." Ich fuhr mit dem Daumen an ihrem Kiefer entlang, während meine andere Hand in ihrem Nacken blieb. „Aber ich komme später zurück, um dich zur Zeremonie zu bringen."

„Wohin werde ich danach gehen?" Es war eine fast stumme Frage, ihre Augen füllten sich wieder mit Tränen.

„Ich weiß es noch nicht, Kari", gab ich zu. Ich war mir nicht sicher, ob mein Vater beabsichtigte, sie hier zu behalten, oder ob er eine andere Unterbringung im Sinn hatte. Wenn sie erst einmal Teil des Nordsektors war, würde sie als geschätztes Mitglied betrachtet werden. Niemand würde es wagen, sie ohne seine Zustimmung oder seinen Segen anzurühren.

Und ich würde auch jeden umbringen, der es versuchte.

Kari nickte, wobei ihre Unterlippe leicht wackelte. „Okay."

Ich drückte meine Lippen auf ihre Stirn. „Es wird alles gut, kleine Wölfin", versprach ich ihr. „Du wirst sehen."

Sie antwortete nicht, … ihr mangelndes Vertrauen in mich war wieder einmal offensichtlich.

Mit einem Seufzer führte ich sie ins Schlafzimmer.

Vielleicht würde die Zeremonie eine gute Erfahrung für sie sein. Sie würde endlich verstehen, wie unsere Welt hier funktionierte, und sie würde anfangen, Vertrauen aufzubauen. Mir wurde klar, dass ich diesen Teil nicht allein bewältigen konnte, nicht bevor sie mir vertraute.

Das könnte bei diesem Tempo noch Jahre dauern.

Mein Wolf sträubte sich in mir und lenkte meine Aufmerksamkeit wieder auf die Bisswunde an meiner Hand.

Oder vielleicht kommt es schneller, als ich denke, dachte ich mit einem inneren Lächeln, während ich mit dem Daumen über die Einkerbungen strich. Es würde bald heilen. Aber bis dahin würde ich ihren kleinen Anspruch genießen.

Meine süße Wölfin, dachte ich. *Eines Tages werde ich dich auch beißen. Ich schwöre es.*

KARI

Alpha Sven zog sich schweigend an – zuerst eine Jeans und dann einen Pullover. Als er anfing, ein Paar Stiefel festzuschnüren, setzte mein Herz einen Schlag aus.

Das war's, wurde mir klar. *Er wird mich für immer verlassen.*

Nach heute Abend würde ich den anderen Alphas übergeben werden und unsere Zeit hier wäre dann vorbei.

Es war genau so, wie ich befürchtet hatte – ich war süchtig geworden nach seinem Schnurren, seiner Anwesenheit, seinem *Duft.* Die Erinnerungen würden mich ein Leben lang verfolgen, wenn ich in meine höllische Existenz zurückkehrte.

Wenigstens hatte Winters Gefährte überlebt. Sie hatte noch eine Chance zu leben.

Aber ich nicht.

Das Abheilen auf Alpha Svens Hand bewies es. Ich konnte ihn nicht beanspruchen, so wie er mich nicht beanspruchen konnte. Nicht, dass ich das Recht gehabt hätte, es überhaupt zu versuchen.

Und er war nicht einmal wütend gewesen.

Er ... er war perfekt. Er hatte mich gehalten, mich

gewärmt, mir das Gefühl von Sicherheit gegeben und mir gezeigt, wie ein Alpha sein konnte. Obwohl ich sein Ziel immer noch nicht verstand, lag es mir auf der Zunge, ihn zu bitten, zu bleiben.

Seine Uhr flackerte wie vorhin auf, diesmal mit einer Nachricht, die er wegwischte, bevor ich sie lesen konnte. Ich hatte das Gerät vorher nicht bemerkt, da das Band auf eine Weise mit seiner Haut verschmolzen war, von der ich nicht gewusst hatte, dass es möglich war. Ich nahm an, dass die magische Technologie dazu dienen musste, wenn er sich in die Wolfsform verwandeln wollte.

Er schnürte seine Stiefel zu Ende, stand auf und verließ das Bett.

Er verlässt mich.

Unser Nest.

Diesen schönen Moment des Friedens.

„Alpha", flüsterte ich, noch nicht bereit für das Ende.

Ich saß in der Mitte der Matratze, geschützt durch die Wand aus Laken, die immer noch nach ihm rochen.

Er drehte sich um, seine Augenbraue wanderte nach oben. „Du darfst mich Sven nennen."

Ich rümpfte die Nase, die Ungezwungenheit fühlte sich falsch an, aber seltsamerweise auch richtig. *Sven.* „Alpha Sven."

Seine Lippen zuckten. „Ich brauche den Titel nicht. Ich bin mir meines Status sehr bewusst, kleine Wölfin." Er beugte sich vor, um seine Handflächen vorsichtig auf die Matratze in unserem Nest zu legen und drückte seine Lippen auf meine Wange. „Ich weiß nicht, wie lange das hier dauern wird."

Mir drehte sich der Magen bei den Worten und der damit verbundenen Andeutung um. Ich war mir nicht einmal sicher, wohin er ging oder ob er zurückkommen wollte. Unsere drei Tage waren vorbei. Jetzt würde ich die anderen Alphas treffen. Und ich wusste, was folgen würde.

Er hatte mir versprochen, mir zu zeigen, dass Alphas anders sein konnten, und er hatte es geschafft. Und jetzt wollte er es mir wieder wegnehmen.

Das hatte ich nicht verstanden.

Hatte ich etwas falsch gemacht? Ihn verärgert?

Ich hatte ihm jede Nacht Zugang zu meinem Körper verschafft, aber er hatte mich nicht genommen. Er hatte nur für mich geschnurrt und mich gehalten. Hätte ich mehr tun sollen? Das Kommando übernehmen? Ihm anbieten, ihn zu befriedigen?

Einige Omegas bettelten ganz offen. Ich hatte es zu Hause durch die dünnen Wände gehört, vor allem während des Östrogenzyklus. Aber ich war noch nie jemand gewesen, der für einen Alpha auf die Knie fiel.

Aber ich würde alles tun, was Sven verlangte, wenn es auch nur ein paar Stunden mehr Frieden bedeutete.

Er hatte um drei Tage gebeten. Er hatte von einer Ewigkeit gesprochen. Er hatte behauptet, dass ich ihm gehörte.

Warum geht er dann jetzt?

Hatte er erkannt, dass ich nicht gut genug war? Hatte er endlich verstanden, dass er keine sterile Omega beanspruchen konnte?

Oder hatte ich irgendwo einen Hinweis übersehen? Er hatte vorhin um einen Kuss gebeten. Vielleicht war es das, was er wollte – dass ich Interesse zeigte. Nachts meine Beine zu spreizen, reichte ihm nicht. Er brauchte mehr als nur ein Spielzeug.

Könnte ich das für ihn sein? Würde ihn das ermutigen, mich zu behalten? Hier zu bleiben, anstatt sich auf das Ereignis später vorzubereiten? Würde ich ihn überzeugen können, mich nicht den anderen Alphas zu überlassen?

Ich muss es versuchen, wurde mir klar. *Ich muss etwas tun, damit er mich behält.*

Er begann sich von mir zu entfernen, von unserem Nest, von der Sicherheit dieses Augenblicks, und ich reagierte. Ich packte ihn, ... meine Finger versanken in seiner Haut, als ich ihn zu mir zurückzog und meine Lippen forderten seine in einem flehenden Kuss.

Verlass mich nicht.

Mach das nicht kaputt.

Ich werde alles tun, alles, was du brauchst! Bleib einfach. Bitte bleib. Bitte bleib.

Es brach Chaos in meinem Kopf aus, von Verzweiflung und *Not geprägt.*

Die letzten Tage waren ein Geschenk und ein Fluch zugleich gewesen. Eine neue Form der Folter. Ein Weg, mich in ein Leben einzuführen, von dem ich nie gewusst hatte, dass es existierte, nur um es mir wieder zu entreißen und mich buchstäblich den Wölfen vorzuwerfen.

Ich wollte nie gehen. Ich wollte nie, dass es endete. Ich wollte nur ihn. Und ich hatte ihm mit meinem Mund gezeigt, dass ich ihm mein eigenes Leben geben würde, wenn es nur ein paar Minuten mehr Frieden bedeutete.

„Kari." Seine Stimme war ein Grollen, das in meiner Brust vibrierte.

Ich brachte ihn mit meiner Zunge zum Schweigen und tat genau das, was er neulich mit mir gemacht hatte, nur mit mehr Kraft und Verzweiflung.

Ich hatte keine Ahnung, was ich tat, also überließ ich meiner Wölfin die Führung, gab ihr die Zügel über meinen Körper und erlaubte ihr, ihm zu zeigen, was ich begehrte. *Ihn. In meinem Nest. Für immer.*

Es war ein gefährliches Verlangen, eine fremde Hoffnung, ein Traum, von dem ich nicht wusste, dass ich ihn besaß.

Dieser Alpha war freundlich gewesen. Sanft. Beschützend. Ich wollte ihm alles von mir geben, nur um noch ein bisschen mehr von dieser Aufmerksamkeit und Wärme zu bekommen. Tränen strömten aus meinen Augen, mein Geist war ein Labyrinth aus Verlangen und Warnung.

Er hatte mich auf eine Art und Weise gebrochen, die ich nie erwartet hätte, er hatte mein Herz berührt und es in Stücke gerissen.

Verlass mich nicht, wiederholte ich mit meinem Kuss. *Zwing mich nicht, die Meute zu treffen. Gib mich nicht weg. Behalte mich. Ich bitte dich.*

Seine Hände umschlossen mein Gesicht und ich spürte sein Knurren bis in meine Seele.

Er schob mich zurück, aber sein Blick war voller Hitze. „Ich muss gehen", murmelte er. „Es tut mir leid, Kari. Ich würde bei dir bleiben, wenn ich könnte."

Mein Herz zerbrach und mein Atem verließ mich mit einem Hauch. *Ich bin zu spät.* Ich hatte meine Chance verpasst, und jetzt konnte ich nichts mehr tun, um ihn zum Bleiben zu bewegen. „Bitte", krächzte ich, meine Stimme war leise und nicht sehr entschlossen.

Seine Lippen berührten meine in einer sanften Liebkosung, ein leises Lebewohl, ein Flüstern dessen, was hätte sein können. „Ich werde nicht lange brauchen", versprach er. „Ich bin bald wieder da, und dann besprechen wir die Zeremonie heute Abend, okay?"

Meine Hoffnung flackerte und brannte wieder in mir, die dünnen Fäden lösten sich auf und verschwanden zu Asche. „Okay", murmelte ich, ohne es so zu meinen, weil ich nicht über die Zeremonie sprechen wollte.

Ich wollte seinem Rudel nicht beitreten. Ich wollte nicht für die Alphas *verfügbar* sein. Ich wollte hier in meinem sicheren Hafen bleiben.

Doch als er mir einen Kuss auf den Kopf gab und ohne ein weiteres Wort ging, wurde mir klar, wie dumm ich gewesen war. Sven hatte gesagt, ich solle ihm drei Tage geben, um mir zu zeigen, wie gut Alphas sein konnten. Er hatte nie versprochen, so ein Alpha zu bleiben. Und ich hätte es besser wissen sollen, als es von ihm zu erwarten.

Ich war eine unfruchtbare Omega.

Ich konnte keinen Gefährten haben. Das ganze Gerede darüber, dass ich ihm gehörte, war nur sein Wolf, der von einer Zukunft mit einem anderen Weibchen träumte.

Nicht mit mir.

Ich musste heute Abend an der Zeremonie teilnehmen. Andere Alphas treffen. Für ihren Knoten verfügbar sein.

Doch ich saß hier in diesem Nest und wünschte mir ein anderes Schicksal. Ich hatte einen Traum, der nie in Erfüllung gehen würde.

Was mache ich eigentlich hier?, dachte ich, schaute mir die Laken an und merkte, wie falsch das alles war. Ich gehörte nicht hierher. Ich hatte meinen Instinkten erlaubt, meinen Verstand außer Kraft zu setzen.

Ich wusste es besser.

Man konnte Alphas nicht trauen. Sie benutzten Omegas. Sie zerstörten sie. Alphas verknoteten Omegas. Das hier war alles ein verdrehtes Spiel, eine grausame Strafe, die ich nie verstehen würde.

Und es spielte jetzt keine Rolle mehr.

Unsere Zeit war vorbei. Ich hatte meine Erinnerungen, die ich für immer in Ehren halten würde, und jetzt … jetzt musste ich mich der nächsten Phase stellen.

Ich schluckte und meine Sicht verschwamm unter einer Wand aus Tränen. *Wer bin ich? Wie bin ich überhaupt hierhergekommen?*

Als ich vor einer Woche zu Alpha Enrique geschickt worden war, hatte ich noch Hoffnung geschöpft.

Und jetzt saß ich in einem weichen Bett, umgeben von dem Duft eines anderen Mannes.

Ich packte sein Hemd, zog es mir über den Kopf und warf es auf den Boden. *Es reichte.* Ich würde nicht mehr auf seine Tricksereien hereinfallen. Ich würde nicht diese Wölfin sein. Ich würde mir nicht erlauben zu glauben, dass Alphas freundlich sein konnten. Ich würde mich an ihre wahre Natur erinnern. Ich würde die Omega sein, die mein Vater erschaffen hatte.

Steril.

Wertlos.

Ein Nichts.

Mit einem Schrei riss ich die Decken vom Bett und warf sie auf den Boden. Aber das war noch nicht genug. Der Geruch von Alpha Sven war überall. Ich hatte den Drang, die Sicherheit meiner Wände wiederherzustellen … er war stark und fast überwältigend.

Mein Wolf wimmerte und flehte mich an, zurückzugehen, mein Chaos zu beseitigen, mich in meinem Nest zu verstecken und auf Alpha Sven zu warten.

Was hat das für einen Sinn?, forderte ich. Ein Schluchzen entwich meiner Brust. *Er wird mich nur den Alphas vorstellen und mich ihnen zum Ficken überlassen!*

Meine Wölfin knurrte in meinem Kopf und negierte die Worte.

Aber ich war in meinen Gedanken zu versunken, um sie zu hören. Ich war fertig mit diesem Spiel. Mit diesen Tricksereien. So eine schreckliche, bösartige Zurschaustellung von Freundlichkeit.

Mit mir nicht mehr.

Ich sprang vom Bett und starrte auf den unordentlichen Haufen von Laken. Er winkte mir gedanklich zu, zurückzukehren, das Nest wieder aufzubauen und das zu sein, was eine Omega sein sollte.

Aber ich war nicht diese Omega.

Ich bin ein Nichts.

Ich bin nur eine Fickpuppe für ihre Knoten.

Eine Omega ohne Gefährten.

Wie oft hatte mein Vater mir meine Bestimmung gesagt? Wie hatte ich sie so leicht vergessen können?

Ich hätte fast gelacht, denn in meiner Brust entzündete sich ein Feuer aus Hass und Verzweiflung. *Hier gibt es keine Hoffnung für dich, Kari*, dachte ich, die innere Stimme war entschlossen und erinnerte mich an meinen Vater. *Du bist schwach. Eine Omega zum Ficken. Ein Mittel zum Zweck.*

Tränen fielen von meinem zitternden Kinn, und der Raum drehte sich, als ich zur Tür sprintete.

Ich musste sie zerstören ... diese Hoffnung ... und dieses Zögern in meinem Herzen, das mir sagte, ich solle durchatmen und nachdenken. Ich wollte nicht nachdenken. Ich wollte mich auflösen – nichts mehr fühlen. Ich wollte nicht wissen, was gleich passieren würde. Ich wollte nicht die Fickpuppe sein, die mein Vater erschaffen hatte.

Leblos.

Kaputt.

Tot.

Ein Schrei blieb mir in der Kehle stecken, als ich die Küche betrat und auf die Messer starrte. Ich schnappte mir zwei und rannte zurück ins Schlafzimmer, zielte auf das Nest und wollte es und alles, was es repräsentierte, zerstören.

Es war mir nicht erlaubt, Gefühle zu haben. Ich durfte diesen Traum nicht haben.

Sicherheit gab es nicht.

Ich gehörte nicht zu Alpha Sven.

Ich gehörte zu allen Alphas, nicht nur zu einem. Keine Paarung. Keine Liebe. Keine Bindung.

Nur eine Puppe, die man zerstörte, markierte und *benutzte*.

Ich hatte vor, ihn für meine Erinnerungen zu benutzen, aber ich hatte versagt. Stattdessen war ich in diesen verweichlichten Zustand voller Gefühle geraten.

Das war's. Ich war fertig. Wir waren fertig.

Mit einem Schrei stach ich mit beiden Händen immer und immer wieder auf die Matratze ein, um den Geruch und unser Nest zu zerstören. Aber es war nicht genug. Der Geruch blieb, die Erinnerungen setzten sich in meinem Herzen und meiner Seele fest und zwangen mich in diesem Chaos auf die Knie.

„Stirb!", schrie ich und wollte, dass das Nest verschwand, dass dieses Gefühl mich in Ruhe ließ, dass es mich in einen leblosen Zustand zurückversetzte und mich in der Stille ertränkte.

Ich hatte die Zeit aus den Augen verloren.

Ich stach einfach weiter auf das Bett ein. Ich stach immer und immer wieder zu.

Dann verlor ich die Messer in einer flauschigen Wolke aus Federn und zerrissenen Laken, die nach Sven roch.

Weitere Tränen verdecken mir die Sicht. Ich brach schluchzend zusammen und wollte, dass es aufhörte. Ich wollte nichts fühlen. Plötzlich spürte ich einen scharfen Stich tief in mir. Der Schmerz holte mich in die Gegenwart zurück.

Es erinnerte mich an die Operation, an den Schmerz, den ich seit langer, langer Zeit nicht mehr erlebt hatte. Schlimmer als die Brunst. Schlimmer als der gelegentliche Biss.

Ich umklammerte meinen Unterleib, schrie vor Schmerz auf und blinzelte über das klebrige Gefühl auf meiner Haut. Ich hob meine Hand und bemerkte die tiefrote Farbe.

Habe ich mir etwas gebrochen?, fragte ich mich schwindlig, und meine Augen blitzten auf und ab.

Ich fühlte mich plötzlich unglaublich schwindelig. Und krank. *Sehr, sehr krank.*

Ich presste eine Hand auf meinen Mund und die andere auf meinen Bauch und rollte mich zu einem Ball zusammen. Ich versuchte, mein rasendes Herz zu beruhigen. Der Schmerz wurde schlimmer, mein Körper zuckte und ein leises Stöhnen entrang sich meiner Kehle.

Oh Gott … ich konnte nicht atmen. Der schneidende Schmerz hatte sich zu meiner Lunge hochgeschoben und zwang mich, meine Beine zu strecken und mich auf den Rücken zu legen.

Ich konnte nichts sehen.

Die Dunkelheit hatte mich verschlungen und betäubte meine Gedanken. Ich spürte jedes Quäntchen Qual, das durch meine Adern floss.

Ich … ich glaube, ich sterbe, wurde mir klar. *Werde ich endlich Frieden finden?*

Ich blinzelte oder ich dachte, ich hätte es getan.

Mein Herz setzte einen Schlag aus, als sich meine Lippen nach unten verzogen.

Nein, flüsterte ich mir zu. *Ich habe bereits Frieden gefunden. Mit Alpha Sven.*

Mein sehnlichster Wunsch.

Eine schöne Erinnerung.

Ein schöner … Moment … der Hoffnung.

Eine, die ich mit ins Grab nehmen würde. Vorausgesetzt, sie würden mich überhaupt für würdig erachten, mich zu begraben. Ich stellte es mir vor und sah meinen Körper unter einer großen Tanne, umgeben von Schnee und Eis.

Alpha Sven stand neben mir. Seine Hand umfasste mein Gesicht und sein Blick war traurig.

Ja, flüsterte ich mir zu. *Das ist der wahre Traum – einen Alpha zu haben, der sich so sehr um mich kümmert, dass er für mich da ist ... sogar im Tod.*

Ich schlief mit diesem Traum ein.

Ein Teil von mir hoffte, nie wieder aufzuwachen.

Und ein anderer Teil ... trauerte um den Verlust eines Alphas, den ich wirklich als Gefährten haben wollte.

Vielleicht im nächsten Leben.

Oder vielleicht nur in meinen Träumen.

Ich glaube ... ich glaube, ich hätte dich lieben können, Sven. Danke, dass du mir Frieden gegeben hast. Danke ... für unsere drei Tage.

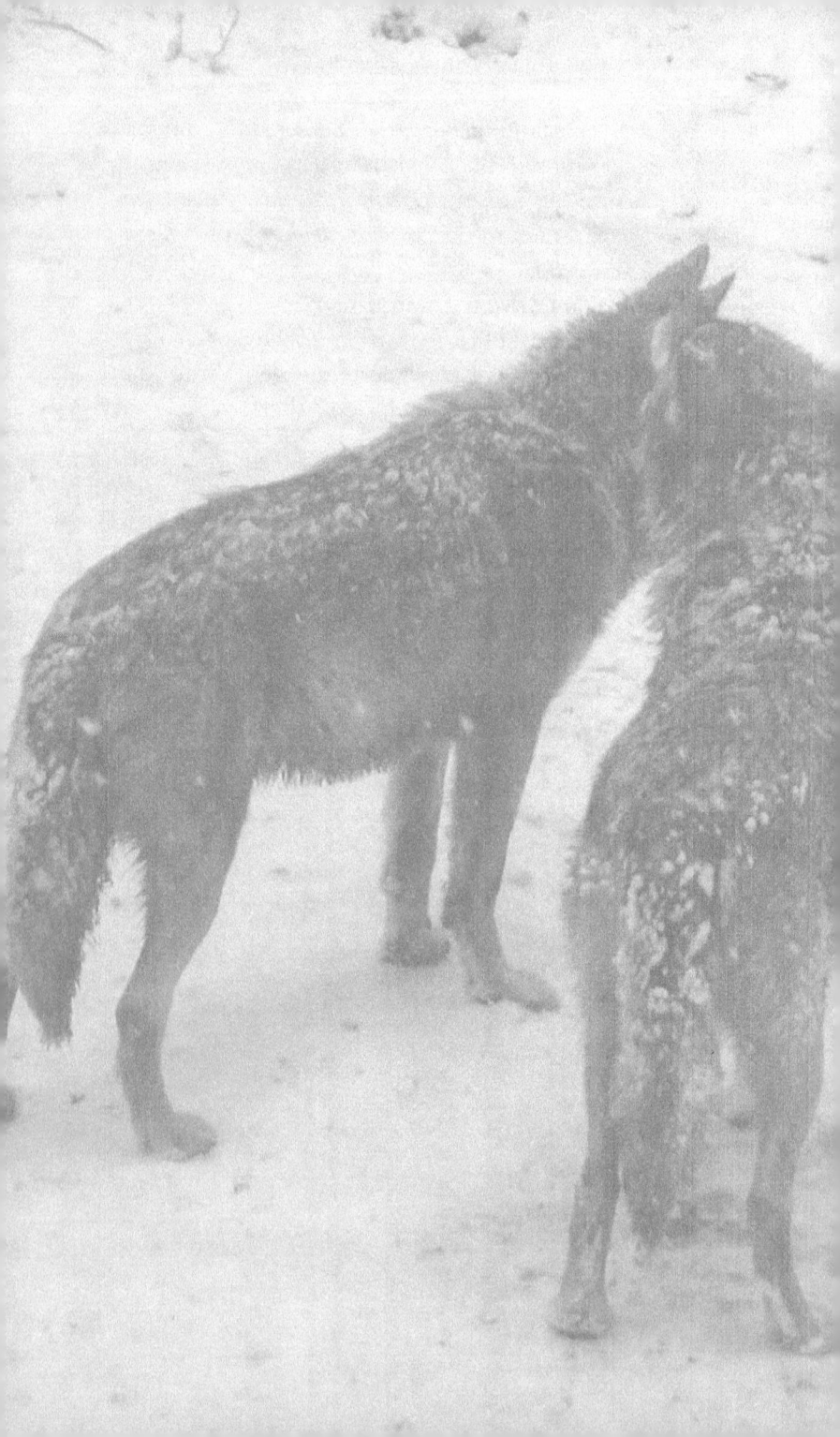

SVEN

Iᴄʜ sᴛᴀɴᴅ an der Seite meines Vaters, als Kaz Winter vom Feld wegführte. Ihre dunklen Augen waren glasig vor Leidenschaft, während er zufrieden schnurrte, weil er seine Gefährtin offiziell erobert hatte. Ich hatte den größten Teil der Show verpasst, da ich durch Karis unerwarteten Kuss aufgehalten worden war.

Sie hatte so verdammt gut geschmeckt, aber die Verzweiflung, die von ihr ausging, hatte mich erschreckt. In diesem Zustand würde ich sie nicht nehmen. Ich verstand auch nicht, was die Ursache dafür war.

Wir hatten die letzten Tage damit verbracht, einander kennenzulernen, und nicht ein einziges Mal hatte sie sich so an mich geklammert. Ich war begierig darauf, zu ihr zurückzukehren und herauszufinden, was ihr Verhalten ausgelöst hatte, obwohl ich ahnte, dass mir der Grund nicht gefallen würde. In meiner Brust spürte ich dieses seltsame, pochende Gefühl.

Ich rieb mit meiner Faust an meiner Brust und wollte, dass sich das Unbehagen verflüchtigte, aber es wurde nur noch schlimmer, als ob etwas nicht stimmte und ich konnte einfach nicht herausfinden, was es verursacht hatte.

Ein unsinniger Gedanke, aber das hielt meinen Wolf nicht davon ab, sich darüber aufzuregen.

Er trieb sich in mir herum, begierig darauf, zu der Frau zurückzukehren, die er für seine Gefährtin hielt.

Ich blickte auf die Stelle meiner Hand, an der sie mich vor ein paar Stunden gebissen hatte. Meine Lippen verzogen zu einem Lächeln. Plötzlich schoss ein weiterer Stich durch mein Herz.

„Was ist los?", fragte mein Vater leise und konzentrierte sich auf die sich auflösende Masse der Rudelmitglieder. Das hinderte ihn nicht daran, die Menschen um ihn herum ständig wahrzunehmen. Das war eine Eigenschaft, die ich an ihm bewunderte und von der ich hoffte, dass ich sie eines Tages auch perfektionieren würde.

„Ich habe das Gefühl, dass etwas nicht stimmt", gab ich zu. Da er mein Vater und mein Sektor-Alpha war, hatte ich ihm nie etwas verheimlicht. Deshalb hatte ich meine Absichten, Kari für mich zu beanspruchen, ganz offen und klar dargelegt. „Sie war sehr …" – ich hielt inne, um über den richtigen Ausdruck nachzudenken – „*emotional*, nicht so sehr traurig, sondern eher anhänglich, als ich ging. Und das ist ungewöhnlich."

„Inwiefern anhänglich?"

„Sie hat mich angefleht, zu bleiben."

Er schaute mich mit einer hochgezogenen Augenbraue an. „Das ist eine Verbesserung."

„Ja, aber es fühlt sich nicht richtig an." Und genau das war das Problem. Sie wollte, dass ich bei ihr blieb, und das hätte meinen Wolf frohlocken und sich brüsten lassen sollen. Stattdessen lief er unruhig auf und ab und drängte mich, zu ihr zurückzukehren.

Er sah mich nachdenklich an. „Inwiefern fühlt es sich nicht richtig an?"

Ich überlegte, wie ich meine Gefühle ausdrücken sollte. „Ich sollte mich freuen, dass sie Fortschritte gemacht hat, weil sie wollte, dass ich bleibe. Aber alles, was ich fühle, ist ein tief sitzender Schmerz des Grauens, als ob etwas wirklich nicht stimmt." Ich rieb mir erneut die Brust und zuckte zusammen, als mein Wolf in mir knurrte und seine Geduld schwand. „Mein Wolf verlangt, dass ich zu ihr gehe. Er ist wegen irgendetwas besorgt."

Die blauen Augen meines Vaters trafen auf mich, seine Pupillen hatten sich geweitet. „Hast du sie gebissen?"

Ich runzelte die Stirn. „Nein. Aber sie hat mich vorhin gebissen."

Seine Augenbrauen hoben sich. „Sie hat dich gebissen?"

„Ich habe ihr eine hypothetische Frage gestellt, und sie hat mir daraufhin in die Hand gebissen. Das war eine Folge ihrer angeborenen Besitzgier." Es hatte mich sehr gefreut, aber jetzt beunruhigte es mich.

Irgendetwas stimmt hier nicht, beschloss ich und blickte auf das Gebäude, das nur einen Block entfernt war. Ohne nachzudenken, machte ich einen Schritt darauf zu und schüttelte den Kopf, um mich aufzuhalten.

Doch mein Vater setzte sich in Bewegung. „Lass uns gehen."

„Aber die Zeremonie …"

„Ist erledigt", warf er ein. „Sie werden alle nach Hause gehen, um sich auf das Fest vorzubereiten."

Ich nickte und folgte ihm, während mein Wolf mich anflehte, schneller zu laufen.

„Du sagtest, ihr Vater habe ihr das angetan", sagte er, als wir das Tempo erhöhten. „Wahrscheinlich hat er ihre

Unfruchtbarkeit nicht endgültig gemacht, was erklärt, dass dein Wolf darauf besteht, dass sie dir gehört."

„Das habe ich auch schon gedacht", gab ich zu. Denn ich hatte von Anfang an das Gefühl, dass ich sie für mich beanspruchen konnte, auch wenn ich wusste, dass sie unfruchtbar war.

„Ihr Biss könnte also eine subtile Verbindung ausgelöst haben", fuhr er fort.

Bei seinen Worten setzte mein Herz einen Schlag aus und mein Wolf war noch aufgeregter als zuvor. „Dann bedeutet das …" Ich beschleunigte mein Tempo – mein Instinkt übernahm die Kontrolle.

„Du spürst etwas durch diese Verbindung. Deswegen merkst du, dass etwas nicht stimmt."

Als mein Vater die Erklärung ausgesprochen hatte, lief ich schon und mein Vater war genauso schnell wie ich. Er war über fünfhundert Jahre alt und konnte mich normalerweise in einem Rennen schlagen, aber nicht heute.

Ich erreichte das Gebäude zuerst, stürzte hinein und rief mit meiner Uhr den Aufzug. Mein Wolf verlangte, dass ich die Treppe nahm, aber das würde am Ende länger dauern.

Die Türen öffneten sich, als ich mich näherte, mein Vater direkt hinter mir, während ich den Code für das Stockwerk eingab.

Mit jeder Sekunde, die verstrich, spürte ich, wie das Grauen in mir immer größer wurde.

„Hast du irgendetwas Scharfes in der Suite vergessen?", fragte mein Vater, über dessen Handgelenk ein Bildschirm mit der Kontaktnummer des Arztes pulsierte.

„Glaubst du, sie hat sich verletzt?"

„Ich habe dich gewarnt, dass sie selbstmordgefährdet

ist", knurrte er. „Hast du scharfe Gegenstände in der Suite gelassen?"

„Ja", flüsterte ich, und meine Haltung war plötzlich unsicher. „Ich … ich hätte nicht gedacht …"

„Offensichtlich", schnauzte er und tippte den Code für ihr Stockwerk ein.

Meine Fäuste ballten sich. „Sie hat auch verdammte Krallen", zischte ich. „Die kann ich ihr auch nicht wegnehmen."

Er schaute mich an. „Du hättest sie deshalb vorher fesseln können, um ihren Wolf in Schach zu halten."

Der Gedanke machte mich wütend. „Sie haben sie gefesselt, um sie zu einer Sklavin zu machen."

Die Türen öffneten sich, bevor er etwas erwidern konnte. Ich wäre auch nicht in der Stimmung gewesen, ihm zuzuhören. Ich sprintete vorwärts und der vertraute metallische Geruch machte meinen Wolf in mir verrückt.

Der Geruch lag schwer in der Luft.

Übermächtig.

Oh, Kari, was zum Teufel hast du getan?

Ich rannte durch die Tür in den Wohnbereich und folgte dem Duft …

Bei dem Bild, was sich mir bot, setzte mein Herz einen Schlag aus.

Überall Blut.

Mit Federn vermischt.

Zerkleinerte Fetzen unserer Laken.

Und Kari lag nackt in der Mitte der zerstochenen Matratze.

Sie hat unser Nest zerstört. Sie … sie hat sich *in unserem Nest* erstochen.

Ein schmerzhaftes Stöhnen entwich meinen Lippen, als ich neben ihr auf die Knie fiel. Das Messer steckte tief in ihrem Unterleib, der Winkel hatte wahrscheinlich eine ihrer Lungen getroffen.

„Scheiße …", hauchte ich und ließ meine Hände über sie wandern. „*Scheiße!* "

„Zieh es nicht heraus", sagte mein Vater eindringlich.

„Ohne Scheiß", schnauzte ich ihn an. „Das ist das Einzige, was sie am Leben hält!"

Wenn man die Klinge herauszog, würden ihre Lungen mit Blut voll laufen. Sie würde daran sterben. Wölfe konnten vieles überleben, aber nur die Stärksten konnten das Ertrinken überleben.

Wenn man bedachte, dass sie sich das selbst angetan hatte, bezweifelte ich, dass sie versuchen würde, sich dagegen zu wehren. Sie würde den Tod willkommen heißen.

In unserem Nest.

Mein Wolf knurrte vor Zorn und winselte dann beim Anblick ihrer blassen Haut. Sie sah so zerbrechlich und gebrochen aus. Kaum noch am Leben.

Ich bemerkte, dass neben mir Handtücher zu Boden fielen – mein Vater wollte Erste Hilfe leisten. Ich benutzte sie, um den Bereich um die Wunde herum abzudecken und versuchte, die Blutung zu stoppen.

„Doktor Pal …"

„Er ist schon auf dem Weg", warf mein Vater ein. „Schnurre für sie. Gib ihr deine Kraft. Sorge dafür, dass sie weiß, dass du hier bist."

„Wird ihr das überhaupt helfen?", fragte ich und starrte die kleine Wölfin an. „*Sie hat versucht, sich in unserem Nest umzubringen.*" Das konnte nichts Gutes für unsere gemeinsame Zukunft bedeuten. Mein Schnurren war vielleicht das Letzte, was sie im Moment wollte.

„Gehört sie dir oder nicht?", fragte mein Vater.

Mein Wolf knurrte bei der Andeutung seiner Worte,

aber er war immer noch der festen Überzeugung, dass diese Frau ihm gehörte, selbst, wenn sie gebrochen war und den Tod ihrem Gefährten vorzog.

„Du hast mir vor drei Tagen gesagt, dass es deine Aufgabe ist, dich um sie zu kümmern und sie zu heilen. Also schnurre für sie oder geh mir aus dem Weg."

Es gab Momente, in denen ich meinen Vater liebte, und Momente, in denen ich ihn hasste. Dieser Moment war eine Mischung aus beidem.

Ich biss die Zähne zusammen und konzentrierte mich auf Kari und nicht auf das Gemetzel um sie herum oder die Gefühle, die diese Szene hervorrief, sondern auf die Omega, die ich für meine hielt.

Ich hörte, dass ihr Herz unruhig schlug und ihre Atemzüge stockten. Ich rutschte ganz vorsichtig zu ihr auf die zerstörte Matratze, um ihre Wunde nicht zu verletzen, und ließ sie meine Wärme spüren. Meinen Schutz. Meine Stärke. Mein *Schnurren*.

Ich sagte ihr ohne Worte, dass ich hier war und ihr beistehen würde. Und ich kämpfte gegen den Drang an, darüber nachzudenken, was als Nächstes passieren würde.

Alles, was zählte, war ihr Überleben.

Sie musste wissen, dass ich sie nicht so einfach aufgeben würde. Mein Wolf war ein sturer Alpha, der vor keiner Herausforderung zurückschreckte.

Sie gehörte mir, ob sie es wollte oder nicht.

Sekunden wurden zu Minuten, dann kam endlich die erhoffte Hilfe. Mein Vater sprach leise mit dem Arzt und warnte ihn, mich nicht von meinem Vorhaben abzulenken. Ich sorgte dafür, dass ihr Geist überlebte, während sich der Arzt um ihren Körper kümmerte. Es war ein heikler Tanz.

Erschöpfend.

Wütend.

Herzzerreißend.

Aber ich tat es für sie, hielt ihre Hand, als ein Team von Sanitätern eintraf, um sie vorsichtig zu transportieren. Ich strich ihr die Haare aus dem Gesicht, als wir den Aufzug betraten. Ich bewachte sie, als wir das Gebäude verließen. Ich versperrte ihr die Sicht auf ihre verstümmelte Gestalt, als wir uns auf den Weg zu den medizinischen Räumen des Nordsektors machten, dessen Flure mit Deckenspiegeln ausgestattet waren. Ich schnurrte noch lauter, als das medizinische Team sie in den Operationssaal brachte. Ich stellte sicher, dass meine Atmung mit der ihren konkurrierte, während sie operierten. Und ich strich ihr mit einem kühlen Handtuch über die Stirn, nachdem sie sie in ein Patientenzimmer gebracht hatten.

Es hatte nicht lange gedauert, und die Wunde war nicht so tief, wie ich ursprünglich angenommen hatte.

Sie sagten, die Klinge sei zwar mit Wucht in sie eingedrungen, aber nicht stark genug, um ihr ernsthaften Schaden zuzufügen. Mit ihren Wolfsgenen und den medizinisch fortschrittlichen Techniken würde sie in den nächsten Stunden wieder aufwachen und innerhalb eines Tages weitgehend geheilt sein.

Das bezog sich jedoch nur auf ihre körperlichen Wunden, nicht auf ihre seelischen.

Ich war wütend. Verzweifelt. Verwirrt. In mir tobte eine Unzahl an Gefühlen.

Dennoch hatte ich nie aufgehört, für sie zu schwärmen.

Ich stellte sie über meine eigenen Gefühle und musste sie wissen lassen, dass ich immer noch da war und sie nicht allein lassen würde, um zu leiden.

Aber mein Vater hatte andere Pläne für mich. Er kam für die Feierlichkeiten des heutigen Abends gekleidet und hängte einen Anzug an die Tür des Patientenzimmers.

„Du bist jetzt dran", sagte er. „Ich passe auf sie auf, während du dich umziehst."

„Ich werde sie nicht verlassen."

„Das musst du …", erwiderte er. „Aber nur für eine Stunde."

Mit zusammengekniffenen Augen sah ich ihn an. „Meine Anwesenheit bei der Feier ist nicht nötig."

„Im Gegenteil, sie ist sehr notwendig. Kazek hat sich eine Omega-Gefährtin genommen. Und zwar nicht irgendeine Omega-Gefährtin, sondern Snow. Alpha Vanessa hat eine Mitteilung an alle geschickt, und ich brauche dich dort, damit du dich mit Kazek solidarisierst."

Mein Kiefer zuckte. „Du bestrafst mich."

„Ich muss dich nicht bestrafen, Sven. Du hast heute schon genug durchgemacht. Ich nehme an, du wirst jetzt keine scharfen Gegenstände in der Nähe deiner *Zukünftigen* liegen lassen."

Es kostete mich Mühe, ihm nicht ins Gesicht zu schlagen. Vor allem, weil er damit andeutete, dass das, was Kari passiert war, meine Schuld war. Und ja, ein Teil der Schuld lag eindeutig bei mir, aber *sie* hatte die Entscheidung getroffen, sich selbst zu verletzen.

„Ich werde ihrem Wolf kein Halsband anlegen", sagte ich und öffnete den Kleidersack. „Es ist mir egal, wie selbstmordgefährdet sie ist, sie von ihrem Tier zu trennen ist keine Lösung." Wenn überhaupt, dann traf mich eine Teilschuld. Sie hatte sich überhaupt nicht auf ihre Wolfsinstinkte verlassen.

Nun, nur als ich sie provoziert hatte, wie der Biss in meiner Hand bewies. Aber ansonsten schien sie ständig in ihrer Welt zu sein und fürchtete sich vor anderen, obwohl sie das Offensichtliche direkt vor Augen hatte.

Karis Wolf schien mich zu mögen, zumindest genug, um ihre Reaktionen hervorzurufen. Es war ihr Wolf gewesen, der ihr Nest gebaut hatte. Ihr Wolf, der mich gebissen hatte. Ihr Wolf, der mich erst vor wenigen Stunden geküsst hatte.

Es war nicht Kari, die Person.

„Sie wird hier unter Beobachtung stehen, bis du zurückkommst", sagte mein Vater und unterbrach meine Gedanken. „Ich habe bereits mit Dr. Palmer gesprochen, und er glaubt, dass sie frühestens in einer Stunde wieder aufwachen wird. Sie wird also gar nicht merken, dass du weg bist."

„Du hast mir doch gesagt, ich solle für sie schnurren", murmelte ich, zog mein Hemd aus und begann mit der mühsamen Prozedur, die formelle Kleidung anzuziehen.

„Und das hast du auch getan. Jetzt erholt sie sich. Vielleicht ist es klug, sie das letzte Stück allein machen zu lassen, damit sie darüber nachdenken kann, was sie getan hat."

Ich dachte darüber nach, während ich meine Jeans gegen eine Anzughose tauschte. Wahrscheinlich hatte meine Mutter das komplett schwarze Ensemble ausgesucht, weil sie wusste, dass es zu meiner Stimmung passen würde, angenommen, sie wusste, was heute passiert war. Meine Eltern hatten selten Geheimnisse voreinander, also war es ziemlich wahrscheinlich, dass sie es wusste.

„Du willst, dass ich weg bin, wenn sie aufwacht", antwortete ich schließlich und durchschaute seinen Plan. „Sie wird meine Anwesenheit riechen, und wissen, dass ich gegangen bin. Und du willst ihr einen Moment geben, damit sie darüber nachdenkt, wie es ist, mich und meinen Schutz zu verlieren."

Seine blauen Augen verrieten nichts. Dennoch sagte er: „Jetzt denkst du wie ein Alpha."

„Ich denke immer wie ein Alpha", erwiderte ich. „Ich bin dein verdammter Sohn."

„Wie ein *Sektoren*-Alpha", korrigierte er. „Die besten Lektionen sind die, die ohne großes Zutun erteilt werden."

„Ich nehme an, dass du deshalb Vanessas Botschaft dem Sektor vorlegen willst, um Kaz zum Handeln zu bewegen."

Jetzt lächelte er. „Du bist wirklich mein *verdammter* Sohn, nicht wahr?"

Ich rollte mit den Augen und zog mich fertig an. Dann legte ich meine Kleidung direkt neben Kari, da ich wusste, dass sie sie brauchen würde, wenn sie aufwachte. „Eine Stunde", sagte ich ihm. „Das ist alles, was ich dir gebe.

„Das hat mir gerade noch gefehlt", antwortete er und wies zur Tür. „Lass uns Geschichte schreiben."

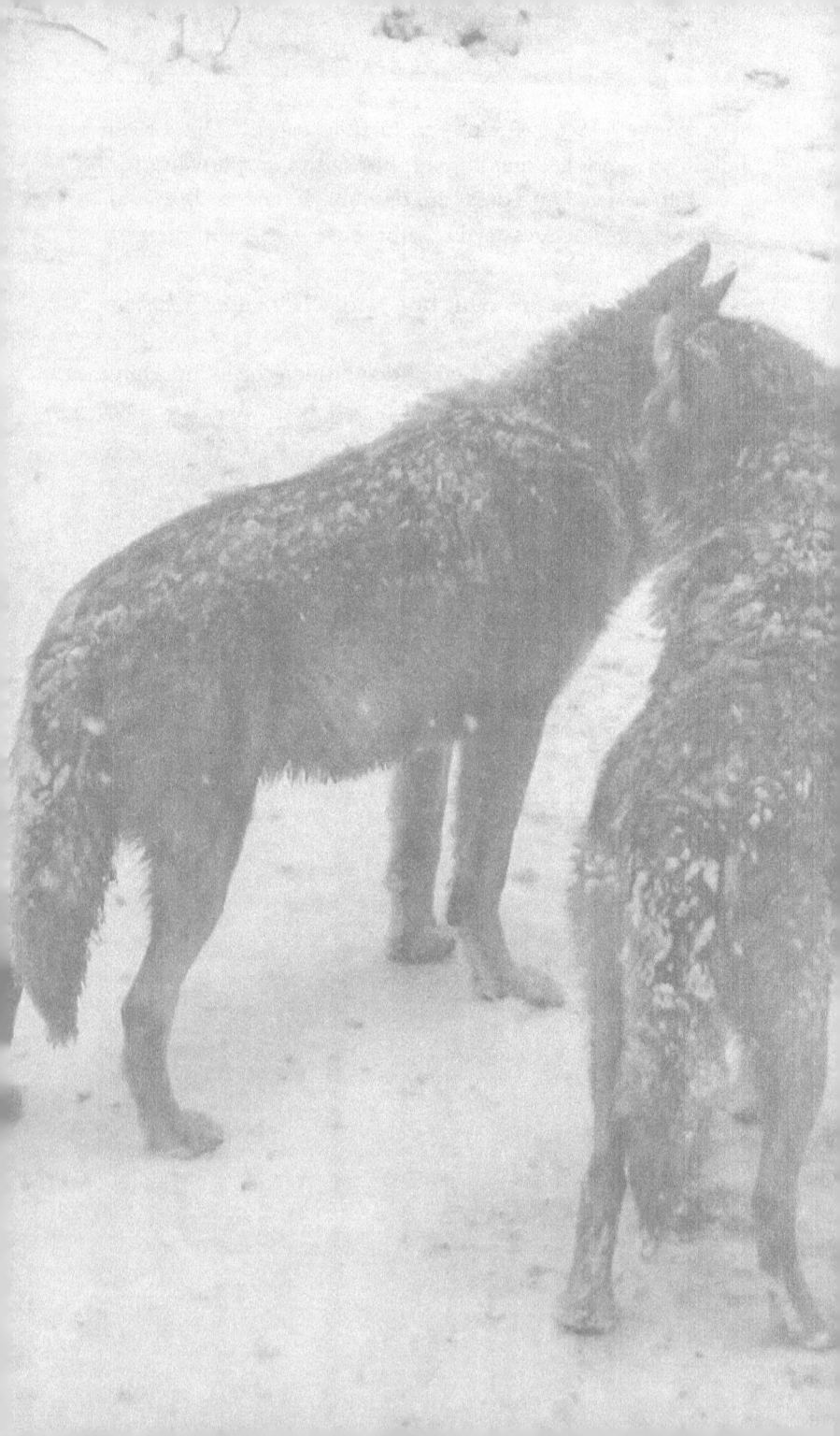

KARI

ALLES TAT WEH. Mein Kopf. Mein Körper. Mein Herz. Ich schluckte, aber meine Kehle war trocken und rau.

Ich stöhnte auf und versuchte mich daran zu erinnern, was passiert war, während ich gleichzeitig Angst hatte, es zu erfahren.

Ein Alpha ist … Ich brach ab, meine Nase zuckte bei dem *Alpha-Geruch* um mich herum. Das Bild eines schönen Mannes mit blondem Haar und blauen Augen tauchte in meinen Gedanken auf und weckte meine innere Wölfin. *Sven.*

Hat er mir das angetan?, fragte ich mich und runzelte die Stirn. *Nein. Nein, bei Sven fühle ich mich sicher. Gemütlich. Geborgen.*

Ich kuschelte mich tiefer in seinen Duft. Das Laken gab gerade genug Duft von ihm her, um meine Unruhe zu besänftigen. Für einen kurzen Moment. Für einen Atemzug.

Bis mir die Erinnerung an das, was mir weh tat, durch den Kopf schoss.

Das Nest. Ich hatte es zerstört. Dann war ich hingefallen und etwas hatte zugestochen.

Ich stöhnte erneut auf und versuchte, mich an Einzelheiten zu erinnern, aber mein Gehirn weigerte sich, unter meinem Kommando zu arbeiten. Es war vernebelt. Erschöpft. Unfähig, den Unfall zu begreifen.

Stimmen drangen an mich heran, eine weibliche, die über Snow Frost sprach. Ich konnte die Worte nicht ganz verstehen oder woher sie kamen.

Meine Augen wollten sich nicht öffnen, aber ich war wach.

Was ist passiert?

Irgendwas mit sieben Tagen und dem Versuch, Snow Frost zu finden.

Ihr Name ist Winter, antwortete ich der Stimme gedanklich zurück. *Und sie ist nicht verschwunden.* Ich hatte sie gerade gesehen … wann eigentlich? Mein Zeitgefühl ließ mich wie immer im Stich.

Ich versuchte erneut, meine Augenlider zu heben. Sie öffneten sich und gaben den Blick auf eine weiße Wand frei. Menschen standen davor, … *das kann nicht richtig sein.* Ich blinzelte und versuchte, die Szene zu erkennen, als eine männliche Stimme anfing, über eine Omega mit Unterdrückungsmitteln zu sprechen und darüber, wie die *Königin der Spiegel* versucht hatte, sie zu töten, indem sie zu Tode geknotet werden sollte. „Sie ist jetzt Winter des Nordsektors. Meine Winter. Meine Freundin."

Ja, ich hatte zugestimmt. *Ihr Name ist Winter.*

Ich versuchte, mich zu räuspern und mich besser auf die Menschen zu konzentrieren, aber mein Körper war noch nicht bereit, zu funktionieren. Ich befand mich in einem Zustand zwischen Bewusstlosigkeit und Bewusstsein, war mir meiner Umgebung bewusst, konnte aber nicht auf sie reagieren.

Meine Augen fielen wieder zu und ich blendete die verschwommene Szene aus, während ich versuchte, zwischen oben und unten zu unterscheiden.

Aber die Stimmen meldeten sich wieder und sagten, dass die Königin der Spiegel dafür bezahlen müsse, da sie das Leben der Omega bedroht habe.

Alpha Vanessa?, wiederholte ich und runzelte die Stirn. *Was höre ich da? Wo bin ich hier?*

„Die Entscheidung, wie mit dem Wintersektor verfahren werden soll, wird Alpha Kazek überlassen, wie es sein Recht als Winters Gefährte ist." Der tiefe, männliche Ton drang durch das Zimmer und zwang mich, die Augen wieder zu öffnen.

Alpha Ludvig, erkannte ich. Seine Stimme war unverwechselbar.

Der Hinterkopf des blonden Mannes war an meiner Wand zu sehen, ebenso wie eine Reihe anderer Personen, die alle formell gekleidet waren. *Es ist ein Video*, wurde mir klar. *Eine Art Live-Übertragung.*

Aber ich hatte keine Ahnung, warum ich das sah, und ich konnte meinen Kopf nicht heben, um in meinem Zimmer nach der Quelle zu suchen. Ich konnte auch nicht sprechen.

„Ausgezeichnet", fuhr Alpha Ludvig fort. „Ich freue mich, dass wir uns alle einig sind, dass Alpha Kazek das Recht hat, zu entscheiden, wie es mit dem Verbleib von Winter im Nordsektor weitergehen soll. Vor allem, weil ich gerade von Vanessa erfahren habe, dass Alpha Enrique uns morgen besuchen wird, um über das Verschwinden von Snow Frost zu sprechen."

Alpha Enrique?, wiederholte ich mir, und ein Funken Hoffnung machte sich in mir breit.

„Was?", fragte der Alpha, der von Winter gesprochen hatte, und seine dunklen Augen verengten sich auf eine

Weise auf Alpha Ludvig, die mir eine Gänsehaut bereitete.

Ja, Winters Alpha ist furchterregend, dachte ich und erzitterte. Das hatte ich ihr schon einmal gesagt, aber jetzt hatte ich den Beweis dafür, der mich von der Wand her anstarrte.

„Ja, es scheint, als wolle er auch über die Eigentumsrechte an Omega Kari diskutieren", sagte Alpha Ludvig und brachte damit meine Aufmerksamkeit zurück.

„Nur über meine Leiche", schnauzte Alpha Sven. Seine Reaktion rief ein scharfes Einatmen durch meine Brust hervor. Mehrere andere reagierten ähnlich, ihr Aufstöhnen war auf dem Bildschirm spürbar und deutlich zu hören. Er hatte gerade in einem gefährlichen Ton mit seinem Sektor-Alpha gesprochen.

Eine Gänsehaut lief mir über die Arme, als ich darauf wartete, dass der Sektoren-Alpha auf den Ausbruch seines Sohnes reagierte.

Bitte tu ihm nicht weh, flüsterte ich in Gedanken. *Bitte tu Alpha Sven nicht weh.*

„Da Omega Kari eindeutig nicht dem Nordsektor beitreten will, hat Alpha Enrique das Recht, über ihre Freilassung zu verhandeln", sagte Ludvig mit kalter, von Dominanz geprägter Stimme. „Ich bin nicht daran gewöhnt, Omegas zu zwingen, in meinem Gebiet zu bleiben, wenn sie es verlassen wollen."

Ich blinzelte – *Wie war das?*

Ich war verwirrt. *Alpha Enrique will über meine Freilassung verhandeln? Alpha Ludvig wird mir erlauben zu gehen?*

Das ... das war kein typisches Sektor-Alpha-Verhalten. Omegas waren begehrte Fickspielzeuge. Warum sollte er mir erlauben, zu gehen?

Sven sträubte sich und stieß einen leisen Fluch aus. Hatte er einen wütenden Gesichtsausdruck, weil sein

Alpha ihm gerade gesagt hatte, dass er mich nicht behalten konnte? Oder gab es einen anderen Grund für diesen Blick?

Ich blickte nach unten und runzelte die Stirn. *Das verstehe ich nicht.*

Es war ein häufiger Satz, den ich in seiner Gegenwart geäußert hatte und den ich jetzt in Gedanken immer wieder hörte. Nicht nur, weil ich die Situation nicht verstand, sondern weil mich die Vorstellung, eine Wahl zu haben, beunruhigte und verwirrte.

Ich kann gehen, wenn ich will. Aber will ich gehen?

Alpha Ludvig schien zu glauben, ich wolle kein Mitglied des Nordsektors sein. Aber das hatte ich nie gesagt. Mich hatte noch niemand gefragt, was ich wollte.

Ich war keine Person, sondern ein Ding. Ich hatte keine Wahlmöglichkeiten.

Dennoch ließ er es so klingen, als ob es an mir läge, ob ich bliebe oder ginge.

Und Alpha Enrique kommt, um über meine Freilassung zu verhandeln?

Mein Herz pochte in meiner Brust, mein Verstand war im Widerspruch zu meinen Wünschen. Eigentlich sollte ich mich bei dem Gedanken erleichtert fühlen, aber Alpha Svens Gesichtsausdruck auf dem Bildschirm blieb in meinen Gedanken verankert. Alles, was ich sehen konnte, war die Traurigkeit in seinen Augen, die sanft nach unten gezogenen Lippen und die Sorgenfalten auf seiner Stirn. Er war wütend, aber auch verzweifelt. Traurig. Enttäuscht.

Das war nicht der Blick eines Alphas, der nur sein Spielzeug verlieren sollte.

Es war der Blick eines Mannes, der kurz davor war, einen wertvollen Menschen zu verlieren. Ich erkannte diesen Blick, weil Alpha Joseph einen ähnlichen Gesichtsausdruck getragen hatte, als Savi ihm weggenommen worden war. Er war wütend und doch völlig gebrochen gewesen. Und sie hatte sich genauso gefühlt.

Das Gespräch ging weiter, als Alpha Ludvig Alpha Kazek fragte, wie er vorgehen wolle. Es war davon die Rede, dass die Zeit knapp war, aber ich ignorierte es. Fünfzehn Stunden bedeuteten für mich nichts.

Erst als ich die Stimme von Alpha Sven hörte, fing ich wieder an zuzuhören.

„Das ist ein gefährliches und riskantes Spiel", sagte er leise, woraufhin ich die Augen öffnete. Er stand mit seinem Vater an der Seite des Raumes, während sich die anderen Rudelmitglieder im Ballsaal hinter ihnen unterhielten.

Das muss die Zeremonie sein, von der Alpha Sven immer gesprochen hat. Es war ganz anders, als ich es mir vorgestellt hatte. Die Wölfe hinter ihm hatten alle menschliche Gestalt und lächelten oder lachten miteinander. Außerdem schienen sie eine Vielzahl von Desserts zu essen. Das waren keine hungrigen oder wütenden Alphas. Nur … ein Rudel, das sich gut unterhält, als wären sie tatsächlich Freunde.

„Wenn Enrique Kari wieder mitnimmt, bin ich gezwungen, sie zurückzuholen", fuhr Alpha Sven fort. „Mein Wolf wird keine andere akzeptieren."

„Dann schlage ich vor, dass du einen Weg findest, ihn zu zähmen", antwortete Alpha Ludvig. „Oder ich werde gezwungen sein, ihn für dich zu zähmen."

Alpha Sven knurrte leise und tief, und das Geräusch ließ mir einen Schauer über den Rücken laufen. „Sie gehört mir."

„Und doch deutet ihr Verhalten darauf hin, dass sie nicht die deine sein will", erwiderte er mit sanfter, aber fester Stimme. „Ist es wirklich das, was du willst, Sven? Eine Frau, die sich weigert, deine Gefährtin zu sein? Die sich lieber in ihrem Nest ersticht, als mit dir zusammen zu sein?"

Meine Augenbrauen hoben sich. *Ich habe mich nicht erstochen.*

Aber Alpha Sven sagte nichts. Stattdessen verfinsterte sich seine Miene noch mehr, und die Verzweiflung in seinen Gesichtszügen verursachte einen Schmerz in meiner Brust.

„Ich weiß nicht, was passiert ist. Ich weiß nicht, warum …" Er brach ab und räusperte sich. „Sie hat so viel durchgemacht. Ich glaube nicht, dass sie weiß, was sie will. Zu sagen, dass sie sich weigert, dem Nordsektor beizutreten, ist nicht fair. Sie versteht noch nicht, was das bedeutet. Sie braucht mehr Zeit."

Sein Vater betrachtete ihn einen langen Moment lang. „Du hast fünfzehn Stunden Zeit."

Alpha Svens Kiefer verhärtete sich. „Das ist nicht genug und das weißt du."

„Dann schlage ich vor, du verschwendest hier keine Zeit mehr und gehst zurück zu Omega Kari. Sie sollte bald aufwachen, wenn sie es nicht schon ist." Er warf einen Blick über seine Schulter direkt zu mir. „Vielleicht wird sie dir sagen, was sie braucht, anstatt sich selbst zu verletzen, um eine Botschaft zu übermitteln."

Mir rutschte das Herz in die Hose. Diese Nachricht war ganz eindeutig für mich bestimmt. Denn eine Sekunde später verschwand der Bildschirm und ließ mich allein und wimmernd im Bett zurück. Hier war alles fremd. Kalt. Steril. Genau wie mein Körper.

Jemand räusperte sich, was mich zusammenzucken ließ. Es trat ein Mann mit sanften braunen Augen an das Bett zu meinen Füßen und ging auf mich zu. „Hallo, Kari", sagte er in einem sanften Ton. „Ich bin Doktor Palmer. Alpha Ludvig dachte, dass du dir die heutige

Zeremonie vielleicht ansehen wolltest. Deshalb wurde sie auch an der Wand abgespielt."

Ich blinzelte zu ihm auf und wusste nicht, was ich sagen oder wie ich reagieren sollte. Ich fühlte mich unbehaglich, was ein sehr unangenehmes Gefühl war und mir ein weiteres Wimmern entlockte.

„Jetzt, wo deine Stichwunde gesäubert und verbunden ist, sollte sie schnell heilen. Aber ich würde dir raten, dich in den nächsten Stunden nicht zu viel zu bewegen. Du musst dich ausruhen, und es ist meine Aufgabe, hier zu stehen und darauf zu achten, dass du nichts tust, was dich weiter verletzt. Zumindest, bis Alpha Sven zurückkommt. Also komm nicht auf dumme Gedanken."

Ich sah ihn stirnrunzelnd an. *Mich noch mehr verletzen? Als ob ich das mit Absicht tun würde?*

„Ich …" Ich war mir nicht sicher, was ich sagen sollte. Seine Worte hallten in einem verwirrenden Gedankenknäuel in meinem Kopf nach.

„Alle scharfen Gegenstände wurden aus deinem Zimmer entfernt. Wenn du versuchst, dich in Wolfsgestalt zu verwandeln, habe ich den Befehl, dich in die menschliche Form zurückzuzwingen", fügte er hinzu.

Ich runzelte die Stirn. *Jetzt kann ich mich also nicht mehr verwandeln?*

„Ich verstehe zwar, dass du viel durchgemacht hast, aber sich selbst zu erstechen, ist keine Lösung", fuhr er mit einem tadelnden Tonfall fort.

„Ich habe mich nicht erstochen", antwortete ich, irritiert darüber, dass dieser Wolf, der mich nicht kannte, mich für etwas verurteilte, das ich nicht getan hatte. Die Worte kamen zwar etwas undeutlich heraus, aber er hatte sie eindeutig gehört, denn seine Augenbrauen hoben sich.

„Du hattest ein Steakmesser im Bauch."

„Weil ich darauf gefallen bin", sagte ich ihm und war

sehr verärgert. *Warum sollte ich mich erstechen? Ich habe doch schon genug Schmerzen. Und selbst wenn ich mich erstechen würde, dann sicher nicht in den Bauch!*

„Du bist darauf gefallen?", wiederholte er ungläubig.

„Ich … Ich habe die Messer fallen lassen …" Und an den Rest konnte ich mich nicht mehr erinnern. Aber ich wusste, dass ich mich nicht mit Absicht erstechen würde. „Ich habe auch so schon genug Schmerzen."

Er runzelte die Stirn und nickte dann langsam. „Ja, ich kann mir vorstellen, dass die Drähte ziemlich schmerzhaft sind."

„Welche Drähte?", fragte eine neue Stimme hinter mir. *Alpha Sven.*

Dr. Palmer richtete sich sofort auf und seine Augen blitzten zur Seite, als wolle er sich sofort unterwerfen. Er hatte Alpha Sven offenbar nicht gehört, als er sich näherte, so wie ich ihn nicht wahrgenommen hatte. Aber mit seinem Geruch um mich herum hatte ich das Gefühl, dass er auch in meiner Narkose ständig an meiner Seite war.

„Die Drähte in ihrem Bauch, Sir", sagte der Arzt und räusperte sich. „Ich habe sie bemerkt, als ich ihre Wunde säuberte."

„Und Sie haben nicht daran gedacht, sie zu erwähnen?"

„Das habe ich, Sir", beharrte der Arzt. „Ich habe es Alpha Ludvig gesagt."

Alpha Sven gab ein leises Knurren von sich. „Natürlich haben Sie das." Seine Körperwärme bedeckte meinen Rücken, als er sich dem Bett näherte. „Habt ihr besprochen, wie man sie entfernt?"

„Nein, ich habe den Befehl, Röntgenaufnahmen zu machen und sie in den Andorra-Sektor zu schicken", antwortete Doktor Palmer. „Aber erst, wenn sie sich von ihrem Selbstmordversuch erholt hat."

Das ließ meine Augenbrauen fast an den Haaransatz stoßen. „*Selbstmord?*", kam halb lachend, halb knurrend aus mir heraus. „Du denkst, ich habe versucht, mich … umzubringen?" Ich spürte den Schmerz in meiner Kehle nicht mehr, meine raue Stimme war ein Zischen im Wind. „Mit einem Messer in den Bauch? In den Teil von mir, der *immer* weh tut?" Ich war wütend, dass er so etwas überhaupt in Erwägung ziehen konnte. „*Warum* sollte ich das tun?"

Das ergab keinen Sinn.

„Ich habe das Nest zerstört, weil wir fertig waren … drei Tage … fertig. Ich wollte nicht … Ich *wollte nicht* …" Ich brach ab und dachte nach. Denn ja, ich *würde* mich selbst verletzen. Aber … „Nicht auf diese Weise. Nicht in den Bauch. Vom Balkon vielleicht. Etwas Schnelles. Nicht … nicht *das*."

Tränen trübten meine Sicht, aber sie kamen weniger aus Traurigkeit als aus Frustration.

Diese Wölfe verstanden mich nicht. Und ich konnte es ihnen nicht einmal verübeln, weil ich mich selbst oft nicht verstand. Oder diese Situation. Oder irgendetwas in meinem Leben.

Ich fühlte mich verloren.

Hoffnungslos.

Alleine.

Ich schlang meine Arme um meinen Unterleib, als wollte ich ihn schützen, und rollte mich zu einem Ball zusammen. Es tat weh, der Schmerz in mir schoss durch meine Adern bis zu meinen Nervenenden und ließ mich an einem Schluchzen ersticken. Ich wollte klein sein. Verschwinden. Nicht mehr existieren.

Sie denken, ich hätte das absichtlich getan, dachte ich wütend, wie im Delirium und eine Reihe von Emotionen prasselte auf mich ein. Jede einzelne durchbrach meine mentalen

Barrieren und brachte mich dazu, vor Frustration zu schreien.

Ich sehnte mich nach dem Tod. Aber ich sehnte mich auch nach dem Leben. Ich sehnte mich nach *ihm*. Alpha Sven. Nach seinem Duft. Seinem Schnurren. Seinen Berührungen. Ich sehnte mich danach, dass er seine Arme um mich schlang und mich beschützte.

Es war alles nur eine Fantasie. Eine, die ich in meinen Träumen immer wieder durchleben würde.

Ich schloss die Augen, wollte, dass der Traum in Wirklichkeit existierte, und seufzte, als ich spürte, wie sich das Bett hinter mir bewegte. Er berührte meinen entblößten Rücken, während sich die Laken um uns beide schlugen.

Magie.

Verzauberung.

Glückseligkeit.

Sein Schnurren ließ mich vibrieren und seine Lippen wanderten über meinen Hals. Seine Worte waren wie ein Flüstern auf meiner Haut. „Ich kümmere mich ab jetzt um Kari, Doktor Palmer. Ruhen Sie sich etwas aus. Wir besprechen die Röntgenbilder morgen früh."

„Natürlich, Sir."

„Und Palmer?", fügte er hinzu, wobei sich sein Tonfall ein wenig erhob, als würde er ihn ansprechen. „Sie ist meine vorgesehene Gefährtin. Sie werden mir direkt über ihren Gesundheitszustand Bericht erstatten. Ich werde die Informationen mit meinem Vater teilen, wenn ich es für richtig halte, in Übereinstimmung mit dem Gesetz des Nordsektors. Verstanden?"

„J-ja, Sir."

Alpha Sven nickte, sein Kinn strich über meine Wange. „Gut."

Ich hielt meine Augen geschlossen, um den Moment

nicht zu stören. Ob echt oder nicht, das war mir egal. Ich war zu schwach, um den Trost, den er mir spendete, zu verleugnen, und so erlaubte ich mir, seine Kraft in mich aufzusaugen und einfach zu *existieren*.

Sein berauschendes Grollen umhüllte mich wie eine Decke und riss mich in den Schlaf. *Mein Alpha*, dachte ich träumerisch. *Mein Alpha hält mich. Ich bin endlich in Sicherheit.*

SVEN

Karis Wut und die darauf folgende Verzweiflung hatten meinen Wolf sowohl erfreut als auch gequält.

Sie hatte nicht versucht, sich mit den Messern zu verletzen, was Doktor Palmer nicht zu glauben schien, ich aber schon. Ich konnte hören, dass sie die Wahrheit sagte, als sie sich über den Sturz auf das Messer geäußert hatte. Und der gleiche Tonfall war zu hören, als sie von der Zerstörung des Nestes gesprochen hatte.

Sie dachte, wir seien fertig, sagte etwas über drei Tage und das *Ende*.

Ich runzelte die Stirn, weil ich ihrer Logik nicht folgen konnte. Warum sollte das ein Anlass sein, dass sie ihr Nest zerstörte? Hatte sie erwartet, dass sie es verlegen müsste?

Sie seufzte schlaftrunken vor sich hin, während ich alles, was sie gesagt hatte, noch einmal durchging.

Ihre Verärgerung darüber, dass man ihr einen Selbstmordversuch unterstellte, war ein gutes Zeichen, denn es bedeutete, dass sie sich nicht auf diese Weise schaden wollte. Und das bedeutete auch, dass ich sie in den letzten Tagen richtig eingeschätzt hatte.

Ich hatte zwar ihre Traurigkeit wahrgenommen, aber ich hatte nicht gespürt, dass ihre Depression so tief saß, dass ich mir Sorgen um ihr Leben machen musste.

Der Gedanke, dass ich die offensichtlichen Hinweise übersehen hatte, hatte mich während der gesamten Paarungszeremonie von Kazek gequält und es mir unmöglich gemacht, mich zu konzentrieren, bis mein Vater die Live-Übertragung von Alpha Vanessa erwähnt hatte.

Dann hatte er die Bombe über Enriques Besuch platzen lassen, und ich war einfach ausgerastet. Ich hatte nicht vorgehabt, ihn vor dem Rudel zu verprügeln, aber bei der Aussage, dass er in Betracht ziehen würde, Kari an einen anderen Alpha zu geben, hatte ich rot gesehen.

Vielleicht wollte sie mich nicht. Vielleicht hatte sie deshalb unser Nest zerfetzt, aber ich würde auf keinen Fall zulassen, dass sie jemand aus der Sicherheit des Nordsektors mitnahm.

Mein Blut kochte bei dem Gedanken.

Dann gingen mir ihre Worte noch einmal durch den Kopf. Bei ihrer Erklärung, warum sie unser Heiligtum zerstört hatte, brach mir das Herz.

Wie konnte sie nur denken, wir seien fertig? Sie hatte mich gerade gebissen. Ihr Wolf hatte eindeutig einen Anspruch erhoben. Und ich hatte ihr immer und immer wieder gesagt, dass sie zu mir gehörte.

Doch ihre Aussagen und die Art und Weise, wie sie sie geäußert hatte, deuteten darauf hin, dass sie dachte, wir seien am Ende. Nicht, weil sie wollte, dass es vorbei war, sondern weil unsere Zeit abgelaufen war.

Ich ging alle meine Handlungen durch, alle unsere Gespräche, jedes mögliche Szenario, bis tief in die Nacht und in die frühen Morgenstunden. Mein Wolf wollte nicht ruhen. Sein Bedürfnis zu beschützen und zu schnurren hielt mich hellwach und aufmerksam, während Kari tief und fest schlief.

Sie bewegte sich hin und wieder, kuschelte sich immer näher an mich heran und drehte sich einmal, um ihre Nase an meine Brust zu drücken. Ich hatte mich vorhin bis auf die Boxershorts ausgezogen, weil ich ihre Haut berühren wollte. Jetzt genoss ich das Gefühl, wie sie sich an mich schmiegte – ihre zierliche Gestalt, die von meiner Alpha-Statur eingenommen wurde.

Einmal rührte sie sich und flüsterte, dass sie Wasser brauchte. Ich holte ihr etwas zu trinken, steckte ihr einen Strohhalm zwischen die Lippen und sah zu, wie sie fast zwei Gläser runterschluckte, bevor sie sich wieder an mich schmiegte. Ihre Augen waren die ganze Zeit über geschlossen geblieben, denn dank ihrer Genetik heilte ihr Körper in rasantem Tempo.

Und schon kehrte die Farbe auf ihren Wangen zurück, und ihre Haare schienen sich allein durch das Wasser zu verjüngen.

Mein kleines Wunder, dachte ich, drückte sie an mich und seufzte tief zufrieden.

So sollte es sein, aber ohne die Krankenhausausstattung, die sterile Atmosphäre und die kalten weißen Wände.

Doktor Palmer hatte sie in ein Zimmer mit wenig Equipment gesteckt, um zu verhindern, dass sie sich selbst verletzen konnte.

Die Erinnerung daran, wie ich sie blutend und bewusstlos vorgefunden hatte, traf mich mitten ins Herz, woraufhin mein Verstand ihre Worte noch einmal abspielte. Immer und immer wieder.

Sie ist nicht selbstmordgefährdet, dachte ich und küsste sie auf den Kopf. *Aber sie ist gebrochen.*

Denn sie hatte nicht verstanden, warum ich gegangen war, und das hatte sie durch ihre zerstörerische Szene im Schlafzimmer sehr deutlich gemacht.

Ich fuhr mit den Fingern durch ihr Haar, streichelte sie und bot ihr meine Kraft an. *Ich halte dich. Ich werde dich beschützen. Ich werde nicht zulassen, dass dir jemand wehtut, auch nicht du selbst.*

Sie knabberte an meinem Brustkorb, ihre Hände legten sich an meinen Bauch. „Sven", flüsterte sie, ihre Beine streckten sich und verschränkten sich mit meinen. „Mein Sven."

„Mein Sven, hm?", wiederholte ich amüsiert und war erfreut über ihre Aussage.

Sie nickte und küsste meine Haut. „Mein Alpha." Sie klang verträumt, als sei sie zwischen Bewusstsein und Schlaf gefangen.

Ich griff mit den Fingern in ihr Haar und zog ihren Kopf zurück, um ihre Gesichtszüge zu studieren.

Sie lächelte mich mit ihren Augen an. Ihr Ausdruck war atemberaubend schön. Da fiel mir auf, dass ich sie noch nie lächeln oder grinsen oder auch nur mit einem Hauch von Freude gesehen hatte. Zufrieden, ja. Aber Freude? Nein. Nicht bis zu diesem Moment, als ihre Augen in Wärme funkelten.

Die Luft blieb mir im Hals stecken, sodass ich nicht mehr atmen konnte.

Ich wollte sie für den Rest meines Lebens jeden Tag so voller Freude sehen.

„Du bist umwerfend", flüsterte ich ehrfürchtig.

Sie schüttelte den Kopf, aber ihre blauen Augen funkelten von dem Kompliment. „Wirst du mich noch einmal küssen?", fragte sie und ich fragte mich, ob ich vielleicht nur träumte, denn diese Kari war eine, die ich noch nicht kannte.

Glücklich. Ein wenig zuversichtlich. *Lächelnd.*

„Möchtest du, dass ich dich küsse?" Ich schaffte es, sie zu fragen. Meine Stimme war seltsam rau. Sie war einfach so perfekt und genau die Art von Omega, die ich tief in ihrer Seele vermutet hatte. Eine Wölfin, die ihren Gefährten brauchte.

„Ja", murmelte sie und nahm ihren Kopf in den Nacken, um ihren Mund an die Unterseite meines Kinns zu drücken. „Sehr gerne, ja." Ihre Lippen bewegten sich entlang meines Kiefers, und suchten, was sie begehrte, während ihre Finger mein Brustbein hinauf wanderten und sich um meinen Nacken legten.

Mein Wolf knurrte zustimmend und mochte die lebhaftere Seite seiner Wölfin. Er wollte den Moment genießen, ihr Geschenk annehmen und ihren Platz in seinem Leben bekräftigen.

Meins, brummte er, verdrängte das Bild ihres blutenden Körpers aus den Gedanken und verlangte von mir, ihre Umarmung zu erwidern und ihr zu geben, was sie begehrte. *Alles. Alles. Nehmen. Geben. Beanspruchen.*

Ich verschloss ihren Mund mit meinem, und meine Zunge glitt in sie hinein, um den süßen Geschmack zu genießen, der ihr eigen war. Sie erwiderte es und entrang ihrer Kehle ein Stöhnen, welches auf meinen Lippen widerhallte.

Ich umfasste ihr Gesicht und vertiefte die Umarmung, übernahm die Führung und ließ sie meine Dominanz spüren, als ich sie auf den Rücken rollte und ein Knie zwischen ihre Schenkel schob. Sie wölbte sich sofort in mich hinein. Ihr kleiner, bedürftiger Körper sagte mir, dass sie ihren Alpha begehrte.

Aber ich würde sie nicht nehmen.

Nicht so.

Nicht hier.

Die Wunde musste noch heilen. Sie war fast geschlossen, aber an den Rändern noch rosa. Ich hatte nach ihrem letzten Glas Wasser nachgesehen, um sicherzugehen, dass sie sich angemessen erholte. Und das tat sie. Ihr Körper war elastisch und perfekt und gehörte ganz *mir*.

Aber noch nicht.

Nicht ganz.

Nicht, bevor wir dieses Chaos zwischen uns geklärt hatten. Nicht, bevor sie *wirklich* gesund war. Dazu musste sich ihr Geist genauso erholen wie ihr Körper, und ich würde dafür sorgen, dass sie vollkommen bereit war, wenn ich sie nahm.

Ihre Zunge forderte mich heraus, von meiner Entschlossenheit noch zu warten, abzuweichen, und ihre Nägel gruben sich in meinen Nacken, als sie mich fester küsste. „Bitte, Alpha", flüsterte sie. „Bitte."

Ich schüttelte den Kopf und hielt ihr Gesicht in einer Hand. „Ich weigere mich, dir weh zu tun, Kari", sagte ich ihr. „Und schon gar nicht in diesem Zustand."

„Träume tun nicht weh", hauchte sie und wölbte sich in mich hinein. „Träume sind … was immer wir wollen …, dass sie sind."

In meiner Brust stotterte mein Herz und schlagartig wurde ich aus diesem schönen Moment herausgerissen und erkannte: *Sie hält das für einen Traum. Verdammt!*

„Kari", flüsterte ich, aber ihr Mund verschloss sich wieder um meinen. Ihr Kuss war hungrig und verlangend, während sie sich gegen meinen Schenkel drückte.

Ihre Erregung durchdrang die Luft und der süße Duft lockte mein Tier mit einem leisen Knurren heran. Er wollte sie schmecken. Sie verschlingen. Seinen Anspruch anmelden.

Verdammt, wenn sie das für einen Traum hielt, konnte ich es nicht ausnutzen.

Aber ich könnte ihre Träume wahr werden lassen.

Ich könnte ihr Freude bereiten, ihr klarmachen, wie es wäre, mit mir zusammen zu sein. Ich könnte alle ihre bisherigen Erfahrungen auf den Kopf stellen und sie in eine neue Welt einführen. Eine, in der sie eine geschätzte Omega war. Angebetet. Verehrt. In *Sicherheit*.

Ich strich mit meinen Zähnen über ihre Unterlippe, lenkte ihre Aufmerksamkeit darauf und knabberte sanft an der zarten Haut. „Das ist kein Traum", sagte ich ihr sanft, damit sie verstand, dass dies sehr real war. „Aber ich mache dies zur süßesten Träumerei, die du je erlebt hast, wenn du das willst."

Sie drückte sich an mich, ihre bedürftige Mitte durchnässte mein Bein, während sie ihre Nägel über meinen Rücken zog. „Ja", sagte sie, das Wort nahm ich als Aufforderung. „Lass mich vergessen. Gib mir eine Erinnerung, an der ich mich festhalten kann. Etwas, wovon ich träumen kann."

„Es wird mehr als nur ein Traum sein", versprach ich ihr. „Weil das hier real ist, Kari. Du bist schon sehr erregt."

Sie kicherte – ein amüsiertes Geräusch, das direkt in meine Seele drang – und stöhnte, als meine Lippen ihren Hals trafen. „Mehr", bettelte sie. „Mehr, Alpha, mehr."

Ich wollte sie wieder zum Kichern bringen, zum Lächeln bringen, wollte sie meinen Namen stöhnen lassen. Sie sollte sich lebendig fühlen und erkennen, wie das Leben mit mir als Partner sein könnte.

„Kari", röchelte ich gegen ihren Hals. „Ich muss dich schmecken."

„Mich schmecken?", wiederholte sie.

„Mm", murmelte ich gegen ihren Hals, während ich

mir einen Weg zu ihren Brüsten küsste. Ich nahm eine ihrer Brustwarzen in den Mund und beobachtete dabei ihr Gesicht. Sie schloss ihre Augen und wölbte sich nach oben. Ihre Hand wanderte von meinem Rücken zu meinem Hinterkopf.

„Oh", hauchte sie. „Das gefällt mir."

Ich knabberte an ihrer steifen Knospe, was sie zu einem Keuchen veranlasste, als hätte sie noch nie ein solches Vergnügen erlebt. Wenn sie träumen wollte, dann würde ich mich ihr anschließen und so tun, als wäre ich der erste Wolf, der meinen Mund und meine Hände auf sie legte.

Hm, ja, mein innerer Wolf war einverstanden.

Mit meiner Zunge schwor ich, sie für jeden anderen zu ruinieren, und entlockte ihr ein süßes Stöhnen, während ich ihre Brüste mit meinem Mund und meinen Berührungen verwöhnte.

Dann begab ich mich nach unten in den Himmel zwischen ihren Schenkeln.

Sie war so verdammt feucht, ihre Omega-Instinkte bereiteten sich auf den Schwanz ihres Alphas vor. Aber sie würde stattdessen mit meinen Fingern und meiner Zunge vorlieb nehmen müssen, denn ich hatte versprochen, ihr nicht weh zu tun, und ich hatte vor, dieses Versprechen zu halten.

Mein Schwanz würde einfach warten müssen.

Aber sie zu kosten, … das würde ich jetzt tun. Ich würde sie nach Herzenslust verwöhnen und sie dabei zu den Sternen schicken.

Ich ließ mich zwischen ihren Beinen nieder, drückte einen Kuss auf ihren glatten Schoß und atmete tief ein. „Du riechst fantastisch, Kari", sagte ich zu ihr und genoss die Art, wie ihr Körper auf meinen reagierte.

Sie war vorhin nach der Operation gebadet worden

und das hatte einen Zitrusduft hinterlassen, der ihr eine fast spritzige Note verlieh. Aber in ihrem Herzen war sie ganz Kari. Süß. Verführerisch. *Einladend.*

Ich stöhnte auf und konnte mich keine Sekunde länger zurückhalten. Mein Verlangen nach ihr brannte in meiner Leiste und zwang mich zum Handeln. *Ich muss schmecken, was mir gehört.*

Meine Zunge teilte ihre Falten, leckte sie tief und sättigte mein Gesicht mit ihrem Duft. Das war nicht genug. Ich brauchte mehr. Ich wollte spüren, wie sie sich um meine Finger zusammenzog, ihren glitzernde Erregung schmecken und mich an ihrer Lust laben.

Ja, flüsterte ich düster. Ich will *alles* von dir.

Ihre Hand blieb auf meinem Kopf und ihre Finger fuhren durch mein Haar, während ich meinem Wolf erlaubte, meine Instinkte zu steuern. Ihr Tier antwortete in gleicher Weise. Ihre Schenkel zitterten um meinen Kopf, während sie auf mein Gesicht in einem wunderschönen Tanz des Vergessens ritt.

Ich beobachtete sie, bewunderte die Röte, die ihre Wangen färbte, und knabberte an ihrem Kitzler, sodass sich ihre Lippen zu einem Keuchen verzogen.

Verdammt, sie war göttlich.

Meine wunderbare, perfekte Omega.

Hätte ich gewusst, dass ihre Träume so aussahen, hätte ich das schon vor Tagen getan.

Ich würde die verlorene Zeit mit meiner Zunge aufholen müssen.

Ich leckte sie gründlich und lächelte, als sie zu zittern begann und die ersten Anzeichen eines Höhepunkts um meinen Finger pochten, als ich ihn hineinschob, um ihre Enge zu testen.

Um sie nicht zu verletzen, ging ich nicht zu weit hinein.

Ich hatte sie genau beobachtet und dafür gesorgt, dass sie alles genoss, was ich mit ihr machte.

Sie wimmerte, ihr Kopf drehte sich hin und her, als ich meinen Mund wieder um ihre Klitoris schloss und sie hart in meinen Mund saugte.

Ein Schrei durchbrach die Luft, als sie reagierte, ihr Magen zog sich zusammen, als sie ein Orgasmus durchfuhr. Aber das Geräusch der Ekstase, das sie ausstieß, verwandelte sich bald in ein Geräusch der Qual.

Ich runzelte die Stirn, betrachtete den rosafarbenen Fleck auf ihrem Bauch und machte mir Sorgen, dass ich die Wunde irgendwie gereizt hatte.

Dann fasste sie sich an den Bauch, begann zu zittern und schluchzte, während sie Worte hauchte, die ich nicht verstand.

„Kari", flüsterte ich gequält von dem Anblick, wie sie auf dem Bett zusammenbrach, wobei es ein schöner und reiner Moment hätte sein sollen.

Tränen liefen ihr über das Gesicht und ihre Schenkel kämpften darum, sich zu schließen.

Ich entfernte mich von ihrer Mitte, damit sie sich zu einem Ball zusammenrollen konnte. Magie zitterte durch die Luft, als sie ihren Wolf anrief, und ihre Verwandlung verlief langsam und schmerzhaft.

„Oh, Kari." Mein Herz brach für sie. Scham war ein schwerer Stein in meinem Bauch. „Ich wusste nicht, dass …"

Sie wimmerte, ihr helles Fell bedeckte alle Gliedmaßen, als sie ihre Verwandlung vollendete. Dann trafen ihre großen blauen Augen auf die meinen, und in ihren Tiefen sah ich den Schrecken.

„Ich werde dich nicht zwingen, dich zurückzuverwandeln", sagte ich ihr und erriet, in welche

Richtung ihre Gedanken gingen. Ich griff nach ihr, aber sie wich zurück, als ob ich sie schlagen wollte.

Also tat ich das Einzige, was ich für sie tun konnte.

Ich schnurrte.

Sie reagierte sofort und ihre Ohren spitzten sich, als ihr Blick wieder zu mir wanderte.

Ich verstärkte die Intensität in meiner Brust und sagte ihr ohne Worte, dass ich sie nicht verlassen würde, dass ich sie nicht drängen würde, dass ich ihr nicht wehtun würde.

Sie bewegte sich zunächst nicht, sondern beobachtete mich mit wachsamen Augen.

Nach einigen Minuten des gegenseitigen Beobachtens kam sie näher. Nur ein paar Zentimeter. Gerade so weit, dass ihre Nase meine Brust berühren konnte. Als ich sie dieses Mal streicheln wollte, ließ sie mich gewähren.

Ich lobte ihre Wölfin, nannte sie schön, lobte ihr weiches Fell und sagte ihr, wie stolz ich auf sie sei, weil sie so stark für Kari war.

Schließlich grummelte sie als Antwort. Es war ein Geräusch, bei dem mein eigener Wolf durch meine Augen zu ihr aufblickte. „Willst du ihn kennenlernen?", bot ich ihr leise an.

Ihre Augen fixierten die meinen, ihre Antwort war klar. *Ja.*

Ich nickte, zog meine Boxershorts aus und grinste ein wenig, als ihr Blick nicht so diskret nach unten glitt. Aber bevor sie auf meine Größe reagieren konnte, hatte ich mich bereits verwandelt, und innerhalb weniger Sekunden lag ich neben ihr auf dem Bett.

Ihre hübschen Augen leuchteten vor Anerkennung.

Mein Wolf teilte diese Reaktion und erlaubte ihr, durch seine eigenen Augen zu sehen, was er für sie empfand. Dann beugte ich mich vor und leckte ihr die Schnauze.

Sie gab einen überraschten Laut von sich, bevor sie das Gleiche tat.

Ich grummelte zustimmend, mein Schnurren war in Wolfsgestalt noch lauter.

Sie kuschelte sich an mich. Ihr Fell war ein Aphrodisiakum für meinen Wolf.

Ich kam auf eine Idee, von der ich wusste, dass mein Vater sie verachten würde, aber sie schien genau das zu sein, was Kari brauchte.

Ein Lauf.

Nichts allzu Anstrengendes. Nur frische Luft. Etwas Schnee. Und ein bisschen Herumtollen.

Ich kehrte in meinen menschlichen Körper zurück – sehr zum Entsetzen meiner kleinen Wölfin – und sagte: „Folge mir."

Ich hatte es nicht als Frage gestellt und machte mir nicht einmal die Mühe, eine Hose oder Boxershorts anzuziehen. Ich stand einfach auf zwei Beinen und nutzte den Vorteil der Menschengestalt und ging direkt zur Tür, um die Klinke herunterzudrücken.

Als ich nicht hörte, wie sie mir nachsprang, drehte ich mich um und sah sie mit zur Seite geneigtem Kopf sitzen.

„Wir machen einen kleinen Spaziergang", erklärte ich. „Nicht allzu weit oder zu lang. Nur etwas frische Luft und vielleicht ein bisschen Schnee." Nun, wahrscheinlich eine Menge Schnee. Es war Winter im Nordsektor und verdammt kalt. Aber unsere Wölfe würden es lieben.

Sie bewegte sich nicht.

„Jetzt, Kari", sagte ich, wobei ich es zu einem Befehl statt zu einer Bitte machte. Irgendetwas sagte mir, dass das der Anstoß war, den sie brauchte, um zu gehorchen, vielleicht weil ihr diese Art von Erfahrung noch nie angeboten worden war.

Mit einem kleinen Schnaufen sprang sie vom Bett und rutschte über den Boden zu meinen Beinen.

Ich fing sie auf und wölbte eine Augenbraue. „Bist du noch nie auf Marmor gelaufen?" Ich vermutete es.

Sie murrte, stellte sich wieder auf alle vier Beine, schüttelte ihr Fell aus und wäre fast wieder auf ihren Hintern gefallen.

Stirnrunzelnd betrachtete ich ihre Haltung. Sie erinnerte mich an einen jungen Welpen, der gerade zum ersten Mal das Laufen lernte.

Vielleicht lag es gar nicht am Boden, sondern daran, dass sie es nicht gewohnt war, sich in ihrer Wolfsgestalt zu bewegen. Dieses Halsband hatte ihr vorgeschrieben, wann sie sich verwandeln konnte. Wenn sie wieder ein Mensch war, würde ich sie fragen müssen, wie lange sie es getragen hatte.

Ich entschied mich, langsam vorzugehen, öffnete die Tür und führte sie in den Flur. Sie humpelte und war immer noch unsicher auf dem glatten weißen Boden. Eine Beta-Schwester trat heraus und zog eine Augenbraue hoch, als sie uns auf dem Flur entdeckte. „Wir machen einen kleinen Spaziergang", sagte ich ihr. „Wenn mein Vater vorbeikommt, sagst du ihm, dass wir in einer Stunde oder so zurück sind."

„Sind Sie sicher, dass das klug ist?", fragte sie.

„Du meinst, ob ich glaube, dass er sauer sein wird?", erwiderte ich, als wir an ihr vorbeigingen. „Sicher. Aber das heißt nicht, dass wir es jetzt nicht machen."

Sie lachte daraufhin, was Kari ein tiefes Knurren entlockte.

Das amüsierte mich und mir wurde warm ums Herz. „Du hast mich bereits beansprucht, kleiner Wolf. Erinnerst du dich?" Ich winkte ihr mit der Hand zu, die sie „markiert hatte und ihre Wölfin drohte als Antwort mit einem weiteren Biss.

Schmunzelnd ging ich weiter den Flur Richtung Ausgang entlang.

Sobald wir draußen waren, würde ich mich wieder in Wolfsgestalt verwandeln. Doch bis dahin nutzte ich die Vorteile der Menschengestalt und sagte: *„Hier entlang, kleine Wölfin."*

KARI

Sᴠᴇɴ ᴡᴀʀ ᴡɪʀᴋʟɪᴄʜ sᴇʜʀ ɢʀᴏß. Er war ein Alpha, den ich fürchten sollte. Er war schlank, groß und muskulär, sowohl als Wolf ... als auch als *Mann*.

Ich schluckte, während mir das Bild seiner Männlichkeit durch den Kopf ging. *Riesig* war eine Untertreibung. Allein der Gedanke daran erweckte eine Sehnsucht und gleichzeitig einen Schmerz in mir, den nur er lindern konnte.

Nur konnte er es nicht – das Vergnügen würde mit Qualen enden.

In dem Moment, in dem ich den Schmerz in meiner Mitte gespürt hatte, wusste ich, dass ich wach war. Aber wenn ich ehrlich zu mir selbst war, wusste ich das, bevor ich meinen Orgasmus erreicht hatte. Ich hatte mich lediglich in der Fantasie fallen lassen und mir gewünscht, es wäre ein Traum und nicht die Realität.

Es hatte sich richtig angefühlt ... bis dieser unerträgliche Schmerz kam.

Und dann hatte meine Wölfin die Kontrolle

übernommen und mich geheilt, während Sven für mich geschnurrt hatte.

Ich betrachtete sein Hinterteil und bewunderte die braun-weiße Maserung des Fells, die sich über seinen Rücken zog. Er lief langsam und führte mich auf den Gehweg neben dem Gebäude, das wir gerade verlassen hatten. Ich war mir nicht sicher, was er vorhatte, aber meine Wölfin war neugierig und aufgeregt.

Ich konnte ihre Vorfreude nicht ganz teilen, da ich in Gedanken alle Möglichkeiten durchspielte, was schiefgehen könnte. Man hatte mir nie erlaubt, den Bariloche Sektor zu erkunden, nicht einmal als Welpe. Und ich hatte nur selten die Gelegenheit bekommen, mich zu verwandeln – nur wenn die Alphas es verlangt hatten. Dann hatte man mich normalerweise in einen Käfig gesteckt.

Nicht zum Laufen.

Nicht zum Spielen.

Keine Erkundungen.

Meine Wolfsohren wurden spitz und nahmen alle Geräusche um uns herum auf. Meine Nase zuckte bei den Gerüchen und meine Augen suchten nach den Gefahren.

In der Gegenwart von Alpha Sven fühlte ich mich sicher, als wüsste ich, dass er nicht zulassen würde, dass mir etwas zustieß. Es war ein gefährliches Vertrauen, eine Hoffnung, auf die ich kein Recht hatte, aber sie war trotzdem da. Und meine Wölfin stellte dieses Gefühl nicht im Geringsten infrage. Sie vertraute Sven bedingungslos.

Ich hatte mich immer etwas von meiner animalischen Seite gelöst, sodass es mir leicht fiel, meine Instinkte zu kontrollieren. Heute war es anders – meine Wölfin hatte die Zügel in die Hand genommen und folgte ihm ohne Bedenken.

Er blickte mich an und ich sah in seine blauen Augen,

die von dunklen Rändern umrandet waren und ihm einen raubtierhaften Ausdruck verliehen. Seine breiten Schultern und massiven Pfoten vervollständigten das Bild.

Und meine Wölfin genoss es.

Sie sah in ihm einen würdigen Gefährten, einen Mann von Statur und Anmut und einen ehrlichen Alpha.

Er schnurrt für uns, schien sie zu sagen. *Er kümmert sich um uns.*

Ich hatte keine Lust, ihr zuzuhören, da ich immer entgegengesetzt gedacht hatte, aber ich konnte nicht leugnen, dass er ein Alpha war, von dem ich nicht gedacht hatte, dass es ihn gab.

Er verlangsamte seinen Schritt, bis ich neben ihm stand und stupste mich mit seiner Schnauze an, als wolle er sagen: „*Denk nicht so viel nach!*"

Vielleicht war es auch nur meine Interpretation, weil ich mir das sagen wollte.

Zum ersten Mal in meinem Leben wurde mir die Möglichkeit gegeben, mich zu entfalten. Und ich hatte die Zeit mit meinen Sorgen vergeudet. Ich brauchte wirklich …

Ich blieb mitten in der Bewegung stehen, als ein quietschendes Geräusch meine Ohren durchdrang. Ich hatte einen Fuß in der Luft, die anderen drei auf dem Bürgersteig, und meine Ohren drehten sich in Richtung des Geräusches.

Ich hörte ein Kichern und sah, wie eine Frau, gefolgt von einem Mann, über die Straße rannte.

Mein Herz pochte heftig in meiner Brust und meine Instinkte waren in höchster Alarmbereitschaft. *Lauf, lauf, lauf!*, rief ich ihr voller Angst zu. Sie war nur eine Beta. Der Mann, der sie verfolgte, sah groß aus … wie ein Alpha … er hatte sie schnell eingeholt.

Ich zuckte zusammen, denn ich wusste, was jetzt

kommen würde.

Bis … bis er sie in eine Umarmung zog und sie lachend den Kopf zurückwarf.

Ich blinzelte. *Was macht er denn da?* Ich hatte erwartet, dass er sie auf den Boden werfen und besteigen würde, nicht dass er sie umarmen und in die Luft heben würde.

Sie sagte etwas, das ich nicht verstanden hatte, und er setzte sie ab. Dann fingen die beiden an, sich direkt auf der Straße auszuziehen, verwandelten sich und rannten in den Park, wo sie eine weitere Runde Fangen spielten.

Als er sie dieses Mal erwischte, hielt er sie fest, und sie rollten über den Boden, während sie sich gegenseitig spielerisch bissen.

Dann tauchte ein weiteres Männchen auf, das amüsiert den Kopf schüttelte, sich entkleidete und sich dem Spaß anschloss.

Alpha Sven stieß mich an und erinnerte mich daran, dass er neben mir war. Dann deutete er mit seiner Schnauze an, ihm weiter zu folgen.

Ich wollte zurück in die menschliche Gestalt wechseln, um ihn zu fragen, was sie da taten, aber meine Wölfin war mehr daran interessiert, herauszufinden, was er ihr zeigen wollte. Also folgte ich ihm und ließ die herumtollenden Wölfe im Park zurück.

Auf dem Weg kamen wir an weiteren Gestaltwandlern vorbei, von denen viele inne hielten und mich neugierig musterten. Sven ging schließlich direkt neben mir, als ob er mich vor ihren neugierigen Blicken schützen wollte, und knurrte sogar ein paar Mal diejenigen an, die mich etwas zu lange anstarrten.

Andere gingen ihren Beschäftigungen nach, wie Schnee schaufeln, Laternen anzünden oder Kuchen backen. Letzteres erregte meine Aufmerksamkeit, denn ich konnte die köstlichen Düfte riechen, die von einigen Türen hinausdrängten. Alles waren süße Sachen, die mich an die erinnerten, die ich gestern Abend kurz auf dem Bildschirm gesehen hatte.

Bei diesem Gedanken musste ich daran denken, was Alpha Ludvig gesagt hatte ..., dass ich nicht hier sein wollte. Als ich mit Sven durch die Straßen wanderte, fragte ich mich, ob Alpha Ludvig sich irrte.

Dieser Ort schien ... gut zu sein. Schön. Beruhigend.

Ein paar Gestaltwandler begrüßten uns. Sie nannten mich Omega, vielleicht weil sie meinen Namen nicht kannten. Aber keiner der Alphas, an denen wir vorbeikamen, machte einen Schritt in meine Richtung. Sie schauten nur, ... ihre Aufmerksamkeit galt eher Sven als mir. Vielleicht wogen sie ab, ob sie es mit ihm aufnehmen konnten. Ich spürte jedoch keine Aggression oder Feindseligkeit bei ihnen. Lediglich Respekt.

Nach gefühlten Kilometern erreichten wir schließlich ein Waldgebiet, das viel größer war als der Park hinter uns. *Was machen wir hier eigentlich?*, wollte ich Sven fragen, nur hatte er mich überhaupt nicht beachtet.

Als wir einen kleinen Hang erreichten, sprang er kopfüber in einen riesigen Schneehaufen.

Meine Augen wurden ganz groß, als sein ganzer Körper in weißen Flaum gehüllt war. Dann tauchte sein Kopf oben heraus, und er schenkte mir ein breites, wölfisches Grinsen.

Er spielt, stellte ich erstaunt fest.

Mein Tier reagierte genauso und gab ein aufgeregtes leises Bellen von sich, als es sich ihm anschloss.

Aber mein Sprung war weit weniger anmutig und als ich merkte, wie tief der Schnee war, begann ich zu zappeln und in Panik zu geraten. Als ich versuchte, herauszukommen, zog mich Alpha Sven am Genick mit seinen Zähnen heraus. Ich wimmerte frustriert, und er schnurrte, als er mir half, mich wieder aufzurichten und wies dann mit seiner Schnauze auf einen kleineren Haufen.

Meine Wölfin reagierte ohne meine Erlaubnis, sprang direkt darauf zu und wälzte sich in dem weichen Schnee. Es fühlte sich kühl und flauschig an – das eisige Element war ein aufregendes Gefühl. Es war nicht das erste Mal, dass ich Schnee berührte, aber ich hatte noch nie darin herumgetollt.

Ich fand einen anderen Schneehaufen von ähnlicher Größe und wühlte mich darin durch.

Sven folgte mir. Mit seiner Größe kam er mit Leichtigkeit durch die Schneehaufen.

Mir entwich ein freudiges Kläffen und dann tauchte ich in den nächsten Schneehaufen ein, wobei ich die Art und Weise genoss, wie sich der Schnee teilte, um mir den Zugang zu ermöglichen.

Als ich fertig war, keuchte ich, denn meine Wölfin hatte all meine Energie aufgebraucht. Aber es fühlte sich gut an. Ich hatte mich noch nie so verausgabt, und ich hatte Lust, es bald wieder zu tun.

Sven stupste mich mit seiner Schnauze an und leckte mir dann über die Nase, bevor er mir signalisierte, ihm wieder zu folgen. Er lief neben mir her, stieß mich ab und zu dabei an und schenkte mir jedes Mal ein schiefes Grinsen.

Irgendwann leckte ich ihm die Nase, was mir ein anerkennendes Knurren einbrachte und als wir zu dem Gebäude zurückkehrten, aus dem wir gekommen waren, teilte sich meine eigene Schnauze zu einem wölfischen Grinsen.

Ich bin glücklich, dachte ich. *Wirklich glücklich.*

Vielleicht war die ganze Sache ja doch nur ein Traum gewesen, aber ich hoffte wirklich, dass es das nicht war. Ich wollte, dass es wahr war und ich wollte mich so gut fühlen. Ich wollte *leben.*

Ich will mit Sven zusammen sein, flüsterte eine kleine Stimme. Meine Stimme. Eine, die von einem Ort kam, von dem ich wenig wusste – meinem Herzen.

Ein Alpha öffnete die Tür für uns, als wir uns näherten, und ließ uns in unserer Wolfsgestalt eintreten. Ich musste grinsen, als wir an ihm vorbeigingen, weil sich meine angeborene Angst einschlich, aber er hielt nur die Tür fest, bis wir durch waren.

Sven trabte vorwärts, aber plötzlich hielt er mitten im Gang inne. Ich erstarrte neben ihm, als der vertraute Geruch von Alpha Ludvig auf meine Sinne traf. Instinktiv senkte ich den Blick, und mein ganzer Körper verneigte sich vor der mächtigen Aura, die uns umgab.

Er sprach kein Wort, was mich noch nervöser machte. Seine Anzughose schlurfte über den Boden, und das Geräusch ließ meine Ohren zucken.

Und plötzlich stand er direkt vor mir, ging in die Hocke und hob die Hand zu mir, wie man es mit einem streunenden Tier tun würde.

Ich schluckte, und war unsicher, was er tun würde. Meine Wölfin schnupperte an ihm. Sie hatte nicht annähernd so viel Angst vor ihm wie ich – ihr Instinkt, dem überlegenen Männchen zu vertrauen, war angeboren.

„Hm", brummte er und streckte seine Hand aus, um mich sanft unter dem Kinn zu kraulen. Meine Wölfin schnurrte und genoss die zärtliche Zuneigung.

Sven stand neben mir und stieß ein Schnauben aus. Seine Erregung war deutlich zu spüren.

Ludvig gluckste, ließ mich los und stand wieder auf. „Jetzt denkst und benimmst du dich wie ein Gefährte."

Ich war mir nicht sicher, für wen die Worte bestimmt waren, aber er drehte sich um und ging den Flur hinunter. Sven stand auf, um ihm zu folgen, und stieß mich an der Seite an, um mir zu sagen, dass ich mitkommen solle.

Das tat ich.

Wir kamen zu dem Krankenzimmer, in dem ich übernachtet hatte.

„Mila hat mir ein Kleid für Kari geliehen", sagte Alpha Ludvig und deutete auf ein blaues Kleid, das an der Rückseite der Tür hing. „Sie hat auch noch einen Anzug für dich mitgebracht."

Sven schnaubte – ob das eine Anerkennung oder ein Ärgernis war, wusste ich nicht, aber es brachte Alpha Ludvig dazu, seine Lippen nach oben zu ziehen.

Ich betrachtete seinen Mund und bemerkte die Ähnlichkeit mit dem seines Sohnes. Dann betrachtete ich seine Wangenknochen und seine blauen Augen, die den gleichen Farbton wie die von Sven hatten, und seine dichte blonde Haarmähne. Sie sahen eher wie Brüder aus, abgesehen von Alpha Ludvigs altertümlicher Ausstrahlung.

Als ich meinen Blick wieder auf ihn richtete, merkte ich, dass er mich genauso aufmerksam musterte, und ich senkte sofort wieder unterwürfig meinen Kopf. Also ging er wieder in die Hocke und legte einen Finger an mein Kinn, um meinen Blick vom Boden zu heben. „Du musst eine Entscheidung treffen, Kleines", sagte er sanft. „Darüber, ob du hier bleiben oder mit Alpha Enrique zurückkehren willst."

Sven knurrte bei seinen Worten, aber Alpha Ludvig ignorierte ihn.

„Wir würden uns glücklich schätzen, dich hier im Rudel aufzunehmen, aber wir dulden in diesem Sektor keine Selbstverletzungen, selbst wenn es ein Unfall war", murmelte er. Das ließ mich innerlich innehalten.

„Wie ich sehe, erstattet dir Dr. Palmer immer noch Bericht", murmelte Sven, der sich kurz nach dem Knurren in seinen menschlichen Zustand zurückverwandelt hatte.

„Ich bin Sektor Alpha."

„Und ich bin ihr zukünftiger Gefährte", konterte Sven. „Nach unseren Gesetzen habe ich in dieser Situation das Sagen."

Alpha Ludvig stand nicht auf, sondern richtete seinen Blick auf seinen Sohn. „Nur wenn diese Absicht von deinem Sektor Alpha bestätigt wird."

Sven schwieg einen Moment lang. „Du erkennst meinen Anspruch nicht an."

„Noch nicht", antwortete Alpha Ludvig. „Aber du leistest gute Arbeit, um mich davon zu überzeugen." Er strich mit den Fingerknöcheln an meiner Schnauze entlang und kraulte mich hinter dem rechten Ohr. „Wenn du diesen Weg weitergehst, wirst du bekommen, was du willst."

Wie schon zuvor war ich mir nicht sicher, ob diese Worte für mich oder Sven bestimmt waren.

Er stand auf, bevor ich mich in Menschengestalt verwandeln und ihn fragen konnte, und richtete seine Aufmerksamkeit ganz auf Sven. „Lass uns Enrique anhören, bevor wir eine Entscheidung treffen. Er könnte hilfreicher sein, als du denkst."

Sven war still, was mich dazu brachte, ihn anzuschauen. Er hatte keine Kleidung angezogen, sodass sein Körper prächtig zur Geltung kam. *Eindeutig ein Alpha*, dachte ich und bewunderte seine starke Gestalt und seine beeindruckende Männlichkeit. Meine Wölfin schnurrte fast bei diesem Anblick, trotz meiner angeborenen Angst vor Männern wie ihm.

„Wann gibt es Abendessen?"

„Unklar, aber ich sage dir Bescheid, sobald Kazek sich entschieden hat."

„Das heißt, du bist dir nicht sicher, ob er Enrique überhaupt bis zum Abendessen leben lässt."

Alpha Ludvig zuckte mit den Schultern. „Das liegt an ihm, nicht an mir."

Ich sträubte mich, denn der Gedanke, dass meinem ehemaligen Retter etwas zustoßen könnte, reichte aus, um mich in die menschliche Form zurückzuschicken. Beide Männer beobachteten meine Verwandlung, wahrscheinlich spürten sie die Energie, die über meine Haut floss.

Als Alphas konnten sie die Gestalt anderer kontrollieren, was bedeutete, dass sie mehr mit der Verwandlung im Einklang waren als jemand wie ich. Ohne Halsband um meinen Hals konnte ich meinen Zustand selbst wählen – Mensch oder Wolf – wie ich wollte. Ich hatte nie gemerkt, dass mir diese Freiheit in der Entscheidung fehlte … bis Sven gekommen war.

Ich räusperte mich und konzentrierte mich auf das, was mich zum Sprechen veranlasste. „Alpha Enrique hat mir schon einmal geholfen. Er sollte mir auch im Wintersektor helfen." Ich konnte Alpha Ludvigs Blick nicht ganz treffen, während ich sprach, meine Stimme war ein wenig zögerlich, aber laut genug, um meinen Standpunkt deutlich zu machen. „Er ist … kein schlechter Alpha."

Ich würde ihn nicht als gut bezeichnen, weil Alphas von Natur aus nicht gut waren.

Außer vielleicht Sven, flüsterte ich. Ich wusste immer noch nicht, was er von mir wollte, also konnte ich das noch nicht ganz abschließend beurteilen.

„Er wollte mich befreien", fügte ich leise hinzu.

„Das bezweifle ich", warf Alpha Ludvig ein. „Aber ich

bezweifle nicht, dass er dir helfen wollte. Wir werden ihn anhören und sehen, was er auch zum Mordversuch an Winter zu sagen hat."

„Vorausgesetzt, Kazek erlaubt es."

Alpha Ludvig lächelte wieder. „Ich vermute, dass er das wird. Und wie du weißt, liegen meine Vermutungen fast immer richtig. Konzentriere dich auf deinen Weg, mein Sohn. Vielleicht wird wieder eine meiner Erwartungen wahr."

Damit verließ er den Raum und ließ mich mit Sven allein.

Da wir nackt waren, reagierte sein Körper natürlich auf meinen, und sein Bedürfnis nach einer Omega zeigte sich in der Versteifung seines Schwanzes, aber er machte keine Anstalten, mich festzuhalten oder zu verknoten. Stattdessen zog er mich in eine Umarmung und küsste mich auf den Scheitel. „Danke, dass du mit mir gelaufen bist, kleines Wunder."

Kein Wunder, wiederholte ich in Gedanken und lächelte, als ich hörte, wie das klang. Es gefiel mir besser als *Kleines oder Wölfchen* betitelt zu werden. Irgendwie fühlte ich mich dadurch besonders. Einzigartig. Als könnte ich ihm tatsächlich etwas bedeuten.

„Jetzt will ich, dass du mir sagst, warum du unser Nest zerstört hast", sagte er und zerstörte meine momentane Freude. Seine Frage gefiel mir nicht, da ich nicht darüber nachdenken wollte.

Aber ein kleiner Teil von mir wollte, dass er verstand, dass ich nicht versucht hatte, mich selbst zu verletzen, dass ich nur etwas hatte zerstören wollen, das ich als Bedrohung empfunden hatte.

Es schien mir wichtig, es ihm zu sagen und diesen Teil von mir mit ihm zu teilen, damit er wusste, dass ich unsere gemeinsame Zeit zu schätzen wusste und dass ich einfach nicht wollte, dass sie zu Ende ging.

„Hoffnung", flüsterte ich, meine Kehle war plötzlich trocken. „Es ... es ähnelte der *Hoffnung*."

Er zog sich gerade so weit zurück, dass er auf mich herabblicken konnte. „Was ähnelte der Hoffnung? Das Nest?"

Ich nickte. „Es ... ich wollte ... bei dir bleiben ... aber unsere drei Tage waren vorbei. Und ich war verärgert, dass ich mir erlaubt hatte zu hoffen." Ich konnte ihn nicht ansehen, während ich das sagte, denn die Worte klangen plötzlich naiv und dumm.

Er legte seine Hand an meine Wange und sein Daumen stupste mein Kinn nach oben und lenkte meinen Blick auf seine verführerischen Augen. „Ich wollte drei Tage, um dir zu zeigen, dass Alphas anders sein können. Aber das bedeutet nicht, dass unsere Zeit vorbei ist, Kari. Du gehörst immer noch mir. Und du darfst hoffen."

Ich schüttelte den Kopf. „Hoffnung ist gefährlich."

„Hoffnung ist auch wunderbar", antwortete er mit einem leisen Ton. „Hoffnung ist ein Teil des Lebens. Sie motiviert uns dazu, vorwärtszugehen, zu heilen, zu *leben*."

Nein, er hatte Unrecht. „Hoffnung tut weh."

„Hoffnung heilt", konterte er. „Ich werde es dir beweisen."

„In drei Tagen?" Ich hatte geraten.

Er schmunzelte. „Nein. Wir werden uns kein Zeitlimit setzen. Ich werde es dir einfach beweisen."

Ich blinzelte. „Wie?"

„Das entscheide ich", murmelte er. „Du musst mir nur eine Chance geben, Kari. Und wenn du aufhören könntest, die Möbel zu zerstören, wäre das sehr nett. Und keine Messer mehr."

Bei letzteren zuckte ich zusammen und zog mich

zurück, um ihn anzusehen. „Ich habe mich nicht mit Absicht verletzt."

„Ich weiß", antwortete er und grinste immer noch. „Ich entziehe dir den Zugang zu Messern, um unser zukünftiges Nest zu schützen."

Meine Lippen öffneten sich. „Zukünftiges Nest?"

„Hm, ja. Aber nicht hier. Ich mag fensterlose Zimmer nicht besonders. Wir werden ein besseres finden." Er sprach, als hätten wir eine gemeinsame Zukunft.

„Aber was ist mit den anderen Alphas? Ich sollte für sie verfügbar sein?"

Sein Grinsen verschwand. „Du bist für niemanden *zu haben*, Kari. Solange du nicht geheilt bist, kann man dich nicht richtig umwerben. Und wenn man von unseren Aktivitäten ausgeht, gilt das sowohl für deinen körperlichen, als auch für deinen geistigen Zustand. Aber ich kann geduldig sein." Er beugte sich vor und presste seine Lippen auf mein Ohr. „Weil mein Wolf weiß, dass du das Warten wert bist."

Ich wusste nicht, was ich sagen sollte oder wie ich das, was er mir sagte, interpretieren sollte. „W-was ist umwerben?", flüsterte ich, ohne den Begriff zu verstehen. Er hatte auch schon einmal vom *Werben* gesprochen. Damals hatte ich nicht nachgefragt, um mir den Begriff erklären zu lassen.

„Das ist der Ausdruck, den wir in unserem Sektor verwenden, wenn wir die Gunst einer Gefährtin gewinnen wollen." Sein Daumen hob sich von meinem Kinn und zeichnete eine Linie entlang meiner Unterlippe. „Du sollst mir gehören, Kari. Es ist meine Aufgabe, auch dich davon zu überzeugen. Und das werde ich, denn ich schrecke nie vor einer Herausforderung zurück."

„Aber ich bin unfruchtbar", flüsterte ich.

Er ließ meinen Rücken los und drückte seine

Handfläche sanft auf meinen Unterleib, während seine andere Hand immer noch meine Wange umschloss. „Wir werden das in Ordnung bringen."

„Wie?", hauchte ich.

„Indem wir uns mit einigen der besten medizinischen Teams der Welt beraten", antwortete er. „Vertrau mir, dass ich dir helfen kann, Kari. Und das werde ich. Ich schwöre es."

Ich schluckte und mein Herz flatterte unruhig in meiner Brust. *Einem Alpha vertrauen?* Das hatte ich bei Enrique versucht, und er hatte mich im Stich gelassen. Trotzdem hatte ich überlebt. Aber irgendetwas sagte mir, wenn Sven mich im Stich ließ, würde ich mich davon nicht mehr erholen. Dennoch sehnte sich ein kleiner, schwacher Teil von mir danach, an ihn zu glauben.

Hoffnung, staunte ich und spürte das leichte Gefühl, das sich in meinem Kopf breit machte.

Er wollte mir den Wert der Hoffnung beweisen.

Er wollte mir den Hof machen.

Er wollte mein sein.

Eine nörgelnde Stimme flüsterte mir zu, dass das alles unmöglich sei, dass mein Leben nicht auf Fantasie oder Märchen basierte. Doch dieses Fünkchen Licht am Ende des Tunnels flehte mich an, seinen Vorschlag in Erwägung zu ziehen, mein Vertrauen in einen anderen zu setzen, mir einen Schimmer von einem guten *Leben* zu erlauben.

Ich antwortete mit einem kurzen, leichten Nicken, ohne dass mein Mund meine Zustimmung ausdrücken konnte. Doch das schien ihm zu genügen, denn seine Lippen verzogen sich zu einem atemberaubenden Lächeln. Es war die Art von Gesichtsausdruck, von der ich für immer träumen würde, und seine blauen Augen glitzerten vor Vergnügen.

Ich will, dass er mir gehört, staunte ich, als ich seine

schönen Gesichtszüge und seinen schönen Mund betrachtete. *Ich will, dass dieser Alpha für immer mein ist.*

Das war ein gefährlicher Gedanke.

Aber was hatte ich zu diesem Zeitpunkt zu verlieren?

Er war das helle Licht, das ich in einem ansonsten dunklen und trostlosen Leben brauchte.

Ich wäre eine Närrin, wenn ich mich nicht zu ihm hingezogen gefühlt hätte. Denn sollte er sich beweisen, wäre es all den Schmerz wert, den ich erlitten hatte. Und falls er mich verriet, dann hätte ich wenigstens eine Erinnerung, auf die ich zurückgreifen könnte, wenn ich sie brauchte.

Seine Lippen glitten über meine. Sein Kuss war sanft und täuschte über die Härte hinweg, die sich in meinen Unterleib drückte. Sein Verlangen war eine spürbare Hitze, die meine Omega-Sinne ansprach und verlangte, dass ich mich hinkniete und sein Verlangen befriedigte. Aber er hielt mich aufrecht, seine Handfläche verließ meinen Bauch, um meinen Rücken zu berühren, während sein Mund weiterhin sanft den meinen kostete.

Ich spürte den Hauch meiner früheren Erregung auf seinen Lippen, die Erinnerung an das Vergnügen, das er mir bereitet hatte, ließ mich in einem Meer von Glückseligkeit ertrinken.

Und dann kam wieder der Schmerz, weil wir in meinem jetzigen Zustand nicht zusammen sein konnten. Nicht wirklich. Es führte alles zu Schmerzen.

Er musste mein Zögern gespürt haben, denn er zog sich zurück und betrachtete mich. „Wir fangen mit einer Röntgenaufnahme an und sehen dann weiter", sagte er. „Ich werde das in Ordnung bringen, Kari. Du wirst sehen."

Ich war mir nicht sicher, ob ich ihm glaubte. Aber ich

nickte trotzdem, und das Licht in meiner Seele flackerte mit jeder Sekunde heller auf.

Hoffnung.

Da wurde mir klar, dass es nicht das Nest war, das die Emotionen auslöste, sondern er. Alpha Sven.

Er ... er gibt mir Hoffnung.

SVEN

Ich spürte Karis Nervosität. Nach einem Nachmittag voller guter Gespräche und Trost hatte sie sich in ihren Kokon der Angst zurückgezogen, als wir ihr Patientenzimmer verlassen hatten.

Vertrauen war definitiv keine Selbstverständlichkeit. Sie schien bei jeder Gelegenheit das Schlimmste zu erwarten.

„Du siehst wunderschön aus", flüsterte ich ihr ins Ohr und hoffte, sie ein wenig zu beruhigen, als wir den Aufzug aus dem unterirdischen Tunnel betraten. Ich hatte diesen Weg unter dem Sektor entlang gewählt, um sie warm und sicher in das Gebäude zwei Blocks vom Krankenhauszentrum zu bringen. Sie trug ein atemberaubendes blaues Seidenkleid mit dünnen Trägern und einem langen Rock, der ihre Arme frei ließ. Ich hatte ihr meine Jacke angeboten, aber sie hatte das Angebot mit einem langsamen Kopfschütteln abgelehnt. Fast hätte ich protestiert, aber ich hatte vermutet, dass sie die kühle Luft brauchte, um nicht vor Nervosität in Ohnmacht zu fallen.

Also ließ ich es zu, legte stattdessen meinen Arm um

ihren Rücken und ließ sie meine Wärme spüren, während wir gingen.

Jetzt, wo wir im Aufzug waren, war sie vor lauter Angst fast erstarrt.

Ich drückte sie gegen die Wand und zwang sie, zu mir aufzuschauen. „Ich werde dir drei Versprechen geben", sagte ich, während eine meiner Handflächen ihre Wange streichelte und meine andere auf ihre Hüfte fiel. „Erstens: Ich werde den ganzen Abend direkt neben dir stehen." Ich zeichnete einen kleinen Kreis auf ihrer Hüfte, als wollte ich das Versprechen in ihre Haut einprägen.

Daraufhin zitterte sie und ihre Pupillen weiteten sich.

„Zweitens: Ich werde nicht zulassen, dass dich jemand anfasst", fuhr ich fort, wobei meine Stimme um eine Oktave sank. „Außer mir."

Ein weiterer Kreis.

Ein weiterer Schauer.

„Und drittens", flüsterte ich, als meine Lippen ihr Ohr fanden. „Am Ende des Abends werde ich dich in *meinem* Bett halten und für dich schnurren, während du schläfst."

„D-deinem Bett?"

„Ja." Ich küsste die zarte Stelle ihres Halses. „Nach dem Essen nehme ich dich mit zu mir nach Hause, und wir werden sehen, wie du dich fühlst, wenn du dort ein Nest baust."

„In deinem Zuhause", hauchte sie.

„In *unserem* Zuhause", korrigierte ich sie und meine Lippen streiften ihren Hals. „Du gehörst zu mir, Kari. Ich bin vielleicht noch nicht in der Lage, dir den Hof zu machen, aber das hat meinen Wolf nicht davon abgehalten, sich zu entscheiden. Und eines Tages wird sich dein Wolf auch für mich entscheiden." Technisch gesehen hatte sie mit ihrem kleinen Biss bereits einen Anspruch erhoben, aber ich wollte sie nicht drängen. Sie war schon zerbrechlich genug und es würde vorsichtiges Zureden und verdammt viel Heilung erfordern, denn ich hatte heute Nachmittag die Röntgenbilder gesehen. Ich war weder Arzt noch medizinischer Experte, aber die Drähte in ihrem Unterleib zeichneten ein schmerzhaftes Bild. Dr. Palmer hatte behauptet, dass eine Operation unmöglich sei. Aber ich glaubte nicht an unmögliche Aufgaben. Nach dem Abendessen würde ich meinen Vater fragen, ob die Ergebnisse schon an Ander geschickt worden waren. Wenn jemand helfen konnte, dann war es das Forschungsteam des Andorra Sektors.

„Okay?", fragte ich, wobei mein Daumen einen dritten Kreis gegen ihren Hüftknochen zog, während ich ihren Blick festhielt. „Drei Versprechen, die mit einem Schnurren besiegelt werden", murmelte ich und gab ihr ein langsames Grollen aus meiner Brust. „Aber du musst mir auch vertrauen, dass ich diese Versprechen nicht breche. Kannst du das tun?"

Ihre Unterlippe wackelte, Unsicherheit war in ihre Gesichtszüge gezeichnet. Aber sie nickte subtil, ähnlich wie bei unserem Gespräch über die Hoffnung. Es war keine ausdrückliche Zustimmung, aber es war ein Schritt in die richtige Richtung. Also bekräftigte ich unsere Vereinbarung mit einem zärtlichen Kuss, wobei meine Lippen ihre schmeckten und ich ihren Wolf mit einem kleinen Zungenschlag herauslockte.

Das Vertrauen ihres inneren Tieres in mich war spürbar, das Bedürfnis der Omega-Wölfin, von einem starken Alpha vor den Härten der Welt beschützt zu werden, ein Wunsch, den sie allein in ihren Augen trug. Kari hat es wahrscheinlich nicht einmal gespürt, aber mein Wolf schon. Und wir würden ihr alles geben, was sie brauchte.

Es würde Zeit, Heilung und eine Menge Geduld erfordern.

Glücklicherweise waren das alles Eigenschaften, die ich bieten konnte.

Und so viel mehr.

Ich leckte ihr über den Mundwinkel und forderte sie auf, meine Liebkosung zu erwidern, und knurrte anerkennend, als sie es tat. Nur ein kleiner, süßer Zungenschlag, aber es war genug.

Die Angst klebte noch immer an ihrer Haut und der Duft irritierte meinen Wolf, aber ich wusste, dass ich nicht viel tun konnte, um sie zu beruhigen. Sie musste mich in Aktion sehen, um meinen Worten zu glauben.

Ich berührte noch einmal ihren Mund und trat zurück, um den Aufzug zu starten. Er setzte sich sofort in Bewegung, und das Geräusch veranlasste Kari, meine Jacke zu umklammern, während ihre Arme zitterten.

„Drei Versprechen", erinnerte ich sie. „Ich werde sie nicht brechen."

Sie nickte wieder, und ihr Wolf flackerte in ihrem Blick, um zu mir aufzublicken. In den letzten zwölf Stunden war mir immer deutlicher geworden, dass Kari und ihr Wolf nicht so eng miteinander verbunden waren, wie sie es sein sollten. Ich hatte sie während Dr. Palmers Untersuchung nach ihrem Halsband gefragt, und sie konnte sich nicht erinnern, wann es ihr angelegt worden war. Sie dachte, dass es vielleicht schon ihr ganzes Leben lang da gewesen war, mit den wenigen Ausnahmen, als sie es gegen ein etwas größeres austauschen mussten, als sie wuchs.

Die Information hatte mir den Magen verdreht.

Es war ihr nie erlaubt worden, ihre eigene Form zu kontrollieren. Das bedeutete, dass sie nicht in der Lage war, sich mit ihrem inneren Tier zu verbinden, wie es ein Gestaltwandler tun sollte.

Diese Trennung erklärte eine Menge über ihr Verhalten. Sie ließ ihre natürlichen Instinkte nicht zu, es sei denn, sie brauchte ihren Wolf, um sie zu beschützen – zum Beispiel, wenn sie Schmerzen hatte.

Das war einer der Punkte, die ich später mit meinem Vater besprechen wollte. Ich wollte herausfinden, ob er so etwas schon einmal erlebt hatte.

Das Klingeln des Fahrstuhls kündigte unsere Ankunft an. Ich zog Kari an meine Seite, meine Lippen fielen auf ihr Ohr. „Es ist nur eine kleine Dinnerparty", sagte ich ihr. „Wenn du dich irgendwann unwohl fühlst, sag es mir und ich kümmere mich darum."

Sie zitterte und ihr Schrecken wurde immer größer, als sich der Fahrstuhl öffnete und den Eingangsbereich des Restaurants freigab.

„Ich bin bei dir", versprach ich ihr. „Stütze dich auf mich und meinen Wolf. Wir haben dich."

Diesmal nickte sie nicht, aber ihre Wirbelsäule richtete sich unter meiner Hand ein wenig auf. Ich drückte sie fester an mich. Mein Arm legte sich wie ein festes Band um ihren Rücken, während ich ihre Hüfte umfasste und ihr half, vorwärtszulaufen.

Meine Brust schmerzte vor Verlangen zu schnurren, aber bevor ich beginnen konnte, hallte ein anderer männlicher Laut durch den Raum. Karis Blick schnellte nach oben, und ihre Augen füllten sich beim Anblick von Enrique, der auf dem Marmorboden stand, mit Tränen.

„Was zum Teufel hast du mit ihr gemacht?", fragte der Alpha und trat einen Schritt vor.

Schnell schob ich Kari hinter mich, fest entschlossen, mein Versprechen ihr gegenüber einzuhalten. *Keine Berührungen.*

Enrique knurrte daraufhin.

Fast hätte ich zurück geknurrt, aber Kaz beobachtete die Situation und sagte: „Das würde ich nicht raten. Genau genommen habe ich Omega Kari gewonnen. Also werde ich gezwungen sein, einzugreifen, und, nun ja, ich habe bereits mehrere Gründe, dich töten zu wollen. Wenn ich jetzt noch einen weiteren Grund dazu bekomme, könnte es den Bogen überspannen."

Und ich würde gerne dabei helfen, dachte ich und verengte meinen Blick.

Enrique starrte den anderen Alpha an. Seine Wut war stark und ließ Kari an meinem Rücken erzittern. Sie hatte sich mit ihren kleinen Krallen an meiner Jacke festgekrallt und ihr Körper vibrierte hinter mir.

„Das ist kein Spiel", schnauzte Enrique.

„Ist es nicht?" Kaz klang fast beleidigt, aber ich erkannte seine Vorliebe für Sarkasmus. „Du meinst, du hast dich nicht dazu verschworen, Beta Snow zu töten, damit die Königin der Spiegel den Thron ungehindert besteigen kann? Und du hattest nicht vor, ihr König zu werden? Ich meine, ich kann mir vorstellen, dass es das war, was für dich rausspringen sollte. Du kannst meine Einschätzung gerne korrigieren."

„Verschwörung, ja. Aber das bedeutet nicht, dass ich die Absicht hatte, ihren Plan zu verwirklichen. Was ich natürlich nicht beweisen kann. Aber die Antwort auf die Frage, was ich wollte, steht in diesem Raum." Seine Aufmerksamkeit richtete sich auf mich. „Sag mir, dass es ihr gut geht."

„Ich muss dir einen Scheißdreck erzählen", erwiderte ich, und war wütend darüber, dass dieser Alpha meinte, er könne hier hereinspazieren und Forderungen stellen. Er gehörte nicht zu meiner Hierarchie. Und ich würde ihm schon gar nicht Bericht erstatten.

Aber Kari hatte andere Vorstellungen.

„Mir geht es gut", sagte sie, wobei ihre Stimme am Ende zitterte. „Du solltest nicht hier sein."

„Das solltest du auch nicht", murmelte er und fuhr sich mit den Fingern durch sein dichtes, dunkles Haar.

Er strahlte Besorgnis aus, keine, die auf negative Energie oder Streit hindeutete, sondern eine Art von Besorgnis, die mir sagte, dass das, was Kari gesagt hatte, dass er ihr helfen wollte, wahr sein könnte.

Das hatte mich dazu gebracht, ihn anzuhören.

Ich würde niemals in Betracht ziehen, ihm zu erlauben, Kari mitzunehmen – dieser Punkt war nicht verhandelbar –, ich war neugierig auf ihre Beziehung und ihre gemeinsamen Erfahrungen. Sie hatte nicht angedeutet, dass es eine romantische Beziehung zwischen ihnen gab, und ich spürte auch jetzt bei keinem von ihnen ein Verlangen. Nur verdammt viel Besorgnis, die mit einer ungesunden Schicht Hoffnungslosigkeit einherging.

„Es scheint, als hätten wir eine Menge zu besprechen", sagte mein Vater mit entspannter Haltung. „Und ich spüre, dass es hier eine Geschichte gibt, die ich sehr gerne hören würde. Möchtest du sie uns beim Abendessen erzählen?" Er gestikulierte in Richtung der Haupttür, wo ein vertrauter Geruch lauerte.

Mama, dachte ich. Mein Vater hatte ihr wahrscheinlich gesagt, sie solle dort drinnen bleiben, um in Sicherheit zu sein, nur für den Fall, dass Kaz beschloss, das Foyer in ein Blutbad zu verwandeln. Mein bester Freund, ein einsamer Wolf, war nicht sehr berechenbar, vor allem, wenn er wütend war. Und in Anbetracht der Tatsache, dass Alpha Enrique angeblich vorgehabt hatte, Kazeks Gefährtin zu töten, konnte man davon ausgehen, dass er sich einen Platz auf Kaz' Mordliste verdient hatte.

„Ich mag gute Geschichten", sagte mein bester Freund.

„Klingt nach einer Vorspeise nach meinem Geschmack." Es ertönte ein subtiles Summen, und meine Wolfsohren wurden bei den seltsamen Vibrationen hellhörig. Dann folgte der Geruch von Erregung, der mich eine Augenbraue hochziehen ließ.

Ah, dachte ich und meine Lippen drohten sich zu öffnen. *Kaz spielt ein Spiel mit seiner Gefährtin.*

„Erlaube mir, dich zu deinem Platz zu begleiten, Winter", sagte er sanft und legte seine Handfläche auf ihren Rücken. Er streifte dabei ihren Hintern, während er sie nach vorne führte.

Da wurde mir klar, dass er die unverpaarten Alphas im Raum verspotten wollte – vor allem Enrique –, und doch hatte mich Winters verführerischer Duft überhaupt nicht beeindruckt. Ich hatte mich ganz auf Kari und ihren Duft konzentriert, sodass ich die Erregung der anderen Omega kaum wahrgenommen hatte.

Ich runzelte die Stirn, doch mein Vater schenkte mir nur ein wissendes Grinsen.

Er hatte mich die ganze Zeit über genau beobachtet, und ich hatte es nicht einmal bemerkt.

„Immer noch auf dem richtigen Weg", sagte er, als er an mir vorbeiging. „Weiter so."

Ich beobachtete ihn mit zusammengekniffenen Augen, als er Winter und Kaz in den Hauptsaal folgte. Ein Beta lief direkt hinter ihnen, aber Enrique lauerte an der Tür und hatte seinen intensiven Blick auf mich gerichtet.

Ich ignorierte ihn, drehte mich gerade so weit, dass Kari wieder an meiner Seite war und drückte meine Lippen auf ihre Schläfe. „Geht es dir noch gut?", fragte ich sie leise.

Sie nickte. „J-ja."

„Gut", erwiderte ich und legte erneut meinen Arm um ihre Taille. „Denk daran, dich auf mich zu verlassen."

Ihr Kinn senkte sich noch einmal und ließ sich von mir führen.

Enriques Augen waren verengt, aber nicht aus Eifersucht. Er schien mich aufmerksam zu mustern. Dann ließ er seinen Blick über Kari schweifen, und zwar auf eine abschätzende, nicht auf eine hungrige Art.

„Mir geht es gut", sagte sie wieder zu ihm, als wir uns näherten. Es ärgerte mich ein wenig, dass sie anscheinend in der Lage war, ohne Aufforderung mit ihm zu sprechen, aber ich immer danach fragen musste. Es deutete aber auch darauf hin, dass sie eine Art von Bindung hatten, die es ihr ermöglichte, zu vertrauen.

Was aber hatte er getan, um ihre Gunst zu gewinnen?

Und was musste ich beweisen, um das Gleiche zu erreichen?

Sein Blick kehrte zu ihrem Hals zurück, und seine Pupillen wurden groß und sagten mir damit, dass er mit dem, was er dort fand, einverstanden war. „Du hast ihr das Halsband abgenommen."

„Hast du es ihr angelegt?", konterte ich.

Er grunzte und seine ebenholzfarbenen Augen blickten zu den meinen auf. „Ich habe nicht die Angewohnheit, Omegas zu versklaven, … also nein."

„Was ist denn deine Angewohnheit?", fragte ich. „Sie zu töten, um sie zu retten?"

Sein Kiefer spannte sich an.

„Du hältst das Abendessen auf", rief mein Vater und unterbrach damit die von Enrique beabsichtigte Antwort. „Und du weißt, was ich vom Essen halte."

Fast hätte ich mit den Augen gerollt, aber Karis rasender Puls brachte mich dazu, sie ohne ein Wort oder einen Kommentar hineinzuführen. Die azurblauen Augen meiner Mutter funkelten, als wir uns näherten, und ihre Lippen verzogen sich zu einem einladenden Lächeln, als sie Kari neben mir erblickte. Ihre Miene verfinsterte sich jedoch ein wenig, als sie Karis Angst bemerkte.

Ich wählte uns einen Sitzplatz und setzte Kari auf den Stuhl gegenüber meiner Mutter und nahm den direkt neben ihr ein.

Es war ein rechteckiger Tisch.

Vier und vier.

Kari, ich, Enrique, unbekannter Beta.

Meine Mutter, mein Vater, Kaz und Winter.

Was für ein seltsames Arrangement, das wir getroffen haben, aber es hatte funktioniert. Denn so konnte ich Enrique im Zaum halten, mithilfe von Kaz, der ihm gegenüber saß.

„Also, fangen wir mit einer Vorspeise, dem Salat, an", sagte mein Vater zu einem der Beta-Kellner. „Brötchen auch. Wein, Wasser, alles, was dazu gehört."

„Kaffee", fügte meine Mutter murmelnd hinzu.

„Sie will einen Mokka", stellte er klar. „Mit extra Espresso."

Ich unterdrückte ein Grinsen; meine Mutter begann ihre Mahlzeiten immer auf die gleiche Weise. Das verwirrte viele unserer Gäste, denn Espresso und Kaffee wurden normalerweise zum Dessert gereicht. Aber das war nicht der Stil meiner Mutter, und mein Vater liebte es, auf ihre Bedürfnisse einzugehen.

„Auch Schokoladenkuchen", rief er dem Kellner hinterher.

„Natürlich, Alpha Ludvig", antwortete der Kellner.

Kari regte sich ein wenig neben mir. Ihr Blick huschte zu meiner Mutter hinauf, bevor sie wieder zum Tisch zurücksank. Dann wanderten ihre Augen zu der sich windenden Winter, die sich eindeutig in den Vibrationen verlor, die Kaz zu kontrollieren schien.

An jedem anderen Tag hätte ich über seine Mätzchen geschmunzelt.

Aber ich war zu besorgt um Kari, um mich heute Abend um Kaz' Spiele zu kümmern.

Ich streckte meinen Arm über die Rückenlehne ihres Stuhls aus, ähnlich wie mein Vater meine Mutter hielt, und sah ihn an, um zu erfahren, wo ich anfangen sollte. Er war nicht der Typ, der um den heißen Brei herumredete oder die Gäste mit Formalitäten beschwichtigte. Nicht, wenn er etwas wissen wollte.

Daher war ich nicht überrascht, als er sagte: „Sag uns, warum wir dich am Leben lassen sollten, Alpha Enrique. Wenn man die Situation betrachtet, würde man sagen, dass du dich verschworen hast, eine wertvolle Omega-Prinzessin zu töten, und außerdem beabsichtigst, eine andere als Sklavin zu nehmen. Überzeuge uns vom Gegenteil und wir werden dein Schicksal überdenken."

KARI

ALPHA ENRIQUE HIELT NICHTS ZURÜCK. Während seinen Erklärungen zuckte ich immer wieder zusammen.

Er sprach darüber, wie mein Vater die Omegas im Bariloche Sektor behandelte, wie er sie versklavte und sie von ihren Alphas fernhielt. Er erzählte ihnen von Savi und Joseph und wie er vorgehabt hatte, mich zu retten, wie er zugestimmt hatte, Snow im Austausch für *mich* zu heiraten, und dass alles furchtbar schiefgegangen war, als Vanessa mich in diesen Käfig gesteckt hatte.

Alpha Kazek wies mich recht knapp darauf hin, dass meine Behandlung hier etwas anders war, als die meines Vaters – was ich für eine Untertreibung hielt.

Dann fingen sie alle an, über meinen Körper zu reden und darüber, wie sie meine Situation *umkehren* könnten. Als ich das infrage gestellt hatte, legte Sven seinen Arm um meine Schultern und begann zu schnurren.

„Mal sehen, was mein Bruder dazu zu sagen hat, und dann sehen wir weiter", murmelte er, und seine Brust vibrierte mit dieser beruhigenden Energie, die nur er zu erzeugen schien. „Ander hat das beste Team von Ärzten und Forschern der Welt. Wenn dir jemand helfen kann, dann ist er es."

Es war weniger eine Frage als vielmehr eine Feststellung.

Sie hatten die Absicht, meine Situation *rückgängig zu machen.*

Niemand fragte mich, was ich wollte, denn meine Meinung spielte keine Rolle. Es ging nur darum, wie man die unfruchtbare Omega in Ordnung bringen konnte, damit sie ordnungsgemäß gedeckt und *in Besitz genommen* werden konnte.

Ein Teil von mir wollte vor Frustration schreien und ein Mitspracherecht verlangen.

Ein anderer Teil von mir begrüßte es, eine vollwertige Omega sein zu können. Wäre es nicht besser, eine Gefährtin zu sein als eine Sklavin?

Es sei denn, meinem Gefährten passiert etwas, wurde mir klar, und ich erzitterte, als ich an meine gebrochene Schwester dachte. War das wirklich ein besseres Schicksal, als bis in alle Ewigkeit von Alphas benutzt und missbraucht zu werden?

Das Gespräch entwickelte sich zu einer Diskussion über die Politik meines Vaters, darüber, dass er keinen Wettbewerb mochte und was er tat, um sich an der Spitze zu halten.

„Halluzinogene Drogen", wiederholte Alpha Ludvig, wobei die Worte auf seiner Zunge unangenehm klangen. „Feigling."

„Leider funktioniert es", antwortete Alpha Enrique. „Er verabreicht ihnen eine hohe Dosis, die sie verrückt macht, und bietet ihnen eine Omega an, an der sie es auslassen können. Wenn sie mit der Brunst fertig sind, haben sie jede potenzielle Bindung zerstört, die sich dort hätte bilden können, aber sie sind süchtig nach der

Omega. Und dann nimmt Carlos sie ihnen wieder weg, sperrt sie ein und sagt dem Alpha, er solle sich benehmen, wenn er wieder Zugang zu ihr haben will."

Mir wurde ganz flau im Magen, weil mir das Konzept so vertraut war. Ich war nie damit konfrontiert worden, weil mein Vater dafür gesorgt hatte, dass ich keinen Gefährten nehmen konnte.

Aber die anderen ...

Ich erschauderte und schlang meine Arme um meinen Bauch, als Svens Schnurren neben mir zunahm. „Brauchst du eine Pause, kleines Wunder?", fragte er leise an meinem Ohr, während die anderen weiter redeten.

Ich dachte darüber nach und schüttelte den Kopf, denn eine Pause würde nicht helfen. Dies war meine Situation. Mein Leben. Ich war damals nicht in der Lage gewesen, zu entkommen, und ich konnte auch jetzt nicht entkommen.

Er zog mich ein wenig näher an sich heran und bot mir seine Wärme an, während das Gespräch weiterging.

Winter und Alpha Kazek entschuldigten sich, und ihre Pheromone verrieten mir genau, was sie tun würden. Ich versuchte, sie zu ignorieren, aber meine Sorge um Winter gewann in meinen Gedanken die Oberhand, und ich konnte nicht umhin, nach ihr zu lauschen.

Sie wimmerte im anderen Zimmer.

Dann stöhnte sie.

Es folgte ein aufrichtiger Appell, der sich in der Luft verlor.

Sie stöhnte, verlangte nach mehr – immer und immer wieder.

Es war anders als in der Brunft. So etwas hatte ich noch nie gehört. Sie schrie nach mehr, und zwar nicht, weil sie in der Brunst war ..., sondern weil sie tatsächlich *mehr* wollte.

Mein Magen begann sich aus einem ganz anderen Grund zu drehen, mein Wolf wurde durch das offensichtliche Vergnügen, das sich in der Nähe abspielte, geweckt.

Ich warf einen Blick auf Sven. Seine Augen waren auf mich gerichtet und sein Ausdruck nachdenklich.

Er beugte sich hinunter zu mir und streifte meine Lippen mit seinen eigenen, die Berührung war süß und gab mir Trost, von dem ich nicht wusste, dass ich ihn brauchte. Dann streichelte er meine Wange und rückte meinen Stuhl an die Seite, sodass er direkt neben seinem stand.

Ich fragte mich, ob er mich mit in den anderen Raum nehmen und das Gleiche tun wollte, aber er machte keine Anstalten, mit mir wegzugehen. Er schnurrte nur leise und beruhigte mich, während Alpha Enrique über das Leben im Bariloche Sektor sprach.

Er erzählte ihnen von den Unterdrückungsmitteln, die verabreicht wurden, damit Omegas nicht in die Brunst kamen. Er erzählte ihnen von den Foltermethoden, mit denen Omegas zu eng gemacht wurden – bis zu dem Punkt, an dem man sterben konnte, wenn sie zu grob waren. Er erzählte ihnen vom Tod meiner Mutter, woraufhin Sven mich noch fester an sich drückte.

Und dann erzählte er von Joseph, wie er gefoltert und an einen unbekannten Ort gebracht wurde, um dort begraben zu werden.

„Ich frage mich manchmal, ob er noch lebt", flüsterte Alpha Enrique. „Es gibt Momente, in denen ich schwöre, dass ich ihn spüre, aber Savi …"

„… Ist zu kaputt …", murmelte ich. „Ich … ich weiß nicht, ob sie … er sagte mir, wenn ich freiwillig zu dir ginge, würde er mir sagen, ob sie noch …" Ich konnte den Satz nicht zu Ende bringen, und ich konnte auch nicht um

Sven herum zu Alpha Enrique schauen. Ich war mir nicht einmal bewusst, dass ich sprach, bis alle um mich herum verstummten.

„Er verschwieg dir die Wahrheit, um dich zur Zusammenarbeit zu zwingen", vermutete Alpha Enrique.

Ich senkte mein Kinn, meine Unterlippe wackelte bei der Erinnerung. Sven küsste mich an meine Schläfe und flüsterte mir ins Ohr: „Wir werden es für dich herausfinden", murmelte er. „Ich verspreche es."

Das war heute Abend das vierte Versprechen.

Vier Versprechen, die er so leicht brechen konnte.

Und doch … hatte er bisher sein Wort gehalten. Er war die ganze Nacht neben mir geblieben, und niemand außer ihm hatte mich berührt.

Mein Herz machte einen Sprung und das gefährliche Gefühl, die Hoffnung, blühte noch ein wenig mehr in mir auf. Genug, dass ich zu ihm aufblicken konnte. „Bitte", sagte ich leise. „Bitte breche dieses Versprechen nicht."

Sein Gesichtsausdruck wurde wärmer. „Ich werde nie ein Versprechen an dich brechen, Kari."

Ich wollte ihm so gerne glauben, aber mein eingebranntes Misstrauen hielt mich im Zaum.

Trotzdem nickte ich ihm noch einmal kurz zu, weil ich es versuchen wollte.

Ich wollte sein, was er begehrte, so wie ich mich danach sehnte, dass er war, wie ich es brauchte.

„Ich kann ihn fragen, aber es gibt keine Garantie, dass er mir die Wahrheit sagt", sagte Enrique. „Er ist auch nicht erfreut darüber, dass ich das Geschäft mit Beta Snow nicht zu Ende gebracht habe." Seine Bemerkung erinnerte mich an Omega Winter und alles, was mit Alpha Vanessa geschehen war.

Ich hörte wieder auf zuzuhören, erschöpft von all den grausamen, aber auch herzlichen Diskussionen. Ich wusste, dass es notwendig war, dass diese Wölfe nicht mit den Gepflogenheiten des Bariloche Sektors oder den dortigen Alphas vertraut waren, aber ich hatte es erlebt. Ich brauchte nicht noch mehr davon zu hören und konzentrierte mich wieder auf Winter und ihren Gefährten im anderen Zimmer. Sie hatten sich nach einer Runde lauten Stöhnens wieder beruhigt. Meine Sinne waren geschärft und meine Sorge kehrte zurück, dass sie verletzt sein könnte.

Nur ein paar Minuten später öffnete sich die Tür und zeigte ihre geröteten Wangen und eine seltsame Art von Wut in ihrem Gesichtsausdruck.

Meine Wirbelsäule richtete sich auf. *Was hat der Alpha getan?* Er tauchte direkt hinter ihr auf, aber mit einem besorgten Gesichtsausdruck, als sie direkt auf den Beta-Mann am Tisch zusteuerte.

„Wusstest du das?", fragte sie, woraufhin alle verstummten. Mein Herz setzte einen Schlag aus, und die Sorge über ihr kühnes Manöver ließ mein Blut in Wallung geraten. Aber ihr Alpha stand nur wie ein schützender Schatten hinter ihr und beobachtete die Situation und alle anderen am Tisch. „Wusstest du es?", wiederholte sie, als der Beta nicht antwortete.

„Was soll ich wissen?", fragte er schließlich.

„Dass Ludwig mein Onkel ist …", antwortete sie mit zusammengebissenen Zähnen.

Sven versteifte sich merklich neben mir, und sein Schnurren geriet für einen halben Takt ins Stocken, bevor er seine Hand an meinen Arm presste und die Kontrolle wiedererlangte. Sein Blick ging zu seinem Vater, dann zurück zu Omega Winter und dann wieder zu seinem Vater.

Aber Winter und der Beta führten bereits ein Gespräch. Er bestätigte, dass er von ihren familiären

Bindungen zum Nordsektor wusste und dann stand die Frage im Raum, wer noch davon wusste, und die Spannungen eskalierten.

Ich drückte mich an Svens Seite, als Alpha Kazek sich in die Diskussion einmischte, wobei seine Abneigung gegen den Beta-Mann offensichtlich war.

Zumindest so lange, bis der Beta dem anderen ein paar Worte über sich sagte.

Ich sah verwirrt zu, wie sich alle am Tisch wieder beruhigten.

Nach einigen Minuten des Gesprächs kam ich zu einem wichtigen Schluss: Hier war es nicht wie im Bariloche Sektor.

Die Alphas hier hatten alles unter Kontrolle, waren dabei aber rücksichtsvoll. Und nach dem, was ich von Alpha Kazek und Alpha Ludvig beobachtet hatte, waren sie auch rücksichtsvoll gegenüber ihren Gefährtinnen.

Irgendwann trat Winter vor Alpha Kazek, flüsterte seinen Namen, um ihn zu beruhigen, und er schmolz sofort dahin, obwohl es in dem Gespräch darum ging, dass der Beta sie zuvor berührt hatte. Und in dem Gespräch davor war es darum gegangen, dass der Beta und die anderen sie im Stich gelassen hatten, was bedeutete, dass der Alpha bereits aufgebracht war. Aber eine Bemerkung seiner Gefährtin, und er beruhigte sich. Dann intensivierte sich das Gespräch noch einmal, als Alpha Kazek den Beta-Mann warnte, sie nie wieder anzufassen.

Und Winter konterte mit: „Umarmungen sind erlaubt."

So etwas hatte ich noch nie zwischen einer Omega und ihrem Alpha erlebt. Nachdem Winter Alpha Kazeks Antwort abgelehnt hatte, gerieten beide in eine Pattsituation.

Omegas unterwarfen sich.

Alphas regierten.

Aber hier war das ganz und gar nicht der Fall. Er *nickte* zustimmend und gab ihr in diesem Punkt nach, was dazu führte, dass sich meine Lippen vor Schreck öffneten.

Er küsste sie, so wie Sven mich gerne küsste, und umarmte sie, bevor er sich dem Tisch zuwandte.

„Du wirst reichen", sagte der Beta, der, wie ich erfuhr, *Grum* hieß.

„Gab es da jemals Zweifel?", fragte Alpha Kazek.

„Ja, viele. Du kennst ihre Geschichte", antwortete Grum, bevor er sich an den Tisch wandte. „Reden wir jetzt darüber, wie wir die Königin der Spiegel zu Fall bringen, oder machen wir weiter wie bisher? Ich habe es nämlich satt, mich vor dieser Schlampe zu unterwerfen."

Ich starrte ihn kurz an, bevor ich Winter und Kazek wieder studierte. Mein Wolf war von ihrer einzigartigen Dynamik zutiefst fasziniert.

Aber als ich den Tisch betrachtete, wurde mir klar, dass er nicht so einzigartig war, denn Alpha Ludvig ging mit der Frau genauso liebevoll um.

Svens Mutter, vermutete ich. Ihr Geruch war mir durch das Kleid, das sie mir geliehen hatte, vertraut. Sie hatte hübsches weiß-blondes Haar und blaue Augen, genau wie Alpha Sven und Alpha Ludvig. Auch sie war blass und ihre elfenhaften Züge verliehen ihr eine freundliche Ausstrahlung, während ihre zierliche Statur ganz Omega war.

Sie fing meinen Blick von der anderen Seite des Tisches auf und schenkte mir ein kleines Lächeln.

Ich wollte es ihr zurückgeben, aber mein Mund verweigerte es mir.

Also blinzelte ich und versuchte stattdessen, durch meine Augen zu sprechen.

Sie schien zu verstehen, denn sie neigte den Kopf ein

wenig und nickte leicht, bevor sie Alpha Ludwig etwas ins Ohr flüsterte. Er konzentrierte sich sofort auf sie, als ob der Rest des Raumes nicht mehr existierte, und hörte zu, was sie zu sagen hatte.

Ich lauschte nicht, sondern schaute lieber Sven an, aber er beobachtete seine Eltern aufmerksam.

Alpha Kazek und Alpha Enrique begannen die Rückkehr in den Wintersektor zu besprechen, um Alpha Kazeks rechtmäßigen Thron geltend zu machen. Da Snow Frost eine Prinzessin und die direkte Erbin in ihrer verworrenen Hierarchie war, machte dies Alpha Kazek zum König des Wintersektors.

Ich war mir nicht sicher, wie die ganze Politik funktionierte, da es sich um einen anderen Sektor als meinen eigenen handelte, aber ich verstand die Implikation des Konzepts – Alpha Kazek wollte Alpha Vanessa die Führung des Sektors streitig machen.

Und er forderte die Hilfe von Alpha Enrique ein.

Ich war mir nicht sicher, wie es mit mir weitergehen sollte, aber ich schien nicht zur Debatte zu stehen.

Doch Sven wurde einer, und seine Aufgabe wurde klar, als die anderen Alphas sprachen. „Er ist der beste Pilot auf dieser Seite des Globus", beharrte Alpha Kazek. „Er wird uns einfliegen."

„Klar", murmelte Sven. „Melde mich freiwillig zum Dienst."

Alpha Kazek schnaubte. „Zwing mich nicht, dich nach Kopenhagen zurückzubringen, Mick."

Sven grunzte, aber es war ein amüsiertes Geräusch, kein verärgertes. „Lass mich in ein anderes Nest fallen, Kaz. Ich fordere dich heraus."

„Sehr verlockend", antwortete der Alpha. „Denn offenbar hast du deinen Platz vergessen."

Sven rollte mit den Augen. „Sag mir einfach, wann und wo."

„Jetzt bist du wieder auf dem richtigen Weg. Sieh dir das an", lobte Alpha Kazek und erntete dafür einen weiteren amüsierten Laut von Sven.

Er lehnte sich an mich, küsste meine Schläfe und sah dann seine Eltern an. „Ich bin mit deiner Idee einverstanden, Mama."

„Ich habe ihm beigebracht, nicht zu lauschen, nicht wahr?", fragte sie mit entsetztem und gleichzeitig matronenhaftem Ton.

„Ich bin mir ziemlich sicher, dass du ihm das Gegenteil beigebracht hast, Liebes", murmelte Alpha Ludvig. „Immerhin warst du es, die ihn an meine Bürotür geführt hat."

Ihre Augen weiteten sich vor Schreck. „Ich würde niemals …"

Er gluckste und kraulte ihren Nacken, bevor er seine Lippen an ihr Ohr presste. Was auch immer er sagte, ihre Wangen erröteten und Sven stöhnte neben mir. „So bringst du unserem Sohn bei, nicht zu lauschen, Mila", sagte er, laut genug, dass ich es hören konnte.

„Wir gehen jetzt", verkündete Sven und stand abrupt auf.

Alpha Enrique wollte ihm folgen, doch ein leises Knurren von Alpha Kazek hielt ihn auf seinem Platz. „Ich muss wissen, was du mit ihr vorhast."

„Du brauchst nichts zu wissen", konterte Sven. „Aber wenn du dich auf dieser Reise mit Kaz als nützlich erweist, werde ich dich vielleicht aufklären."

„Ich bin gekommen, um über ihre Freilassung zu verhandeln", sagte Alpha Enrique mit einem leisen Knurren in seinem Ton.

„Nein, du bist gekommen, um dich zu vergewissern,

dass es ihr gut geht, was wir dir mehr als bewiesen haben."
Sven schob seinen Stuhl an den Tisch und sah Alpha
Enrique direkt an. „Du hast um ihre Freiheit gebeten, um
wohin genau zu gehen? In den Wintersektor? Wird sie dort
wirklich sicherer sein, als sie es hier bereits ist?"

„Der Wintersektor wird unter Alpha Kazek geführt
werden", murmelte Alpha Enrique.

„Ja. Aber er sitzt noch nicht auf dem Thron. Was willst
du also?", drängte Sven. „Schlägst du vor, dass Kari uns
bei der Mission zur Eroberung des Wintersektors begleitet?
Denn ich kann dir jetzt schon sagen, dass ich das nicht
zulassen werde."

Alpha Enriques Kiefer verhärtete sich. „Du sprichst, als
würde sie dir gehören."

„Sie gehört mir", erwiderte Sven, ohne einen Ton zu
sagen. „Also werde ich dir sagen, was passieren wird. Kari
wird bei meiner Mutter bleiben, wo sie *sicher* ist, und wenn
du dich als nützlich erweist, erlaube ich dir vielleicht, sie
später wiederzusehen. Das ist mein einziges Angebot.
Nimm es an oder lass es bleiben. Denn ich werde nicht
verhandeln."

Meine Lippen drohten sich nach unten zu ziehen, da
ich bei all dem keine Wahl hatte.

*Seit wann kümmere ich mich überhaupt darum, zu wählen? Ich
habe noch nie etwas selbst entscheiden dürfen. Warum sollte es hier
anders sein?*

Weil er *anders sein sollte.*

*Und doch ... würde ich mich überhaupt dafür entscheiden, etwas
anders zu machen?*

Ich versuchte, meinen Kopf zu schütteln, um ihn
freizubekommen, denn die rasenden Gedanken machten
mich schwindelig.

Ein Teil des Omega-Daseins bestand darin, den Alphas
zu erlauben, Entscheidungen in ihrem Namen zu treffen.

Und eine Gefährtin zu sein, bedeutete, ihrem Alpha zu vertrauen, dass er die richtigen Entscheidungen treffen würde.

Alles, was Sven gerade gesagt hatte, war genau das, was ich mir auch für mich wünschen würde, also warum sollte ich mich daran stören, dass er es aussprach, ohne vorher mit mir zu sprechen?

Mein Kiefer krampfte sich ein wenig zusammen, und in meinem Kopf schwirrten seltsame *„Was-wäre-wenn"-Vorstellungen* herum, an die ich nie zuvor gedacht hatte.

Ich verdrängte sie und konzentrierte mich stattdessen auf die beiden Alphas neben mir.

Alpha Enrique starrte Sven an, aber ich sah die Niederlage in seiner Miene. Er wusste, dass Sven recht hatte, genau wie ich.

Nur war ich nicht begeistert von der Vorstellung, dass Sven gehen würde. Was sie vorhatten, klang gefährlich.

Was passiert mit mir, wenn er nicht zurückkommt?, fragte ich mich.

SVEN

Kari erkundete meine Zweizimmerwohnung barfuß. Ihre Zehen sanken bei jedem Schritt in den Teppich ein.

Sie begann im Wohnzimmer und strich mit ihren Fingern über die Wildlederpolsterung meiner Couch und meines Sessels, bevor sie den Blick auf den Wald durch meine Fenster genoss. An der Außenseite befand sich ein Balkon, der durch eine Doppeltür zu erreichen war. Sie ging aber weiter, um in den angrenzenden Essbereich und die dahinter liegende Küche zu gelangen.

Ihr Blick wanderte über den Messerblock, bevor sie mich über eine Schulter hinweg wieder ansah und mich herausforderte, etwas zu sagen.

Ich hatte nichts dazu gesagt, aber wenn sie versuchen würde, ein Messer zu nehmen, würde ich es tun.

Sie umrundete die Kücheninsel und ging in den hinteren Flur, um das Wohnzimmer zu erkunden.

Der Flur führte weiter in mein Büro, dann in ein Gästezimmer und schließlich in mein Schlafzimmer.

Sie warf einen Blick in die ersten beiden Zimmer, bevor sie das letzte betrat. Ihre Wölfin schien sie zu leiten und führte sie zuerst zum Bett, um es zu beschnuppern, bevor sie sich in mein Badezimmer und meinen begehbaren Kleiderschrank begab.

Ich lehnte mich gegen die Tür, die mein Schlafzimmer vom Badebereich abtrennte. Während ich auf sie wartete, hörte ich ein Rascheln und das Öffnen und Schließen der Schubladen meiner Kommoden, gefolgt vom Geräusch eines Reißverschlusses, wobei ich vor Erstaunen eine Augenbraue hochzog.

Ich war fasziniert von dem, was sie da tat.

Dann blieb mir der Mund offen stehen, als sie nichts weiter trug, als eines meiner weißen T-Shirts.

Sie schlenderte mit einem Stapel meiner Wäsche an mir vorbei und ging wie in Trance zum Bett.

Ich unterbrach sie nicht und war fasziniert von ihr und dem, was sie da tat. Sie kletterte ins Bett und rückte sich zurecht, fand eine Stelle, die ihr am besten gefiel, und begann, die Laken aus dem Weg zu schieben und eine behelfsmäßige Wand zu errichten.

Ich nehme an, das bedeutet, dass sie es gutheißt, hier ein Nest zu bauen, dachte ich bei mir.

Sie war still und konzentriert, als sie alles dorthin brachte, wo sie es brauchte. Ich blieb völlig ruhig, selbst als sie um mich herum ins Bad ging, um ein paar Handtücher und Laken zu holen.

Ihre kleinen Hände führten ihre Tätigkeit mit einer Präzision durch, die meinem inneren Wolf gefiel. Es war ein schöner Anblick, wie sie ihren Instinkten nachging. *So schön. Ganz und gar großartig. Eindeutig Meine.*

Ich hätte ihr die ganze Nacht dabei zusehen können, aber schließlich wurde sie langsamer, schob immer nur ein paar Gegenstände hin und her und legte sich schließlich hin, als wolle sie den Raum testen.

Ich hielt den Atem an und wartete darauf, ob sie mich

hereinbitten würde, doch stattdessen tauchte sie mit einem Stirnrunzeln wieder auf. Ihre blauen Augen verengten sich in meine Richtung.

Es lag mir auf der Zunge zu fragen, was sie brauchte, aber sie schlüpfte aus ihrem Nest und ging zielstrebig auf mich zu. Ein Schnurren erklang in meiner Brust, als sie meine Anzugjacke aufknöpfte und in den Schrank trug. Weniger als eine Minute später kam sie zurück, um mein Hemd aufzuknöpfen. Sie zog mir das Hemd über meine Arme herunter, bevor sie es an ihre eigene Brust drückte und tief einatmete.

Ein zufriedenes Geräusch ertönte aus ihrer Kehle, als sie es zum Nest brachte.

Ich zog meine Schuhe aus, woraufhin sie mir einen scharfen Blick, mit einem tadelnden Gesichtsausdruck, über die Schulter zuwarf.

Also schob ich sie zur Seite, während sie mich beobachtete und lehnte mich wieder gegen die Tür, um auf ihren nächsten Schritt zu warten.

Sie musterte mich einen Moment lang, als wolle sie sich vergewissern, dass ich nicht noch etwas anderes machen wollte. Ihre Lippen verzogen sich zu einem kleinen Lächeln, bevor sie sich wieder auf das Bett konzentrierte.

Ich kämpfte gegen den Drang an, zu lächeln, da ihr Wolf nicht nur das Sagen hatte, sondern auch eine autoritäre Stimmung verbreitete. Ich würde es zulassen. Für den Moment.

Als sie mit ihrem Nestbau fertig war, griff sie nach meiner Hose. Hitze stieg meine Adern herauf, als ich versuchte, mich für sie zusammenzureißen. Mein Körper reagierte natürlich auf ihre Nähe, mein Schwanz pochte vor Verlangen, aber ich unternahm nichts, um sie zu berühren.

Ich ließ sie bestimmen und sah zu, wie sie meine Hose an der geschaffenen Wand ihres Nestes ablegte.

Sie atmete langsam ein, als sie sich umdrehte, um mich von Kopf bis Fuß zu mustern und knabberte an ihrer Unterlippe, als sie meine Leistengegend betrachtete. Ihre Nasenflügel blähten sich bei meinem Anblick auf. „Ich …" Sie brach ab und schluckte.

Ich wartete, um sie nicht zu drängen.

Ihre Wölfin schaute mich wieder an und ihre Pupillen weiteten sich. Sie machte einen Schritt nach vorne.

Dann noch einen.

Und noch einen, bis sie direkt vor mir stand.

Es kostete mich all meine Selbstbeherrschung, den Moment nicht auszunutzen, sie nicht zu packen und in ihr Nest zu bringen, um diese schönen Schenkel zu spreizen. Aber ich spürte, wie wichtig dieser Moment für sie war.

Ich weigerte mich auch, ihr Schmerzen zuzufügen und wartete mit angehaltenem Atem darauf, was sie als Nächstes tun würde.

Ihre Fingerspitzen glitten zu meinem Bauchnabel, folgten der haarigen Spur hinunter zu meinen Boxershorts und hakten sich in den Stoff ein. Mein Bauch spannte sich an, als sie ihre Finger sanft seitwärts zu meiner Hüfte führte.

Sie biss sich auf die Lippe, zerrte ein wenig daran und hakte ihre anderen Finger auf meiner anderen Seite ein, um die Boxershorts an meinen Schenkeln herunterzuziehen. Sie warf die Unterwäsche in das Herz ihres Nestes, bevor sie einen kleinen Schritt zurücktrat, ihre Augen auf mich richtete, und mir winkte, ihr zu folgen.

Ich ging ihr nach und hielt inne, als wir das Bett erreichten. Sie hob ein Laken an und forderte mich wortlos auf, in ihr Nest zu kommen.

In meiner Brust grummelte es zustimmend, als ich

hineinschlüpfte, und mein Wolf befahl mir, mich für sie auf den Rücken zu legen – direkt auf meine Boxershorts. Ihr Blick schweifte interessiert über mich, bevor sie sich zu mir gesellte.

Sie sah in unserem Nest so klein aus, fast zerbrechlich, aber als sie sich auf meine Schenkel setzte, wurde mir klar, wie viel Macht sie besaß. Ich begehrte sie mit einer Heftigkeit, der ich mich nicht hingeben durfte, und es kostete mich große Mühe, es nicht zu tun – vor allem, als ich ihre feuchte Mitte über meiner Erregung spürte.

„Scheiße", hauchte ich und kämpfte gegen den Drang an, mich gegen sie zu drücken.

Sie zog das weiße T-Shirt aus, legte es auf die Wand um uns herum und fing an, sich zu bewegen. Zuerst bewegte sie sich zaghaft und küsste mich innig. Ihr Körper lernte meinen kennen. Dann beugte sie sich herunter und küsste meinen Hals. Ihre Zunge glitt dabei heraus, um meine Haut zu schmecken.

Ich streichelte ihr Haar, um sie zu berühren, sie zu halten und um mich von meinem Wunsch abzulenken, sie umzudrehen und sie so lange zu ficken, bis sie nicht mehr wusste, wer sie war.

Ich zügelte meinen Drang, indem ich mich an ihre Reaktion erinnerte, mir ihr Gesicht und die Qualen ihrer darin vorstellte. Das reichte aus, um mich im Zaum zu halten, aber nicht genug, um meine Laune zu verderben. Denn ich wollte sie. Meine Omega. Meine vorgesehene Gefährtin.

„Ich brauche mehr", flüsterte sie und leckte mir die Kehle, während sie nach unten ging. „Ich brauche deinen Samen."

Mein Griff um ihr Haar wurde fester, und meine andere Hand griff nach dem Bettzeug unter mir, um es zusammenzudrücken. Denn *verdammt*, es brachte mich um.

Sie hatte die völlige Kontrolle an ihre Wölfin verloren und sich allein auf ihren Instinkt verlassen. Und jetzt wollte sie ihr Nest würzen.

Mit mir.

Ich war so verdammt hart und bereit, aber ich konnte sie nicht verknoten. Ich konnte sie nicht zum Kommen bringen. Ich konnte sie nicht einmal berühren.

Und diese Erkenntnis drohte mich zu erdrücken.

Ich war so vertieft darin, dass ich kaum bemerkte, wie sie sich mit einem Kuss einen Weg nach unten bahnte, und erst als sich ihr Mund über der Spitze meines Schwanzes schloss, wurde mir klar, was sie mit mir vorhatte.

„Kari", flüsterte ich ehrfürchtig und wölbte mich in ihrem Mund, als sie mich ohne jede Vorwarnung tief in sich aufnahm. Ihre Hand legte sich um meinen Schaft und massierten ihn auf eine Weise, die meine Eier vor Erwartung anspannen ließ.

Diese Omega war magisch.

Diese Omega ist ein Rätsel.

Dieses Weibchen ... *so verdammt meins.*

Ich stöhnte auf, als sie mit ihren Zähnen an der Unterseite meines Schafts entlangfuhr, und ihre Wölfin sorgte dafür, dass ich wusste, dass sie in diesem Moment das Sagen hatte. Mein inneres Tier knurrte daraufhin, sein Verlangen zu dominieren ließ mich noch härter werden.

Aber ich musste sie das tun lassen.

Ich musste mich für meine Omega zusammenreißen.

Lass sie führen. Lass sie lernen. Lass sie ...

Scheiße.

Sie wirbelte mit einer Geschicklichkeit ihre Zunge um meine Erregung herum, die ich bis in meine gottverdammte Seele spürte, und in meinen Adern flammte ein Bedürfnis auf, das fast jedes Quäntchen meiner Entschlossenheit zunichtemachte. *„Kari."* Ihr

Name verließ meinen Mund mit einem lauten Knurren, unterstrichen von einem kräftigen Schnurren der Zustimmung, das sie dazu brachte, es noch einmal zu tun.

Ich schaute nach unten und sah ihre Augen auf mich gerichtet, mit einem Hauch von Verwunderung in ihrem Blick, der meinen neuen Spitznamen für sie unterstrich.

Sie war wirklich ein *kleines Wunder*. So einzigartig. So schön. So verdammt *geschickt*.

Sie wusste genau, wann sie drücken musste, wann sie saugen musste, wann sie lecken musste, wann sie die Zähne einsetzen musste und wann sie schlucken musste.

Ich wölbte mich in sie hinein und war unfähig, mich zurückzuhalten. Meine Finger in ihrem Haar waren zu einer Faust geballt. Sie beschwerte sich nicht, sondern bewegte ihren Kopf weiter, wippte auf und ab und zwang mich zum Höhepunkt.

Jeder Druck ihrer Finger auf meinen Schaft sorgte dafür, dass der Orgasmus noch größer wurde, und ihre Omega-Instinkte garantierten, dass ich sie mit so viel Samen wie möglich beschenken würde, ohne mich ganz in ihr einzuschließen.

Ich konnte ihre Kehle nicht verknoten, nur ihre Mitte.

Und verdammt, wenn ich das jetzt nicht mehr als alles andere tun wollte. Ihre Erregung versüßte die Luft, verhöhnte meine Instinkte und flehte mich an, zu ficken, was mir gehörte.

Nein, dachte ich und stöhnte vor *Verlangen. Nein. Keine Verknotung. Kein Verlangen. Nein ... Scheiße!*

Meine Brust vibrierte vor Lauten, sowohl Schnurren als auch Knurren, mein Wolf forderte sein Recht, während Kari mich mit ihrem zu geschickten Mund in den Orgasmus stieß.

Eine Explosion durchfuhr mich, unerwartet und völlig

unkontrolliert, als ich mich auf ihrer süßen, geschickten Zunge entleerte.

Sie schob mich tiefer in ihren Rachen, nahm alles und noch mehr, ihre Finger bearbeiteten meinen Schaft, um meine sinnliche Folter zu verlängern.

Ich konnte nicht aufhören zu kommen.

Und sie hörte nicht auf zu schlucken.

Es schien weiterzugehen … und weiter … und weiter …, meine sexuelle Frustration und das Bedürfnis einer ganzen Woche entluden sich in ihr, während sich meine Muskeln verkrampften und mein Wolf sich in einen anderen Zustand des Seins begab.

Alles um mich herum war verschwommen, mein Verstand verlor sich in einer seltsamen Art von Vergessenheit, in die mich noch keine Frau gebracht hatte.

Eine zarte, warme Träne zog mich zurück zu der Frau zwischen meinen Schenkeln.

Sie fuhr fort, mich zu melken, ihre Kehle und ihre Finger arbeiteten, auch wenn die Qual des Schluckens von so viel Sperma ihre Gesichtszüge strapazierte.

Ich reagierte instinktiv, riss sie von meinem Schwanz und zog sie zu mir hoch, während ich weiterhin vor unbändiger Lust pochte.

Sie starrte mich an und Verwirrung ersetzte ihre Anspannung. Ich zog sie unter mich und mein Schwanz glitt zwischen ihre Falten zu einer sinnlichen Liebkosung, die mir erlaubte, meinen Höhepunkt fortzusetzen, aber auf meiner Omega. Ihr Schleim vermischte sich mit meinem Sperma und bildete eine sinnliche Flüssigkeit, die unsere beiden Körper mit dem Duft von Sex und Verlangen überzog.

Kari krümmte sich und ein Stöhnen entrang sich ihrer Kehle, als sie die Essenz kostete.

Dann küsste ich sie, um ihr etwas anderes zu geben, was sie offensichtlich brauchte – Zuneigung.

Es ging ihr nur um mich, sie hatte mein Vergnügen fortgesetzt, obwohl sie sich gequält hatte. Sie hatte geschluckt, als sie nicht einmal mehr atmen konnte, und hätte weitergemacht, wenn ich sie gelassen hätte. Wahrscheinlich, weil irgendein Alpha ihr beigebracht hatte, es so lange zu machen, bis er fertig war.

Aber ich war nicht dieser Alpha.

Ich war *ihr* Alpha. Es ging um uns als Einheit, nicht um mich als Alpha.

Ich schmeckte mich selbst auf ihrer Zunge, sowie die salzige Essenz ihrer Tränen und zeigte ihr mit meinem Mund, was wir zusammen sein würden.

Ihre Arme legten sich um meine Schultern, ihr zierlicher Körper polsterte meinen im Nest, während ich gab und nahm und noch mehr gab.

Ohne ihre Finger an meinem Schaft ließ meine Erregung schließlich nach. Wir waren von unserer Leidenschaft durchtränkt und unser gemeinsames Nest war offiziell getauft.

Das wäre jetzt ihr Raum, genauso wie meiner, und wenn es nach mir ginge, würde sie ihn nie verlassen.

Nur musste ich sie bald verlassen, um Kaz bei dem Problem im Norden zu helfen. Im Stillen schwor ich mir, schnell zu Kari und unserem sicheren Hafen zurückzukehren. Ob sie es verstand oder nicht, war ich mir nicht sicher, aber ich hatte ein paar Tage Zeit, um sicherzugehen, dass meine Botschaft ankam.

Und danach würden wir in den Andorra Sektor gehen.

Vorausgesetzt, mein älterer Bruder wusste, wie er uns helfen konnte.

TEIL II

ANDORRA SEKTOR

SVEN

EUROPÄISCHER LUFTRAUM

KARI SAß neben mir und ihre Aufmerksamkeit war auf die Fenster um uns herum gerichtet. Als ich sie fragte, ob sie sich zu mir ins Cockpit des Flugzeugs setzen wollte, hatte sie erst gezögert, aber dann zugestimmt. Es schien eine gute Möglichkeit zu sein, sie von den bevorstehenden Untersuchungen abzulenken.

Nach einer Woche, in der ich Kaz mit der Situation im Wintersektor geholfen und unzählige Stunden damit verbracht hatte, die Pläne mit meinem Bruder zu koordinieren, waren Kari und ich endlich auf dem Weg zum Andorra Sektor. Seine Ärzte hatten sich bereits die ersten Röntgenbilder angesehen und bereiteten ein Team für unsere Ankunft vor. Wir hatten immer noch keine Ahnung, ob eine Operation überhaupt möglich war, aber ohne eine persönliche Untersuchung war es unmöglich, etwas dazu zu sagen.

Dr. Palmer war der Meinung, dass dies ein hoffnungsloser Fall sei.

Aber er war nicht der Beste in diesem Fachgebiet.

Dr. Riley war die Beste. Als Omega und Ärztin mit

über hundert Jahren Erfahrung war sie diejenige, die Kari beurteilen sollte. Niemand sonst.

Ich hatte Kari noch nicht von ihr erzählt, vor allem, weil wir nicht viel Zeit damit verbracht hatten, miteinander zu sprechen, seit ich sie bei mir zu Hause eingeführt hatte.

Alles zwischen uns war instinktiv geworden, und ihre Entscheidungen wurden von ihrer Wölfin gesteuert. Sie zog es vor, den ganzen Tag über in ihrem Nest oder in dessen Nähe zu bleiben, und zog mich in den meisten Nächten zu sich, um jeden Zentimeter meines Körpers zu streicheln und zu lecken. Ich beschwerte mich nicht, denn die Abwechslung gefiel mir sehr. Es fühlte sich natürlich an, abgesehen davon, sie richtig verknoten zu können oder sie verwöhnen zu dürfen.

Die einzige Nacht, die davon abgewichen war, war die, die ich mit Kaz und den anderen im Wintersektor verbracht hatte. Es war ein anstrengender und blutiger Ausflug gewesen, aber er war schnell zu Ende gegangen, und Kaz und Winter saßen auf ihrem rechtmäßigen Thron.

Ich hatte in den frühen Morgenstunden des folgenden Tages zurückkehren können, und als ich angekommen war, hatte ich Kari zusammengerollt auf der Couch in der Suite meiner Eltern gefunden. Meine Mutter hatte etwas Zeit mit ihr verbringen wollen, und mein Vater war den Abend über woanders geblieben, um Kari und meiner Mutter Privatsphäre zu geben.

Leider hatte Kari nicht viel gesprochen und es vorgezogen, in Wolfsgestalt im Wohnzimmer meiner Eltern auf meine Rückkehr zu warten.

Meine Mutter hatte vermutet, dass Angst Karis Reaktion hervorgerufen hatte. Sie hatte Angst, dass ich nicht zurückkehren würde.

Als wir zu unserem Nest zurückgekehrt waren, hatte sie wieder ihre menschliche Gestalt angenommen und mir die Kleider vom Leib gerissen, bevor sie verlangte, dass ich mich hinlegte. Sie hatte mir nicht einmal die Chance gegeben, zu duschen – zu stark war ihr Bedürfnis, sich wieder mit meinem Duft vertraut zu machen.

Ich hatte genau das getan, was sie gewollt hatte, und sie danach den ganzen Tag im Arm gehalten.

Als ich ihr gestern Abend erzählt hatte, dass wir heute in den Andorra Sektor reisen würden, hatte sie nur genickt. Keine Fragen. Keine offensichtlichen Bedenken. Nur Akzeptanz.

Ich konnte mir nicht erklären, was ihr durch den Kopf ging. Ihre Gefühle waren im Moment eine Mischung aus Zufriedenheit und Sorge. Sie schreckte nicht mehr vor meiner Berührung zurück – sie schien sie jetzt sogar zu suchen, um sich zu trösten – und sie nannte mich *Sven*, als sie die wenigen Male mit mir sprach.

„Hast du viel Erfahrung mit Flugzeugen?", fragte ich sie und versuchte, ein Gespräch zu beginnen. So sehr es mir auch gefiel, dass ihr Tier die Kontrolle über ihre Handlungen hatte, so sehr vermisste ich ihre Stimme. Ich wollte wirklich wissen, woran sie jetzt gerade dachte, was sie gleichzeitig glücklich und besorgt machte.

Sie schüttelte den Kopf. „Nur der Flug vom Bariloche Sektor zum Wintersektor und dann vom Wintersektor zum Nordsektor."

Ich nickte. Es war nicht die klügste Frage gewesen, wenn man ihre Erziehung und ihren Status bedachte, aber zumindest äußerte sie einen Satz. „Was hältst du jetzt davon?", fragte ich laut und deutete auf die Wolken und den blauen Himmel.

Wir hatten uns einen sehr schönen Tag ausgesucht, an dem wir bis nach Andorra freie Sicht hatten. Natürlich war das meine Absicht gewesen. Die Wettervorhersagen für den Rest der Woche waren nicht gut, also hatte ich Ander dazu gedrängt, uns heute kommen zu lassen und nicht erst nächsten Montag, wie ursprünglich besprochen.

„Es ist sehr befreiend", sagte sie leise. „Aber ich finde deine Fähigkeit, ein Flugzeug zu fliegen noch interessanter."

Meine Lippen verzogen sich. „Ich liebe das Fliegen, fast so sehr wie einen langen Lauf als Wolf."

Ich sah sie einen Moment lang an, bevor ich mich wieder auf meine Aufgabe konzentrierte. Da sie neben mir im Cockpit saß, war ich besonders wachsam und vorsichtig. Ich wollte nicht riskieren, dass ihr etwas zustieß. Aber es gab niemanden, dem ich die Aufgabe, das Flugzeug zu fliegen, mehr zutraute als mir.

„Ich bediene Flugzeuge, seitdem ich neun Jahre alt bin", fügte ich hinzu. Das war schon als Kind meine Leidenschaft gewesen. Mein Vater hatte mich mit dem führenden Luftfahrtexperten des Rudels in Kontakt gebracht. „Ich muss dich mal Alpha Garland vorstellen. Er ist ein alter General im Nordsektor, der das Fliegen genauso liebt wie ich. Er hat mir auch alles beigebracht, was ich weiß."

„Warum willst du, dass ich ihn treffe?", fragte sie misstrauisch.

„Weil er mir wichtig ist", erklärte ich. „Nicht, weil ich erwarte, dass du für ihn *verfügbar* bist." Den letzten Teil fügte ich instinktiv hinzu, weil ich vermutete, dass ihre Gedanken bei der Erwähnung eines anderen Alphas an einen gefährlichen Ort abschweifen konnten. „Ich werde dich auch seiner Gefährtin Jacy vorstellen. Sie fliegt auch gerne. Sie haben sich beim Militär kennengelernt, aber ich weiß nicht mehr, bei welchem. Es hat aber irgendetwas mit Fliegen zu tun."

„Militär?"

„Ja, aus der Zeit vor der Infektion." Ich zuckte mit den Schultern. „Ich weiß nicht viel darüber, außer aus den Filmen, die ich aus Kaz' Sammlung gesehen habe, und dem einen oder anderen Buch."

„Filme?"

„Filme", sagte ich und schaute sie von der Seite an. Sie runzelte ein wenig die Stirn, und der Anflug von Sorge schien verschwunden zu sein. „Ich zeige sie dir irgendwann mal, wenn wir wieder im Nordsektor sind. Kaz wird nicht alles mitnehmen."

Sie betrachtete mich einen Moment lang und ließ mich warten, bis ich mehr sagen konnte. Sie wollte mich etwas fragen. Ich konnte es in meinem Bauch spüren.

Nur zu, kleines Wunder, wollte ich sagen. *Sprich deine Gedanken aus.*

„Ist … ist das der Plan?", fragte sie leise. „In den Nordsektor zurückzukehren? Zusammen?" Das letzte Wort hätte ich fast überhört. Sie war so leise, dass die Flugzeugtriebwerke sie übertönten.

Aber ich bemerkte das Zögern in ihrem Tonfall und das leichte Zittern, als sie schließlich einen Gedanken aussprach, den ich beseitigen sollte.

Sie macht sich Sorgen, dass ich ohne sie gehen will, wurde mir klar. Wahrscheinlich, weil wir nicht gründlich darüber gesprochen hatten, was passieren würde. Und jetzt, wo sie nicht mehr in ihrem Nest war, wurde ihr unsere veränderte Situation auf unangenehme Art und Weise bewusst.

Mein Wolf drängte mich, sie zu beruhigen, sie in meine Arme zu ziehen und für sie zu schnurren. Aber das konnte ich nicht tun, während ich das Flugzeug bediente. Das hieß, ich musste ihr Worte geben und hoffen, dass sie ihnen vertraute.

„Wir sitzen im selben Boot, kleines Wunder", versprach

ich ihr. „Wir werden sehen, was Dr. Riley denkt, und dann sehen wir weiter. Mein Bruder hat dafür gesorgt, dass wir so lange bleiben können, wie wir wollen. Und wenn wir fertig sind, gehen wir gemeinsam zurück in den Nordsektor."

Ich drückte ihren Oberschenkel, weil ich wollte, dass sie den Schwur in meinen Worten körperlich spürte. Sie verzog keine Miene, sondern legte ihre kleine Hand auf meine und drückte ein wenig zu.

„Okay", antwortete sie, und das Wort ließ meinen Atem stocken.

Bedeutet das, dass sie mir glaubt? Dass sie ein wenig Vertrauen zu mir hat? Bei dem Gedanken wurde mir warm ums Herz, und ich zog meine Berührung von ihrem mit Jeans bekleideten Schenkel zurück, um mich wieder auf das Fliegen zu konzentrieren.

Wir waren fast da, was bedeutete, dass ich mich darauf vorbereiten musste, die Kuppel des Andorra Sektors zu betreten. Auf dem Weg dorthin erklärte ich ihr ein wenig von der Hightech-Atmosphäre und erzählte ihr, dass der Sektor meines Bruders der fortschrittlichste der Welt war – zumindest was die X-Clan-Wölfe anging. Weiterhin erzählte ich ihr, dass er einen Großteil seiner Technologie mit meinem Vater geteilt hatte.

„Aber wir haben keine Kuppel gebaut", schloss ich und deutete auf die Glaskugel, die vor uns lag. „Das ist auch nicht nötig, da wir als Grenze auf der einen Seite das Wasser haben. Aber wir haben einige solarbetriebene Zäune an anderen Grenzpunkten entwickelt, um die Infizierten am Überschreiten zu hindern. Und wir haben auch unsere Nachtpatrouillen."

Da der Andorra Sektor mitten im Gebirge lag, war der zusätzliche Schutz dringend erforderlich. In den nahe gelegenen Städten gab es zahlreiche Nester, und diese

Mistkerle waren hungrig nach Frischfleisch. Sie würden Hunderte von Meilen zurücklegen, um auf den Geschmack zu kommen, und dabei auch unwegsames Gelände wie die schneebedeckten Eisberge um uns herum überqueren.

Kari schwieg einen Moment, bevor sie sagte: „Alpha Carlos hat eine Grube mit infizierten Kreaturen im Bariloche Sektor. Er wirft dort Wölfe hinein, die sich daneben benehmen."

Ich errötete. „*Was?*"

Sie zuckte zusammen, und ich griff ihr sofort wieder an den Oberschenkel. „Tut mir leid, Kari. Das ist einfach … das ist einfach so grausam … ich habe instinktiv reagiert."

„Es gibt also keine Gruben im Nordsektor." Sie formulierte es nicht als Frage, sondern eher als eine erleichterte Feststellung.

„Ich glaube nicht, dass es die in irgendeinem Sektor des X-Clans gibt." Außer anscheinend im Bariloche Sektor. „Alpha Carlos muss getötet werden." Einem Alpha wie ihm sollte es nicht erlaubt sein zu atmen, geschweige denn zu führen.

Sie antwortete nicht, sondern starrte nur auf die Kuppel vor uns. „Wie kommen wir hinein?", flüsterte sie.

Ich erlaubte der Ablenkung, meinen vorübergehenden Ärger zu besänftigen, und erklärte ihr, wie die Öffnung funktionierte. Dann funkte ich einen der Tower-Agenten an, um ihm mitzuteilen, dass ich mich im Anflug befand.

Die Kuppel begann sich zu verschieben und schuf oben einen Raum, durch den ich hindurchfliegen konnte, um ihren Flugplatz zu erreichen. Kari sagte nichts, aber ich spürte, wie sie sich darüber wunderte, wie das alles funktionierte. Dann griff sie nach meinem Oberschenkel und ihre Finger gruben sich in den schwarzen Jeansstoff ein, als wir nur Sekunden später landeten.

„Anscheinend sind alte Flugzeuge auf längeren Bahnen gelandet", erzählte ich ihr im Gespräch, während ich auf eine Landebahn neben uns deutete. „Aber diese neuen Jets funktionieren wie Raketen, sie schießen gerade nach oben und kommen auf ähnliche Weise wieder herunter. Das macht Starts und Landungen einfach. Zumindest für mich."

Sie schaute mich von der Seite an. „Du bist ein sehr geschickter Pilot."

Meine Brust drohte sich bei ihrem Kompliment vor Stolz aufzublähen. Obwohl ich vermutete, dass sie sich nicht einmal bewusst war, dass ihre Worte so aufgefasst werden würden, weil sie sie wie eine Tatsache und nicht wie ein Lob ausgesprochen hatte.

„Bereit, meinen Bruder zu treffen?", fragte ich, während ich alle Bedienelemente in Position brachte, um das Flugzeug angemessen zu parken.

Sie hatte nicht geantwortet.

„Er ist einschüchternd", gab ich zu und legte meine Hand über ihre auf meinen Oberschenkel. „Aber er wird dir nicht wehtun. Er wird dich beschützen."

„Warum?"

„Weil du wertvoll bist", sagte ich ihr sanft. „Im Andorra Sektor gibt es nicht viele Omegas. Sie verehren sie hier. Du wirst sehen, was ich meine, wenn du seine Gefährtin triffst." Ich berührte ihr Kinn und zog ihr Gesicht zu mir. „Erinnerst du dich an die rothaarige Omega auf dem Foto? Die lächelnde?"

Sie nickte leicht.

„Das ist seine Gefährtin, Katriana. Und du wirst auch Dr. Riley kennenlernen."

Sie runzelte die Stirn. „Eine andere Gefährtin? Von deinem Bruder?"

Ich schmunzelte. „Ganz bestimmt nicht. Dr. Riley ist eine Omega, und sie wird von Jonas sehr beansprucht."

Ihre Augen weiteten sich. „Eine Omega-Ärztin? Wie Quinn?"

Jetzt war es an mir, die Stirn zu runzeln. „Wer ist Quinn?"

Sie betrachtete mich einen Moment lang, als ob sie überlegte, ob sie mehr sagen sollte oder nicht. Es schien fast so, als hätte sie Angst, sich zu erklären, oder vielleicht war sie überrascht, dass sie den Namen überhaupt erwähnt hatte.

„Wer ist Quinn, Kari?", fragte ich erneut, dieses Mal mit einem Hauch von Forderung. Ich wollte nicht, dass sie jetzt aufhörte, mit mir zu reden, nicht nach all den Fortschritten, die wir gemacht hatten.

„Eine Omega zu Hause", flüsterte sie. „Sie hat Heilkräfte, aber Alpha Carlos weiß das nicht. Sie hilft den anderen."

Meine Augenbrauen hoben sich. „Heilende Kräfte? Medizinisch gesehen?"

Sie schüttelte den Kopf. „Nein, wie Magie. Ihre Berührung … sie *heilt*."

„Und sie ist ein X-Clan-Wolf?"

Noch ein kleines Schütteln. „V-Clan."

Ein Schock durchzuckte mich. „Alpha Carlos hat eine V-Clan Omega?" *Heilige Scheiße* … „*Wie?*" Sie waren unglaublich selten, da die Existenz des V-Clans durch die Zeit der Infizierten stark beeinträchtigt worden war. Die meisten, die noch übrig waren, lebten in streng bewachten Kolonien auf den Inseln des Polarkreises. Sie waren wegen ihres Bedarfs an menschlichem Blut mit den Vampiren in Grönland verfeindet.

„Er hat alle Arten von Omegas", antwortete Kari. „Ashwolves, X-Clan, V-Clan, sogar ein paar Omegas, die keine Wölfe sind. Er sammelt sie."

Mein Kiefer spannte sich an, weil sie es so beiläufig sagte, als wäre es völlig normal, eine Sammlung von Omega-Sklaven zu halten. Aber für sie war es normal, da sie es selbst durchlebt hatte. Und dann sah sie es wieder bei Vanessa im Wintersektor mit ihrem unfreiwilligen Harem von Omega-Männchen. Alana war extra bei Kaz geblieben, um diesen ausgenutzten und missbrauchten Wölfen zu helfen. Ich hatte den Verdacht, dass sie sich am Ende selbst mit einem paaren würde, aber nur, wenn er sie wählte. Oder vielleicht würden sie das alle tun.

Trotzdem waren sie jetzt in Sicherheit.

Bei den Sklaven im Bariloche Sektor war es nicht so.

„Wie viele Omegas hat Carlos?", fragte ich und verlor dabei völlig aus den Augen, was wir eigentlich gerade tun sollten. Mit dieser Frage hatte sie meine ganze Aufmerksamkeit auf sich gezogen.

„Viele", antwortete sie leise. „Einige sind verpaart. Einige sind es nicht."

„Sind sie alle … unfruchtbar?"

Sie schüttelte den Kopf. „Nein. Nur ich."

Ich wollte erleichtert sein, aber irgendwie war ihr Zustand dadurch nur noch schlimmer zu ertragen.

„Die anderen können sich paaren", fügte sie hinzu, mehr zu sich selbst als zu mir.

„Du wirst dir bald einen Gefährten nehmen können", sagte ich und war mir dabei sehr sicher. „Und dieser Gefährte werde ich sein."

Sie antwortete nicht, kaute nur auf ihrer Wange und nickte leicht.

Ich hätte in diesem Moment alles dafür gegeben, ihre

Gedanken hören zu können, aber sie beschloss, nicht weiter darüber nachzudenken.

Da ich sie bereits gedrängt hatte, mir Informationen über den Bariloche Sektor zu geben, versuchte ich nicht, ihr noch mehr zu entlocken. Stattdessen schnallte ich erst sie vom Pilotenstuhl ab und dann mich selbst. „Falls du dich irgendwann überfordert fühlst, drücke meine Hand", sagte ich ihr, während ich unsere Finger miteinander verschränkte. „Ich werde alles, was wir tun, unterbrechen, um mich zu vergewissern, dass es dir gut geht. Okay?"

Sie nickte wieder, was ich als etwas unverbindlich übersetzte. Aber ich ließ es vorerst zu. Ich würde einfach ihre Atmung und ihre Herzfrequenz überwachen und dann weitersehen.

KARI

ANDORRA SEKTOR

WAS PASSIERT, wenn sie mir nicht helfen können?, fragte ich mich zum tausendsten Mal. Ich wollte Sven fragen, aber ich hatte Angst vor seiner Antwort. Er wollte eindeutig eine Gefährtin. Was würde mit mir passieren, wenn ich nicht diese Wölfin für ihn sein konnte?

Seine Fragen über den Bariloche Sektor und die Omegas erweckten in mir ein ungutes Gefühl. Er hatte gefragt, ob sie unfruchtbar seien, wahrscheinlich weil er in Erwägung zog, eine von ihnen als Ersatz mitzunehmen.

Das hatte mir nicht gefallen.

Ich wollte das für ihn sein, aber ich war nicht naiv. Er brauchte eine Omega, die er richtig verknoten konnte, und da er nicht ein einziges Mal versucht hatte, das mit mir zu tun, hielt er mich in meinem Zustand eindeutig nicht für würdig.

Weil er mich nicht verletzen will, erinnerte ich mich.

Es sei denn, das ist eine Ausrede, flüsterte eine Stimme zurück, und die Ungewissheit in diesen Worten ließ mich unruhig werden, als er mich aus dem Flugzeug führte.

Drei Alphas standen am unteren Ende der Treppe.

Ihre Haltung wirkte einschüchternd und veranlasste mich, instinktiv Svens Hand zu ergreifen. Er hielt sofort inne und sein Blick traf den meinen. „Sie werden dir nicht wehtun."

Ich schluckte und war unsicher, was ich sagen sollte. Es war eine natürliche Reaktion auf den Anblick von drei riesigen Raubtieren.

Sven zog mich näher zu sich heran und seine Lippen wanderten zu meinem Ohr. „Der linke, mit den dunklen Haaren und den leuchtend goldenen Augen ist mein Bruder, Ander. Der in der Mitte, mit der blassen Haut und den hellen Haaren ist Jonas, der Gefährte von Dr. Riley. Und der dritte ist Elias, der Stellvertreter meines Bruders. Er ist mit einer Omega namens Daciana verpaart. Keiner von ihnen stellt eine Bedrohung für dich dar. Das verspreche ich."

Ich wollte ihm sagen, dass ein Alpha, der sich gepaart hatte, dennoch eine Bedrohung für mich sein konnte. Ich war mit genug von ihnen zusammen gewesen, um das zu wissen. Aber meine Wölfin verlangte, dass ich Sven vertraute, mich zu beschützen. Wenn er nicht glaubte, dass dies eine gefährliche Situation war, dann musste ich ihm glauben.

Also senkte ich mein Kinn und lockerte meinen Griff um seine Hand ein wenig.

Er drückte mir einen Kuss auf die Schläfe und ging dann langsam die Treppe hinunter. Seine schützende Energie umhüllte mich mit einer wohltuenden Welle, die mich trotz der kühlen Luft warm hielt und meine Schultern ein wenig entspannte.

„Ich habe dir doch gesagt, dass er noch wie ein Welpe aussieht", sagte einer von ihnen.

„Sei vorsichtig, Elias, oder mein Bruder könnte dir deine Position als mein Stellvertreter streitig machen", antwortete der andere in einem tiefen Ton, der mir einen

Schauer über den Rücken jagte. *Eindeutig ein Sektor Alpha*, dachte ich und erkannte die Dominanz, die er ausstrahlte.

Derjenige, der zuerst sprach – Elias – schnaubte. „Er kann es gerne versuchen."

„Ich habe keine Lust, in den Bergen zu leben", antwortete Sven. „Deine Position ist sicher. Aber nenn mich noch einmal einen Welpen, und ich werde mit dir kämpfen, um dich in deine Schranken zu verweisen."

„Oh, das könnte lustig werden", überlegte Elias. „Sollen wir ein Treffen vereinbaren?"

„Damit ich dir den Arsch versohlen kann? Klar", stimmte Sven zu. „Solange es Ander nichts ausmacht, dass sein Stellvertreter für ein paar Tage außer Gefecht ist."

Der Sektor Alpha grunzte. „Wenn er so naiv ist, dich zu unterschätzen, dann verdient er eine Auszeit."

„Ihr Kleingeister", murmelte Elias und hielt sich mit der Hand das Herz, als sei er durch das Gespräch verletzt worden. „Vielleicht sollte ich meinen Posten gleich aufgeben."

„Dein Ego wird das nicht zulassen", antwortete Alpha Ander, wobei sein Tonfall eine gewisse Schärfe aufwies. Er schien nicht wütend zu sein, sondern einfach nur … *kalt.* Als wäre er schon immer so gewesen, egal, wer um ihn herum stand. Ich fragte mich, wie seine Omega auf dem Foto überhaupt lächeln konnte. Vielleicht hatte er sie dazu aufgefordert?

„Jonas", grüßte Sven.

„Sven", erwiderte der Blonde eisig.

Alpha Ander seufzte. „Er wollte deine Gefährtin nicht verärgern."

„Das ändert nichts an der Tatsache, dass er es getan hat", erwiderte Jonas schroff.

„Die Röntgenbilder?", vermutete Sven.

„Ja. *Wegen der Röntgenbilder.*" Alpha Jonas klang wütend. „Sie weint seit zwei verdammten Tagen."

Sven zuckte zusammen, aber es war sein Bruder, der sprach. „Ich bin derjenige, der sie ihr gegeben hat. Gib mir die Schuld."

„Oh, das tue ich", antwortete Jonas ohne Umschweife. „Das tue ich sehr wohl." Der Alpha verschränkte die Arme über seiner muskulösen Brust. „Glücklicherweise ist sie auf die Herausforderung eingestellt und will helfen." Seine Miene schien sich ein wenig zu glätten, als sich seine Aufmerksamkeit auf mich richtete. „Sie freut sich darauf, dich kennenzulernen, Kari."

„Ja, sie wollte hier sein, um dich zu begrüßen, aber Joaquim hat sich vorhin in den Schwanz gebissen", sagte Alpha Ander, und seine Stimme wurde ein wenig leiser. „Kat hat darauf bestanden, dass Riley die Angelegenheit mit äußerster Dringlichkeit überprüft."

„Hat er ihn gejagt?", fragte Sven in einem amüsierten Tonfall.

„Leider", murmelte Alpha Ander. „Er jagt sich entweder selbst im Kreis oder posiert mit mir."

„Er ist derjenige, vor dem ich Angst habe, dass er mir meine Rolle als Stellvertreter streitig macht", warf Elias ein und erntete ein Schnauben von Alpha Ander. „Der kleine Kerl liebt es, in seiner Wolfsgestalt zu ringen."

„Und zu beißen", fügte Alpha Ander hinzu. „Ich bin nur froh, dass es sein eigener Schwanz war und nicht wieder Kat."

„Er hat Kat gebissen?" Sven klang überrascht.

„Aus Versehen", antwortete Alpha Ander. „Sie hat nicht einmal geblutet, aber er hatte ein schlechtes Gewissen und verbrachte die Nacht damit, mit ihr in unserem Nest zu kuscheln. Es gab für mich kaum Platz in unserem Nest."

„Und doch hast du mit ihr bereits einen weiteren Nachkommen geschaffen", sagte Alpha Elias mit einem spielerischen Unterton in seinen Worten.

„Sie ist also schwanger", sagte Sven und klang stolz.

„Ja, deshalb reagiert sie auch so übertrieben auf seine Verletzung", brummte Alpha Ander. „Hormone."

„Aber diese Hormone beim Sex …" Alpha Elias brach ab und räusperte sich. „Daciana ist noch nicht wieder schwanger, aber bald. Auf jeden Fall bald."

Sven ließ meine Hand los und legte seinen Arm um mich, und da merkte ich, dass mich dieses Gespräch frösteln ließ.

Ich würde nie eine Omega sein, über die Sven so reden könnte.

Ich war unfruchtbar. Gebrochen. Unfähig, einem Alpha das zu geben, wonach er sich immer sehnte – einen Erben.

Sie unterhielten sich weiter, aber ich hörte nicht mehr zu, da meine Grübeleien die Oberhand gewannen und meine Wolfsinstinkte in den Hintergrund drängten. Meine Wölfin krallte sich an mir fest und verlangte, frei zu sein und meine Handlungen zu steuern, aber ich wollte im Moment nicht auf sie hören. Ich brauchte meine Rationalität, um mich daran zu erinnern, warum Sven und ich nie zusammenkommen konnten.

Es sei denn, er findet einen Weg, mich zu reparieren.

Aber ich hatte gehört, wie Dr. Palmer ihm neulich gesagt hatte, dass es unmöglich sei. Deshalb hatte ich meiner Wölfin erlaubt, die Oberhand zu gewinnen. Mein Bedürfnis, mich hinter ihrer Hoffnung zu verstecken, war eine Notwendigkeit, um weiterzuleben.

Mir war neulich klar geworden, dass ich irgendwann angefangen hatte, mich auf Sven zu verlassen. Das kam von dem Teil in mir, der ihn als meins betrachtete. Das war eine gefährliche Vorstellung, denn er konnte nicht mein sein ... nicht in diesem Zustand.

Und es wäre das Beste, mich daran zu erinnern.

Diese vorübergehende Verliebtheit würde sich in Luft auflösen, wenn er merkte, dass ich nicht das sein konnte, was er wollte.

„Kari", flüsterte er mir ins Ohr und zog mich an sich und von den anderen Alphas weg. „Lass uns reingehen."

Ich nickte gefühllos. Mein Rücken kribbelte bei dem Bewusstsein, von dominanten Männchen umgeben zu sein. Ich spürte, wie sie mich ansahen, aber das Mitleid, das von ihnen ausging, war fast schlimmer als der Hunger, den ich normalerweise von Wölfen ihres Standes verspürte.

Svens Finger schlängelten sich wieder durch meine und drückten meine Hand, was ich nicht erwiderte. Er führte mich zu einem Gebäude aus Glas. Die Architektur und die Umgebung erinnerten mich ein wenig an den Nordsektor, mit all dem Schnee, den unberührten Bürgersteigen, den gläsernen Außenwänden und den klaren weißen Linien. Die Kulisse der Berge hier war ein wenig anders.

Ich fragte mich unwillkürlich, wie es sich wohl anfühlen würde, diese Gipfel in Wolfsgestalt hinaufzulaufen.

Würde ich ausrutschen? Fallen? In den Tod stürzen?

Meine Kondition in Wolfsgestalt war schwach, vor allem, weil ich in meinem Leben nicht viel Freiheit erfahren hatte. Der Spaziergang neulich mit Sven im Nordsektor war einer der längsten meines Lebens gewesen. Und so hatte ich auch noch nie im Schnee gespielt.

„Wir können das später erkunden, wenn du willst", bot Sven an und folgte meinem Blick zu den Bergen.

Ich schaute ihn überrascht an. „Wir können die Kuppel verlassen?"

„Natürlich", antwortete er. „Die Glaswände sollen die

Infizierten und andere ungebetene Gäste fernhalten, nicht jeden im Inneren einsperren."

„Oh." Das machte bis zu einem gewissen Grad Sinn. „Sogar Omegas?"

Alpha Ander trat auf die mir gegenüberliegende Seite und sagte: „Omegas streifen mit ihren Alphas umher. Nicht, weil wir ihnen nicht zutrauen, allein zu laufen, sondern weil es in unserer Natur liegt, sie zu beschützen. Und in den Bergen lauern Gefahren, die unsere Omegas verletzen könnten, also verlangen unsere Wölfe, dass wir mit ihnen laufen."

„Daciana liebt Erkundungen", fügte Alpha Elias hinzu. „Wir laufen fast jede Nacht zusammen. Zumindest taten wir das, bis sie unsere Tochter bekam. Jetzt laufen wir nur noch, wenn Jonas und Riley für uns auf die kleine Brenna aufpassen."

„Brenna", wiederholte ich. „Das ist ein schöner Name."

„Ja", stimmte er zu. „Für eine sehr hübsche kleine Wölfin."

Ich blinzelte, als mir klar wurde, dass ich gerade mit einem Alpha gesprochen hatte, der nicht Sven war. Und dass er mir geantwortet hatte ... *beiläufig.*

Meine Wölfin drückte mich instinktiv an Svens Seite, um sich daran zu erinnern, zu wem sie gehörte. Er ließ meine Hand los und schlang seinen Arm um meine Schultern.

Alpha Elias und Alpha Jonas gingen vor uns, um die Tür zu dem gläsernen Gebäude zu öffnen und uns hineinzuführen.

Das Licht bündelte sich auf dem Marmorboden im Innern und erzeugte eine Reihe von Sonnenstrahlen, die die Luft auf natürliche Weise zu erwärmen schienen. *Eine weitere technische Errungenschaft?*, fragte ich mich und spürte die Wärme durch meinen Pullover und meine Jeans.

Ich hatte mir die Kleidung von Svens Mutter geliehen. Wir hatten eine ähnliche Größe, sodass es einfach war, ihre Garderobe zu verwenden. Aber sie war ein wenig fülliger als ich. Ihre Kurven waren gesund. Als ich ihre Kleider anprobierte, bemerkte ich jedoch, dass ich etwas zugenommen hatte, während ich mit Sven zusammen gewesen war, denn die regelmäßigen Mahlzeiten hatten meinen Körper gestärkt.

Der Mann führte uns zu einer Reihe von Aufzügen, die denen ähnelten, die ich im Nordsektor gesehen hatte, und gab eine Reihe von Zahlen ein, um den Fahrstuhl zu uns herunterzurufen.

Mein Herz setzte einen Schlag aus, als die Metalltüren aufgingen und alle drei eintraten, gefolgt von mir und Sven.

Vier Alphas.

Eine gebrochene Omega.

Ich zitterte, und Sven zog mich an seine Brust, um mich während der Fahrt zu halten. Sein Duft umgab mich, hielt mich gefangen und schützte mich vor den anderen.

In diesem Moment wurde mir klar, dass ich sie überhaupt nicht riechen konnte.

Nur Sven.

Er war das Leuchtfeuer für meine Wölfin, ihr sprichwörtlicher sicherer Hafen auch außerhalb unseres Nestes, und ich konnte mich nur an ihn klammern.

Schließlich erreichten wir einen hellen Korridor, der auf der einen Seite von Fenstern und auf der anderen Seite von einer Wand mit hellen Holztüren in Abständen von etwa zwanzig Schritten, gesäumt war. Als wir das Ende des Korridors erreicht hatten, drückte Alpha Ander sein Handgelenk an Svens unsichtbare Uhr, woraufhin diese zu piepen begann. „Ich dachte mir, dass du dieses Mal vielleicht einen größeren Raum brauchst."

„Eine Suite?"

„Im Gegensatz zu dem, was Elias glaubt, bist du kein Welpe mehr. Und du hast auch eine zukünftige Gefährtin, um die du dich kümmern musst." Alpha Ander klopfte Sven auf den Rücken, eine liebevolle Geste, die aber auch dominant wirkte. Ich war mir nicht sicher, ob ich die Bedeutung verstand, aber es schien Sven zu gefallen, denn er lächelte.

„Danke", murmelte er.

Alpha Ander nickte. „Macht euch mit der Unterkunft vertraut. Wir treffen uns in drei Stunden zum Abendessen, damit Kari die anderen richtig kennenlernen kann."

Ich erstarrte. *Andere?*

„Kat hat auch ein paar Sachen für Kari dagelassen", fügte Alpha Ander hinzu. „Für den Fall, dass du sie dir ausleihen möchtest. Aber das Abendessen wird ganz zwanglos sein, ihr braucht euch also nicht umzuziehen." Er senkte seine Stimme, als er murmelte: „Wenn du noch etwas brauchst, sag uns Bescheid, Kari. Wir wollen, dass du dich hier wohlfühlst."

Ich war mir nicht sicher, was ich antworten sollte, also schaute ich zu Sven.

„Wir geben dir Bescheid", antwortete er, bevor er mit der Hand über die Klinke der Tür fuhr. Sie klickte, bewegte sich wie von Geisterhand und öffnete sich mit einem Zischen. „Vielen Dank für eure Gastfreundschaft."

„Jederzeit", antwortete Alpha Ander und ging den Gang entlang. Alpha Elias folgte ihm, aber Alpha Jonas blieb einen Moment stehen.

Ich blickte zu ihm auf, um seinen Gesichtsausdruck zu lesen, und stellte fest, dass er mich direkt anstarrte. „Meine Gefährtin ist ein Genie. Wenn dir jemand helfen kann, dann sie", sagte er mit einer Ernsthaftigkeit, die ich bis in meine Seele spürte.

Er hielt meinen Blick fest und zwang mich, unterwürfig wieder nach unten zu schauen.

Ich zitterte, als er sich nicht bewegte oder sprach, weil ich nicht wusste, was er vorhatte.

„Du bist ein guter Wolf, Sven", sagte er nach einem kurzen Augenblick. „Riley wird ihr Bestes tun."

„Ich weiß", antwortete Sven mit sanftem Ton. „Danke, dass wir uns mit ihr treffen dürfen."

„Oh, danke mir nicht. Das war alles Rileys Entscheidung. Dankt ihr." Damit verließ er den Raum und ging zu den anderen beiden Männern zu den Aufzügen.

Sven führte mich durch die Tür in einen Raum, der mit Weiß und mit Glas dekoriert war. Und meine Wölfin gewann sofort die Kontrolle zurück.

SVEN

KARI STREIFTE den ganzen Nachmittag durch die Gästesuite. Ihr Wolf beherrschte alle ihre Handlungen. Sie schnüffelte in der Küche, überprüfte den Kühlschrank, begutachtete den für zwei Personen gedeckten Esstisch und kletterte auf den Möbeln im Wohnzimmer herum. Dann erkundete sie beide Schlafzimmer und entschied sich für das größere, in dem sie sich auf dem großen Bett wälzte, bevor sie aufsprang und auf den umlaufenden Balkon ging.

Ich folgte ihr, ohne ein Wort zu sagen. Sie musste hier Trost finden, also schnurrte ich, während sie versuchte, diesen Ort in ein vorübergehendes Nest zu verwandeln.

Schließlich wurde sie langsamer und kehrte zum Bett zurück, um sich zusammenzurollen. Ich blieb bei ihr und beruhigte sie mit meiner Wärme und dem Rumpeln in meiner Brust. Aber die Stunden vergingen schnell und die Zeit für unser Abendessen mit den anderen war gekommen.

Ihre Wölfin gab die Kontrolle nicht ab und beruhigte Kari während der ganzen Mahlzeit. Sie aß kaum, schaute nur auf ihren Teller und nicht auf die Menschen um sie herum.

Es war, als ob sie die anderen Omegas oder die beiden Kinder am Tisch gar nicht gesehen hätte. Das hatte mich verwirrt und ein wenig misstrauisch gemacht, denn wenn sie irgendetwas aus ihrem Zustand reißen sollte, dann sollte es eine Erfahrung sein, die zeigte, dass Omegas und Alphas sich liebten. Aber es hatte sie nur noch mehr in die Verzweiflung getrieben und ihr Tier gezwungen, als eine Art Schutzschild zu bleiben.

Nach dem Abendessen brachte ich sie in unsere Suite zurück, wo sie sich sofort auszog und direkt ins Bett ging. Ich begleitete sie und erlaubte ihr, es sich an meinem Körper bequem zu machen, so wie sie es fast jede Nacht getan hatte, seit ich sie zum ersten Mal in meine Wohnung gebracht hatte. Es endete damit, dass ihr zierlicher Körper mit Gleitmittel und Samen durchtränkt war, und sie sich entspannte und schließlich einschlief, während ich schnurrte.

Ich folgte ihr nicht ins Traumland, weil mich das, was wie eine Art Regression aussah, störte.

Riley und ich hatten über Mail kommuniziert, also rief ich die Dateien auf meiner Uhr auf und fügte ein Protokoll über ihr heutiges Verhalten hinzu. Dann las ich ein paar Beobachtungsnotizen, die Riley nach dem Abendessen gemacht hatte.

Die Testperson scheint von ihrem Wolf getrennt zu sein, was wahrscheinlich darauf zurückzuführen ist, dass sie ihre animalische Natur so lange kontrolliert hat.

Darunter fügte ich eine Notiz hinzu, in der ich sagte, dass ich dies ebenfalls bemerkt hatte. Dann fasste ich zusammen, was mein Vater gesagt hatte, als ich ihn Anfang der Woche danach gefragt hatte.

Sie benutzt ihren Wolf als Krücke, weil sie Angst hat, hatte ich geschrieben. *Alpha Ludvig sagt, dass sie nie in der Lage war, sich auf ihr Tier zu verlassen, was für viele von uns ein natürlicher Instinkt ist, also ist es fast so, als würde sie die verlorene Zeit nachholen. Aber weil sie nicht richtig mit ihrem Tier sozialisiert wurde, ist sie nicht in der Lage, die Kontrolle zu behalten. Also übernimmt ihr Wolf die Kontrolle, obwohl sie in menschlicher Gestalt ist.*

Und da ihr Wolf mir zu vertrauen und mich zu mögen schien, tat sie Dinge, denen sie unter normalen Umständen wahrscheinlich nicht zustimmen würde. Dieser Gedanke nagte an mir und ich fühlte mich schuldig, weil ich ihr erlaubte, meinen Samen zu nehmen. Ich erkannte aber auch, dass sie ihn brauchte.

Mein armes kleines Wunder war kaputt.

Aber ich werde dich heilen, versprach ich ihr und küsste sie auf den Scheitel. *Ich verspreche es.*

Während ich das sagte, öffnete sich eine private Chat-Nachricht, in der Rileys Name zu lesen war. Darunter stand „*Können wir reden?*"

Ja, ich brauche nur eine Minute, schrieb ich ihr zurück.

Kari bewegte sich nicht und gab keinen Laut von sich, als ich mich von ihr löste. Sie rollte sich einfach zusammen, ihre Finger fanden mein abgelegtes Hemd und zogen es an ihre Brust.

Ich küsste sie noch einmal auf den Kopf und stand leise auf, um einen der Bademäntel aus dem Bad zu holen. Dann zog ich ein paar Pantoffeln an und ging auf den Balkon, um Riley eine Nachricht zu schreiben.

Ein paar Sekunden später rief sie an, ihr Haar war zerzaust, als wäre sie gerade aus ihrem Nest geklettert. Als Jonas ohne Hemd hinter ihr auftauchte, wusste ich, dass sie genau von dort gekommen war.

Er sagte nichts dazu, dass sie am Funkgerät war. Seine Anwesenheit war nur ein Zeichen seiner Dominanz und reichte aus, um seinen Wolf zu beruhigen. Es half wahrscheinlich auch, dass sie sein Hemd zu tragen schien.

„Ich habe gesehen, wie du Notizen gemacht hast, also wusste ich, dass du wach bist", sagte Riley zur Begrüßung. „Aber ich habe einige Gedanken zu ihrem Verhalten."

„Dinge, die helfen könnten?", fragte ich hoffnungsvoll.

„Vielleicht." Sie räusperte sich und verzog die Lippen zur Seite. „Die Abgrenzung ist eindeutig, wie wir beide bereits festgestellt haben. Es ist leichter für sie, mit ihrer Situation fertig zu werden, wenn ihr Tier die Kontrolle hat, weil ihre Wölfin dir zu vertrauen scheint. Aber ich befürchte, dass das längerfristig zu Problemen führen wird, weil sie die Ängste blockiert und deshalb ihre Sorgen nicht mitteilen kann."

Ich nickte. „Das hatte ich bemerkt. Aber ich bin mir nicht sicher, wie man das beheben kann."

„Du musst ihre Wölfin kontrollieren", sagte sie sanft. „Du bist der Beschützer, nach dem sie sich verzweifelt sehnt, sodass es für sie leicht ist, in ein Muster der Abhängigkeit zu verfallen. Aber sie braucht auch deine Dominanz. Du musst sie drängen, Sven. Es wird nicht leicht sein, aber sie braucht es fast genauso sehr wie deine Sicherheit. Bring sie dazu, mit dir zu reden."

„Ach, ist das alles?" Ich konnte den Hauch von Sarkasmus in meiner Stimme nicht unterdrücken.

Jonas verstand offensichtlich meine Notlage, denn er schnaubte im Hintergrund.

„Ich weiß, es klingt einfach. Und ich bin mir sehr bewusst, dass es das nicht sein wird. Sie hat Angst vor Alphas, und ich bitte dich, zu dem zu werden, was sie fürchtet. Zumindest wird sie das anfangs so sehen. Aber sie muss mit dir reden. Das ist der erste Schritt für ihre Heilung."

Sie sagte Dinge, die ich bereits wusste, was mich ein

wenig frustrierte, weil ihre Ratschläge eine regelrechte Kluft zwischen mir und Kari schaffen konnte. Wenigstens akzeptierte mich ihr Wolf im Moment. Wenn ich mich gegen sie wandte und versuchte, sie zu zwingen, sich zu öffnen, setzte ich diese Verbindung aufs Spiel.

„Sie hat vor etwas Angst", fügte Riley hinzu. „Ich konnte es beim Abendessen spüren, und ich glaube nicht, dass es etwas damit zu tun hatte, von neuen Alphas umgeben zu sein. Irgendetwas beunruhigt sie, das viel tiefer geht als die Angst, verknotet zu werden. Das kennt sie bereits. Ihre Reaktion heute Abend kam mir wie ein neuer Schrecken vor, etwas … das sie nicht versteht."

Ich runzelte die Stirn. „Was zum Beispiel?"

„Das musst du als ihr Alpha herausfinden", antwortete Riley. „Bring sie zum Reden."

Ich knirschte bei diesem Befehl mit den Zähnen. Ich wusste, dass sie recht hatte, aber es gefiel mir nicht besonders, dass es von einer Omega in diesem Tonfall kam. Wölfe hatten aus gutem Grund eine feste Hierarchie. Alphas verlangten Gehorsam und Respekt, und mein Wolf ärgerte sich über ihre klare Missachtung meiner übergeordneten Position.

Sie ist die Ärztin in Karis Fall, erinnerte ich mich. *Hör auf sie. Nicht zurückbeißen.*

„Und da ist noch etwas", fuhr sie fort, wobei der kleine Hitzkopf meine Irritation offensichtlich nicht bemerkt hatte. „Du musst dich auf die sehr reale Möglichkeit vorbereiten, dass es nicht mehr rückgängig gemacht werden kann."

Meine Welt blieb stehen, als ich sie mit strengem Blick ansah. „Was hast du gerade gesagt?"

„Vielleicht kann ich ihre Unfruchtbarkeit nicht rückgängig machen, Alpha Sven. Darauf musst du vorbereitet sein."

Solch unverblümte Worte.

Eine solche ... *Frustration*.

„Dann solltest du damit rechnen, dass ich das nicht akzeptiere", konterte ich. „Einen schönen Abend noch, Doktor." Ich legte auf, bevor sie etwas sagen konnte, und bevor ich etwas sagen konnte, das ich bald bereuen würde.

Die Dreistigkeit dieser verdammten Wölfin, mir nicht nur einen Befehl zu geben, sondern mir auch noch zu sagen, dass ich ein unmögliches Schicksal akzeptieren sollte.

Ich war nicht bereit, es in Betracht zu ziehen, und mein Wolf auch nicht. Alle anderen konnten an der Situation zweifeln, so viel sie wollten. Ich selbst hatte genug Hoffnung und Glauben, um einer Armee zu widerstehen.

Kari wird heilen.

Sie wird die Wölfin werden, die sie sein soll.

Und sie wird mein sein.

Ich wusste das alles, denn auch ohne den Biss hatte ich sie bereits für mich beansprucht. Und ich weigerte mich, sie aufzugeben.

Du wirst sehen, dass ich recht habe, kleines Wunder, dachte ich. *Eines Tages wirst du an dein Schicksal glauben, so wie ich es tue. Das werden alle. Da bin ich mir sicher.*

SVEN

Sechs Wochen später

Iᴄʜ sᴄʜʀɪᴛᴛ durch die Flure des Andorra Sektors und das Herz schlug mir bis zum Hals.

Nach über einem Monat der Vorbereitung wurde Kari heute von Riley operiert. Was sich nach der Eröffnung auftat … *Scheiße.*

Meine Faust knallte instinktiv gegen die Wand. Meine Brust schmerzte von dem Chaos, das Karis Vater in ihrem Unterleib angerichtet hatte. Alles voller *Drähte*. Er hatte verdammte *Drähte* benutzt, um ihr Fortpflanzungssystem in Knoten zu verdrehen, die sie nicht nur unfruchtbar machten, sondern ihr auch ständige Schmerzen bereiteten.

Tränen nahmen mir die Sicht, mein Wolf wütete und wollte losgelassen werden, wollte rennen, wollte etwas *zerfetzen.*

Ich wollte Alpha Carlos finden und ihn verdammt noch mal erwürgen oder ihn bei lebendigem Leib auffressen und dann auf sein verdammtes Grab scheißen.

Und das Ganze wiederholen … und wieder … bis ich mit seinem Tod zufrieden war.

Alpha Enrique stellte sich mir in den Weg. Das Arschloch war heute zur Operation gekommen. Er wollte mich unterstützen, aber alles, was ich im Moment wirklich wollte, war ein Sandsack zum Abbau meiner Nervosität.

Kari hatte sich im letzten Monat überhaupt nicht weiter geöffnet. Nein. Es war wieder schlimmer geworden – sie hatte sich in sich selbst zurückgezogen und sich geweigert, mit mir zu reden.

Alles, was sie tat, wurde von ihrer Wölfin gelenkt, während sie sich immer mehr zurückzog. Ich hatte versucht, sie dazu zu bringen, mit mir zu sprechen, aber ich konnte mich nicht dazu durchringen, sie mit Gewalt dazu zu zwingen … nicht nach allem, was sie durchgemacht hatte.

Dennoch begann ich zu glauben, dass Riley vielleicht doch recht hatte.

Die Entfremdung zwischen Kari und ihrer Wölfin wurde noch schlimmer. Und ohne ihren Verstand, der ums Überleben kämpfte, würde sie sich den Schmerzen ergeben und nur noch in einer Hülle leben.

Wir verbrachten jede Nacht zusammen und unsere Wölfe kuschelten und spielten, aber der Teil von Kari weigerte sich, mich zu umarmen.

Ich hatte sie unzählige Male gebeten, mir zu sagen, was sie bedrückte, und ihr gesagt, dass ich es in Ordnung bringen würde, und jedes Mal hatte sie sich mit einem „Du hast schon genug für mich getan" zurückgezogen.

Das Schlimmste war, als sie sich bei mir bedankte, weil ich ihr geholfen hatte, als ob sie sich mit ihrer Dankbarkeit von mir verabschieden wollte. Ich hatte es nicht verstanden. Ich hatte dafür gesorgt, dass sie wusste, dass ich sie zu meiner Frau machen wollte. Warum sollte sie also das Bedürfnis haben, sich zu verabschieden?

Ich fuhr mit den Fingern durch mein Haar und zupfte an den ungleichen Strähnen. In den letzten anderthalb Monaten waren sie mir bis zum Kinn gewachsen, sodass ich dringend einen Haarschnitt brauchte. Aber ich schaffte nur, mich täglich zu rasieren. Der Rest würde einfach warten müssen.

„Wie konnten die Alphas im Bariloche Sektor diese Grausamkeit zulassen?", forderte ich und wandte mich direkt an Enrique. „Es ist deine verdammte Aufgabe, die Omegas zu beschützen und nicht, sie irreparabel zu schädigen."

„Ich habe das nicht getan", entgegnete er und richtete sein Rückgrat auf. „Und ich habe jahrelang versucht, sie zu beschützen."

„Das hast du, wie du siehst, nicht sehr gut gemacht."

„Das ist mir bewusst", gab er knurrend zurück. „Sehr. Verdammt. Bewusst."

Das brachte mich nur noch mehr dazu, ihn schlagen zu wollen. Er hatte meinem Vater, Kazek und sogar mir unschätzbare Informationen geliefert, aber jetzt wollte ich ihn wirklich umbringen. „Riley ist da drin und näht sie wieder zu, weil nicht einmal sie Kari operieren kann. Was zum Teufel soll ich Kari sagen, wenn sie aufwacht?"

„Dass du sie noch willst", antwortete Enrique ohne zu zögern. „Dass sie nicht unwürdig ist, beschützt und verehrt zu werden, nur weil ihr Vater ihr das angetan hat."

Seine Worte ließen mich innehalten. „Warum sollte sie so etwas denken?"

„Weil es das ist, was ihr das ganze Leben lang beigebracht wurde – dass sie nur ein Fickspielzeug ist, das herumgereicht wird und nicht von einem Alpha beansprucht wird, da sie zu kaputt ist, um wertgeschätzt zu werden. Das sind die Worte, die sie ihr ganzes Leben lang gehört hat."

Ich hörte auf, auf- und abzugehen, während mir diese Information durch den Kopf ging. „Das sagst du mir erst jetzt?"

„Ich nahm an, dass du das selbst herausgefunden hast, nachdem du viel Zeit mit ihr verbracht hast. Sicherlich hat sie dir gesagt, dass dies ihre Sichtweise von sich selbst ist."

„Sie spricht kaum noch mit mir", gab ich zu und murrte vor mich hin. „Sie lässt sich von ihrem Wolf leiten."

Er verstummte, woraufhin ich ihn ansah.

„Was?", verlangte ich.

„Sie schützt ihren Geist", antwortete er. „Sie hat jahrelang unter unsagbaren Qualen gelitten. Du bist wahrscheinlich der erste Mann, der sie jemals etwas anderes als diesen Schmerz fühlen ließ. Bedenke, wie schrecklich das für sie sein muss."

„Das sollte Hoffnung machen."

„Hoffnung ist kein Konzept, dem sie jemals vertrauen konnte", entgegnete er. „Wenn überhaupt, hat sie nur gelernt, Hoffnung zu fürchten."

Er hatte meine Aufmerksamkeit. „Sprich weiter", forderte ich.

Er seufzte. „In Ordnung … betrachte es aus ihrer Perspektive. Ihr Hoffnung zu geben, macht sie noch verletzlicher, als sie es je war, weil es eine Welt der *Was-wäre-wenns* aufmacht, und sie wurde darauf trainiert, das niemals für sich selbst in Betracht zu ziehen. Außerdem hat sie aus erster Hand erfahren, was dieses Schicksal mit ihrer Schwester gemacht hat – die übrigens, wie ich gehört habe, noch lebt. Aber ich bin mir nicht sicher, ob Kari das wissen will."

Ich knirschte mit den Zähnen, aber nickte

zustimmend. Denn ja, jetzt war nicht der richtige Zeitpunkt, ihr zu sagen, dass ihre Schwester immer noch täglich gefoltert wurde.

Aber das war nicht einmal der Teil, der meine Aufmerksamkeit erregte und festhielt – es war Enriques Kommentar, aus Karis Perspektive zu denken. Die *Hoffnung* macht sie verletzlich. „Als sie im Bariloche Sektor war, wusste sie, was sie erwartet", sagte ich und dachte laut darüber nach. „Aber hier fühlt sie sich verletzlich, weil es so viele Unbekannte gibt, denn sie vertraut mir noch nicht, dass ich mein Wort halte."

„Hast du ihr gesagt, was als Nächstes passieren wird?", fragte Enrique.

Ich dachte über die Frage nach. „Nicht in allen Einzelheiten, nur dass wir sie gesund machen und nach Hause zurückkehren werden."

„Und was ist, wenn du sie nicht gesund machen kannst?", konterte er. „Habt ihr das besprochen?"

„Nein, denn das ist keine Option gewesen. Wir werden einen Weg finden, ihr zu helfen."

„Darum geht es mir nicht", antwortete er und verschränkte seine Arme über seiner Brust. Die Farbe passte zu seinen dunklen Augen, in denen die Flammen loderten. „Hast du Kari gesagt, was mit ihr passieren wird, falls du sie nicht wieder hinbekommst?"

Er hob eine Hand, bevor ich mich wiederholen konnte.

„Ich weiß, dass das für *dich* nicht infrage kommt, aber Kari ist nicht du, Sven. Sie ist eine zerrüttete Omega, die denkt, dass sie eines Gefährten unwürdig ist, weil ihr Vater sie kaputt gemacht hat." Er machte eine Pause, damit ich seine Worte verinnerlichen konnte. Seine Aussage brachte mich ins Wanken.

Denn nein, aus dieser Perspektive hatte ich nicht

darüber nachgedacht. Ich war fest entschlossen, unseren Weg zu gehen. Wir *würden* sie heilen.

„Sie hat nicht deine Hoffnung oder Perspektive", fuhr Enrique fort. „Sie sieht höchstwahrscheinlich überhaupt keine Option, Sven. Das heißt, sie macht das alles nur, um dich zu beschwichtigen – den Alpha, den sie für nett hält – und nicht, weil sie glaubt, dass es irgendetwas ändern wird."

Mir gefiel nicht, wie sich das anhörte und doch konnte ich genau spüren, was er meinte. Denn Kari würde es auf jeden Fall so sehen, was ihrem ganzen Nicken eine neue Bedeutung gab.

„Hast du ihr gesagt, was passiert, wenn sie nicht geheilt werden kann?", fragte er. „Oder denkt sie, dass du sie für eine andere Omega verlassen wirst? Denn das ist genau die Art von Logik, die man ihr einprogrammiert hat."

„Woher hast du all diese Einblicke in ihre Gedanken?", fragte ich, während sich mein Wolf unruhig in mir regte. Kari hatte erwähnt, dass er ihr helfen wollte, dass er Verbindungen zu dem Gefährten ihrer Schwester hatte, aber all seine Aussagen ließen mich fragen, wie familiär diese Verbindung zwischen ihnen wirklich war. Denn er hatte eine Vertrautheit, die eher eines Gefährten als eines Verwandten würdig war.

„Ich fühle mich nicht so sehr mit ihrem Geist verbunden, sondern eher mit dem Geist ihrer Schwester. Durch meinen Zwillingsbruder."

Ich runzelte die Stirn. „Wegen eurer früheren Verbindung?"

„*Aktuellen* Bindung", korrigierte er. „Ich kann es nicht beweisen, aber ich kann es fühlen. Mein Bruder ist irgendwo am Leben."

„Warum hast du dich dann freiwillig in den Wintersektor begeben? Ich meine, ich weiß, dass du Kari helfen wolltest, aber wie wolltest du das tun und gleichzeitig deinen Bruder retten?"

„Ich kann ihm nicht helfen, solange er im Weg ist", antwortete er. Jetzt begann er auf- und abzugehen, wie ich es vor einigen Augenblicken getan hatte. „Alpha Carlos ist erfolgreich, weil er sehr scharfsinnig ist. Er weiß, dass ich an Kari gebunden bin, aber er denkt, es sei eine körperliche Verliebtheit. Er hat keine Vorstellung davon, was Familie bedeutet."

Ich schnaubte. Denn ja, so viel war klar.

„Wenn ich versucht hätte, gegen ihn vorzugehen, würde er sie gegen mich verwenden. Also brauchte ich einen sicheren Ort für Kari. Ich brauche auch mehr Informationen, deshalb habe ich das letzte Jahrzehnt damit verbracht, seine verdammten Spiele zu spielen und so zu tun, als wäre ich ein guter Soldat. Ich tat es, in der Hoffnung, dass ich eine Schwachstelle oder einen Hinweis darauf finde, was er mit meinem Zwillingsbruder angestellt hat."

„Und hast du etwas gefunden?", fragte ich mich laut.

Sein Gesichtsausdruck verriet mir, dass er nichts von Wert gefunden hatte. „Noch nicht."

Ich erkannte, wie entschlossen er war. Sein Kiefer war angespannt, als er sprach, genauso wie bei mir, wenn ich über Kari sprach.

„Aber ich weiß, dass mein Bruder lebt, und durch ihn spüre ich seinen Schmerz und Savis Hoffnungslosigkeit. Und ich habe in den letzten Jahren genug Zeit mit Kari verbracht, um auch ihre Gedanken zu kennen." Er blickte scharf auf, als ich einen unbewussten Schritt nach vorne machte. „Ich habe sie nie verknotet. Also beruhige dich verdammt noch mal."

Mein Wolf knurrte, aber war kurzzeitig durch seine

forsche Erklärung besänftigt. „Ich hoffe für dich, dass das stimmt", sagte ich mit leiser Stimme und meinte es ernst.

„Sie ist wie eine kleine Schwester für mich", knirschte er. „Wenn hier jemand jemandem in den Arsch treten sollte, dann bin ich es, der dir einen Tritt verpassen sollte. Ich kann deinen Samen auf ihrer Haut *riechen*, Sven."

„Ich habe sie nicht verknotet", schwor ich. „Aber ihre Wölfin … mag meinen Geruch."

Er sah mich einen Moment lang an und grunzte. „Hoffentlich ist das alles."

„Und wenn es nicht so wäre, würde es dich nichts angehen, da sie *mir* gehört."

„Aber sie gehört dir noch nicht", erinnerte er mich schnell. „Weil du sie nicht beanspruchen kannst, womit sich der Kreis wieder schließt. Hast du ihr deine Absichten mitgeteilt, falls sie sich nicht mit dir paaren kann?"

„Nein", schnauzte ich. „Weil ich das nicht als Option sehe. Aber …", fügte ich scharf hinzu, als er zu unterbrechen drohte, „ich habe gehört, was du gesagt hast, und ich verstehe, dass sie meine Gewissheit wahrscheinlich nicht teilt. Ich werde es ansprechen."

Er sah mich an, und sein Gesichtsausdruck wechselte von irritiert zu einem subtilen Anflug von Respekt. „Gut." Er ließ die Arme locker an den Seiten hängen, fuhr sich mit einer Hand durch das dichte schwarze Haar und atmete aus. „Ich hasse diesen Scheiß. Das sind alles nur Machtspielchen. Ich will einfach nur zurück in den Bariloche Sektor und Carlos eine verdammte Kugel in den Kopf jagen. Kein anderer wird ihn herausfordern."

„Oh, mit dieser Annahme wäre ich nicht so schnell", sagte mein Bruder, als er mit Elias an seiner Seite den Flur betrat. „Nach allem, was ich über ihn erfahren habe, würde ich ihm mit Vergnügen mehrere Kugeln in den Schädel jagen."

„Aber es ist nicht nur er, es sind auch die anderen Alphas", sagte Enrique, der sich von der Annäherung meines Bruders überhaupt nicht beeindrucken ließ. Die meisten Alphas unterwarfen sich auf irgendeine Weise. Dieser nicht. Ich bemerkte, dass er mir gegenüber genauso selbstbewusst war, aber respektvoll, wenn es nötig war – zum Beispiel, wenn Kaz oder mein Vater es verlangten. „Die meisten von Carlos' Generälen werden mit Drogen kontrolliert. Aber nicht alle …"

„Dich selbst eingeschlossen", betonte ich.

„Ja. Ich wusste, wie man das Spiel spielt und seine Halluzinogene vermeidet. So hat er meinen Bruder zu Fall gebracht."

Ich wölbte eine Braue. „Dein Bruder hat freiwillig die Drogen genommen?"

„Nicht freiwillig, nein", antwortete er. „Er hat ihm ein Gas eingeflößt, während er mit Savi im Nest schlief."

„Scheiße", hauchte ich.

„Ja", murmelte er und sah wieder zu Ander. „Meinst du, was du gesagt hast? Du wirst helfen, ihn zu töten?"

„Mit einem entsprechenden Plan, ja", antwortete Ander und blickte Elias an. „Ich meine, du hast gerade gesagt, wie langweilig es mit den Infizierten geworden ist. Scheint eine gute Möglichkeit zu sein, etwas Aggressionen abzubauen, oder?"

Elias' Lippen verzogen sich und seine dunklen Augen leuchteten vor Erregung. „Verdammt noch mal, auf jeden Fall."

Ander nickte. „Gut. Du kannst mit Enrique mit der Ausarbeitung eines Plans beginnen. Wir werden uns in drei Tagen treffen, um ihn zu besprechen. Ich will mindestens drei taktische Optionen." Seine goldenen Augen fixierten mich plötzlich. „In der Zwischenzeit wirst du mit mir kommen, um bei der Lösung eines Streits zu helfen."

Ich runzelte die Stirn. „Ein Streit?"

„Ja. Zwischen Jonas und Riley."

Meine Augenbrauen schnellten in die Höhe. „Wie zum Teufel kann ich helfen?"

„Sie will Hilfe holen", erklärte Ander ganz offen. „Einen Experten, von dem sie glaubt, dass er Kari helfen kann. Es ist jemand, mit dem sie früher bei der CDC zusammengearbeitet hat."

„Okay …" Ich brach ab und wartete auf weitere Informationen. „Ich sehe den Konflikt nicht."

Er wartete einen Moment. „Sie will Kieran O'Callaghan anrufen."

Meine Lippen öffneten sich. „*Wie bitte*?"

„Jetzt siehst du den Konflikt." Er machte auf dem Absatz kehrt und ging voraus.

KARI

Ich wachte auf und hörte Stimmen.

Sie hatten sich gestritten.

Der Name *Kieran* tauchte immer wieder im Gespräch auf, und ich konnte mir nicht erklären, warum der Name so viel Wut auslöste. Aber ich spürte, wie sich die Energie der Alphas steigerte. Ihre Dominanz war ein Peitschenhieb auf meine Sinne, sodass ich mich am liebsten auf den Boden geworfen hätte.

Nur konnte ich meine Augen noch nicht öffnen.

„Ich kann sie nicht allein operieren", zischte Riley mit ihrer hohen Stimme, die mir den Schädel fast zerriss. „Sie wäre fast auf meinem Tisch gestorben!"

„Und deine Lösung ist, *Kieran O'Callaghan einzuschalten*?", konterte eine tiefe Stimme. „Das wird nie passieren."

„Er wird sie stabil halten können, während ich operiere." Es klang, als würde Riley durch zusammengebissene Zähne sprechen. „Er ist voller Heilmagie, und ich weiß, dass du das weißt, weil er *dir einmal das Leben gerettet hat*."

„Er hat mir nicht das Leben gerettet."

Stille trat ein, gefolgt von dem leisen Klopfen eines Schuhs auf dem Marmor.

„Gut", murmelte Alpha Jonas. Oder ich nahm zumindest an, dass es Alpha Jonas war. Der tiefe Tenor klang richtig, und er war der einzige Alpha, mit dem ich Riley auf diese Weise hatte sprechen hören. „Er hat *geholfen*, mich zurückzubringen, aber das heißt nicht, dass ich ihm vertraue."

„Wie oft muss ich dir noch sagen, dass er mich nie angefasst hat?", sagte Riley, wobei ihr Themenwechsel mich verwirrte und ich mich fragte, ob ich eine Verbindung übersehen hatte.

„Darum geht es bei meiner Verweigerung nicht."

„Darum geht es auf jeden Fall."

„Er ist ein V-Clan Alpha und nicht irgendein V-Clan-Alpha, sondern der verdammte Prinz des Blutsektors", knurrte Alpha Jonas. „*Das* ist mein Einwand, Omega."

„Ach, komm mir nicht mit 'Omega', *Alpha*."

„Ich werde dich auf der Stelle über diesen verdammten Tisch beugen und ..."

„Und was?", fragte sie. „Mich bis zur Unterwerfung ficken? Tu es. Ich fordere dich heraus. Mal sehen, was danach passiert."

Er knurrte.

Sie knurrte zurück.

Jemand räusperte sich. „Sven möchte etwas sagen", verkündete ein gebieterischer Ton.

Alpha Ander, wimmerte meine Wölfin in meinem Kopf. Obwohl er relativ nett war, seit ich ihn kennengelernt hatte, machte mir der Mann immer noch Angst. Ich hatte keine Ahnung, wie seine Omega es mit seiner dominanten Art aushielt. Er war noch schlimmer als Alpha Ludvig.

„Warum willst du Prinz Kieran herbringen?", fragte

Sven, und seine Stimme sandte eine Welle der Beruhigung über meinen sonst so kalten Körper. Bei ihm fühlte ich mich sofort sicher, und seine Anwesenheit linderte einen Teil der Schmerzen in meinem Kopf.

„Er hat heilende Fähigkeiten, die sich in dieser Situation als nützlich erweisen würden", erklärte sie. „Ich habe mit ihm während der ersten Pandemie zusammengearbeitet. Er ist ein Freund." Letzteres sagte sie mit zusammengebissenen Zähnen, und ich vermutete, dass sie ihrem Alpha einen bösen Blick zugeworfen hatte, als sie es sagte.

Diese Omega ist … einzigartig, staunte ich und war von ihrer Fähigkeit, sich in einem Raum voller Alphas zu behaupten, beeindruckt. Bei den wenigen Malen, die ich in den letzten Wochen mit ihr gesprochen hatte, war sie sanft und nett gewesen. Obwohl sie alles andere als das war, wenn ihr Alpha auftauchte.

Wenn ich ihren Omega-Duft nicht wahrnehmen könnte, würde ich sie als Alpha-Weibchen bezeichnen.

Nur war sie im Vergleich zu Alpha Jonas' Größe ein Zwerg, und ich stellte fest, dass er bei den wenigen Gelegenheiten, bei denen sie Trost bei ihm gesucht hatte, die Gelegenheit nutzte, um sie zu unterstützen.

Das hatte mich sehr verwirrt, was ihre Dynamik anging. Irgendwann hatte ich Elias murmeln hören: „*Freche Omega.*" Ich war nicht in der Lage gewesen, dieses Konzept zu begreifen, geschweige denn zu verstehen, warum es ihn zu amüsieren schien.

„Definiere 'heilende Fähigkeiten'", sagte Sven. Seine Hand wanderte meinen Arm hinauf zu meiner Schulter. Sofort breitete sich eine Gänsehaut auf meiner Haut aus, denn seine Wärme war ein starker Kontrast zu meiner kühlen Haut. Ich fragte mich, ob das echt war oder nicht.

Ich fühlte mich wach und dann auch wieder nicht.

Es war, als ob ich in einem Zustand zwischen Realität und Traum feststecken würde.

Als Riley anfing, über Verzauberung und V-Clan-Magie zu sprechen, fing ich an, die Idee mit dem Traum ernsthaft in Betracht zu ziehen. Denn nichts von dem, was sie beschrieb, klang möglich. Irgendetwas davon, dass er mich stabil hielt, während sie die Drähte entfernte, weil ich sonst auf dem Tisch verbluten würde.

„Vielleicht kann er auch den Schaden an ihren Fortpflanzungsorganen rückgängig machen", fuhr sie fort. „Das kann ich nicht tun, selbst wenn ich das ganze Metall entfernt habe. Aber vielleicht kann er ihre Energie als Gestaltwandler unterstützen und ihr Inneres verjüngen."

Meine Lippen wollten sich nach unten verziehen, konnten es aber nicht. *Hat sie das ganze Metall entfernt?* Oder hat sie Teile des Drahtes in mir gelassen? Oder war alles noch da? War die Operation fehlgeschlagen?

Das hatte ich erwartet.

Aber ich hatte das Urteil noch nicht laut ausgesprochen gehört.

Was bedeutet das für mich und Sven? Das war die Frage, die ich seit meiner Ankunft in diesem seltsamen Sektor nicht ausgesprochen hatte. *Wird er eine bessere Omega finden?*

Ich … ich wollte nicht, dass er das tat. Aber ich wusste auch, dass er es tun sollte, denn wenn ich ihm nicht geben konnte, was er brauchte, dann war es nicht fair, dass ich ihn für mich behalten wollte. Er verdiente etwas Besseres als mich. Nach allem, was er für mich getan hatte, war ich es ihm schuldig, dafür zu sorgen, dass er jemanden fand, der es wert war. Eine Partnerin, mit der er sich wirklich verbinden konnte. *Nicht so eine kaputte Wölfin, wie mich.*

Ich zog mich in meine Gedanken zurück und hörte dem Rest ihres Gesprächs kaum noch zu. Sie sprachen nur noch über *Alpha Kieran,* den Riley *Prinz Kieran* nannte. Und über seine Magie. Und darüber, ob man ihm den Besuch im Andorra Sektor erlauben sollte oder nicht.

„Wir wissen nicht einmal, ob er dem zustimmen wird", sagte Riley, nachdem mehrere Punkte erörtert worden waren. „Wenn er sich weigert, uns zu helfen, ist das alles nur eine Frage der Zeit."

„Er wird helfen", schnauzte Alpha Jonas.

„Das weißt du nicht."

„Das tue ich, Riley", gab er zurück. „Weil du es wärst, die fragt, und wir beide wissen, dass der Mann alles für dich tun würde, wenn er könnte."

„Wir sind nur Freunde."

„Du magst ihn als Freund betrachten, aber er sieht dich sicher nicht so", konterte er. „Und ich werde nicht mehr mit dir darüber streiten. Ich bin ein Alpha. Ich weiß, wann ein Männchen Interesse an meiner verdammten Gefährtin hat."

Kurz nach dieser Aussage schlug die Tür zu, sodass ich innerlich zusammenzuckte.

Stille trat ein.

Dann schniefte Riley und zeigte eine weichere Seite. „Ich … ich will Jonas nicht verärgern, Ander", flüsterte sie. „Aber Kieran kann helfen. Ich weiß, dass er es kann." Ihre Fingerspitzen wanderten über meinen Bauch, was mich innerlich zusammenzucken ließ.

Allein diese Berührung sagte mir, was ich wissen musste.

Das ist sehr real, und die Drähte sind definitiv noch drinnen.

„Ich kann sie nicht allein operieren", fügte sie leise hinzu. „Ich brauche Hilfe, und Kieran ist der Beste, den es außerhalb des Andorra Sektors gibt. Es ist die einzige Hoffnung für Kari. Ich kann dir nicht sagen, was du tun sollst oder wie du vorgehen sollst; ich kann dir nur sagen, dass ich ohne ihn in einer Sackgasse stecke."

Mein Herz stolperte in meiner Brust und meine Seele verdorrte unter der Wahrhaftigkeit ihrer Worte.

Die ganze Luft schien aus meinem Körper zu entweichen und hinterließ eine unerträgliche Schmerzwelle, die mich mehr quälte, als es die Drähte in meinem Unterleib es je konnten.

Es fühlte sich an, als würde ich … verschwinden, ins Leere versinken und diese Welt für immer hinter mir lassen. Es gab aber keinen Frieden in diesem Tod, nur Elend, das von einer Dunkelheit verschluckt wurde.

Ich hatte aufgehört, zuzuhören. Ich hatte aufgehört, zu existieren. Ich hatte aufgehört, mich für mein Leben zu interessieren und hatte einfach … mein Schicksal akzeptiert. Ein Schicksal, das ich von Anfang an hätte akzeptieren sollen. Ein Schicksal, das ich niemals hätte infrage stellen dürfen, denn was in meinem Geist zurückblieb, waren die Scherben eines Traums – ein Leben, das hätte sein können.

Ein Leben mit Sven.

Ein Leben, das ich nie wirklich erfahren würde.

Ein Leben … von dem ich mich verabschieden musste.

Ein Leben, das ich beenden musste.

KARI

SVENS SCHNURREN HALLTE durch mein Wesen und versetzte mich in einen traumähnlichen Zustand, in dem ich am liebsten für immer leben wollte – ich vergaß alles und jeden und konzentrierte mich nur noch auf dieses Geräusch.

Ich spürte seine Lippen an meinem Haar, meiner Schläfe und meiner Wange und summte als Antwort. Ich genoss die Wärme, die mir nur mein Alpha bieten konnte und hatte es bis zu dem Zeitpunkt genossen, als ich mich daran erinnerte, dass er niemals mein Alpha sein konnte.

Die Operation war fehlgeschlagen und soweit ich mich erinnerte, war die einzige Lösung, die sie noch hatten, eine, die einige der Alphas im Raum verärgerte.

Die Einzelheiten waren mir noch nicht ganz klar, aber ich war fest entschlossen.

Sven konnte nicht mein sein. Das hatte ich von Anfang an gewusst, aber er hatte in mir ein Feuer der Hoffnung entfacht, das mich in meinen Träumen verfolgte und eine Fantasie zum Leben erweckt hatte, die niemals Wirklichkeit werden würde.

Diese Fantasie wurde im Laufe der Zeit nur noch stärker und verschaffte mir einen tieferen Einblick in eine Welt, die niemals die Meine sein konnte.

Das war mir gegenüber nicht fair. Und es war ihm gegenüber sicherlich auch nicht fair.

Ich musste nur einen Weg finden, ihm klarzumachen, dass wir keine gemeinsame Zukunft hatten. Es würde wehtun, aber am Ende würde es sich lohnen.

Er würde mich wahrscheinlich zu meinem Vater zurückschicken. Ein düsterer, dunkler Teil von mir würde dieses Schicksal beinahe der Zerstörung vorziehen, die Sven mit meiner Seele anrichten würde, wenn er eine würdigere Omega gefunden hätte. Allein der Gedanke daran reichte aus, um mich aus der schnurrenden Behaglichkeit zu wecken. Ein enorm starker Schmerz durchfuhr meine Brust.

„Kari", murmelte Sven besorgt, wahrscheinlich, weil ich geschrien oder vielleicht gejammert hatte. Ich konnte es nicht einmal sagen. Ich war so kaputt und so weit weg, dass ich nicht mehr für meine Handlungen selbst verantwortlich war.

Ich hatte die Zügel schon vor Wochen, oder vielleicht waren es Monate, an meine Wölfin übergeben, und es schien mir nicht möglich zu sein, mich wieder an die Oberfläche zu bringen. Sie führte instinktiv – ihr tierischer Verstand war leichter auszutricksen.

Aber ich konnte mich nicht länger verstecken. Nicht jetzt, wo ich wusste, dass es wirklich keine Hoffnung für mich gab.

„Kari", wiederholte Sven dicht an meinem Ohr. „Ich weiß, dass du da drin bist. Und ich will, dass du rauskommst und mit mir redest."

Meine Wölfin wollte nicht reden. Sie wollte ihn küssen, ihn lecken, ihn mit ihrem Mund anbeten.

Fast hätte ich ihr nachgegeben und wollte mich noch einmal verwöhnen lassen, bevor ich mich verabschiedete, aber mein Körper fühlte sich zu schwach an, um das zu tun, was ich brauchte.

„Du hast zwei Tage lang geschlafen", fuhr er leise fort. „Aber ich spüre, dass du aufwachst, und ich möchte mit dir reden."

Du bist hier, dachte ich verwirrt. *Ich höre dich gerade mit mir reden.*

„Ich werde nicht zulassen, dass du dich weiter hinter deiner Wölfin versteckst, kleines Wunder. Wir werden heute über die Zukunft sprechen, und du wirst mir zuhören."

Die Gewissheit in seinem Tonfall ließ mein Herz einen Schlag aussetzen. Und dann brach es ein wenig, als ich seine Worte verschlang und interpretierte.

„Komm schon, Kari", sagte er. Hinter diesen drei Worten lag ein Hauch von Dominanz.

Ich schluckte.

Sein Schnurren hörte auf.

„Sprich mit mir." Eine Forderung. Eine, die mit Stahl unterstrichen wurde. „*Jetzt*, Omega."

Ich zitterte. Diesen Tonfall hatte er mir gegenüber noch nie an den Tag gelegt. Aber ich erkannte den Tonfall als den eines Alphas, dem die Geduld ausgegangen war. Langsam öffnete ich die Augen und war überrascht, wie leicht es mir fiel. Obwohl ich mich müde fühlte, schien mein Körper verjüngt zu sein. Seine Bemerkung über zwei Tage im Bett mussten wahr sein und irgendwie wusste ich, dass er die ganze Zeit für mich geschnurrt hatte.

Ich werde dieses Schnurren vermissen, dachte ich mürrisch, während meine Wölfin innerlich heulte. Sie wollte raus, wieder die Kontrolle übernehmen, und es wäre so einfach, sie gewähren zu lassen … einfach zur Seite zu treten … sich zu fügen … ihr …

„*Kari*", knurrte Sven und erzwang meine Aufmerksamkeit zurück. Irgendetwas an seinem Ton machte es mir unmöglich, mich zu verstecken. Seine Dominanz war ein Peitschenhieb auf meine Sinne, der mich in der Gegenwart festhielt und mich zwang, hier bei ihm zu bleiben.

„Ich habe das schon zu lange zugelassen." Er klang jetzt wütend. „Ich werde jeden Zugang zu deiner Wölfin kontrollieren, wenn es sein muss. Jetzt sag etwas, Omega, damit ich weiß, dass du mich hörst."

Ich zuckte zusammen, denn mir gefiel weder sein Ton noch die Art und Weise, wie er mich bei meiner Bezeichnung statt bei meinem Namen nannte. Außerdem hatte ich das *kleine Wunder* auch ziemlich liebgewonnen. Ich verstand nicht, warum er plötzlich so grausam zu mir war.

„Machst du das, weil die Operation fehlgeschlagen ist?", fragte ich mich laut, meine Stimme war rauer als sonst. „Bist du … bist du sauer auf mich?" *Weil du endlich erkannt hast, dass ich nicht die Omega bin, die du willst?*

In seinen blauen Augen flackerten eine Reihe von unbeschreiblichen Gefühlen. Er war da und in einem Wimpernschlag wieder verschwunden. „Ich tue das, weil ich mit dir reden will, Kari. Mit der Person. Nicht mit deiner Wölfin und ich habe bis heute zugelassen, dass du dich hinter ihr versteckst, was unserer Verbindung geschadet hat. Ich werde das nicht zulassen. Ab heute nicht mehr. Ab jetzt. Sofort."

Ich starrte ihn an und war über die Worte und die Art, wie er sie aussprach, erschrocken. Warum bestrafte er mich? Weil ich mich auf meine Wölfin verließ? Hat er unsere gemeinsame Zeit nicht genossen? „Ich habe alles getan, um dir zu gefallen", flüsterte ich und fühlte mich niedergeschlagen. „Ich verstehe das nicht."

Er berührte meine Wange und sein Daumen strich über mein Kinn. „Du gefällst mir, Kari. Sehr sogar. Aber wir müssen ein wichtiges Gespräch führen, und das kann ich nicht mit deiner Wölfin tun."

„Okay", hauchte ich und nickte leicht.

„Nein. Nicht. Keine Duldung und Unterwerfung mehr durch ein kleines Nicken und beschwichtigende Worte. Ich will ein richtiges Gespräch." Seine Augen blitzten kraftvoll auf, und die Autorität in seinem Ausdruck brachte mich dazu, mich auf den Rücken zu rollen und genau das zu tun, was ich nicht tun sollte.

„Ich weiß nicht, wie ich mich sonst verhalten soll", sagte ich ihm ehrlich. „Ich tue das, was für mich natürlich ist."

„Nein, mein Schatz. Du versteckst dich. Du hast Angst. Und ich verstehe das. Ich weiß, dass es furchtbar ist, aber was du tust, hilft uns nicht, gemeinsam in die Zukunft zu gehen. Du versteckst dich hinter deiner Wölfin und distanzierst dich von der Gegenwart, um dich zu schützen. Und indem du das tust, heilst und wächst du nicht."

Ich runzelte die Stirn, da mir seine Anschuldigungen nicht gefielen. Als wir uns das erste Mal getroffen hatten, war ich kaum in der Lage gewesen, in seiner Gegenwart zu sprechen, geschweige denn, hier nackt in einem Bett zu liegen und mit ihm zu reden. „Du irrst dich."

Seine Augenbrauen hoben sich. „Wir haben seit über einem Monat kein richtiges Gespräch mehr geführt. Verdammt, es sind schon fast zwei Monate. Alles, was du tust, ist, dich von deiner Wölfin leiten zu lassen."

„Weil ihre Instinkte richtig sind."

„Und das sind sie bis zu einem gewissen Grad", stimmte er zu. „Aber ich brauche auch deinen Verstand,

Kari. Ich muss deine Gefühle kennen. Ich muss deine Sorgen und Sehnsüchte, Hoffnungen und Träume kennen. Ich kann deine Ängste nicht bekämpfen, wenn ich nicht weiß, welche es sind. Ich kann dir nicht geben, was du willst, wenn ich nicht weiß, wonach du dich sehnst."

Wollte er meine Gedanken kennen? Meine Sorgen, Träume und *Hoffnungen*? Bei diesem letzten Wort bekam ich einen Ausschlag. „Ich habe keine Hoffnung", sagte ich ihm schroff. „Und ich will nicht hoffen. Ich hasse Hoffnung. Mein Leben *lässt keine Hoffnung zu.*"

Ich war mir nicht sicher, woher die Vehemenz in mir kam, aber ich ergriff sie und hielt sie fest. Es hauchte ein Feuer in meine Adern und ließ zu, mich seltsam lebendig zu fühlen.

„Du hast nie gefragt, was ich will. Das tut niemand. Ich bin eine Marionette. Du hast mich hergebracht, um mich zu reparieren, damit du eine Omega paaren kannst. Du hast mich gewählt und ich weiß nicht, warum. Vielleicht, weil ich verfügbar war … vielleicht, weil du kaputte Frauen magst oder vielleicht, weil ich eine neue Herausforderung war."

Ich redete einfach weiter. Die Worte, die ich immer wieder im Kopf hatte, aber nie ausgesprochen hatte, sprudelten aus mir heraus. Er hatte mich gebeten, sie jetzt auszusprechen, also tat ich es. Und dabei würde ich *all diese Hoffnung zerstören.*

Ich würde sie zerstören.

Sie niederbrennen.

Verlangen, dass er ging.

Alles wäre besser als die Alternative. Ich wollte die Sache nicht in die Länge ziehen, wenn es *keine Hoffnung mehr gab.*

„Die Operation ist fehlgeschlagen", fauchte ich. Meine Stimme war längst unter einer Welle fremden Mutes verschwunden. „Ich bin eine unfruchtbare kaputte Omega. Ich bin eine Sklavin. Ich bin ein *Nichts*. Ich kann dir kein Kind schenken. Ich kann nicht einmal beansprucht werden. Du kannst mich verknoten, mich ficken und mich zu deinem Vergnügen benutzen. *Aber du kannst mich nicht als Gefährtin haben.*"

Ich hasste es, nicht das sein zu können, was er wollte, aber so war das Leben. Und auf eine Alternative zu hoffen, war einfach falsch. Es tat weh. Es tat wirklich verdammt weh.

Tränen nahmen mir die Sicht und der Schmerz in meinem Herzen war viel schlimmer als der in meinem Unterleib.

Ich will nicht hoffen. Ich will nicht fühlen. Ich will das nicht.

„Ich kann nicht deine Omega sein. Ich will nicht einmal deine Sexpuppe sein." Denn das würde bedeuten, dass ich darauf warten müsste, bis er eine andere gefunden hätte. Eine, die mehr wert war als ich. Und ich müsste mit ansehen, wie er dann mit der anderen Omega wegginge.

„Du bist ein junger Alpha", fügte ich flüsternd hinzu. „Verstehst du nicht, was das bedeutet? Du hast noch so viele Jahre vor dir."

So viele Jahre, um eine andere Omega zu finden. Eine, die besser zu ihm passt. Eine, die ihm alles geben kann, was er will.

„Du hast gefragt, was ich will, und das hier ist es nicht. Es geht nicht um dich. Es ist nicht …" *Diese endlose, schmerzhafte Hoffnung!*, dachte ich, unfähig, meine Worte auszusprechen. „Ich will nicht …" *Ich will dir nicht wehtun …* „*Dir.*"

Es ergab keinen Sinn, die Worte in meinem Kopf passten nicht zu denen, die ich laut aussprach. Es war, als hätte ich mein ganzes Leben stumm verbracht und erst jetzt gelernt, zu sprechen. Ich hatte nichts richtig erklärt, wie sein wütender Gesichtsausdruck bewies.

Er würde definitiv nicht mehr für mich schnurren.

Er sah aus, als wollte er mich stattdessen umbringen.

Und ich konnte es ihm nicht einmal verübeln.

„Hast du eine Ahnung, warum ich dir in den letzten zwei Monaten geholfen habe?", fragte er.

Ich nickte. „Um mich zu beanspruchen."

„Nein, Kari. Ich habe dich beansprucht, als ich dich aus dem Käfig geholt habe. Ich habe dir geholfen, weil *du zu mir gehörst.*"

„Aber ich gehöre nicht zu dir", antwortete ich. *Nicht wirklich.* „Und du gehörst mir nicht." Deshalb musste ich ihn gehen lassen, damit er eine bessere Omega finden konnte, eine, die ihm geben konnte, was er wollte und brauchte. Ich hatte das Gefühl, dass mein Brustkorb zerriss und mein Brustbein in Millionen Stücke zersplitterte, denn das war das Schwerste, was ich je hatte tun müssen. Es tat mehr weh als tausend Nächte in meinem Sklavenkäfig zusammen.

Ich habe mich in ihn verliebt, wurde mir klar. Meine Wölfin hatte sich auf ihn verlassen, und dabei hatte ich ihm mein Herz geschenkt. Wie töricht, das zu tun. Aber wenigstens hatte ich die Erinnerung an ihn.

„Du musst eine andere Omega finden", flüsterte ich zerbrochen. *Eine, die würdiger ist.* „Eine, die deinen Anspruch akzeptieren kann." Denn ich konnte es nicht.

Ich würde immer von ihm träumen, dem Alpha, der freundlich zu mir gewesen war und mein Herz gestohlen hatte. Und vielleicht, wenn ich Glück hatte, würde er auch manchmal an mich denken.

Aber ich bezweifelte es.

Wenn er sich erst einmal mit einer richtigen Omega gepaart hat, würde er mich ganz vergessen.

„Du kannst jetzt gehen", sagte ich ihm. „Das wäre mir lieber, bitte." Denn wenn er noch eine Minute länger bliebe, würde ich ihm weinend vor seine Füße fallen und ihn anflehen zu bleiben. „Bitte geh."

„Du willst, dass ich gehe?" Ungläubigkeit färbte seinen Tonfall und sein Gesichtsausdruck war entsetzt.

„Ja", flüsterte ich. „Das ist es, was ich will." Es war eine Lüge, aber ich hatte keine andere Wahl. Er musste weiterziehen. Und ich musste … damit weiterleben. „Aber ich habe eine Bitte."

Seine Miene verfinsterte sich, als er mich anstarrte. „Welche?"

„Darf ich im Andorra Sektor bleiben?", fragte ich leise.

Ich wollte nicht wirklich hier bleiben – ich wollte mit ihm gehen, aber ich war nicht stark genug, um zuzusehen, wie er mit einer anderen Omega weiterzog. Das würde mich völlig zerstören. Zumindest wäre ich hier sicherer. Soweit ich es beobachtet hatte, gab es hier kein Sklavenlager wie im Bariloche Sektor.

„Du … du willst hier im Andorra Sektor bleiben? Und ich soll gehen?"

Ich nickte steif. „Bitte."

Er musterte mich einen Moment lang und sein Gesichtsausdruck wurde feierlich. „In Ordnung, Kari. Wenn es das ist, was du willst." Er sagte nichts weiter, rollte sich vom Bett und ging, um seine Kleidung zu suchen.

Ich beobachtete ihn, wie eine Beute ein Raubtier beäugt, voller Angst, dass er sich gegen mich wenden könnte, aber auch mit der Sehnsucht, dass er mich in seine Arme zog und verlangte, dass ich gehorchte.

Der Schmerz in mir sagte mir, dass es richtig war. Ich konnte nicht weiter mit diesem Märchen leben. Ich brauchte die Realität, und in meiner Realität kam Alpha Sven nicht vor.

Er zog sich an und stand dann in seiner ganzen Alpha-Pracht neben dem Bett. Seine Lippen öffneten sich, als wollte er etwas sagen, aber er schüttelte nur den Kopf. „Gute Nacht, Kari."

Seine Worte blieben mir noch lange nach seinem Weggang im Gedächtnis. Es lag eine seltsame Art von Hoffnung darin, denn er hatte *sich* nicht *verabschiedet*, sondern nur *gute Nacht* gesagt.

Aber als die Nachtstunden verstrichen waren, begann ich mich zu fragen, ob ich ihn falsch verstanden hatte.

Und dann gingen mir unsere gesamten Gespräche durch den Kopf, und ich begann mich zu fragen, ob ich vieles falsch verstanden hatte.

Meine Wölfin blieb eiskalt und weigerte sich, mich zu trösten. Sie hasste meine Entscheidung. Und je mehr ich darüber nachdachte, desto mehr hasste ich sie auch.

Erst als die Sonne einige Stunden später wieder unterging, wurde ich mir der Realität bewusst. Ich war den ganzen Tag im Bett geblieben. Ohne zu weinen. Ohne wirklich etwas zu fühlen. Denn alle meine Gefühle waren geflohen. Sven hatte sie in sich aufgesaugt und war weggegangen.

Das war der Moment, in dem mir die ganze Wahrheit klar wurde.

Es ging nicht darum, mich von dem Schmerz eines Traumes zu befreien. Denn diese Gefühle hatte ich nie zugelassen. Ich war ein Nichts. Nur eine Hülle von einem Wesen. Ein weibliches Wesen, zerbrochen nach Jahren endloser Quälerei.

Ich war in einem Pool des Todes ertrunken, bis Sven aufgetaucht war und mir einen Rettungsanker angeboten hatte.

Und zwar in Form eines wahr gewordenen Traums.

Denn Sven ist meine Hoffnung.

Und ich hatte ihn einfach weggeschickt. Endgültig.

KARI

ICH HATTE keine Lust zu essen.

Es war nicht mehr wichtig.

Ich hatte keine Lust zu reden.

Es ergab keinen Sinn mehr.

Aber Riley bestand darauf. Sie brachte mir Essen und sagte, ich bräuchte meine Kraft. Also aß ich, um sie zufriedenzustellen. Dann versuchte sie, mit mir zu reden.

Meine Hoffnung ist endgültig dahin.

Mein Sven ist weg.

Er wird nie wieder zurückkommen.

Was habe ich getan?

Die Worte schwirrten mir im Kopf herum und ließen mich noch tiefer in einen Abgrund der Verzweiflung sinken. Ich hatte meine einzige Hoffnung weggejagt. Ohne ihn fühlte sich alles so kalt an. So dunkel. So trostlos.

Ich war mir nicht sicher, wie viel Zeit vergangen war. Ich achtete nicht einmal darauf, ob es gerade Tag oder Nacht war und sah Riley kaum an, wenn sie mich besuchte.

Meine Wölfin weigerte sich, mir zu helfen. Ihre Seele war durch meinen Fehler gebrochen.

„Fehler", murmelte ich vor mich hin und wiederholte das Wort. Denn genau das war es. *Ein Fehler.*

Aber ich war mir nicht sicher, was mich mehr beunruhigte – die Tatsache, dass ich mich so sehr auf Sven eingelassen hatte, oder die Erkenntnis, dass ich dem ersten Hoffnungsschimmer, den ich seit langer Zeit erlebt hatte, den Rücken gekehrt hatte.

Ich lief in der Suite umher und wünschte mir, er würde zurückkommen.

Das tat er nicht.

Ich begann darüber nachzudenken, was ich falsch gemacht hatte, und spielte unser Gespräch immer wieder in meinem Kopf ab. Ich hatte ihm gesagt, ich wolle ihn nicht. Ich hatte ihm gesagt, er solle sich eine andere Omega suchen. Ich hatte ihn angefleht, zu gehen.

Und er hatte zugehört und war gegangen.

Meine Hände ballten sich zu Fäusten.

Wie kann er es wagen, tatsächlich zu gehen.

Aber, wie hatte *ich es* wagen können, ihm das zu sagen.

Ich knurrte ihn an und danach mich selbst. Die Situation war verwirrend. Ich … ich hätte ihn nicht bitten sollen, zu gehen. Aber welche Wahl hatte ich denn gehabt? Er brauchte jemand Besseres, jemand, der mehr wert war.

Und dennoch …

Und dennoch denke ich, dass er mir gehören sollte.

Ich sank unter einer Welle der Traurigkeit zu Boden, und mein Herz brach noch mehr als damals, als ich ihn zum Gehen aufgefordert hatte.

Wie konnte er auf mich hören? Warum habe ich ihn dazu gedrängt? Warum bin ich so?

Tränen kullerten über mein Gesicht, und die Traurigkeit, die ich unterdrückt hatte, brach in einem leisen, klagenden Wimmern aus mir heraus. Ich wollte ihn zurück. Ich wollte eine Zukunft für uns. Ich wollte ein anderes Leben. Ich wollte leben. Ich wollte sein Schnurren. Ich wollte *ihn*. Ich wollte meinen Sven.

Ich habe ihm gesagt, er gehöre mir nicht, dass ich nicht zu ihm gehöre und dass ich ihn nicht wollte.

Was zum Teufel ist los mit mir?

Aber ich kannte die Antwort darauf. Mit mir stimmte so viel nicht, mein Körper war bis zur Unkenntlichkeit zerbrochen. Aber trotz all meiner Mängel hatte Sven mich ausgewählt.

Und ich hatte ihn belohnt, indem ich ihn weggeschickt hatte.

Er hatte mich zum Reden aufgefordert. Er hatte von Hoffnung gesprochen. Und ich hatte … ich hatte den dunklen, einsamen Weg gewählt. Es war die falsche Richtung. Ich hatte mich für den *Schmerz* entschieden, unter dem Vorwand, mich zu schützen.

Ich drückte meine Knie an die Brust, meine Glieder zitterten vor Schmerz. Meine Sicht war von Tränen der Traurigkeit eingeschränkt. Ich konnte kaum noch atmen, meine Lungen erstickten an meiner Selbstzerfleischung.

Das tat weh.

Aber es erinnerte mich daran, dass ich am Leben war.

Es sagte mir, dass ich zu mehr fähig war. Ich konnte immer noch fühlen, was bedeutete, dass ich auch meine Seele noch *heilen* konnte.

Ich klammerte mich an diese Erkenntnis, und langsam verstand ich − es gab *Hoffnung*.

Sven.

Ich brauchte ihn. Ich wollte ihn. Ich hatte ihn *beansprucht*.

Vielleicht nicht vollständig, vielleicht nicht einmal richtig, aber ich hatte ihn mit meiner Seele gezeichnet. Ich hatte mit ihm ein Nest gebaut. Meine Wölfin hatte ihn angebetet und geliebt.

Nun war es an der Zeit, dass ich, *die Person*, das Gleiche tat.

Aber wie?, fragte ich mich. Die Verzweiflung drohte mich erneut zu überwältigen. *Wie kann ich ihn akzeptieren, wenn ich nicht fähig bin, mich zu verpaaren?*

Ich grübelte stundenlang über diese Frage nach, schwamm durch ein Meer von *Was-wäre-wenn-Fragen*, bis ich endlich verstand.

Es ging nicht um den Knoten oder meine Unfähigkeit, mich zu paaren. Es ging darum, ihm zu vertrauen, dass er mich trotz allem wollte. Es ging darum zu wissen, dass sein Herz auch ohne den fordernden Biss an mir hing. Es ging darum, mein ganzes Vertrauen in meinen Lebenspartner zu setzen, dass er mich beschützte, schätzte und anbetete, so wie ich jetzt bin und nicht, wie ich sein könnte.

Sven wollte all diese Dinge.

Er hatte mir beigestanden, mir das Gefühl der Sicherheit gegeben – und dabei versprochen, mir zu helfen, mich zu pflegen, mich zu heilen und mir den Hof zu machen, wenn ich so weit war. Er hatte die Hoffnung für uns nie aufgegeben.

Er war das helle Licht, das ich brauchte, um mich aus dem Schatten herauszuführen. Er war die Sonne für meinen Mond. Der Alpha, den mein Wolf begehrte, und der Mann, den mein Herz brauchte.

Er gehört mir.

Die Worte überkamen mich mit einer Wucht, und meine Seele freute sich über die Endgültigkeit meiner Entscheidung. Alpha Sven hatte mir beigebracht, wie man lebte. Er hatte mir gezeigt, dass es nicht nur das Leben im Bariloche Sektor gab. Er hatte mich zu einer echten

Omega gemacht, nicht zu einer Sklavin, und mir gezeigt, dass ich trotz meines Zustands mehr verdiente.

Ich hatte *ihn* verdient.

Jetzt vielleicht nicht mehr, nachdem ich ihn so schlecht behandelt hatte, aber ich war jemand, den er lieben konnte, mit allen Macken und Fehlern.

Ich stand auf … meine Beine waren stärker als erwartet. Meine Wölfin stärkte mich und forderte mich zum Handeln auf.

Duschen.

Anziehen.

Essen.

Das waren meine Befehle, und ich führte jeden einzelnen in aller Ruhe aus – konzentriert und bereit. Ich musste nur Sven finden.

Ist er überhaupt noch hier? Hat er den Andorra Sektor verlassen?

Ich war mir nicht sicher, wie viele Stunden oder Tage vergangen waren. Ich hoffte, dass nicht so viel Zeit vergangen war. Zeit war für mich nie wichtig gewesen, da sie keine Rolle gespielt hatte. Deshalb hatte ich kein Zeitgefühl.

Sven.

Er war wichtig.

Er gehört mir.

Ich wiederholte diese Worte immer noch, als Riley eintraf. Sie hatte ein Tablett mit Essen dabei und riss die Augen auf, als sie sah, dass ich bereits an dem kleinen Tisch für zwei Personen saß und einen aufgewärmten Teller vor mir hatte. Ich hatte ihn im Kühlschrank gefunden und ihn mit dem Gerät aufgewärmt, was Sven mir beigebracht hatte. So eine Art Herd mit roten Lichtern.

„Oh." Sie stellte das Tablett auf dem Tresen ab und

setzte sich auf den Stuhl mir gegenüber. „Es ist schön, dass du etwas isst."

„Wo ist Sven?", fragte ich, da ich heute keine Lust hatte, zu plaudern. Normalerweise fragte sie mich, wie es mir ging, verlangte, meine Vitalwerte zu messen, und wollte wissen, wann ich mich das letzte Mal verwandelt hatte. All das war im Moment nicht wichtig.

Nur Sven.

„Ist er noch im Andorra Sektor?", drängte ich, wobei mich die Ungeduld übermannte. *Ich brauche ihn. Ich brauche ihn jetzt sofort.* Nicht, wegen seines Schnurrens oder seiner Hoffnung, sondern damit ich ihm sagen konnte, was ich empfand. Ich musste ihm sagen, dass er mir gehörte, dass ich ihn wollte, dass ich an ihn glaubte, dass ich ihm vertraute, dass er mir half, dass er mich beschützt hatte und dass er mir gehörte.

Ich wollte zu ihm gehören. Ich würde alles tun, was er wollte, was er *brauchte*, nur um noch einmal in seiner herzlichen Gegenwart sein zu dürfen.

„Ich …" Sie brach ab, ihre leuchtend blauen Augen blickten nach unten, während ihr Haar in ihr Gesicht fiel. Ihr Haar hatte eine unnatürliche saphirblaue Farbe, von der ich annahm, dass sie sie gefärbt hatte. Aber das war im Moment nicht wichtig. „Er war in seinem Quartier geblieben", fuhr sie leise fort. „Aber ich habe ihn auf meinem Weg hierher in Richtung Flugplatz gehen sehen."

Ich sprang von meinem Sitz auf. „Er geht weg?"

Sie schluckte. „Ich weiß es nicht. Vielleicht."

„Ich muss mit ihm reden. Er muss verstehen … Ich … Ich muss mich entschuldigen. Ich muss … Riley, ich kann ihn nicht gehen lassen." Das war genau das Gegenteil von dem, was ich ihm gesagt hatte. „Kannst du mir helfen, ihn aufzuhalten? Kannst du mich wenigstens zu ihm bringen, damit ich … ich muss …" *Was muss ich?,* dachte ich und blinzelte. *Ihn aufhalten?* „Ich … Ich muss es ihm einfach sagen …" Ich war mir noch nicht sicher, was.

Etwas.

Alles Mögliche.

Ich musste ihm einfach sagen, dass ich ihn wollte, dass ich ihn begehrte und dass ich mich vorher geirrt hatte.

Vielleicht war es zu spät, aber das würde ich nur wissen, wenn ich es versucht hatte. Und es wäre definitiv zu spät, wenn ich ihn gehen lassen würde.

„Bitte, Riley. Kannst du mich zu ihm bringen?" Ich würde mir überlegen, was ich sagte, wenn ich ihn sah. Ich … ich musste es einfach versuchen.

Riley musste die Verzweiflung in meinen Gesichtszügen gesehen haben, denn sie nickte langsam und rief eine Art Überwachungskamera ihrer Armbanduhr auf. Sie war genau wie die von Sven und verschmolz mit ihrer Haut, war aber voller Hightech-Kontrollen. Als sie die Aufnahmen von ihm draußen auf dem Flugplatz aufrief, setzte mein Herz einen Schlag aus.

Er sah entschlossen aus.

Und wütend.

Ich schluckte. *Er gehört mir. Ich muss ihm sagen, dass er mir gehört.*

Die Entschlossenheit machte sich in meinem Bauch breit und trieb mich voran. Das war so ganz anders, als wenn ich mich von meinem Wolf leiten ließ. Das war alles nur ich. Mein Verstand. Mein Körper. Mein Herz. Und ich folgte meinen Instinkten, wie ich es von Anfang an hätte tun sollen. Aber ich war verängstigt, verletzt und nicht in der Lage, Svens Absichten zu glauben.

Aber, jetzt verstand ich ihn.

Zumindest meistens.

Ich zögerte immer noch sehr und hatte Angst, dass ich mir großen Liebeskummer einhandeln könnte, aber mein

Wunsch, die Sache zu Ende zu bringen, überwog den eingeschüchterten Teil in mir.

Sven hatte das in mir geweckt. Er hatte mir einen Weg gezeigt, von dem ich nicht gewusst hatte, dass er existierte.

Ich wollte ihm bis zum Ende folgen, mich ihm zu Füßen werfen und ihn anflehen zu bleiben.

„Okay", sagte Riley langsam. „Du musst sehr leise sein und mir folgen."

Ich nickte und stimmte ihren Bedingungen zu. Ruhig konnte ich sein.

Ich zog ein Paar Stiefel über meine Jeans, band mein feuchtes Haar zu einem Pferdeschwanz hoch und streifte die Ärmel meines schwarzen Pullovers über meine Hände herunter. Ich hatte weder einen Mantel noch Handschuhe dabei, also musste das genügen. Zum Glück war Gestaltwandlern von Natur aus heiß. Und nach dem, was ich durch die Fenster gesehen hatte, hatte der Schnee nachgelassen, was darauf hindeutete, dass es in diesem Teil der Welt Frühling war.

Riley trug ein ähnliches Outfit wie ich, nur dass sie Turnschuhe statt Stiefel trug und ihr Haar über ihre schmalen Schultern hing. Sie wäre leicht zu erkennen gewesen, und so war es ein Glück, dass wir auf dem Weg nach draußen niemandem begegneten. Ich vermutete, dass dies daran lag, dass sie alle paar Sekunden ihre Überwachungskamera überprüfte, während wir uns fortbewegten.

Sie tippte einen Code in den Aufzug und brachte uns in ein Stockwerk, in dem ich noch nie gewesen war. Es war anders als der Eingangsbereich mit den großen Fenstern und weißen Wänden, den ich bei meiner Ankunft gesehen hatte. Dieser Bereich war kahl und fast trostlos – die Betonwände erinnerten mich an mein Gefängnis zu Hause.

Ein Schauer lief mir bei der Erinnerung, dass ich in der Vergangenheit einem falschen Wolf vertraut hatte, über den Rücken.

Sie ist meine Ärztin, schimpfte ich mit mir selbst. *Und sie ist eine Omega. Sie wird mir nicht wehtun.*

Es war nur meine tief verwurzelte Neigung, niemandem zu vertrauen. Aber das schob ich jetzt beiseite und vertraute lieber der Frau, die in den letzten Wochen und Monaten versucht hatte, mich zu behandeln.

Sie hielt inne, um noch einmal auf ihre Uhr zu schauen, und hielt mich mit einem Finger auf Abstand.

Dann nickte sie und schritt durch eine Stahltür, die uns nach draußen führte. Ich schlich mit ihr hinaus und hielt mich wie sie an der Seite des Gebäudes, bis wir den Rand des dahinter liegenden Flugplatzes entdeckten.

Sie lugte um die Ecke, und ich folgte ihr, wobei mein Herz schneller schlug, als ich sah, wie Sven auf ein Flugzeug zuging, das einige Meter entfernt stand. Jonas, Elias, Enrique und Ander waren alle bei ihm.

Meine Wölfin heulte bei diesem Anblick und forderte mich auf, mich zu verwandeln und zu ihm zu laufen.

Nein. Ich musste das als ich selbst tun, nicht als sie.

Also sagte ich ihr, sie solle sich zurückhalten. Es war ein seltsames Gefühl, einen Teil von mir in eine Auszeit zu schicken, um selbst die Verantwortung zu übernehmen, aber es fühlte sich richtig an, als sollte ich immer das Sagen haben und nicht sie. Ich hatte die meiste Zeit meines Lebens abgeschnitten von meiner Wölfin verbracht, also war es nur natürlich, dass ich ihr erlaubte, die Kontrolle zu übernehmen.

Ein wachsender Teil von mir begann jedoch zu verstehen, dass es eine gemeinsame Entscheidung sein sollte. Sie konnte immer noch in mir existieren, mich immer noch dazu drängen, Dinge zu tun, aber es lag an mir – der Person – ihre Entscheidungen zu akzeptieren.

Und im Moment hatte ich beschlossen, ihren Drang zu ignorieren.

Lass mich das machen, sagte ich ihr.

Sie hatte sich nicht gewehrt. Sie war einverstanden und setzte sich in meinem Kopf nieder, wartete und beobachtete und versprach, da zu sein, wenn ich sie brauchte.

Es war eine schwindelerregende Erfahrung, aber es fühlte sich richtig an und stärkte auf seltsame Weise mein Vertrauen zu mir.

Riley zitterte, ihr Gesichtsausdruck verriet mir, dass sie sich nicht sicher war, ob sie die richtige Entscheidung getroffen hatte, als sie ihren eigenen Alpha mit meinem sah.

Aber ich wusste, dass ich hier sein musste. Ich spürte es in meinen Knochen. *Das da draußen ist mein Alpha, und er muss wissen, dass ich ihn will.*

Ich sprintete los, bevor sie mich aufhalten konnte, und meine Seele jubelte bei dem Anblick von Sven, der sich mir zuwandte.

Dann erstarrte ich angesichts der Wut, die seine Gesichtszüge durchzog, als er mich erblickte.

Oh … ich stolperte über meine eigenen Füße, als ich den Sprint abrupt abbrach und mich ein paar Schritte von ihm entfernt zu Boden fallen ließ.

Meine Knie schmerzten, als ich auf dem Pflaster aufschlug. Ein lautes Knurren erklang in meinen Ohren.

„*Riley*." Die Stimme von Alpha Jonas versetzte mein Herz in Angst und Schrecken.

Aber es war Svens wildes Knurren, das mir die Luft zum Atmen raubte.

Das Geräusch erinnerte mich an zu Hause – an meine Zelle, an meine frühere Existenz.

Ich bin nicht mehr diese Omega. Ich bin ... Ich bin ... Ich wusste nicht, wie ich den Gedanken zu Ende bringen sollte, und ich hatte auch keine Zeit, es zu versuchen.

Raue Hände packten mich an den Schultern und rissen mich vom Boden hoch.

Nur gehörten sie nicht Sven.

Sie gehörten einem dunkeläugigen Alpha mit kantigen Gesichtszügen und dichtem schwarzen Haar. Er ließ ein leises Grollen in seiner Brust hören, das fast wie ein Schnurren klang, aber von grimmiger Absicht unterstrichen war.

Ich war mir nicht sicher, woher er kam oder warum. Als ich über seine Schulter zu Sven sah, entdeckte ich einen irritierten und bedrohten Gesichtsausdruck, als hätte er alle Rechte an mir aufgegeben und könnte meinen Anblick nicht mehr ertragen.

Und nun überließ er mich meinem neuen Schicksal.

Alleine.

SVEN

Einige Minuten zuvor

„Was höre ich da? Du gehst in den Bariloche Sektor, um Carlos zu töten?", fragte mein Vater, als ich seinen Anruf entgegengenommen hatte.

Ich rollte mit den Augen. „Kaz ist eine solche Plaudertasche." Ich hatte ihn gestern Abend angerufen, als ich durch die Mauern des Andorra Sektors gelaufen war, und ihm von meinen Plänen erzählt, in den Bariloche Sektor zu gehen und den Mistkerl zu töten, der meine geplante Partnerin kaputt gemacht hatte.

Oh, sie weiß vielleicht nicht, dass sie mich will.

Aber ich wusste es besser.

Deshalb hatte ich ihr etwas Zeit zum Nachdenken gegeben. Sie hatte behauptet, ich sei jung und sie wolle mich nicht, also würde ich ihr meinen Wert beweisen, indem ich ihr den Kopf ihres Vaters auf einem Silbertablett zurückbrachte. Dann würde ich sie zwingen, mich zu akzeptieren, unabhängig von ihrer Situation.

Ich konnte sie vorerst nicht verknoten, aber eines Tages

würde sich das ändern und ich war bereit, solange zu warten, bis ich sie formell beanspruchen konnte. Früher oder später würde sie das verstehen.

„Wie lautet der Plan?", fragte mein Vater, als ich den Korridor zum Ausgang des Gebäudes hinunterging. „Und ich nehme an, dass dein Bruder mit dir geht?"

„Das wollte er", sagte ich. „Aber jetzt nicht mehr."

Ich sah auf dem Bildschirm, dass sich seine Augenbrauen hoben. „Du gehst allein?"

„Ich gehe überhaupt nicht. Jedenfalls nicht jetzt."

Mein Vater runzelte die Stirn. „Was ist passiert?"

Ich warf einen Blick auf den schweigenden Jonas neben mir. „Es gibt etwas Wichtigeres." Nach Karis kleinem Wutanfall war ich zu Jonas gegangen und hatte ihn aufgefordert, den Blutsektor anzurufen. Ich verstand, dass er gewisse Vorbehalte hatte, einen V-Clan-Alpha darum zu bitten, bei einer Operation zu helfen, aber wenn Riley glaubte, dass er helfen konnte, dann wollte ich die Möglichkeit verfolgen.

Meine Omega hatte vielleicht die Hoffnung aufgegeben, aber ich nicht. Ich würde nie aufgeben. Und ich würde weiterhin für sie da sein, selbst in ihren dunkelsten Stunden.

„Wir machen uns auf den Weg, um Alpha Kieran O'Callaghan zu treffen", fuhr ich fort und drängte durch die Tür nach draußen. Die Sonne war warm genug, um etwas Schnee zu schmelzen. „Riley glaubt, er kann Kari helfen. Und er wird jeden Moment eintreffen."

Mein Vater schwieg einen Moment lang, bevor er nickte. „Grüße Kieran von mir." Er legte auf, bevor ich darauf antworten konnte.

Jonas und ich tauschten einen Blick aus. „Dein Vater kennt Alpha Kieran?"

„Anscheinend", murmelte ich. Mein Vater steckte

voller Geheimnisse, die er sich in den mehr als fünfhundert Jahren seiner Existenz wohl verdient hatte. Soweit ich verstanden hatte, war Alpha Kieran sogar noch älter, den Gerüchten zufolge mindestens eintausend Jahre alt.

Doch er hatte keine Gefährtin.

Er hatte eine vorgesehene Partnerin, aber sie war verschwunden. Das war jedenfalls die Geschichte, die ich gehört hatte. Angeblich war sie während der Zeit der Infizierten verschwunden, als sie vor ihrem Schicksal davonlief, und er hatte seitdem nach ihr gesucht.

Ich verstand diese Entschlossenheit, denn ich würde dasselbe für Kari tun.

Ich traf Enrique, Elias und meinen Bruder auf der Rollbahn. Wir waren alle ähnlich gekleidet … in Pullover und Jeans. Wir waren uns nicht sicher, was wir von Kierans Ankunft zu erwarten hatten, denn die Alphas des V-Clans waren bekanntermaßen unberechenbar. Ihre Technologie war der des Andorra Sektors ebenbürtig, und ihre Flugzeuge waren dafür bekannt, dass sie unter den Wolken einfach auftauchten und wieder verschwanden – irgendwie magisch.

Sie waren Wölfe, die sich mit ihrem seidigen Mitternachtsfell und ihren katzenartigen Reflexen eher wie Panther verhielten. Der Frühling war ihre Paarungszeit, und die Sommermonate verbrachten sie drinnen, in einem dem Winterschlaf ähnlichen Zustand, während die Jungen heranwuchsen.

Die Sonne mochten sie nicht sonderlich, deshalb waren wir alle überrascht, dass Kieran bei Tageslicht ankam. Er hatte sich nicht angemeldet, sondern Jonas nur eine Nachricht geschickt, dass er vor etwa einer Stunde losgeflogen war.

„Er hat gerade den Tower angefunkt", teilte Ander mit, als er neben mich trat. „Er ist hier."

Jonas brummte – seine Verärgerung war deutlich zu spüren.

Es würde nicht helfen, ihm zu danken, also tat ich es nicht. Er hatte eindeutig mit dem V-Clan Alpha in der Vergangenheit ein Problem, und diese Geschichte schien mit Kierans Freundschaft zu Riley zu tun zu haben.

Hoffentlich funktioniert das, dachte ich und biss die Zähne zusammen.

Die anderen schienen meine Meinung zu teilen, denn wir bildeten eine Art dominante Begrüßungsgruppe am Rande der Landebahn.

Eindeutig Hightech, dachte ich, als ich das schnittige Design und den fast lautlosen Anflug des ankommenden Flugzeuges bewunderte. Er landete mit einer Anmut, die ich einfach nur bewundern konnte, und mein Pilotenherz sehnte sich nach einer Gelegenheit, mit dieser Schönheit eine Spritztour zu machen.

Aber ich hatte mir mein Interesse nicht anmerken lassen.

Stattdessen verbarg ich meine Anerkennung unter einer Maske der Gleichgültigkeit. Ich kannte diesen Alpha nicht und vertraute ihm deshalb auch nicht.

Jonas versteifte sich neben mir, sein Wolf lauerte in seinem Blick.

Dann rückte ein vertrauter Geruch in den Fokus meines Tieres. *Kari.* Ihr süßer Duft winkte mir, mich umzudrehen, und ich erstarrte bei ihrem Anblick, als sie *auf mich zulief.*

Was soll der Scheiß?, dachte ich und war wütend, sie hier draußen ungeschützt vorzufinden, während sich ein unbekannter Alpha näherte. Ich machte einen Schritt nach vorne, bereit, sie abzufangen und hinter mich zu schieben, als ihre Augen erschrocken zu meinen aufstiegen und sie über ihre eigenen Füße stolperte.

Ich schüttelte den Kopf und war von dem Anblick verwirrt, der sich mir bot, als sie *draußen* auf dem Boden lag.

Sie sollte in Sicherheit in ihrem Zimmer sein und sich von ihrem Zusammenbruch erholen und nicht ungeschützt hier draußen sein.

Eine schattenhafte Erscheinung erschien in meinem Blickfeld und ließ mich leise und bedrohlich knurren, als der Rauch in Form eines Alphamännchens Gestalt annahm. Er ignorierte uns alle und ging direkt auf Kari zu, während Jonas in wütendem Tonfall „*Riley*" rief.

Ich warf einen Blick auf die stolpernde Omega, deren Augen sich beim Anblick des V-Clan-Alphas vor Schreck weiteten, und dann zu Boden fiel, als sie ihren eigenen Alpha ihren Namen rufen hörte. Im nächsten Moment packte er sie, zog sie grob hinter sich her und lenkte mich für einen Moment vom Thema ab, um das es ging.

Zu meiner großen Überraschung und Irritation hatte der V-Clan-Alpha Kari abgeholt und konzentrierte sich ganz auf meine Absicht. Ihre Augen trafen auf meine, und aus ihnen strömten blankes Entsetzen und Traurigkeit, während sie mich anflehte, etwas zu tun.

Ich holte tief Luft, und das Verlangen, Kari aus den Händen des anderen Alphas zu reißen, durchflutete meine Adern mit so viel Aggression, dass ich fast nur aus Instinkt handelte.

Aber ich spürte, dass seine Dominanz der meinen überlegen war. Alt, archaisch, königlich.

Kieran O'Callaghan.

Ich könnte ihn herausfordern, aber er würde gewinnen. Selbst wenn ich verzweifelt versuchen würde, meine Gefährtin zurückzugewinnen, würde er mich mit einer Welle kalkulierter Magie vernichten. Ich konnte es in meinen Adern spüren, es in meinem Geiste fühlen und konnte sehen, wie es sich abspielen würde.

Es war … demütigend und ärgerlich.

Und falsch, wie ich mit dem nächsten Atemzug feststellte. „Verpiss dich aus meinem Kopf", schnauzte ich. Mein Wolf stand auf und schüttelte die Benommenheit ab, die dieses Wesen gerade über mich gelegt hatte. „*Jetzt*."

Ein Kichern ertönte in meinem Kopf, gefolgt von einer sanften Stimme, die sagte: „Was zum Teufel hast du mit dieser armen Omega gemacht?"

Die Szene um mich herum nahm an Fahrt auf, und die Realität sickerte langsam durch die Wolke des Zaubers, die meinen Geist durchdrungen hatte.

Dieses Wesen ist sehr *mächtig*, stellte ich fest und blinzelte, als ich sah, wie Kieran meine Gefährtin noch festhielt.

Wie lange er sie schon festhielt, konnte ich nicht sagen. Er hatte mich in einer Art Nebel gehalten und meinen Wolf dazu gebracht, sich zu unterwerfen, ohne mich herauszufordern.

Nach der Wut zu urteilen, die von Ander, Elias und Enrique ausging, hatte er dasselbe mit ihnen getan.

Nur Jonas schien bei klarem Verstand zu sein, vielleicht weil er Riley festhielt, und es war mit einem einzigen Blick klar, dass Kieran eine Schwäche für sie hatte. Und es schien, als würde er auch schon eine Schwäche für meine Omega entwickeln, denn er hielt ihr Gesicht mit der Fürsorge eines nährenden Alphas, nicht eines hungrigen.

„So viel Schmerz", flüsterte er und starrte ihr in die Augen. „Psst, ist ja gut, Kleines", gurrte er, woraufhin sie die Augen aufschlug. „Ich werde dir helfen, sobald diese Alphas mir sagen, was sie getan haben."

„Wir haben nichts getan", schnauzte Jonas ihn an. „Das war der Bariloche Sektor."

Kieran blinzelte mit seinem mitternächtlichen Blick

und sah dann Jonas an. „Alpha Carlos?"

„Sie ist seine Tochter", warf ich ein. „Und meine zukünftige Gefährtin."

Der V-Clan-Alpha nahm Maß und blickte dann auf die zitternde Frau in seinen Armen. „Ist das wahr, Kleine? Gehörst du zu ihm?"

Ich stöhnte innerlich auf, weil ich wusste, was sie als Nächstes sagen würde. Es lag mir auf der Zunge, ihren mentalen Zustand zu erklären, als sie antwortete: „J-ja. Alpha Sven gehört mir."

Der Schock hatte alle meine Gedanken weggeblasen. Denn das war Kari, die gesprochen hatte, nicht ihre Wölfin.

Das veranlasste mein inneres Tier, zustimmend zu grummeln, und seine innere Stimme sagte etwas in der Art von *„Verdammt richtig, ich gehöre dir."* Aber mein Mund konnte die Worte nicht aussprechen, da ich zu verblüfft von ihrer offenen Erklärung war.

Ich hatte mit einem Streit gerechnet, damit, sie für geistig instabil erklären zu müssen, aber sie hatte die Worte mit einer Zuversicht ausgesprochen, die ich bis in meiner Seele spürte. Das anfängliche Stottern war am Ende verschwunden. Ihre Aussage war solide und fundiert.

Sie weiß, dass ich zu ihr gehöre.

„Ich verstehe." Kieran ließ sie sanft los und führte sie in meine wartenden Arme. „Ich weiß nicht, wie ihr die Omegas hier behandelt, aber wir erlauben unseren nicht, auf dem Boden zu krabbeln, wenn andere dabei sind. Dieses Verhalten ist nur in unseren Schlafzimmern erlaubt."

Kari lehnte sich zitternd an meine Brust, was mich dazu veranlasste, für sie zu schnurren. Ich küsste ihren Kopf und dankte ihr wortlos dafür, dass sie mich vor den anderen für sich beansprucht hatte. Ein Teil von mir war immer noch fassungslos und fragte sich, woher diese Omega kam, denn diejenige, die ich neulich verlassen hatte, hatte eindeutig die gegenteilige Überzeugung gehabt. Verdammt, sie hatte sich benommen, als ob sie mich hassen würde.

Aber diese Omega schmiegte sich an mich und entspannte sich in dem Moment, als mein Schnurren auf ihre Ohren traf.

Meine, dachte ich und grinste gegen ihren Kopf. Ich konnte nicht einmal wütend sein, dass sie jetzt schutzlos hierher gelaufen war. Sie kannte ihren Platz, und in meinen Armen war sie offiziell sicher.

Nun, abgesehen von dem Raubtier in unserer Mitte.

Seine Gedankenspiele hatten bewiesen, dass er über uns stand, was alle verunsicherte. Sogar Jonas schien verärgert zu sein, wahrscheinlich weil er wusste, dass er nichts tun konnte, um seinen Sektor-Alpha vor Kierans Gedankenmanipulation zu schützen.

„Du hast ihn angerufen", flüsterte Riley. „Warum hast du mir nicht gesagt, dass du ihn angerufen hast?"

„Es sollte eine Überraschung sein", antwortete Jonas in einem knappen Ton. „Ich wusste auch nicht, ob er auftauchen würde, und ich habe sicher nicht damit gerechnet, dass du hier draußen bist, um ihn zu begrüßen."

„Ja, was machst du denn hier draußen, Omega?", forderte Ander. „Deine Aufgabe war es, Omega Kari drinnen Gesellschaft zu leisten, nicht *sie in meinem Sektor schutzlos herumlaufen zu lassen.*"

Kari zitterte als Reaktion auf seinen offensichtlichen Zorn, und Riley wimmerte hinter Jonas. „I-ich … Kari wollte Alpha Sven sehen …"

„Und du hast zugestimmt?", fragte Ander mit wütendem Gesichtsausdruck. „Sie ist eine *unverpaarte Omega* ohne Begleitschutz. Was wäre passiert, wenn wir nicht hier draußen gewesen wären? Hast du das bedacht? Hast du überhaupt etwas bedacht?"

„Es tut mir leid", stammelte sie. „Ich wollte nur … ich wollte nur helfen …"

„Indem du sie in eine gefährliche Situation gebracht hast, in der sie sich hätte verletzen oder Schlimmeres hätte passieren können?" Ander klang nicht nur ungläubig, sondern auch wütend. „Du wirst dich darum kümmern, Jonas, oder ich werde es tun. Und es wird dir nicht gefallen, wie ich es mache."

„Oh, glaube mir, ich werde mich darum kümmern", antwortete Jonas in einem ebenso wütenden Tonfall, der der Omega hinter ihm ein Wimmern entlockte. „Sei still", schnauzte er, bevor er sich auf Kieran konzentrierte. „So hatten wir uns das heutige Zusammentreffen nicht vorgestellt. Ich entschuldige mich für die Theatralik." Er sprach mit zusammengebissenen Zähnen – die Entschuldigung klang fast schmerzhaft.

„Da ich keine Zeit verlieren möchte, ist eine Entschuldigung nicht nötig. Ich habe die erforderliche Bewertung bereits vorgenommen, und die Antwort lautet: Ja, ich kann eurer Omega helfen."

Meine Augenbrauen hoben sich. *Er hat seine Prüfung bereits abgeschlossen? Wie das?* Ich hatte noch nie einen V-Clan-Wolf getroffen, also wusste ich nichts über ihre Magie. Aber das alles so schnell abzuschließen, schien … unmöglich. Und doch stand er selbstbewusst vor uns, sein Alpha-Status war an seiner königlichen Statur zu erkennen.

„Allerdings brauche ich Rileys kräftige Hände, um mir zu helfen. Und ich werde nicht mit der Operation warten, nur weil sie von der Bestrafung, die du ihr geben willst, zu wund ist." Er startete seine Uhr über dem Handgelenk und zog einen Bildschirm auf. „Ich arbeite am besten nachts. Die Sonne geht in drei Stunden unter." Er lenkte seine Aufmerksamkeit auf Ander. „Ich brauche eine Mahlzeit und ein Bett zum Ausruhen. Das wird mich sehr viel Energie kosten."

„Schon bereit", sagte Ander, ohne einen Augenblick zu zögern.

Kieran nickte und seine dunklen Augen trafen meine. „Nach dem, was ich an ihren Organen ablesen konnte, hat sie seit mehreren Jahren keine Brunst mehr erlebt. Es ist sehr wahrscheinlich, dass sie sofort läufig wird, wenn wir hier fertig sind. Da sie sagt, sie gehöre dir, ist es deine Aufgabe, darauf vorbereitet zu sein."

„Ich brauche Sie nicht, um mir zu sagen, wie ich mich um meine Omega kümmern soll."

Er blickte zwischen Riley und Kari hin und her, wobei seine Augenbraue nach oben wanderte. „Davon bin ich nicht überzeugt." Dann sah er Ander erwartungsvoll an.

„Elias, begleite Kieran zu seinem Quartier", sagte mein Bruder, ohne seinen Stellvertreter anzusehen. „Versuche, ihn auf dem Weg dorthin nicht herauszufordern."

Elias schnaubte. „Nach diesem mentalen Psychoscheiß? Ich verspreche nichts."

Kieran lächelte nur. „Geh voran, *Stellvertreter*."

Ich beobachtete, wie sie gingen, und war von der unerwarteten Wendung der heutigen Ereignisse überwältigt. Wir hatten damit gerechnet, dass er Kari gründlich untersuchen musste, bevor er seine Bedingungen nennen konnte, aber es schien, dass er bereits genau wusste, was er brauchte. Und alles, was er brauchte, waren ein Bett und Essen.

„Da muss es doch einen Haken geben", sagte ich, als er mit Elias im Gebäude verschwand. „Er kann das unmöglich umsonst machen."

„V-Clan-Wölfe sind dafür bekannt, dass sie ihre Omegas noch mehr schätzen als wir", murmelte mein Bruder. „Ich vermute, dass allein das Gefühl ihres Schmerzes ausgereicht hat, um ihn zur Hilfe zu bewegen."

„Etwas, das du vorausgesehen hast", warf Enrique ein. „Du warst nicht überrascht, dass er dem zugestimmt hat."

„Nein, das war ich nicht", antwortete Ander. „Omega Kari ist nicht die erste, um die er sich gekümmert hat." Er warf einen Blick zurück auf Jonas und Riley. „Er schätzt Omegas sehr. Das geht sogar so weit, dass er einen Alpha-Kameraden rettet, nur um die geistige Gesundheit einer Omega zu gewährleisten."

Jonas grunzte. „Er hat mir nicht das Leben gerettet."

„Das hat er", antwortete Ander leise. „In mehr als einer Hinsicht." Dann flackerten seine goldenen Augen auf, als er sie auf Riley richtete. „In Anbetracht der Anforderungen von Alpha Kieran wird die Bestrafung deiner Omega nach der Operation erfolgen müssen."

„Ja", stimmte Jonas unwirsch zu. „Zum Glück ist das besser für sie. Sie muss ausgeruht sein und sich darauf einstellen, was ich mit ihr mache, wenn sie fertig ist."

„Es ist meine Schuld", stammelte Kari leise und unterbrach die Diskussion. „Ich habe sie gebeten, mir zu helfen. Ich … ich sollte die Strafe bekommen, nicht sie."

„Nein", sagte mein Bruder, bevor ich ein Wort sagen konnte. „Du gehörst nicht zu meinen Wölfen. Aber Omega Riley ist ein Mitglied meines Rudels und als meine Wölfin kannte sie die Risiken, dich ohne angemessenen Schutz aus dem Gebäude zu bringen. Ist es nicht so, Omega?"

Riley versuchte, sich an Jonas festzuhalten, aber er wich von ihr zurück und überließ es ihr, sich dem Zorn des Sektor-Alphas allein zu stellen. Es musste ihn umbringen, es zu tun, aber was sie getan hatte, war leichtsinnig gewesen. Mein Bruder hatte recht – sie hatte Kari unnötig in Gefahr gebracht. Da sie nach mir gesucht hatten, hätte sie einfach Jonas anrufen und ihm sagen sollen, was sie wollten. Stattdessen hatte sie sich entschieden, Kari heimlich nach draußen zu bringen, und obwohl ich es zu schätzen wusste, dass sie sie zu mir bringen wollte, war es die falsche Entscheidung gewesen.

Was wäre, wenn Kieran andere mitgebracht hätte?

Was wäre, wenn Kieran uns etwas hätte antun wollen?

Was wäre, wenn nicht Kieran durch die Kuppelwände gekommen wäre, sondern jemand, mit dem wir nicht gerechnet hatten?

Es gab so viele Situationen, die nicht nur für Kari, sondern auch für Riley hätten gefährlich werden können. Während letztere vielleicht in der Lage war, auf sich selbst aufzupassen, war Kari sehr schmerzempfindlich.

Zudem war sie unverpaart und hatte die Neigung, sich sofort zu fügen.

Ich stimmte meinem Bruder und Jonas in diesem Punkt zu – Riley musste für ihre Taten bestraft werden. Sie zu zwingen, auf diese Bestrafung zu warten, wäre an sich schon ein Verweis, vor allem, wenn Jonas nicht hinter ihr stehen würde.

Er wollte ihr zeigen, wie es sein würde, wenn sie allein wäre.

Das wäre auch passiert, wenn er nicht draußen gewesen wäre, als sie mit Kari aufgetaucht war.

Sieh den Konsequenzen ins Auge, sagte seine Haltung jetzt. *Und du wirst sie allein tragen, da du dich entschieden hast, nicht mit mir als deinem Alpha zusammen zu entscheiden.*

„Es tut mir leid, Alpha", flüsterte Riley. „Wir dachten, Alpha Sven würde gehen. Wir haben versucht, ihn aufzuhalten."

Meine Augen weiteten sich vor Überraschung über ihr

Geständnis. *Kari dachte, ich würde sie verlassen? Hatte sie erwartet, dass ich nach einem kleinen Wutanfall so einfach aufgeben würde?*

„Dann hättest du deinen Alpha anrufen sollen, damit er dir hilft, anstatt eine verletzliche Omega in Gefahr zu bringen, indem du es selbst tust", antwortete Ander knapp, bevor er mich ansah. „Bring Kari wieder rein. Sie muss ruhig und bereit für die Operation heute Abend sein."

Sie zitterte vor mir, um seinen Standpunkt zu untermauern. Sie konnte nicht hier draußen bleiben und zuhören, wie die Alphas Riley zurechtwiesen. Sie würden ihr nicht wehtun, nicht einmal nach der Operation. Aber sie würden dafür sorgen, dass sie nie wieder so etwas Dummes tat.

Ich hoffte nur, dass sie in der Lage war, die Operation durchzuführen, ohne dass zu viele Gefühle ihr Urteilsvermögen trübten.

Aber ein Blick auf Jonas sagte mir, dass er das gut im Griff hatte. Er würde dafür sorgen, dass sie das bekam, was sie brauchte, um erfolgreich zu sein, und gleichzeitig eine strafende Ausstrahlung behalten. Ihre Beziehung bestand schon seit einem Jahrhundert, das hieß, sie wussten genau, wie sie miteinander umzugehen hatten. Und nach dem, was ich gesehen hatte, arbeiteten sie gut zusammen.

Und jetzt war es an der Zeit, dafür zu sorgen, dass Kari und ich die gleiche Art von Beziehung entwickelten.

Ich würde sie auch für heute Abend vorbereiten.

Und gleichzeitig sollte sie daran erinnert werden, zu wem sie gehörte. Denn sie durfte keine Zweifel mehr haben. Egal, was geschah, sie gehörte mir. Und es war an der Zeit, dass ich dafür sorgte, dass sie genau verstand, was das bedeutete.

KARI

Sven führte mich in unsere Suite und dann direkt ins Schlafzimmer zurück. „Zieh dich aus", sagte er, und in seiner Stimme lag eine Aufforderung, die mir einen Schauer über den Rücken jagte. „Jetzt."

Meine Lippen öffneten sich. „Sven …"

„*Jetzt*", wiederholte er.

Ich erzitterte unter seiner Dominanz, aber meine Wölfin seufzte. Sie wollte ihn mit einer Wildheit, die ich durch meine Adern pulsieren spürte. Wir hatten ihm nicht gehorcht. Wir hatten ihm wehgetan. Und jetzt würden wir von ihm gemaßregelt werden.

Sie hatte sich darauf gefreut.

Währenddessen war ich mir noch nicht sicher, wie ich mich fühlen sollte.

Neben dem Bett zog ich meine Stiefel und dann meinen Pullover und meine Jeans aus, sodass ich nackt war. Irgendetwas daran störte ihn und er knurrte. „Das ist alles, was du bei deinem kleinen Ausflug nach draußen anhattest?"

Ich schluckte. „Ich wollte zu dir, um dich davon abzuhalten, wegzugehen."

„Ich wollte verdammt noch mal nicht gehen, Kari. Ich wollte Alpha Kieran im Andorra Sektor willkommen heißen. Wir haben uns getroffen, um Verhandlungen über seine Hilfe für dich aufzunehmen."

Meine Lippen formten ein kleines O, während ich zu ihm aufblinzelte. „Aber du hast *dich doch verabschiedet.*"

„Nein, ich habe nur *gute Nacht* gesagt", antwortete er, während er sich den Pullover auszog. „Und dann habe ich zwei Tage mit Enrique und Elias verbracht, um einen Angriff auf den Bariloche Sektor zu planen, während Jonas Kieran anrief. Wir wollten eigentlich später am Tag aufbrechen, aber Kieran hatte sich vor einer Stunde gemeldet und gesagt, dass er auf dem Weg sei."

„Du wolltest in den Bariloche Sektor?", wiederholte ich im Flüsterton. *Für die anderen Omegas?*

„Ja. Um deinen Vater zu töten für das, was er dir angetan hat."

Ich erschrak über die Vehemenz, mit der er sprach. „Um meine …? Nicht um die Omegas …?"

„Wir wollen sie retten …, aber ich bin hinter seinem Kopf her. Ich werde ihn für dich töten. Brutal. Er wird dafür bezahlen, was er dir angetan hat." Er zog sich die Schuhe aus und begann, seinen Gürtel zu öffnen. „Setz dich auf den Rand des Bettes und spreize deine Beine, damit ich deine Mitte sehen kann. Richte die Füße gerade zum Boden aus."

Ich tat, was er befahl, und rutschte ans Ende der Matratze, während ich über alles nachdachte, was er gesagt hatte. *Er wollte in den Bariloche Sektor, um sich für mich zu rächen.*

Das erwärmte mein Herz, auch wenn diese verräterische Stimme mir zuflüsterte, dass er einen

Hintergedanken hatte – um eine bessere Omega zu finden.

Ich schluckte diese Unsicherheit hinunter und verdrängte sie aus meinen Gedanken. Er hatte von der Rettung der Omegas gesprochen, als wäre es zweitrangig und nicht das Wichtigste.

„Willst du immer noch gehen?", fragte ich, während er den Reißverschluss seiner Jeans herunterzog. „In den Bariloche Sektor?" Es wurde immer schwieriger, mich auf unser Gespräch zu konzentrieren. Mein Blick fiel automatisch auf seine Leistengegend.

Er zog seine Hose herunter und ließ sie auf den Boden fallen. Ich erschauderte bei dem Anblick. Sein Schwanz pulsierte vor Erregung und Verlangen.

Meiner, dachte ich, während sich mein Innerstes unwillkürlich zusammenzog, um mich darauf vorzubereiten, ihn zu nehmen. Es spielte keine Rolle, ob es weh tun würde – ich wollte ihn einfach nur in mir spüren und seinen Knoten so nehmen, wie ich es sollte.

Nur, ich konnte es nicht.

Nicht wirklich.

Ich blickte in seine begierigen Augen. *Was wird er mit mir machen?*

„Ja, Kari. Ich habe immer noch vor, in den Bariloche Sektor zu gehen, aber nicht um eine andere Omega zu finden, sondern um deinen Vater zu töten." Er zog seine Boxershorts aus und war jetzt genauso nackt wie ich. „Das ist es, was du immer noch nicht verstanden hast. Du gehörst mir."

„Ich weiß", begann ich und versuchte, mich an alles zu erinnern, was ich ihm sagen wollte.

Aber er war mit seiner Rede noch nicht fertig.

„Nein, Kari. Das tust du nicht. Dachtest du, ein paar negative Worte könnten mich dazu bringen, vor dir wegzulaufen? Dachtest du, dass ich mit eingekniffenem Schwanz in den Nordsektor zurückfliege?" Er klang verärgert, was mich ein wenig zusammenzucken ließ. „Ich werde dich verdammt nochmal niemals verlassen, Kari. *Das* ist es, was du nicht zu verstehen scheinst. Du glaubst, es geht nur darum, dich zu heilen, damit ich dich verknoten kann."

Er trat zwischen meine gespreizten Beine und seine heißen Schenkel drückten gegen meine kühlere Haut. Seine Finger wanderten zu meinem Brustbein und weiter zu meinem Hals hinauf. Er griff in mein Haar, hielt meinen Pferdeschwanz fest und warf meinen Kopf zurück, um meinen Blick zu treffen.

„Ich tue das nicht für mich, Kari", fuhr er fort, wobei seine Stimme sanft und doch mit einem Hauch von Wildheit unterlegt war. Ich schluckte … er drang zu meiner Seele vor und verlangte von mir, dass ich zuhörte, … ihm jetzt wirklich zuhörte, … ihm Glauben schenkte, … ihn *umarmte*. „Ich tue das für *uns*."

Seine andere Hand wanderte zu meinem Gesicht und mit seinen Fingerknöcheln streichelte er meine Wange.

„Öffne diese hübschen Lippen für mich", flüsterte er. Seine Dominanz umhüllte mich und zwang mich zum Gehorsam.

Mein Mund öffnete sich.

„Gutes Mädchen", lobte er, trat noch näher an mich heran und legte seine Finger um den Ansatz seines Schafts. „Bleib genau so."

Und das tat ich.

„Nicht schlucken", fügte er hinzu. „Noch nicht."

Ich musste mich bewusst anstrengen, um seinem Befehl Folge zu leisten – um nicht zuzulassen, dass ich schluckte, während sich der Speichel in meinem Mund sammelte. Ich wollte ihn mit einer Wildheit, die ich bis in mein Innerstes spürte und wurde noch feuchter. Meine Erregung quoll förmlich aus mir heraus.

Ich keuchte … mein Bedürfnis, ihn zu schmecken, machte mich verrückt.

Alpha, hätte ich fast gesagt, aber ein warnender Blick von ihm hielt mich ab.

Er strich mit seinem Daumen über meine Unterlippe, tauchte dann in meinen Mund ein, um etwas Speichel aufzunehmen, und zog damit einen Kreis um seine Schwanzspitze.

Oh … ich wollte meine Schenkel zusammenpressen und hatte ein Bedürfnis nach Reibung – eine Sehnsucht, gegen die ich nicht ankämpfen konnte – aber seine Beine hinderten mich daran, meinem Bedürfnis nachzukommen.

Unsere Blicke trafen sich und ich hielt meinen Mund für ihn offen.

Ich keuchte vor Verlangen …

Und er wiederholte es und streichelte wieder meine Unterlippe und nahm meine Essenz, um damit seinen schönen Schaft zu schmücken.

Als sich seine Finger um seinen Schaft schlossen, stöhnte ich auf und meine Hände zitterten vor Verlangen, ihn zu berühren. *Bitte, Alpha,* flehte ich mit meinen Augen.

Er hielt mich immer noch an den Haaren fest und zwang mich, in sein Gesicht zu schauen, während er sich vor mir vergnügte.

„Ich tue das nicht für mich", wiederholte er schroff. „Ich tue es für *uns.* Du gehörst bereits mir, Kari. Du gehörst bereits mir, genauso wie ich dir gehöre. Der Knoten, der Biss, das alles ist für mich zweitrangig. *Du* bist das, was am meisten zählt. Und ich habe nie einen Moment daran gezweifelt, dass ich *uns* nicht helfen kann, weil ich vom ersten Moment an wusste, dass du mir gehören sollst."

Es folgte ein weiterer Wisch über meine Lippen und ein fester Schlag auf seinen stahlharten Schwanz.

In meinem Mund sammelte sich immer mehr Speichel.

Ein Wimmern bildete sich in meiner Kehle. *Ich will das. Ich will ihn. Ich* brauche *ihn.*

„Psst", flüsterte er, und meine Sehnsucht kam in Form eines Seufzers durch meine geöffneten Lippen. „Ich werde dir alles geben, was du willst und noch mehr. Aber jetzt habe ich das Sagen, Kari. Ich werde dir zeigen, was es bedeutet, mir zu gehören. Ich werde kontrollieren, wie viel du zu dir nimmst, wie viel du schluckst und wie viel Samen ich für dich ablasse. Du gehörst mir ... ich werde dich pflegen und beschützen, dich bestrafen, dich besitzen und dich verknoten, wie ich es will."

Ich bemerkte einen winzigen Anflug von Angst, was seine Kiefermuskulatur anspannen ließ.

„Und genau das ist der Grund, warum wir das tun", fügte er mit einem leisen Zischen hinzu, bei dem sich mir der Magen umdrehte. „Gefährten vertrauen einander, Kari. Du trägst vielleicht nicht meinen Biss, aber das macht dich nicht weniger zu meiner. Und ich werde dafür sorgen, dass du das verstehst. Jetzt mach deinen Mund auf."

Ich öffnete meinen Mund und gehorchte seinem Befehl.

Er strich wieder mit seinen Fingerknöcheln über meine Wange. Bei dieser zärtlichen Berührung war seine Zustimmung offensichtlich, und dann führte er seinen Schwanz an meine Lippen.

Instinktiv griff ich nach ihm, aber er hielt mein Handgelenk fest und legte meine Hand auf meinen Oberschenkel. „Ich habe das Sagen", sagte er wieder. „Du wirst nehmen, was ich dir gebe. Und du wirst mir vertrauen, dass ich nicht zu weit gehe."

Ich zitterte, und mein Innerstes zog sich, angesichts der Kontrolle, die er ausstrahlte, zusammen. Es drohte, mich zu überwältigen und meine Wölfin herauszulassen und ihr zu erlauben, sich in meinem Namen zu unterwerfen.

Aber ich spürte, wie wichtig es war, hier bei ihm zu bleiben, ihm zuzuhören, zu lernen, das zu sein, was er als *Mensch* brauchte, nicht als *Tier*.

Ich schluckte, als er hinten in meiner Kehle ankam, und zwang mich, mich zu entspannen, als er noch ein wenig weiter in mich hineinstieß und mich dazu brachte, ihn ganz in mir aufzunehmen.

„Das ist wunderbar", lobte er, während sich seine Finger sanft in meinem Haar vergruben. „Sieh mich an, kleines Wunder", sagte er. „Ich will *dich* sehen."

Nicht meine Wölfin, übersetzte ich. Er testete mich, um sicherzustellen, dass ich anwesend blieb, während er mich nahm. Das gab mir das Gefühl von Sicherheit und das Gefühl, begehrt zu sein.

Er sorgte dafür, dass ich mich wohlfühlte und mich nicht verstecken musste.

Ich strich mit meiner Zunge über die samtige Haut seiner Eichel, genoss seinen Geschmack und stöhnte auf, als meine Schenkel durch mein Verlangen noch feuchter wurden. Ich hatte mich schon früher nach einem Schwanz gesehnt, mein Körper war darauf vorbereitet und darauf programmiert, sich nach dem Knoten zu sehnen, aber ich war noch nie so erregt gewesen, wie in diesem Moment.

Seine Hitze entfachte eine Flamme in mir, die nur für ihn brannte. Sie schoss Funken durch meine Adern und ließ es an meinen Nervenenden kribbeln.

„Tiefer", knurrte er und neigte meinen Kopf in einen Winkel, der meine Kehle für ihn noch weiter aufmachte.

Ich stöhnte auf, als er in mich eindrang, und erstarrte, als er mir die Luft zum Atmen nahm.

Er hielt eine Weile inne. Seine Hand in meinem Haar war wie eine eiserne Faust und zwang mich, ihn zu nehmen.

Ich hatte mich nicht dagegen gewehrt.

Ich hatte gewartet und ihm vertraut, dass er mich wieder freiließ.

Er lobte mich für meine Bemühungen und strich mit seiner Hand noch einmal über meine Wange, bevor er sie wieder um seinen Schwanz schloss.

„Du wirst so viel schlucken, wie du kannst", murmelte er. „Und dann wirst du noch mehr schlucken."

Ich nickte und war begierig darauf, ihm zu gehorchen. Mit seinen Samen in mir fühlte ich mich ihm näher, als wären wir auf eine Weise miteinander verbunden, die uns niemand nehmen konnte.

„Mm", brummte er, und die Zustimmung war deutlich zu hören. „Sieh mich an, kleines Wunder. Egal, was passiert."

Ich blinzelte zu ihm auf und merkte erst dann, dass ich meine Augen geschlossen hatte. Zwei tiefblaue, glänzende Augen starrten auf mich herab. Mein Alpha verlor sich in seiner Lust.

Ich hatte diesen Blick schon so oft gesehen.

Normalerweise machte es mir Angst, aber nicht bei Sven. Ich wusste, dass er mir nicht wehtun würde, selbst als er anfing, heftig in meine Kehle zu pumpen, wobei sein Schwanz hinten anschlug. Und doch vertraute ich darauf, dass er mir nicht weh tun, sondern mich beschützen würde.

Ich öffnete mich noch tiefer für ihn und erlaubte ihm, meine Kehle zu benutzen.

Und als er seine Erlösung fand, schluckte ich für ihn, genau wie er gesagt hatte, dass ich es tun sollte.

Seine Pupillen verfärbten sich, während er mir dabei

zusah, wie ich so viel Samen wie möglich aus ihm herausholte.

Ich bekam keine Luft mehr.

Nur seinen Samen.

Ich nahm ... und nahm ... und nahm ...

Panik flammte in den Resten meines Bewusstseins auf. Eine kleine Stimme sagte mir, dass ich so ertrinken könnte, aber ich schob sie weg und hielt seinem Blick stand. *Ich vertraue dir.*

Stolz flackerte in seiner Miene auf, als er mich beobachtete, während er seinen Schwanz bearbeitete und mich zwang, noch mehr zu schlucken. Schwarze Punkte tanzten vor meinen Augen, aber ich weigerte mich, dem Drang nachzugeben, zu schreien oder mich zu verweigern.

Er wird mir nicht wehtun.

Er ist mein Alpha. Mein Sven. Meine Hoffnung.

Seine Lippen spitzten sich, und er zog sich mit einem Griff in mein Haar aus mir heraus, aber er hörte nicht auf, zu kommen und entleerte seinen Samen über meinen Hals und meine Brust. Er hielt die ganze Zeit meinen Blick fest.

„Reibe meinen Samen in deine Haut ein", forderte er.

Ich gehorchte, ohne zu fragen.

Sein Blick verließ meinen, und seine Nasenflügel blähten sich auf, während er sagte: „Jetzt leg dich wieder auf das Bett und spreize deine Beine."

Er wird mich verknoten, dachte ich für einen kurzen Moment, bevor mir ein anderer Gedanke kam. *Nein, das wird er nicht tun. Er wird mir nicht so wehtun.*

Ich wusste, dass er das nicht tun würde, denn wir hatten unzählige Stunden zusammen im Bett verbracht. Nicht ein einziges Mal hatte er mich genommen und es spielte keine Rolle, wie wütend ich ihn gemacht hatte – er würde mir nie etwas antun.

Der Gedanke setzte sich tief in mir fest, als ich mich in

die Mitte der Matratze legte und meine Beine für ihn spreizte, genau wie er es verlangt hatte.

Ich vertraute ihm voll und ganz, und ließ ihn das in meinen Augen sehen, als ich seinem Blick noch einmal begegnete.

„Da ist meine Gefährtin", sagte er und kroch auf das Bett, um sich zwischen meinen Schenkeln niederzulassen. Seine Länge glitt durch meine Spalte, als er sich an mir rieb und in meiner Erregung badete, bevor er mit einem Stoß in mich eindrang, der mich Sterne sehen ließ.

Ich erstarrte und war über das Eindringen schockiert, doch im nächsten Moment glitt sein Schwanz wieder aus mir heraus.

Ich schluckte und keuchte unter ihm. „Ich will nur sichergehen, dass du weißt, dass du mir gehörst", flüsterte er an meinem Ohr. „Und dass ich mehr als genug Kontrolle habe, um mich davon abzuhalten, dich zu verknoten."

Er unterstrich seinen Standpunkt, indem er zwischen uns griff, um seinen Schwanz zu ergreifen und noch mehr von seinem Sperma direkt in meinen Eingang zu spritzen.

„Du gehörst mir, Kari", sagte er und seine Lippen wanderten über meine Wange, bevor sie den Rand meines Mundes erreichten. „Und mein Samen in deinem Kanal beweist es." Seine Augen hielten meine fest, als er sich weiter in mir ergoss, ohne noch einmal zuzustoßen. Er küsste mich innig, während er kam … und kam … und kam.

Mein Körper brannte und mein Innerstes schrie danach, dass er es vollenden sollte, aber ich wusste, dass er es nicht tun würde. Es tat es nicht, um mich zu quälen und nicht, weil er wollte, dass ich bettelte. Nein, er tat dies, um seine eigene Kontrolle zu beweisen, um mir zu zeigen, dass er mein Alpha war. Mein Beschützer. Mein Gefährte. Und dass er *nie* etwas tun würde, um mich absichtlich zu verletzen.

Ich legte meine Hand an seine Wange und war völlig, angesichts seiner Stärke und seines Könnens, verloren.

Ich nickte, denn er hatte recht.

„Ich gehöre dir", hauchte ich. „Und du gehörst mir."

Er lächelte. „Ich gehöre ganz und gar dir", stimmte er zu, während seine Lippen über die meinen glitten. „Egal, was heute Nacht passiert, ich werde immer dir gehören. Für immer, Kari."

Ich glaubte ihm, was ich ihm mit meinen Augen und mit meinem Mund sagte, als ich ihn küsste.

„Wenn das nicht funktioniert", sagte er nach ein paar Minuten sinnlichen Schweigens, „gebe ich nicht auf. Ich werde einen Weg finden, Kari. Ich schwöre es. Du bist mein kleines Wunder, und ich werde alles tun, was nötig ist, um dich zu heilen. Nicht für mich, sondern für uns. Für dich." Er nahm noch einmal meinen Mund, und seine Zunge zeichnete einen Segensspruch in meine Seele. „Ich würde die Welt für dich bewegen, Kari", flüsterte er. „Und das werde ich. Du wirst sehen."

Ich schmolz unter ihm dahin und glaubte ihm jedes Wort.

Sven war meine Hoffnung. Meine Liebe. *Mein Alpha.*

SVEN

DIESER MAKELLOS WEISSE Korridor wurde zu meinem zweiten Zuhause.

Ich hatte ihn nach Karis missglückter Operation durchlaufen, und dann noch einmal, als ich Kaz angerufen hatte, um ihm von meinem Plan zu informieren, den Bariloche Sektor anzugreifen.

Und jetzt lief ich wieder diesen Korridor auf und ab, während ich auf das aktuelle Ergebnis von Karis Operation wartete.

Ich legte meine Hand in den Nacken und atmete aus, während mir Kierans letzte Aussage noch einmal durch den Kopf ging. *Es wird klappen. Aber ich muss mich konzentrieren, und das kann ich nicht, wenn deine besitzergreifende Energie durch die Gegend weht. Also verpiss dich und lass mich meine Arbeit machen.*

Ich wollte dem arroganten Arschloch ins Gesicht schlagen, aber ich konnte nicht. Nicht, als er seine Aussage mit „*Es wird funktionieren*" begann.

Es wird funktionieren, hatte ich zugestimmt. Es wird *verdammt nochmal funktionieren*.

Ich spürte, dass es richtig war, und mein Wolf stand selbstbewusst da, während er zustimmend brummte, da er unsere Gefährtin von den letzten Fesseln befreit hatte.

„Willst du die ganze Nacht herumlaufen oder etwas Sinnvolles tun?" Die Stimme meines Bruders hallte durch den Flur, als er um eine Ecke bog. Elias und Enrique waren direkt hinter ihm.

„Wir haben noch einen Kriegsplan zu besprechen, wenn du bereit bist", fügte Elias hinzu. „Ich dachte mir, wir könnten genauso gut noch einen Plan B machen, da wir heute Abend nicht angreifen werden. Man kann nie gut genug vorbereitet sein."

Wir hatten bereits eine ziemlich gute Idee, aber ich hatte nichts dagegen, mich auf etwas anderes zu konzentrieren. „Kann es hier gemacht werden?" Ich wollte Kari nicht verlassen und es war schon schmerzhaft genug, nicht mit im Operationssaal zu sein.

„Ja." Elias schnippte mit dem Handgelenk und zog eine Skizze hervor, die auf der weißen Wand zu sehen war.

Meine Lippen zuckten, denn sie hatten offensichtlich mit meiner Zustimmung gerechnet, sonst wären sie nicht so bereit gewesen, die Pläne durchzugehen.

„*Danke*", sagte ich mit einem Blick auf meinen Bruder, den ich mehr schätzte, als ich es je sagen konnte. Ich wusste, dass dies mehr seine Idee gewesen war als ihre.

Er nickte, als wollte er antworten: *Wozu hat man Familie?*

Elias stürzte sich sofort in eine taktische Diskussion, um den ursprünglichen Plan zu überprüfen, wie wir die Alphas des Bariloche Sektors ausschalten wollten.

Der erste Teil bestand aus einer Verabreichung eines Anti-Halluzinogen. Das hatte Enrique vorgeschlagen, um die Alphas bei klarem Verstand zu fragen, ob sie sich vielleicht mit Carlos anlegen wollten.

Der zweite Teil befasste sich mit dem Angriffsplan. Mit

Enriques Hilfe hatten wir einen vollständigen Plan des Bariloche Sektors, eine vollständige Liste möglicher Waffen und die Identitäten derjenigen, die eingefleischte Carlos-Anhänger waren. Er hatte uns auch gesagt, wo die Omegas festgehalten wurden, hatte die Foltergruben skizziert – die, die Kari mir gegenüber erwähnt hatte und die mit Infizierten gefüllt waren – und auf einen Bereich hingewiesen, den nur Carlos betrat. Von diesem Bereich hatten wir keine Skizze oder Informationen.

Letzteres war der Schwerpunkt der heutigen Diskussion. Aufgrund der zusätzlichen Zeit, die wir hatten, hatte mein Bruder eine Drohne geschickt, um Bilder von Carlos' Privatbereich aufzunehmen. „Wir haben die Informationen noch nicht zurück, aber es wird nicht mehr lange dauern", sagte er und rief die Live-Übertragung seines Spielzeugs auf. „Sie sollte in den nächsten fünf Minuten den Luftraum des Bariloche Sektors erreichen."

„Ah, das ist also der eigentliche Sinn des Ganzen."

„Ja, wir hatten dreißig Minuten Zeit, also dachten wir uns, es kann nicht schaden, den Plan noch einmal durchzugehen", sagte Elias achselzuckend. „Das hat dich abgelenkt, richtig?"

Ich schnaubte. „Ein bisschen." Es war nur ein bisschen Ablenkung, denn meine Ohren waren auf den Operationssaal gerichtet und warteten auf ein Anzeichen einer Komplikation. Glücklicherweise gab es keine, alles war ruhig.

Enrique lehnte an der Wand, während wir warteten, aber ich spürte einen Hauch von seiner nervösen Energie. „Du denkst, dein Bruder könnte da drin sein."

„Das ist einer der wenigen Räume, die ich noch nie überprüfen konnte", antwortete er. „Also ja."

Ich verstand es und nickte. Er hatte Ander und Elias von seinem Zwilling erzählt, und dass er vermutete, dass er noch am Leben war. Sie wollten wissen, was das alles für ihn bedeutete, und er hatte ihnen unverblümt die Wahrheit gesagt.

Nach dem, was ich gesehen hatte, waren er und Elias schnell Freunde geworden. Sie hatten beide eine Vorliebe für den Boxkampf und für Waffen. Da Elias Anders Stellvertreter war, hatte er Zugang zu all den Gerätschaften und Waffen, worüber Enrique sehr gerne mehr erfahren wollte.

Ein Piepton an Anders Handgelenk signalisierte uns, dass sich die Drohne dem Sektor näherte.

Wir sahen dabei zu, wie die Drohne am blauen Himmel flog – es war noch hell in diesem Teil der Welt –, aber ebenfalls mit Schnee bedeckt. Ich war noch nie in der Region Patagonien gewesen, aber ich hatte Fotos gesehen. Bäume, Eis, Schnee, Berge und strahlend blaue Seen.

Die Drohne segelte nun dicht über eine dieser Anlagen.

„Ja", bestätigte mein Bruder und konzentrierte sich auf den Bildschirm. „Sie haben die Drohne mit einer Tarnkappe ausgestattet?", vermutete ich und erkannte die Technologie. Die Drohne würde die Farbe des blau leuchtenden Wassers annehmen und dadurch mit dem Wasser verschmelzen.

„Enrique hat die Koordinaten heute Morgen nach Kierans Anruf programmiert."

Das erschien richtig.

Wir beobachteten die Drohne weiter, wie sie über das Land flog, um Enriques Informationen zu bestätigen. Dann tauchte sie langsam in das Herz des Bariloche Sektors ein, und wir konnten Einzelheiten erkennen – mit zusammengebissenen Zähnen.

Es war schlimmer, als ich es mir vorgestellt hatte.

Sklaven aller Art.

Blut.

Grausamkeit.

Gruben, in denen nicht nur Infizierte gefoltert wurden, sondern auch andere Arten.

Omegas, die bei Tageslicht fast zu Tode gefickt wurden, als wäre das völlig normal.

Betas in Ketten gelegt.

Betrunkene Alphas.

Alles, was Enrique und Kari gesagt hatten, war wahr. Ich hatte nicht wirklich an ihnen Aussagen gezweifelt, ich hatte nur gehofft, dass einiges davon übertrieben war. Aber nein. Es war noch schlimmer als das, was sie beschrieben hatten.

Als sich die Drohne jedoch über die Mauer in Carlos' privates Heiligtum schlich, verwandelte sich der Hauch von Tod und Grausamkeit in eine Oase. Es liefen eine Handvoll Betas herum, allesamt eindeutig Sklaven, wie die Halsbänder zeigten, aber die Opulenz des palastartigen Anwesens ließ auf Reichtum und Eleganz schließen.

Es gab Gärten, weiße Wände, makellose Zimmer und goldenes Mobiliar.

„Sieht nicht aus wie ein Gefängnis", brummte Elias.

„Nein", stimmte Enrique zu und klang frustriert.

„Schickt die Drohne unter die Erde", schlug eine neue Stimme vor, woraufhin wir uns alle der unerwarteten Präsenz zuwandten.

Kieran stand an die Wand gelehnt, die Arme lässig verschränkt, während er das Filmmaterial studierte. Er schaute uns alle unschuldig an, als wäre er nicht einfach aus dem Nichts aufgetaucht, um uns zu bespitzeln und die Show zu beobachten.

„Was?", fragte er und klang dabei alles andere als zerknirscht. „Wenn ich Geiseln halten würde, würde ich sie unter der Erde unterbringen, nicht in meinem Haus." Sein

Blick hüpfte zwischen uns hin und her. „Ich meine, das ist es doch, wonach wir suchen, oder? Geiseln?"

„*Wir* haben nichts gesucht", antwortete Ander.

Kieran lächelte nur. „Bevor ich darauf antworte, habe ich noch eine Frage." Jetzt richtete er seinen Blick auf mich. „Hat Kari etwas über eine V-Clan-Wölfin erwähnt? Vielleicht über eine Heilerin?"

„Was machst du denn hier draußen?", fragte ich. „Solltest du nicht da drin sein?" Ich deutete mit einer Geste auf den Operationssaal.

„Oh, ja, wir sind fertig."

„Fertig?", wiederholte ich.

„Das habe ich gesagt, ja", murmelte er. „Es war erfolgreich, falls du dich fragen solltest."

„Natürlich frage ich mich das, verdammt", erwiderte ich und trat vor.

Er legte eine Hand auf meine Brust. Seine Magie ließ mich erstarren. „Sie schläft noch, Sven, aber in einer Stunde sollte sie aufwachen. Du musst also vorbereitet sein, denn ich konnte spüren, dass ihre Brunst bereits überhandnimmt."

„Dann lass mich sie sehen", sagte ich mit zusammengebissenen Zähnen und war höchst irritiert von seiner Verzauberung.

„Ich habe gerade ein beträchtliches Opfer für deine Omega erbracht, um sicherzustellen, dass sie die Operation ohne Narben oder lebenslange Nebenwirkungen überlebt. Es ist auch erwähnenswert, dass sie ohne mich wahrscheinlich gestorben wäre", sagte er ruhig. Sein mitternächtlicher Blick flackerte mit einer offensichtlichen Warnung. „Also erweise mir bitte die Ehre, mir zu sagen, ob deine Omega irgendetwas über eine Heilerin erwähnt hat."

Mein Wolf wollte ihn am liebsten aus dem Weg schieben und die Sache hinter sich bringen.

Aber der Mann in mir hörte, was er gerade über die Hilfe für meine Omega gesagt hatte, und ich konnte nicht anders, als ihm die Höflichkeit mit einer Antwort zu geben. Ich war es ihm schuldig. Wenn er nur eine Antwort von mir wollte, würde ich sie ihm geben.

„Sie sagte, dass eine Omega in Carlos' Lager heilen kann. Sie sagte auch, Carlos sei ein Sammler und nicht alle seine Omegas seien X-Clan-Wölfe."

„Interessant", murmelte er nachdenklich und blickte zu Ander. „Ich werde noch ein paar Tage hier bleiben müssen, bis Omega Kari bei klarem Verstand ist und mir mehr über diese Heilerin erzählen kann. Lässt sich das einrichten?"

„Wenn du aufhörst, uns mit Magie zu belegen, dann ja", antwortete mein Bruder mit einem leisen Zischen.

Kieran lächelte. „Aber natürlich."

Ich stolperte fast nach vorne, denn seine Magie war sofort weg. Nur seine Hand an meiner Brust verhinderte, dass ich hineinfiel. „Sie wird in ihrer Not fast untröstlich sein. Viel Glück." Mit diesen Worten wandte er sich Ander zu, während die Aufnahmen der Drohne verschwanden. „Ich schlage Infrarot für deine nächste Drohne vor."

Mein Bruder grinste und fuhr den Bildschirm wieder hoch, um genau das zu tun.

Ich überließ es ihnen, sich über ihre Spielzeuge, den Bariloche Sektor oder die Unterbringung auszutauschen.

Ich musste mich um meine Omega kümmern.

Und ich hatte wirklich gehofft, dass Riley ein wenig mehr Details über Karis körperlichen Zustand preisgeben würde. Denn irgendetwas sagte mir, dass ich von Kieran keine weiteren Details erfahren würde.

„Du hast also die ganzen Drähte entfernt?", fragte ich und wiederholte, was Riley mir gerade erzählt hatte.

Sie nickte. „Ja. Ich konnte alles entfernen, während Kieran ihre Organe heilte. Es dauerte lange und erforderte einige vorsichtige Manöver, aber wir konnten alles in ihr entfernen, was ihr Fortpflanzungssystem daran hinderte, sich selbst zu heilen. Dann kümmerte er sich um die Narben und nähte sie mit Magie wieder zu."

Ich blinzelte. „Er nähte sie mit Magie zusammen?"

Sie zog Karis Hemd hoch und enthüllte eine unversehrte Haut. „Keine echten Nähte. Er ... er hat ihre Haut mit seinem Geist geflickt." Ihre blauen Augen hüpften zu Jonas hinüber, als sie schluckte.

Er blieb stoisch in der Ecke des Raumes sitzen, hatte die Arme verschränkt und einen emotionslosen Gesichtsausdruck. So verhielt er sich schon zu Beginn der Operation und hatte sich seitdem keinen Zentimeter von seinem Platz an der Tür wegbewegt.

„Du glaubst also, dass sie sich vollständig erholen wird?", drängte ich und konzentrierte mich wieder auf Riley.

„Ja. Kieran sagte, er könne spüren, dass sie bereits brünstig wird", antwortete sie und schluckte. „Er hat gewarnt, dass es heftig sein wird, da sie seit mehreren Jahren keinen Zyklus mehr hatte. Er sagte auch, dass die Chancen auf eine Schwangerschaft im Moment unwahrscheinlich sind, da ihre Organe noch so jung und gereizt sind."

„Wird ihr der Knoten schaden?", drängte ich, denn ich musste es wissen, bevor ich mich um den Teil kümmerte, der die Hitze betraf.

Sie schüttelte den Kopf. „Es ... es tat vorher weh,

wegen der Drähte." Die Worte kamen im Flüsterton heraus, ihre Augen füllten sich mit Tränen. „Die Drähte wurden absichtlich platziert, um sicherzustellen, dass der Knoten qualvoll für sie sein würde. Es ist unmöglich, dass die Drähte an diesen Punkten zufällig waren." Sie schluckte. „Ihr Vater wollte, dass es ihr wehtut."

Mein Kiefer krampfte sich zusammen. Ich würde mich um ihn kümmern, sobald ich mich vergewissert hatte, dass meine Gefährtin vollständig geheilt war.

Mit einem knappen Kopfnicken schaffte ich es, „Danke, Riley" zu sagen.

„Gern geschehen", flüsterte sie und schluckte heftig. „Und ich ... es tut mir leid, dass ich sie vorhin gefährdet habe."

Ich begegnete Jonas' versteinertem Blick, sah dann zu Riley und nickte erneut. Ich würde ihr nicht verzeihen. Das war nicht meine Aufgabe. Ihr Alpha musste sie auf die von ihm gewünschte Weise zurechtweisen, und jedes Wort von mir würde seine Autorität in dieser Angelegenheit untergraben.

Sie biss sich auf die Lippe und trat einen Schritt zurück. „Es ist sicherer, sie nach oben zu bringen und ich würde es schnell tun. Sobald sie in die Brunst kommt, wird das ganze Haus davon erfahren."

Ich fuhr mit meinen Händen über Karis Körper, um nach Anzeichen von blauen Flecken oder Schwellungen zu suchen, aber sie fühlte sich ganz glatt, kurvenreich und weiblich an. Also hob ich sie hoch und drückte sie mit einem Schnurren an meine Brust.

Jonas beobachtete mich und öffnete mir die Tür ohne ein Wort.

Als ich die Schwelle überschritt, schloss und verriegelte er sie hinter sich.

„Hier?", hörte ich Riley mit zitternder Stimme fragen.

Ich blieb nicht, um herauszufinden, was Jonas vorhatte. Stattdessen machte ich mich auf den Weg zum Fahrstuhl und bemerkte dabei den leeren Korridor.

Ander musste seine Vorführung beendet und Kieran in sein Quartier gebracht haben.

Ich würde den V-Clan Alpha später fragen müssen, woher er von der Omega, die Heilerin war, wusste. Der Gedanke daran kam, nachdem ich nach Kari gesehen hatte und wusste, dass sie sich erholte, genau wie er es gesagt hatte.

Sie lag noch bewusstlos in meinen Armen, als ich sie in unsere Suite zurückgebracht hatte. Ihre zierliche Gestalt war das perfekte Gewicht für mich.

Ich nahm sie mit ins Bad und badete sie so gut ich konnte. Dann legte ich sie auf das Bett, während ich alles Nötige zusammensuchte.

Nach Kierans Warnung hatte ich ein paar Sachen bestellt, die auch alle geliefert wurden.

Wasser.

Laken.

Essen.

Das Nötigste für eine läufige Omega.

Ich hatte noch nie eine Frau in der Brunst gesehen, aber ich verstand die Dynamik und was von mir und meinem Körper verlangt werden würde. Und ich war mehr als bereit, sie durch den Zyklus zu begleiten.

Ich zog meine Kleider aus, legte sie neben die Laken, falls sie sie für ihr Nest brauchte, ließ mich neben ihr ins Bett fallen und wartete darauf, dass sie erwachte.

KARI

WARM. Sicher. Alpha.

Ich stöhnte auf – jeder Atemzug brachte mir Svens maskulinen Duft, dieses holzige Gebräu, ein Aphrodisiakum, das meine Seele in Brand setzte.

Ich wollte mehr.

Er grummelte hinter mir. Das tiefe Knurren war ein Geräusch, das mich bei anderen Alphas immer erschreckte. Aber nicht bei Sven. Ich begrüßte seine Dominanz und seinen Schutz und rollte mich auf ihn zu, weil ich mehr von seinem berauschenden Duft brauchte.

„Kari", murmelte er. Seine Finger kämmten durch mein Haar, während ich mich an seine nackte Brust schmiegte.

Nackt, staunte ich, während mein Schenkel zwischen seine muskulösen Beine glitt. *Siegreich. Erstaunlich. Nackt.*

Er fühlte sich so gut an. So richtig. So exquisit. Ich wollte ein Teil von ihm werden. Unsere Körper sollten zusammenkleben und eins werden.

Es war ein immenses Verlangen, das meinen Magen

vor *Verlangen* schmerzhaft zusammenziehen und mich vor ihm erstarren ließ.

Mein Unterleib ... Ich drücke meine Hand auf meinen Unterbauch. *Ich fühle mich ... Ich fühle mich frei.*

Und doch war da ein subtiler Schmerz in mir, der nach Befriedigung verlangte.

In meinem Kopf drehte sich alles, während ich versuchte zu verstehen, was das alles bedeutete. Alles war so nebulös, verloren unter einer Wolke von Instinkten. Meine Wölfin kämpfte um die Kontrolle und verlangte, dass ich einfach nachgab, aber ich zwang sie, sich zu fügen, denn mein Bedürfnis zu verstehen war zu stark, als dass sie dagegen ankämpfen konnte.

„Sven", hauchte ich, und meine Augenlider waren schwer, als ich sie öffnen musste. „Wo sind wir?" Ich fühlte mich sauber. Ausgeruht. *Aufgeregt.*

Das verstand ich nicht.

Wieder versuchte ich mich zu erinnern, um herauszufinden, was geschehen war.

„In unserer Gästesuite im Andorra Sektor", antwortete er. „Du wachst gerade von der Operation auf. Du kommst in die Brunst."

Ich runzelte die Stirn. „Nicht möglich." Ich war seit Jahren nicht mehr brünstig gewesen.

Außer ... ich erinnerte mich an einen Mann, der eine Warnung ausgesprochen hatte. Er sagte, ich würde nach der Operation läufig werden.

Ich blinzelte und die Welt drehte sich, als sich mein Unterleib erneut schmerzhaft zusammenzog. Aber es war nicht der Schmerz, den ich sonst hatte. Dieser Schmerz war neu. Heiß. Ein Schmerz, der eine neue Welle der Erregung auslöste.

Stöhnend wölbte ich mich in meinen Alpha und spürte, wie sein Schwanz gegen meinen Unterleib pochte.

Mmm, ja, ich will ihn in mir haben. Ich will, dass er mich verknotet ... warte, ... ich blinzelte wieder verwirrt. Warum sollte ich mich danach sehnen? Knoten taten weh.

„*Du kommst in die Brunst*", hatte Sven gesagt.

„Wie ist das möglich?"', fragte ich, ohne aufzunehmen, was er gerade gesagt hatte. Ich versuchte, mich zu erinnern, aber meine Instinkte konzentrierten sich allein auf meinen Körper. Ich bemühte mich, seine Antwort jetzt zu hören, um meinen derzeitigen Zustand zu verstehen.

„Die Operation war erfolgreich, Kari", sagte er, und seine Finger verknoteten sich mit meinem Haar, als er mir einen kleinen Ruck gab, der mich in die Gegenwart zurückholte. „Riley konnte alle Drähte entfernen. Und Kieran hat dich geheilt."

Kieran, wiederholte ich und erinnerte mich an den gutaussehenden V-Clan Alpha. Er war derjenige, der mich gewarnt hatte, dass ich läufig werden würde. Er hatte Sven gesagt, er solle sich um mich kümmern. Oder hatte er mir das gesagt?

Ich runzelte die Stirn und erinnerte mich an das geflüsterte Versprechen von ihm, dass Sven bald da sein würde, um sich um meine Bedürfnisse zu kümmern. *Du bist in guten Händen, Kleines. Verlass dich darauf, dass dein Alpha dir beisteht.*

Warum hatte er das gesagt?

Nein, *wann* hatte er das gesagt?

Ich konnte seine Restenergie in mir spüren, die mich mit neuem Leben erfüllte. Es war anders als alles, was ich je erlebt hatte. Nicht einmal Omega Quinn hatte es geschafft, dass ich mich zu Hause so gut fühlte.

„Kari." Sven sprach meinen Namen eher wie ein Kommando aus. „Wie fühlst du dich?"

„Lebendig", antwortete ich verträumt. „Warm. Sicher.

Bereit." Das letzte Wort ließ mich innehalten. War ich wirklich bereit?

In der Vergangenheit hatte das Knoten immer weh getan. Aber dieses Mal war es anders. Ich sehnte mich nicht verzweifelt nach seinem Knoten, weil sie mich mit Sensoren oder Drogen dazu gebracht hatten. Ich wollte ihn in mir spüren. Er sollte mich vervollständigen. Mich heilen. Mich … *beanspruchen.*

Ich gehörte ihm bereits, aber ich wollte seinen Anspruch in mir spüren. Allein bei dem Gedanken daran wölbte ich mich mit einem Stöhnen wieder in ihn hinein. In meinen Adern loderte eine Flamme, die nur mein Alpha bändigen konnte.

„*Sven* …" Ich schluckte, das Verlangen nach ihm stieg mit jedem Atemzug. „Nimm mich. Bitte. Solange ich mich erinnere. Solange ich noch *ich* bin." Das war eine dringende Bitte, eine, die ich nicht aussprechen wollte, aber jetzt mehr als alles andere auf der Welt brauchte.

Der Zyklus würde mich auf eine andere Existenzebene bringen, eine Ebene, die von tierischen Instinkten und dem Bedürfnis nach Fortpflanzung bestimmt war. Ich würde völlig die Kontrolle verlieren und nicht in der Lage sein, unsere Bindung außerhalb meiner Triebe wirklich zu erleben.

Und ich wollte ihn unbedingt zum ersten Mal ganz in mir spüren.

„Bitte, Sven. Ich muss spüren, wie du mich verknotest. Jetzt gleich, damit ich mich daran erinnere. Damit ich wirklich *glaube.*" Ich legte meine Hand in seinen Nacken. „Sei meine Hoffnung. Zeig mir, wie es ist, in einem echten Traum zu leben. Sei mein, wie du es sein sollst."

Er flüsterte meinen Namen – die Anbetung und das Versprechen in seinem Ton spürte ich direkt in meiner Seele. Im nächsten Atemzug eroberte sein Mund den meinen. Sein Kuss war ein Versprechen voller heißer Absicht. Ich gab ihm alles, gab mich ihm hin und sagte ihm mit meiner Zunge, dass ich ihm gehörte.

Er zog mich an den Haaren, legte mich auf den Rücken und rollte sich auf mich. Er fühlte sich schwer, aber richtig an. Seine Ausstrahlung war genau das, was ich brauchte und ersehnte.

Noch mehr Erregung trat aus mir heraus und lockte meinen Gefährten, *meinen Sven, das zu* nehmen, was bereits ihm gehörte. Es tat fast weh, mein Körper verlangte, dass er handelte und in mich eindrang, aber stattdessen zog er seinen heißen Stahl durch meine Spalte, neckte und stichelte und entlockte meiner Kehle ein flehendes Stöhnen. „*Sven …*"

Ich war so kurz davor, meinen Verstand zu verlieren. Ich war so kurz davor, in einen Zustand zu fallen, den ich nie wieder zu fühlen erwartet hätte. Und während ich mich danach sehnte, Vergnügen zu erleben, meine wahre Natur zu umarmen, brauchte ich ihn umso mehr.

Seine Zähne streiften meine Unterlippe und knabberten sanft an ihr, als wollten sie den Moment verlängern – einen Moment, den wir nicht hatten.

Ich packte ihn an den Schultern, fuhr ihm mit den Nägeln über den Rücken und verlangte von meinem Alpha, das zu tun, was ich brauchte, mich zu neuen Höhen zu treiben, mich mit ihm zu verknoten.

„Oh", schrie ich, als er ohne Vorwarnung in mich eindrang, seine Länge pulsierte in mir, als er mich mit einem einzigen harten Stoß bis zum Anschlag ausfüllte.

Tränen verdeckten meine Sicht, aber sie waren nicht aus Schmerz, sondern aus Freude geboren.

Es fühlte sich *richtig* an, als hätte sich mein Alpha endlich so zu mir gesellt, wie er es sollte.

Mein Innerstes schmerzte bei der Penetration und freute sich zugleich über seine üppige Größe.

Und dann setzte er sich in Bewegung … nicht schnell, sondern langsam. Er zwang mich, jeden Zentimeter seiner Länge zu spüren, während er durch meinen Kanal glitt, um tief in mich einzudringen und dann wieder aus mir herauszuziehen.

Es war eine Folter der besten Art, die mich dazu brachte, mich vom Bett zu erheben, als ich *mehr* verlangte. Ich schrie nach ihm, sein Name war ein Fluch und ein Segen auf meiner Zunge, bis sein Mund die Laute verschluckte und seine Zunge mit mir um die Vorherrschaft kämpfte.

Jeder Zungenschlag erinnerte mich daran, wer das Sagen hatte.

Jeder Hüftschwung sagte mir, zu wem ich gehörte.

Jeder harte Schlag nach vorne sorgte dafür, dass niemand außer Sven jemals in mich eindringen würde.

„Meins", knurrte er gegen meine Lippen, sein Besitz wärmte mich von meinem Kopf bis zu den Zehen. Er verfiel in einen Rausch, sein Bedürfnis, seinen Anspruch zu unterstreichen, zeigte sich in seinem zunehmenden Tempo.

Es tat weh, auf die beste Art und Weise, und es löschte alle negativen Erfahrungen aus, die vor ihm gekommen waren, und zwang mich, nur an ihn zu denken, meinen Gefährten, meinen Sven.

Ich keuchte, das Inferno in mir erreichte einen brodelnden Punkt, der Gipfel des Wahnsinns bedrohte meine Gedanken, aber ich hielt meinen Verstand fest, ich brauchte nur noch ein paar Minuten.

Lass mich fühlen. Bitte lass mich fühlen!

„Mach mir einen Knoten", flehte ich. „Oh, Sven, bitte … ich *brauche* …" Die Worte kamen in einem Wimmern heraus, meine Stimme war hoch und rauchig und völlig fremd in meinen Ohren. So etwas hatte ich noch nie erlebt. Die Intensität unserer Reibung versengte meine Seele und erdete mich für immer mit ihm.

Er küsste mich noch einmal und seine Zunge flüsterte mir Versprechungen für die Ewigkeit ins Ohr, während er mich mit jedem unerträglich perfekten Stoß zu *seiner* machte.

Er hätte mich jetzt brechen können, und es wäre mir egal gewesen.

Er hätte mich bis zur Vergessenheit verknoten können, und ich hätte nur seinen Namen geseufzt.

Ich gehörte ihm vollständig – mein Herz gehörte ihm und mein Körper.

„Ich gehöre dir", flüsterte ich gegen seinen Mund. „Für immer dir."

Die Worte schienen ihn anzustacheln, denn seine Muskeln spannten sich um mich herum ab und bildeten eine männliche Decke aus Wärme und Wildheit, die mich bis ins Innerste durchflutete. Ich schlang meine Schenkel um seine Hüften, nahm ihn tiefer auf und entlockte seinen Lippen einen köstlichen Laut.

„Verdammt, Kari", murmelte er und öffnete seine Augen, um meine zu sehen. „Du fühlst dich so verdammt gut an. So eng. So perfekt. So *meins*."

„Deins", wiederholte ich, wölbte mich in ihn hinein und bettelte um mehr, aber er verlangsamte sein Tempo. Seine blauen Augen hielten die meinen fest, während er mich zwang, jeden Zentimeter von ihm noch einmal zu erleben.

Ich umschloss seine Länge mit meinem Kanal. Mein Unterleib schmerzte vor Verlangen und dieser Schmerz breitete sich in meine Arme und Beine aus. „Bitte", flehte ich ihn an und war mir nicht sicher, was genau ich brauchte. Aber sein Blick sagte mir, dass er es wusste.

Er ergriff meine Handgelenke und streckte meine Arme über meinen Kopf aus, wo er unsere Finger ineinander verschränkte. Er blickte mir tief in die Augen, während er unser Tempo kontrollierte.

Qualen durchströmten mich, mein Inneres verlangte, dass er härter und schneller werden sollte, aber er quälte mich mit langsamen, gezielten Bewegungen, während er mich unter sich hielt. Dann, ganz langsam, küsste er mich noch einmal.

Irgendetwas an diesem Moment war zärtlich und wunderschön – ein Moment, den ich für immer in Erinnerung behalten würde.

Mein großer, starker Alpha liebte mich. Er fickte nicht, nahm nicht einfach, sondern zeigte mir mit seiner Stärke und Kontrolle, wie gut er mich beherrschte.

Das ließ mein Herz in mir aufbrechen und mit einer Kraft aufblühen, die mir die ganze Luft aus den Lungen raubte.

„Sven", sagte ich in einem Ausatmen und meine Schenkel zitterten um seine Lenden.

Er leckte über meine Unterlippe und küsste sich einen Weg zu meinem Ohr. „Ich liebe dich, Kari", flüsterte er und knabberte sanft an meinem Ohrläppchen. „Und ich werde dir jetzt zeigen, wie sehr."

Er gab mir keine Gelegenheit zu antworten, sein Mund wanderte zu meiner Brust, während er seine Hüften mit einem Stoß vorwärts bewegte, der mich Sterne sehen ließ.

Sein Knoten, stellte ich erstaunt fest, als er in mir explodierte. Ich spürte, wie der Knoten von seinem Ansatz her hochschoss, während seine Zähne in mein Fleisch schnitten.

Die Kraft verzehrte mich. Sein Anspruch war ein erwartetes und überwältigendes Gefühl, das mich sprachlos werden ließ.

Und dann brach tief in mir ein wunderbarer Schmerz aus, wie ich ihn noch nie erlebt hatte und schoss Hitze und Spitzen der Ekstase durch meine Glieder und hinterließ eine feurige Spur in seinem Gefolge.

Oh ...

Ich stürzte über den Rand der Klippe in einen Rausch, der jeden Zentimeter meiner Seele verschlang und mich als bebendes Chaos auf dem Bett aus meiner Erregung, seinem Samen und Blut zurückließ.

Ich fühlte mich vollständig.

Lebendig.

Völlig besessen.

Er hat mich beansprucht, staunte ich und spürte, wie seine Zunge die Wunde über meiner Brustwarze liebkoste. *Er hat mich wirklich beansprucht.*

Und immer noch pulsierte sein Knoten, sein Schwanz pochte wild in meinem engen Kanal und füllte mich mit seiner Essenz in heißen Wellen der Lust.

Der Rausch hörte nicht auf. Es fühlte sich an, als wären alle Orgasmen meines ganzen Lebens in einen einzigen gestopft worden, und mein Körper wusste nicht, wie er diese unglaubliche Vibration stoppen sollte.

Ich stöhnte.

Ich weinte.

Ich bettelte um mehr.

Es waren die intensivsten Gefühle, die ich je gespürt hatte und alle beruhten auf meinem Verlangen nach Sven, meiner Liebe zu ihm und dem exquisiten Schmerz der Befriedigung.

Sven summte und streichelte mich, seine Lippen wanderten meinen Hals hinauf zu meinem Ohr, wo er mich lobte und mir Bewunderung aussprach. Er sagte mir ... ich sei schön. Er nannte mich ... perfekt. Er dankte mir dafür, dass ich zu ihm gehörte und dass ich an ihn glaubte und drückte seine Dankbarkeit dafür aus, dass er mich verknoten durfte. Er versprach mir schmutzige, verruchte Dinge, die er als Nächstes mit mir machen würde. Ich stöhnte wieder auf, wölbte mich in ihn hinein und wollte jeden aufgeführten Punkt mit ihm erleben.

Er führte seine Finger zu meinem Mund und ließ mich die Verbindung zwischen unseren Körpern schmecken.

Ich erzitterte – der dekadente Geschmack trieb mich auf seinem großen Schaft zu einem weiteren Höhepunkt. Er verknotete mich nicht noch einmal, aber er war wieder hart und bereit für eine weitere Runde. Ich drängte ihn, mich dieses Mal hart zu ficken. Ich schlang meine Beine und ihn, wie ein Schraubstock, und verlangte von ihm, mir seine Kraft und Stärke zu geben.

Er enttäuschte mich nicht und drang mit einer Hingabe in mich ein, die meinen Körper und meinen Geist befriedigte.

Und wieder erreichten wir uns windend den Höhepunkt – unsere Bestien waren völlig unter Kontrolle.

Mein Verstand jubelte, mein Herz pochte, und mein Körper schmolz für meinen Alpha dahin.

Er küsste sein Zeichen noch einmal, ließ meine Hände los und ließ mich über seinen großen, muskulösen Körper gleiten. *Alles meins*, staunte ich, küssend … leckend … knabbernd. Ich lag jetzt auf ihm, sein Schwanz steckte tief in mir, während ich ihn ritt, wie ich es wollte und mir von ihm nahm, was ich brauchte. Ich verlangte von ihm, dass er mich stunden- und tagelang verknoten sollte.

Sven ging auf meine Wünsche ein, gab mir genau das, was ich brauchte und führte mich immer wieder in die Erlösung.

Er löste seine Versprechen ein.

Er nahm meinen Mund, pumpte in mich hinein und ertränkte mich in seinem Samen, bevor er mich von hinten nahm, um mein letztes Loch zu erobern. Meine eigene Erregung lieferte dabei das nötige Gleitmittel.

Er badete mich und wusch die Essenzen unserer Erregung von unserer Haut. Und dann trug er mich zurück zum Bett, während sein Knoten weiter in mir pulsierte.

Wir schliefen nicht, unsere Tiere waren zu hungrig nacheinander, als dass sie es wagten, ihre Zeit mit solch frivolen Bedürfnissen zu verschwenden.

Ich war unter ihm, auf ihm, neben ihm, über ihm – wir liebten uns auf verschiedenen Möbeln, am Fenster und an so vielen anderen Orten, dass sich die Erlebnisse in meinem Kopf vermischten und mich mit einer Zufriedenheit überzogen, die meinen Geist küsste.

Es war wie ein Traum.

Aber ich wusste, dass es echt war.

Ich würde wund sein, wenn wir fertig waren, denn Svens Körper war viel größer und stärker als mein eigener, aber die exquisiten Schmerzen waren es wert.

Ich war endlich vollständig.

Behauptet.

Geliebt.

Seine Gefährtin.

SVEN

AM ZWÖLFTEN TAG zeigte Kari keine Anzeichen, dass sie je aus ihrer Brunst herauskommen würde.

Sie war ein unersättliches kleines Ding, das von mir verlangte, sie zu jeder Tageszeit zu ficken. Es war ein Wunder, dass ich sie überhaupt zum Schlafen bringen konnte.

Ich summte für sie, während sie unter mir lag und ihre Pupillen vor Vergnügen und Verlangen geweitet waren. Sie wollte, dass ich sie härter nahm, aber ich zwang sie, mein geringeres Tempo anzunehmen. Ihre kleinen Krallen kratzten aus Protest über meinen Rücken, während sie sich in ihrem subtilen Verlangen in mir wölbte.

„Du kannst nicht auf mir von unten nach oben klettern, kleines Wunder", sagte ich amüsiert über ihre Mätzchen.

Sie knurrte.

Ich grummelte zurück und entlockte ihrer Kehle ein Stöhnen. Ihre Stimme war von all den Lustschreien heiser und ihr Körper durch den pausenlosen Sex müde, aber sie war unverwüstlich, denn sie erholte sich durch ihre

Wolfsgenetik mit einer Anmut, die mein eigenes Tier bewunderte.

Bald würde sie ihre Stimme wiedererlangen, und ich wusste genau, was sie mir sagen würde.

Härter. Schneller. Mehr, Alpha, mehr.

Ich küsste mir einen Weg ihren Hals hinunter zu meiner Bisswunde über ihrer Brust. Sie war vollständig verheilt, abgesehen von der feinen Narbe, die sie als mein Eigentum auswies. Sie hatte mich mehrmals gebeten, sie einzufordern, denn ihr Wolf mochte das Gefühl meiner Zähne in ihrer Haut.

Und sie hatte mich mit kleinen halbmondförmigen Bissen entlang meines Oberkörpers gezeichnet. Diese waren vollständig verheilt, ohne eine Narbe zu hinterlassen – etwas, das sie ungemein zu reizen schien. Deshalb biss sie mich immer wieder, wobei ihr Wolf jedes Mal knurrte: *„Mein Alpha."*

Ich liebte ihre besitzergreifende Natur und ihre Unersättlichkeit, aber ich begann, mir Sorgen über ihre anhaltende Läufigkeit zu machen.

Ich hatte Riley in der letzten Nacht eine Nachricht geschickt, und sie hatte sich mit Kieran in Verbindung gesetzt. Der V-Clan-Alpha war zurück in den Blutsektor geflogen und hatte gesagt, ich solle ihn anrufen, wenn wir aus dem Nest kämen. Er nahm beim ersten Klingeln ab und erwartete, dass Kari bereit war, mit ihm zu sprechen. Er hatte schnell gemerkt, dass das nicht der Fall war, und geschmunzelt, als ich ihm gesagt hatte, dass sie noch in der Brunst war.

„Bleib lieber dran, Sven", hatte er gesagt und aufgelegt, bevor ich meine Bedenken äußern konnte.

Ich hatte ihm heute Morgen eine weitere Nachricht gesendet, in der ich ihm mitteilte, dass sie immer noch in der Brust sei, und nachfragte, ob ich mir Sorgen machen müsse.

Er antwortete: „Es ist *gut, dass du kein V-Clan-Wolf bist. Unsere Gefährtinnen sind wochenlang in der Brunst.*"

Ich hatte mich unwillkürlich gefragt, ob seine heilende Energie die Ursache für ihre anhaltende Hitze war. Dann hatte sie verlangt, dass ich zurück ins Bett kam, und seitdem war ich hier – in ihr.

Ihre feuchte Mitte schmiegte sich um mich und flehte mich an, sie erneut zu verknoten.

Aber ich hielt mich zurück, glitt in sie hinein und aus ihr heraus in einer rhythmischen Liebkosung, die sie unter mir wimmern ließ.

„Ich liebe dieses Geräusch", murmelte ich und schnurrte für sie, als sie wimmerte. „Das ist verdammt heiß, kleines Wunder." Ich fuhr mit meinen Zähnen an ihrer Unterlippe entlang und knabberte sanft an ihr. „Mmhmm." Ich stieß wieder ganz in sie hinein und entlockte ihr ein weiteres Wimmern. Ich lächelte, weil ich sie so liebte – sie war so vertrauensvoll und bedürftig.

Sie ließ sich von mir auf jede erdenkliche Art und Weise nehmen, vertraute mir dabei ihre Lieblingsstellungen an und ging sogar so weit, immer wieder mehr zu verlangen. Ich erfüllte einige Wünsche und verbesserte andere.

„Du bist wie ein kleines Sexmonster", sagte ich amüsiert, als sie mich mit ihren Schenkeln zusammendrückte. „Du bist unersättlich und ich liebe es."

„Fick mich", röchelte sie.

„Ja, ich bin unersättlich."

„*Härter.*"

„Mmhmm …" Ich stieß in sie hinein und entlockte ihrer Kehle einen köstlichen Laut. „Gefällt dir das?"

„Jaaaa", zischte sie und biss in meinen Hals.

Ich küsste sie, liebkoste sie mit meiner Zunge und nahm sie mit der Wildheit, nach der sie sich einmal mehr sehnte. Sie keuchte unter mir, ihre Nippel drückten hart gegen meine Brust, als ich sie in einen Orgasmus trieb, der sie lautlos schreien ließ.

Mein Knoten pulsierte, das Gefühl war so verdammt gut, dass ich mein eigenes Stöhnen der Zustimmung nicht unterdrücken konnte. Als ich mich in ihr entlud, sie mit meinem Samen badete und meinen Anspruch auf die traditionellste Art und Weise geltend machte, miaute sie ein wenig.

Sie war zufrieden mit mir und streichelte meine Wange, während ich für sie summte.

Ihr kleiner Mund öffnete sich zu einem Gähnen, und ihre Augen fielen zu, während sich ihre Mitte weiter um mich herum zusammenzog. Ich schmunzelte und bewunderte ihre Zufriedenheit.

„Du bist so perfekt", flüsterte ich an ihr Ohr. „So unglaublich und schön, Kari. Ich kann mich so glücklich schätzen, dich zu haben, dich mein zu nennen. Ich danke dir, kleines Wunder. Danke, dass du mich gefunden hast."

Sie gähnte erneut, und ihre Lippen verzogen sich zu einem Lächeln. Meine Kommentare gefielen ihr, oder vielleicht war es nur meine Stimme, die sie zufrieden stellte. Da sie nicht wirklich sprach, konnte ich es nicht sagen. Aber ich fuhr fort, meine Dankbarkeit und meine Komplimente auszudrücken, während sie wieder einschlief.

Meine Muskeln schmerzten von der Anstrengung, sie fast zwei Wochen lang immer wieder zu nehmen. Kierans Kommentar verhöhnte einmal mehr meine Gedanken: *Gut, dass du kein V-Clan-Wolf bist.*

Ich schnaubte.

Ich hätte das wochenlang tun können. Ich wollte nur

sicher sein, dass das normal und *okay* war. Denn Kari hatte kaum etwas gegessen. Es war ein Kampf, sie dazu zu bringen, überhaupt Wasser zu trinken. Ich hatte herausgefunden, dass der Trick darin bestand, mit ihr unter die Dusche zu gehen und sie unter dem Duschstrahl zu ficken. Sie öffnete den Mund und schluckte, als wäre es mein Samen, der in ihre Kehle floss.

Ein erotischer Anblick, den ich in letzter Zeit fast täglich genossen hatte.

Aber ich musste wissen, dass sie irgendwann aus diesem Zustand herauskommen würde. So sehr ich es auch genoss, dass sie sich in eine sexhungrige Omega verwandelt hatte, vermisste ich meine Kari. Ich vermisste ihre Stimme. Ich vermisste ihre zaghaften Blicke, ihr kleines Lächeln und ihre großen blauen Augen.

Küssend bahnte ich mir einen Weg zu ihrer Brust hinunter und zeichnete mit meiner Zunge mein Zeichen nach, als mein Schaft aus ihrer Hitze glitt. Dann fuhr ich fort, sie abwärts abzulecken, um ihr einen weiteren Orgasmus zu entlocken, während sie schlief, in der Hoffnung, sie noch ein paar Minuten länger damit zu beruhigen.

Sie murmelte etwas Unverständliches, ihre Glieder entspannten sich und ihr Mund verzog sich zu einem kleinen, glücklichen Lächeln.

Ich lächelte und küsste ihre Innenseite des Oberschenkels und schlich ich mich davon, um Riley noch einmal anzurufen.

Sie meldete sich nach dem ersten Klingeln. Ihr blaues Haar hing in krausen Locken um ihr gerötetes Gesicht. „Ist sie immer noch in der Brunst?"

„Ja", antwortete ich. „Und Kieran ist nicht gerade hilfreich gewesen."

„Schockierend", murmelte Jonas aus dem Hintergrund.

Angesichts von Rileys zerzaustem Äußeren konnte ich vermuten, was sie gemacht hatten. Ich nahm an, dass das bedeutete, dass ihre Bestrafung vorbei war, und wenn man ihr gesundes Strahlen betrachtete, war sie mit dieser Entwicklung zufrieden.

„Ich werde ihn anrufen", murmelte Riley.

„Nein, ich werde ihn anrufen", warf Jonas ein. „Pass auf deine Gefährtin auf, Sven. Wir werden sehen, was Kieran zu sagen hat." Die Verbindung wurde beendet, und der Alpha übernahm die Leitung.

Ich nickte zustimmend und ging zurück zum Bett, um Kari beim Schlafen zuzusehen. Als sie aufwachte, gingen wir noch einmal duschen. Ich versuchte, sie zum Essen zu bewegen, aber sie akzeptierte nur Dinge, die mit meinem Samen aromatisiert waren. Ihre Pupillen weiteten sich, als sie sich dem Geschmack hingab.

Es dauerte drei weitere Tage, bis Jonas sich endlich wieder meldete. Zu diesem Zeitpunkt konnte ich bereits sehen, wie meine Kari zu ihrem normalen Zustand zurückkehrte.

Er sagt, es sei ganz natürlich, dass sie nach so vielen Jahren ohne eine Regelblutung eine lange Regelblutung hat. Er geht davon aus, dass sie schneller als sonst in eine weitere Phase fallen wird – eine, in der eine Schwangerschaft eher möglich sein wird.

Ich schnaubte und tippte zurück: *Mit meiner Ausdauer ist alles in Ordnung.* Ein einziger Blick auf mein Weibchen würde das beweisen. Sie war wieder einmal selig und schwelgte in ihrem postorgasmischen Glühen. Der Gedanke, sie zu schwängern, brachte mich zum Lächeln. Sie war in diesem Läufigkeitszyklus nicht schwanger geworden, genau wie Kieran es vorausgesagt hatte. Ein Teil von mir hatte gehofft, er würde sich irren. Ein anderer

Teil von mir war sich darüber im Klaren, dass keiner von uns beiden für den nächsten Schritt bereit war.

Ich gebe nur seinen Kommentar weiter, antwortete Jonas. *Er schätzt, dass sie in den nächsten Tagen oder so aus dem Zyklus kommen wird.*

Ich strich mit den Fingern durch ihr seidiges Haar und schnurrte, als sie sich tiefer an meine Brust schmiegte. Sie schlief jetzt mehr, ihr Körper erholte sich von unseren körperlichen Anstrengungen.

Ein kleines Stöhnen kam über ihre Lippen, als sie sich noch enger an mich schmiegte, denn ihr Wolf suchte Trost, während sie sich erholte.

Ich hielt sie fest, und ich schnurrte und hielt sie warm, während sie schlief.

Als sie aufwachte, verknotete ich sie erneut und trug sie noch einmal zur Dusche.

Es war ein intimer Tanz, der uns gefiel, aber dieses Mal nahm sie viel Wasser zu sich und verlangte eine richtige Mahlzeit. Nachdem sie gegessen hatte, zerrte sie mich für eine weitere Runde Ficken zurück in ihr Nest.

Sie hatte alle unsere Laken und schmutzige Kleidung durchwühlt, frische Bettwäsche und Handtücher herausgeholt, um sich ein sicheres Nest zu schaffen. Es roch nach unseren Essenzen, was meine Instinkte weckte und mich dazu brachte, sie immer und immer wieder zu beanspruchen.

Aber ich behielt die ganze Zeit die Kontrolle und gab ihr, was sie brauchte, ohne zu viel von ihr zu verlangen.

Und als sie am nächsten Morgen aufwachte, waren ihre blauen Augen zurückgekehrt. Sie lächelte mich schläfrig an, streckte sich und strich über das Mal auf ihrer Brust.

Wir küssten uns.

Wir streichelten uns.

Wir liebten uns – behutsam und sinnlich. Sie biss mich wieder – diesmal in den Hals. Als ich knurrte, lächelte sie. Während sie mir zuflüsterte, war ihr Ausdruck so bezaubernd und von einer Schüchternheit geprägt. „Meiner."

Ich freute mich, sie normal sprechen zu hören, auch wenn es nur ein Wort war. Wenigstens hatte sie das perfekte Wort gewählt. Ich legte meine Hand auf ihre Brust und erwiderte: „Meine."

Sie brummte zustimmend und rollte sich an mich, um weiterzuschlafen.

Später in der Nacht kehrten ihre Sinne vollständig zurück. Früh am Morgen stöhnte sie auf. Ich massierte und knetete ihre steifen Muskeln und tat, was ich konnte, um sie mit meiner Berührung zu heilen.

Als ich ihr zwischen die Beine fasste, spannten sich ihre Schenkel an und sie stöhnte wieder ein wenig auf. „Tut es dir weh?", fragte ich sie.

Sie nickte und biss sich auf die Lippe.

Ich leckte mir einen Weg nach unten, um sie mit meiner Zunge zu heilen.

Sie stöhnte, als sie kam, pulsierte ihre Knospe in meinem Mund.

Und dann schlief sie wieder ein.

Als es Mittag wurde, war sie wach und fühlte sich offensichtlich besser, denn sie bat, um etwas zu essen. Ich ließ sie im Nest zurück und bereitete für sie ein Festmahl vor und trug es in den Wohnbereich – nackt. Ich fütterte sie, während sie auf meinem Schoß am Tisch saß. Ihr kleiner Körper schmiegte sich perfekt an meinen, und nicht ein einziges Mal beschwerte sie sich über meine Berührungen. Ihr Wolf hatte es nötig, und sie auch.

Sie bedankte sich ein paar Mal bei mir, kraulte und

leckte mich und lächelte aufrichtig den ganzen Nachmittag.

Am Abend redete sie schon mehr mit mir und erzählte mir, was sie noch von ihrem Zyklus wusste. Es war viel mehr, als ich erwartet hatte, denn die meisten Omegas fielen in einen Zustand der Glückseligkeit und existierten einfach, während ihre Körper die ganze Arbeit für sie erledigten. Aber Karis Geist war die ganze Zeit bei ihr geblieben. Das war ein Beweis dafür, dass sie sich von ihrem Wolf getrennt hatte.

Ich vermutete, dass sich das mit der Zeit bessern würde. Sie hatte bereits bewundernswerte Fortschritte gemacht, aber sie musste sich noch mental erholen.

Das führte mich zu einem Gespräch, das ich nicht führen wollte, das aber trotzdem geführt werden musste.

Ich erzählte ihr von unseren Plänen bezüglich des Bariloche Sektors und dass Enrique mit Elias einen ganzen Plan ausgearbeitet hatte – einen Plan, den sie in den letzten Wochen mithilfe der Drohnen meines Bruders perfektioniert hatten. Es stellte sich heraus, dass Kieran mit dem Untergeschoss recht hatte.

Und Enriques Bruder war tatsächlich am Leben.

„Wir werden den Sektor niederbrennen", versprach ich ihr. „Der Sektor hat es nicht verdient zu existieren."

„Was ist mit denen, die keine Wahl hatten?", flüsterte sie, und ihre Augen wurden von den Informationen, die ich ihr gegeben hatte, ganz groß.

„Die Unschuldigen werden umgesiedelt. Die anderen, die überleben, müssen sich selbst einen Sektor suchen und darum betteln, aufgenommen zu werden." Dieser Teil war meine Entscheidung gewesen, mit der mein Vater und mein Bruder einverstanden waren. Sie hatten mich gefragt, ob ich den Bariloche Sektor für mich selbst übernehmen wollte, aber ich hatte abgelehnt. Ich war noch nicht bereit, die Führung zu übernehmen. Ich hatte es Ander und meinem Vater erst in der letzten Nacht, während Kari schlief, unverblümt gesagt. Sie hatten mir weder widersprochen noch zugestimmt, sondern nur genickt und meine Entscheidung akzeptiert.

„Sie haben darauf gewartet, dass du aus der Brunst kommst", fuhr ich fort. „Und jetzt, wo du raus bist, werden sie so schnell wie möglich handeln wollen." Und damit meinte ich *morgen*. Zumindest hatte das die letzte Nachricht, die ich von Ander erhalten hatte, angedeutet.

In Anbetracht dessen, was Kieran über Karis Zustand gesagt hatte, dass sie schneller als sonst wieder läufig werden würde, stimmte ich der Entscheidung zu, sofort zu gehen. Ich wollte nicht riskieren, weg zu sein, wenn sie mich brauchte.

„Er kämpft nicht fair", flüsterte sie, und ihre Angst überkam sie, als ich sie zurück in unser Nest trug. „Du kennst ihn nicht so gut wie ich."

„Ja", stimmte ich zu. „Aber Enrique kommt mit uns." Ich begegnete ihrem Blick. „Sein Bruder lebt."

Ihre Augen weiteten sich. „Alpha Joseph?"

Ich nickte. „Und deine Schwester ist auch noch am Leben. Er wird sie retten."

„Indem du Alpha Carlos herausforderst?"

„Es wird keine Herausforderung geben", sagte ich ihr. „Wir werden ihn ohne Gerichtsverfahren töten, so wie er es mit unzähligen anderen getan hat. Alle seine Unterstützer werden das Schicksal teilen. Der Bariloche Sektor wird komplett zerstört werden."

„Oh", hauchte sie und blinzelte mich an. „Bist du sicher, dass du es gut überstehen wirst?"

Ich lächelte. „Völlig sicher. Er kann nichts tun, um uns aufzuhalten. Unsere Technik ist der seinen überlegen, und wir haben ein Serum entwickelt, das seinen

Halluzinogenen entgegenwirkt. Er wird nicht wissen wie ihm geschieht." Ich legte sie auf den Rücken und nahm neben ihr Platz. Wir waren beide noch nackt, aber ich brauchte sie für den nächsten Schritt zugedeckt, also zog ich eine ihrer Decken hoch.

Sie runzelte die Stirn, als wolle sie die Decke gleich wieder an ihren Platz legen, aber sie tadelte mich nicht dafür.

„Kieran bat uns, auch ihn anzurufen, wenn es dir besser geht", fügte ich hinzu. „Er hat ein paar Fragen an dich über die Omegas im Bariloche Sektor."

Ein Teil von mir wollte seine Bitte ignorieren und nicht erfüllen, zumal er während Karis Brunst nicht gerade hilfreich gewesen war.

Aber er hatte meine Gefährtin geheilt und ihr dabei das Leben gerettet, und das war eine Schuld, die ich nie begleichen konnte. Also würde ich damit beginnen, seine Wünsche zu erfüllen.

„Ist es für dich in Ordnung, wenn ich ihn jetzt anrufe?", fragte ich sie.

„Hier?", flüsterte sie und schaute sich in unserem Nest um.

„Darf er es nicht sehen?", fragte ich mich laut und runzelte die Stirn. Denn mein Wolf wollte unbedingt, dass der Alpha es sah und dass er wusste, dass Kari mir gehörte – dass er sie nicht haben konnte – dass sie für immer zu mir gehören würde. Aber wenn meine Gefährtin unseren sicheren Ort nicht mit ihm teilen wollte, würde ich mich an ihre Wünsche halten.

„N-nein, es ist nur …" Sie brach ab, ihre Wangen erröteten und brachten mich zum Lächeln.

„Ah, ja, *genau* deshalb möchte ich, dass er es sieht", antwortete ich mit einem leisen Grummeln. „Betrachte es als deine Art zu zeigen, dass seine Magie funktioniert hat."

Ihre Wangen erröteten noch mehr, aber sie nickte. „Okay."

„*Wirklich* okay, oder *Wolf* okay?", fragte ich sie, weil ich es wissen wollte.

„Ich ... Kari ... okay", sagte sie mit einem Lächeln in den Augen. „Ich möchte mich bei ihm für ... alles bedanken."

Und das gab mir einen weiteren Grund, diesen Anruf zu tätigen – meine Gefährtin wollte ihre Dankbarkeit zum Ausdruck bringen. Diese Gelegenheit würde ich ihr niemals verwehren. Ich küsste ihre Schläfe und rief Kieran mit meiner Armbanduhr an.

Sekunden später erschien sein Gesicht. Sein Blick war wissend, während er mich studierte. „Mein Rekord liegt bei neunundzwanzig Tagen", sagte er zur Begrüßung. „Mehr Glück beim nächsten Mal."

Ich rollte mit den Augen. „Willst du mit meiner Gefährtin reden oder nicht?"

„Oh, das will ich sehr wohl", murmelte er und seine Miene wurde ernst.

Ich drehte den Bildschirm Kari zu. Sie schmiegte sich noch mehr an mich, als suchte sie meine Kraft, um sich dem Alpha auf dem Bildschirm zu stellen. „Danke, Alpha Kieran", flüsterte sie. „Danke, dass du mich geheilt hast."

„Es ging nie darum, dich zu heilen, Kleines. Es ging darum, dich von einer Last zu befreien, die dir niemals hätte auferlegt werden dürfen", antwortete er sanft. „Und der einzige Dank, den ich brauche, ist dieses hübsche Erröten in deinem Gesicht."

Ich biss die Zähne zusammen, denn sein koketter Ton irritierte meinen Wolf. „Langsam verstehe ich, warum Jonas nicht dein größter Fan ist." Der smarte, redegewandte V-Clan-Alpha hatte eindeutig eine

Schwäche für Omegas. Und er sorgte dafür, dass die ganze Welt das auch wusste.

Kieran grinste, und seine mitternächtlichen Augen blickten mich wieder an. „Jonas' Beweggründe haben nichts mit Riley zu tun, sondern mit seinem verletzten Stolz." Er ließ mir keine Gelegenheit zu einer Antwort, da sein Blick bereits wieder auf meine Omega gerichtet war. „Ich werde mich beeilen, denn ich kann mir vorstellen, dass du jetzt, wo du gepaart bist, andere Dinge im Kopf hast."

Mein Wolf brummte zustimmend bei dieser Aussage, und der Wunsch, ihr Zeichen zu küssen, ließ mich nicht los. Aber dazu müsste ich ihre Brust entblößen, und das wollte ich nicht tun, wenn ein anderer Alpha zusah.

Sich zum Verwandeln auszuziehen war eine Sache.

Das Entkleiden im Nest war etwas ganz anderes.

„Als ich einige deiner Narben heilte, spürte ich eine Restenergie von einer Magie, die nicht meine war. Ich würde dich gerne dazu befragen."

„Du meinst Omega Quinn", murmelte sie, und ihr Gesichtsausdruck war beschützend. „Alpha Carlos weiß nicht, was sie kann."

„Und mit 'was sie kann', meinst du heilen, ja?"

Sie nickte langsam. „Ähnlich wie du, aber nicht ganz so mächtig."

Seine Lippen spitzten sich. „Meine Berührung hat sich mit der Zeit perfektioniert. Ich kann mir vorstellen, dass *Omega Quinn* eines Tages ein ähnliches Niveau erreichen wird, wenn sie richtig angeleitet wird. Kannst du sie für mich beschreiben?"

„Sie sieht aus wie du", flüsterte Kari. „Dunkle Augen und dunkles Haar, aber etwas heller. Sie ist kleiner … viel kleiner."

Er schien mit dieser Beschreibung zufrieden zu sein

und richtete seine Aufmerksamkeit wieder auf mich. „Wann wollt ihr den Bariloche Sektor angreifen?"

„Ander will morgen fliegen", antwortete ich, woraufhin Kari mich überrascht ansah. Zum nächsten Teil des Gesprächs war ich noch nicht gekommen. „Wir planen, die Omegas zur medizinischen Untersuchung in den Andorra Sektor zu transportieren", fügte ich hinzu, in der Annahme, dass es ihm wirklich darum ging. Wenn Carlos wirklich eine der begehrten V-Clan-Omegas in seiner Mitte hatte, dann würde Kieran sehr daran interessiert sein, sie zurückzuholen.

„Wann morgen?", drängte er und ich runzelte die Stirn.

„Wahrscheinlich am späten Nachmittag", sagte ich langsam.

Er nickte. „Gut, ich werde gegen Mittag mit zwei meiner Elitesoldaten in Andorra eintreffen. Wir werden euch begleiten."

„Elitesoldaten?", wiederholte ich.

Ich erhielt keine Antwort. Er hatte das Gespräch schon beendet.

Ich starrte auf meine Uhr. „Was zum Teufel?" Ich hatte ihm die Details nicht mitgeteilt, um ihn zur Party einzuladen. Knurrend schickte ich ihm eine Nachricht, in der ich ihm das sagte.

Darauf erwiderte er: *„Ich brauche keine Einladung, um etwas zu tun. Wir sehen uns morgen."*

„Scheiße." Ich leitete die Nachricht an Ander weiter und teilte ihm mit, dass er gegen Mittag Besuch aus dem Blutsektor erwarten sollte. Dann schaltete ich mein Funkgerät auf lautlos, weil ich seine Antwort nicht hören wollte.

Stattdessen konzentrierte ich mich auf meine

Gefährtin und die Sorgenfalten, die ihr hübsches Gesicht zierten. „Versprich mir, dass du zu mir zurückkommst."

„Oh, ich werde zu dir zurückkommen", schwor ich. „Und ich bringe den Kopf deines Vaters als Geschenk mit."

Ihre Lippen öffneten sich mit einem Keuchen, welches ich mit meinem Mund besänftigte.

Sie würde sich um mich als meine Gefährtin sorgen. Und allein das Wissen darum würde mich viel schneller zu ihr zurückbringen.

„Ich werde diesen Sektor bis auf den Grund niederbrennen", flüsterte ich. „Und ich werde dafür sorgen, dass du diese Rache auch spüren kannst. Ich tue das für dich, *meine Gefährtin*, um deinem Wolf meinen Wert zu beweisen."

„Du bist bereits meiner und meines Wolfes würdig."

Ich lächelte. „Ja, ich weiß, aber das heißt nicht, dass ich es nicht auch beweisen muss."

Mein Mund brachte ihre Proteste zum Schweigen.

Dann beruhigte ich sie und nahm ihr die Sorgen, und mein Schnurren beruhigte sie in der Nacht.

Am Morgen war sie glücklich und zufrieden. Mein perfektes kleines Wunder.

Alles, was ich tue, tue ich für dich, sagte ich ihr mit einem Kuss. *Unsere Zukunft hat jetzt begonnen.*

TEIL III

BARILOCHE SEKTOR

SVEN

ARGENTINISCHER LUFTRAUM

Ein Bild flimmerte über meiner Uhr auf, als Kari mit ihrer Uhr spielte, die ich für sie hinterlassen hatte. So sehr ich mir auch wünschte, sie hätte mitnehmen zu können, wusste ich auch, dass mein Wolf das nicht zugelassen hätte. Sie war meine einzige Schwäche, das Weibchen, für das ich mein Leben aufgeben würde. Also musste ich wissen, dass sie sicher und beschützt im Andorra Sektor war.

Ein Teil von mir fühlte, dass es nicht fair war, sie nicht daran teilhaben zu lassen, denn sie war es, die ich hier rächen wollte. Deshalb hatte ich sie auch mit einer Uhr ausgestattet zurückgelassen. Ich hatte vor, ihr die Zerstörung zu zeigen, wenn wir hier fertig waren.

„Kein Videochat während des Fluges", sagte Kaz vom Kopilotensitz aus.

Er war heute Morgen aufgetaucht, kurz bevor Kieran und seine beiden „Elitesoldaten" in einem Tarnkappen-Kampfjet gekommen waren. Sie waren durch die Öffnung der Kuppel, die für Kaz' Eintritt aufgemacht worden war, hineingeschlüpft und buchstäblich aus dem Nichts auf dem Boden *aufgetaucht*. Niemand hatte ihre Annäherung bemerkt oder gehört, und ich hatte im Moment keine Ahnung, wo sie sich am Himmel befanden.

Verdammte V-Clan-Wölfe, dachte ich.

Wenigstens waren sie heute auf unserer Seite.

„Bist du bald da?", fragte Kari, deren hübsches Gesicht über meinem Handgelenk auftauchte.

„Wir sind etwa dreißig Minuten von unserem Absetzpunkt entfernt", sagte ich ihr und betrachtete die Wolken um mich herum. Mehrere Jets kreuzten den argentinischen Luftraum und flogen alle auf einen alten Flughafen außerhalb des Bariloche Sektor zu.

Carlos würde uns bald aufspüren, wenn er es nicht schon getan hatte.

Ich hatte erwartet, dass er kämpfen würde.

Allerdings hatten wir mit Enrique und Elias ein Geschenk vorausgeschickt. Sie hatten ein Tarnkappenflugzeug genommen, ähnlich dem, das Kieran hatte, und waren irgendwo in den Anden gelandet, um einen von Enriques Verbündeten zu treffen – einen anderen Alpha, der Carlos' Methoden nicht schätzte.

Wir hatten vor einer Stunde die Bestätigung ihrer Landung erhalten.

Ihre letzte Nachricht informierte uns, dass das Paket geliefert worden war, was bedeutete, dass das Gegenmittel für die Halluzinogene in der Luft lag. Es war nur eine Frage der Zeit, bis die Alphas reagieren würden und die nötige Ablenkung für uns schafften, die wir für die Landung brauchten.

Kari blieb während des Anflugs in der Leitung. Ich erklärte ihr, was ich vorhatte, bis hin zum Einlegen der Fahrwerke. Kaz saß die ganze Zeit mit einem kleinen Lächeln neben mir. Seine Belustigung war deutlich zu spüren. Er machte immer wieder Witze über Ablenkungen beim Fliegen, aber wir wussten beide, dass ich diese Route im Griff hatte.

„Ich muss jetzt auflegen, kleines Wunder", sagte ich, als das Flugzeug landete.

Ich spürte bereits den Kampf in der Luft, und mein Wolf juckte es, freigelassen zu werden. Wir hatten alle unsere Missionen – meine war es, Carlos zu finden und den Mistkerl zu töten. Kaz hatte sich anscheinend übergangen gefühlt, daher seine überraschende Ankunft. Er war also als mein Partner bei der Mission dabei.

Seine Aufgabe war es, den Weg freizumachen und jeden zu töten, der sich uns in den Weg stellte.

In Anbetracht seiner Vorliebe für Blut schien dies angemessen.

„Ich liebe dich", platzte Kari heraus, und das waren Worte, die sie noch nie zu mir gesagt hatte.

Ich lächelte. „Wiederhole das für mich, wenn ich nach Hause komme, Gefährtin."

„Okay", flüsterte sie. „Und das heißt, *ich bin* einverstanden, nicht der *Wolf*."

Kaz warf mir einen Blick mit hochgezogener Augenbraue zu, angesichts der seltsamen Unterhaltung.

Mein Grinsen wurde nur noch breiter. „Wir sehen uns bald, kleines Wunder." Ich hauchte ihr einen Kuss zu und beendete das Gespräch. Ich begegnete Kaz' Blick. „Ich will es nicht hören. Winter hat dich auch um ihre Pfote gewickelt."

Er zuckte mit den Schultern. „Ich leugne es nicht. Aber es ist schön zu sehen, dass du so schön von deinem *kleinen Wunder* gebändigt wirst."

Ich rollte mit den Augen. „Ich hätte dich auf dem Weg hierher einfach in diesem Nest in Buenos Aires absetzen sollen."

„Ich bin nicht der Neue, in der Ausbildung", sagte er. „Das bist du."

„Ja, nun, bist du bereit zu sehen, was dieser *Neue* kann?", konterte ich.

Seine dunklen Augen leuchteten auf. „Zeit, mein ganzes Training auf die Probe zu stellen?"

„So ähnlich."

„Schlag richtig zu, töte sie alle", sagte er mit einem Lächeln im Gesicht. „Lassen wir sie bluten."

Ich schnallte mich mit einem Lächeln ab und zog mich an.

Die anderen Wölfe waren auf dem Flugplatz. Um uns herum wuchs die Zahl der Alpha-Wölfe. Aber keiner von ihnen war in Tiergestalt. Ich konnte ihre wechselnde Energie spüren, ihr Schießpulver schmecken und ihre Aggression riechen.

„Sie sind verwildert", knurrte ich.

„In der Tat", stimmte Kaz zu und seine Belustigung war längst verflogen und seine Haltung entschlossen und konzentriert. „Wie willst du das hier spielen, Mick?", fragte er und benutzte den bevorzugten Spitznamen für mich. „Wie in Genf?"

Ich dachte darüber nach und schüttelte den Kopf. „Wie Kopenhagen."

Seine Augenbrauen hoben sich. „Ja?"

„Ja."

Seine Lippen verzogen sich zu einem wilden Lächeln. „Ausgezeichnet. Auf drei?"

„Auf zwei", konterte ich. „Eins."

Ich schlug die Tür auf und sprang zuerst heraus. Ich rollte mich zu dem nahe gelegenen Baum, hinter dem ich mich verdeckt halten konnte.

Schüsse hallten durch die Luft, zischten an mir vorbei,

und Kaz erwiderte das Feuer aus dem Flugzeug heraus und traf die ersten Angreifer.

Genau wie in Kopenhagen, dachte ich mir.

„Oh, ich mag ihn", sagte Kieran, der schattenhaft neben mir aus einem Nebel auftauchte. „Erinnere mich daran, dass ich später die Kontaktdaten mit ihm austausche."

„Sicher, ich kümmere mich gleich darum", sagte ich mit einem Augenzwinkern.

Kaz sprang etwas später aus dem Flugzeug und rief meinen Namen. Ich nahm sofort das Ziel ins Visier und traf die sich nähernden Alphas mit mehreren schnellen Schüssen. Das ließ Kieran neben mir anerkennend pfeifen.

„Bist du hier, um zuzuschauen oder etwas zu tun?", forderte ich.

„Du willst, dass ich dir helfe?", fragte er unschuldig. „Würde dir das nicht den ganzen Spaß verderben?"

„Ja, du hast recht. Ich kann nicht herumsitzen und mit dir reden. Ich muss mich auf die Angreifer konzentrieren." Ich zielte auf einen weiteren Alpha in einer Baumreihe, der das Feuer auf den Jet meines Bruders eröffnete, während Kaz sich zu uns hinter die Bäume rollte.

Er warf einen Blick auf Kieran. „Ich dachte, V-Clan-Wölfe mögen Blut, aber du siehst für mich furchtbar sauber aus."

Kieran grinste. „Tue ich das? Ich schätze, das muss ich in Ordnung bringen, hm?" Er verschwand in einem Wirbel aus schwarzem Nebel, der sich im Wind auflöste.

Bald darauf folgten Schreie, die meine Augenbrauen in die Höhe schnellen ließen, als ich Kaz ansah. Noch nie in meinem Leben hatte ich ein Alphamännchen so schreien hören.

Das Blut spritzte über das Flugfeld und spiegelte sich im schwachen Licht der untergehenden Sonne.

Im Schatten rollten weitere Köpfe.

Dann bildeten sich in der Mitte drei ebenholzfarbene Schatten, bevor sie wieder körperliche Formen annahmen. Kieran hatte die Hände in die Taschen gesteckt und stand zwischen seinen beiden *Eliten-Wesen*, von denen ich jetzt wusste, dass sie seine Vollstrecker waren. „Ist das besser, Alpha Kazek?", rief Kieran im Plauderton. „Oder wollt ihr noch mehr Blut?"

„Er ist ein Killer", murmelte Kaz.

Ich schnaubte. „Er ist schon etwas Besonderes."

Kieran grinste nur, da er uns offensichtlich gehört hatte, und verschwand wieder.

„Wir sollten lieber loslegen, sonst bringt er uns noch alle um", sagte Kaz mit gereiztem Tonfall, während er im Sprint loslief.

„Ist das der einzige Grund, warum du hier bist?", fragte ich, als ich ihm hinterherlief. „Um zu töten?"

„Warum zum Teufel sollte ich sonst meine Gefährtin verlassen?", verlangte er und nahm das Tempo wieder auf.

„Weil du mich vermisst hast?", schlug ich vor und konnte mit seinem Tempo mühelos mithalten.

„Ja, ich vermisse es wirklich, auf dich aufzupassen", stimmte er zu. „Ich meine, selbst jetzt muss ich dich daran erinnern, dass du führen musst. Du bist derjenige, der den Weg vorgibt, richtig?"

„Erinnere mich daran, dass ich führen soll", wiederholte ich mit leisem Brummen. „Arschloch."

Ich übernahm sein Tempo und bog scharf nach links ab, als ich mich an den Weg zu Carlos' Hauptwohnsitz erinnerte. Enrique und Elias sollten uns draußen treffen. Ihre Aufgabe war es, in das Gefängnis im Kellergeschoss zu gehen, während ich mich um Carlos kümmern würde.

Ander und Jonas waren im Omega-Dienst.

Und wer zum Teufel wusste schon, was die Wölfe des

V-Clans vorhatten? Sie hatten ihren eigenen Kopf und kein Interesse daran, mit uns zu planen.

Alana hatte die Reise nicht angetreten, da sie in Kaz' Abwesenheit als Sektor-Alpha fungieren musste. In der Zwischenzeit hatte Ander Alpha Sam, den Kat aufgrund ihrer familiären Beziehung *Onkel Sammy* nannte, damit beauftragt, Andorra in seiner Abwesenheit zu leiten. Normalerweise wäre diese Aufgabe Elias zugefallen, aber er war für die Mission eingezogen worden.

Um uns herum ertönten noch mehr dieser Schreie, was Kaz dazu veranlasste, „Angeber" zu schimpfen.

Fast hätte ich ihm zugestimmt, aber ich dachte mir, dass wir die Hilfe genauso gut willkommen heißen könnten. „Erinnere mich daran, niemals einen V-Clan-Alpha zu verärgern", sagte ich ihm.

„Wenn ich dich daran erinnern muss, dann verdienst du auch die Konsequenzen dafür", warf Kaz zurück.

Ich gluckste und nickte. „Gut." Beinahe hätte ich noch etwas gesagt, aber eine Explosion erschütterte die Erde und schleuderte mich einige Schritte gegen einen Baum zurück.

Schwarze Punkte traten in mein Blickfeld und meine Ohren klingelten von der Explosion.

Eine *Landmine*, erkannte ich. *Verdammt.*

Wir hatten sie nicht mit den Drohnen erfasst, weil sie in der Erde verborgen waren.

Verdammte Scheiße. Ich landete auf der Seite. Mein Körper war durch den Aufprall gelähmt. Ich war nicht sicher, ob ich auf eine getreten war oder ob Kaz es war. Ich konnte weder sehen noch sprechen, um das herauszufinden.

Etwas Warmes berührte meinen Unterleib … Flüssigkeit sammelte sich auf meiner Haut. *Blut.*

In mir regte sich ein Schmerz, der aus Schmerz und Irritation geboren war.

Kaz hatte recht, mich einen Anfänger zu nennen. Ich war direkt in eine verdammte Falle getappt. *Verdammt noch mal.*

Ich wartete darauf, dass meine Sicht klar wurde und meine Ohren aufhörten zu klingeln. Es schienen Stunden zu vergehen. Dann endlich begannen die Bäume über mir, sich vor meinen Augen zu bewegen.

Ich konnte immer noch nichts hören, da mein Wolf wütend war, weil einer meiner besten Sinne beeinträchtigt wurde. Der Geruch von Eisen strömte mir in die Nase, die Quelle war mein eigenes Blut.

Eine Welle der Übelkeit überschwemmte mich und ließ mich atemlos und hustend zurück.

„Steh auf. Aufstehen." Kaz' Stimme ließ mir einen Schauer über den Rücken laufen. „Jetzt sofort, Mick. Steh verdammt noch mal auf."

Ich knurrte, weil ich seinen Tonfall im Moment weder brauchte noch wollte.

„Gleich da drüben ist eine Infizierten-Grube. Wenn du dich nicht bewegst, werfe ich dich hinein", warnte er.

Ihr Umgang mit Patienten ist fantastisch, wollte ich ihm sagen, aber meine Lippen bewegten sich nicht.

„*Beweg dich*", forderte er, während seine Alpha-Energie über mich hinweg zitterte und meinen Geist beherrschte.

Aber mein Wolf knurrte ihn an, stand für sich selbst ein und sagte ihm, er solle sich verpissen.

„Siehst du, ich habe dir doch gesagt, dass er in Ordnung ist", sagte Kaz und ließ mich blinzeln.

„Er verblutet", antwortete Elias.

„Ja. Er hat schon Schlimmeres erlebt." Kaz hörte sich überhaupt nicht besorgt an. „Außerdem haben wir doch Heiler, oder?"

Ich hatte gegrunzt.

Kaz pfiff, und das Geräusch durchbohrte mein bereits angegriffenes Trommelfell. „Prince Charming!", rief er. „Ich brauche dein medizinisches Fachwissen."

„Oh, du findest mich charmant?" Kierans vertrauter Tonfall brachte mich dazu, dass ich mich am liebsten zusammengerollt hätte und gestorben wäre. „Warte, bis ich deine Gefährtin kennenlerne."

„Dieses Spiel willst du nicht mit mir spielen", erwiderte Kaz, wobei er tödliche Kräfte ausstrahlte. „Bring Mick in Ordnung, damit wir diese Mission beenden können."

„Ich bin mir ziemlich sicher, dass du mit den Explosionen bereits deinen Überraschungsangriff versaut hast", murmelte Kieran und legte seine Hand auf meine Schulter.

Ich versuchte, mich von ihm abzuwenden, da ich nicht unbedingt wollte, dass er mich mit Magie belegte, aber als die heilenden Ströme meinen Geist berührten, konnte ich nicht anders, als erleichtert aufzuatmen.

Innerhalb von Sekunden klärte sich meine Sicht und mein Gehör war vollständig da. Um mich herum standen vier unserer Männer.

Kaz. Elias. Enrique. Kieran.

Letzterer hielt seine Hand noch einen Moment auf mir und dann nickte er. „Nicht ganz verheilt, aber es wird halten. Trete nur nicht wieder auf eine Mine, hm?" Er stand auf und verschwand in einer Rauchwolke.

„Nützlich", entschied Kaz, mit einem Nicken. „Verdammt nützlich."

„Und verdammt unheimlich", murmelte Elias.

Kaz zuckte nur mit den Schultern und streckte seine Hand aus. „Bereit zu spielen?"

KIERAN

BARILOCHE SEKTOR

Der junge Alpha und sein tödlicher Freund machten sich erneut auf den Weg zu Carlos' Anwesen, diesmal in einem aufmerksameren Tempo.

„Bleib bei ihnen", sagte ich zu Cillian. „Sorge dafür, dass sie überleben."

„Ja, mein König", antwortete er mit einer tiefen Verbeugung, bevor er in den Schatten verschwand.

Lorcan stand auf meiner anderen Seite und wartete auf Anweisungen.

Wir könnten den gesamten Bariloche Sektor mit ein paar Zaubersprüchen zerstören, aber dieser Konflikt zwischen den Wölfen des X-Clans war nicht wirklich unser Kampf. Ich war nur aus einem einzigen Grund gekommen: Quinnlynn.

Aber um sie sicher herauszubringen, musste die Küste frei sein.

Deshalb hatte ich auch geholfen, einige der Alphas zu erledigen. Dann hatte ich dem jungen Alpha geholfen, einfach, weil ich ihn mochte. Nach dem, was ich von Kari gesehen hatte, wusste er, wie man eine Omega richtig behandelte. Deshalb hatte ich ihn belohnt.

Natürlich würde er mir jetzt ein paar Gefallen schulden. Und, nun ja, das war immer nützlich.

Ich huschte über den Boden. Meine schwarzen Schuhe quietschten auf der Erde, während ich mich fortbewegte. Lorcan hielt mir den Rücken frei. Sein Wunsch, mich zu beschützen, entsprang seiner Frustration darüber, dass ich ihm nicht erlaubt hatte, mich auf meiner ersten Reise in den Andorra Sektor zu begleiten.

Ich brauchte keinen Aufpasser, um zu überleben, das hatte ich immer wieder bewiesen.

Auf dieser Reise hatte ich ihm jedoch nachgegeben, vor allem, weil ich meine zukünftige Königin schützen wollte. Sie war angriffslustig und intelligent und hatte ein Händchen dafür, mir zu entkommen.

Heute nicht, kleine Ausreißerin, dachte ich bei ihr. *Heute bringe ich dich nach Hause, wo du hingehörst.*

Sie konnte mich nicht hören, weil wir uns noch nicht gepaart hatten. Das würde ich ändern, sobald ich meine Hände auf sie legen würde.

Ich ließ mich von meiner Nase leiten. Mein Instinkt, alles zu zerstören, was sich mir in den Weg stellte, war eine Belustigung für meinen Verstand. Es würde so einfach sein. Ein einziger Zauberspruch würde sie alle zu Boden schicken.

Oh, aber ich würde das Leben meiner geliebten Ausreißerin nicht riskieren. Sie gedieh im Chaos und konnte entkommen, ohne Spuren zu hinterlassen.

Ich spürte sie jetzt, ihre Anwesenheit war wie ein Leuchtfeuer, das mich zu einem nahe gelegenen Tunnel führte, der unter die Erde führte.

Komm raus, komm raus, wo immer du auch bist, dachte ich, hielt mich im Schatten auf und ließ mich von meiner

Nachtsicht leiten. Es war dunkel, schwarz wie mein Fell, aber meine Augen waren ganz Panther.

Die feuchte Kälte flammte wie eine Flamme auf und warnte mich vor Felsen, Kurven und Fallen. Lorcan schnaubte bei einer, deren Stolperdraht für ein ungeübtes Auge fast unsichtbar war, aber wir beide bemerkten sie, lange bevor wir sie erreichten. Er tauchte vor mir auf und baute sie ab, damit ich nicht darüber treten musste.

Dann setzten wir unseren Lauf fort, tief unter die Erde, wo die Omegas in Käfigen gehalten wurden. Der Zustand der Omegas ließ meine Backenzähne zusammenknirschen. „Befrei sie", sagte ich flüsternd, nur für Lorcans Ohren bestimmt. „Bring sie an die Oberfläche, in Sicherheit."

Mein schweigsamer Begleiter nickte und machte sich an die Arbeit, die Frauen zum Flugplatz zu begleiten, wo sie in Flugzeuge gesetzt wurden, die sie in bessere Sektoren bringen sollten.

Dies war die Grube von Carlos' Verderbtheit, der Ort, an den er verletzte Omegas zur Genesung schickte, was die Anwesenheit meiner Quinnlynn hier erklärte. Als meine Gefährtin hatte sie Heilkräfte, die ein Geschenk für unsere Verlobung sein sollten – ein Familienmerkmal, das nicht viele V-Clan-Wölfe besaßen.

Ich schlich mich vorwärts und folgte dieser Energiespur den Flur entlang bis zu einem Raum, in dem eine besonders ramponierte Omega stand.

Quinnlynn blickte von ihrem Platz auf und hatte ihre Hand über dem Herzen der anderen Omega gelegt. In ihrem Gesichtsausdruck war kein bisschen Schock oder Überraschung zu erkennen, nur ein Hauch von Resignation, begleitet von einem Flehen in ihren Augen.

„Hilf mir", flehte sie. „Bitte hilf mir, sie zuerst zu heilen."

„Du hast meine Ankunft gespürt", murmelte ich und erkannte den Grund für ihre ausbleibende Reaktion. Sie hatte meine sich nähernde Energie gespürt, so wie ich in der Lage gewesen war, ihren Gebrauch meiner Kraft zu verfolgen. Es funktionierte nur, wenn wir uns nahe genug waren, weshalb ich so lange gebraucht hatte, sie aufzuspüren.

Sie nickte.

„Du hast dich entschieden, nicht zu fliehen", fügte ich hinzu. „Du hast ihr Leben vor dein eigenes gestellt." Denn wir wussten beide, dass sie in dem Moment, in dem sie meine Nähe spürte, von hier hätte verschwinden können.

Ein weiteres Nicken.

„Bewundernswert", gab ich zu, ergriff ihr Handgelenk und bewegte es von dem Mädchen weg.

„Kieran, bitte", flüsterte sie, und ihr Herz brach vor meinen Augen.

„Es wäre eine angemessene Strafe, wenn du sehen müsstest, dass sie stirbt", sagte ich ihr mit samtweicher Stimme, während mein Zorn auf dieses Weibchen mit jeder Sekunde in ihrer Gegenwart wuchs. „Zu deinem Glück bin ich nicht so grausam", sagte ich, drückte meine freie Hand auf die Frau und flickte die Scherben ihrer zerbrochenen Seele.

Ihre Energiesignatur erwärmte mein Wesen, flüsterte ihren Namen und ihre Geschichte. Der vertraute Schmerz machte es mir unmöglich, sie in diesem Zustand zu verlassen.

„Hm, du musst Karis Schwester sein." Ich erkannte die Ähnlichkeiten in ihrem genetischen Aufbau. Aber im Gegensatz zu Kari, bevor ich sie geheilt hatte, hatte dieses Omega einen Gefährten. Einen Alpha. Der Zwilling des anderen. Ich verfolgte gedanklich alle Verbindungen und konzentrierte mich dann darauf, die zerbrochene Verbindung vor mir zu reparieren.

Als Lorcan eintraf, um sie abzuholen, atmete sie gleichmäßig, die schlimmsten Wunden waren geschlossen und heilten von selbst.

„Die hier kommt in den Andorra Sektor", sagte ich ihm. „Sie muss weiter behandelt werden."

Er nickte, verschwand mit ihr und ließ mich mit meiner kleinen Ausreißerin allein. „Hallo, Quinnlynn. Dieses Versteckspiel wird langsam lästig, meinst du nicht?"

Sie blies einen Atemzug aus und ließ das dunkle Haar, das ihr über die Wange fiel, im Wind flattern. „Ich weiß es nicht. Du hast für diese Runde ein paar Jahrzehnte gebraucht, also denke ich, ich werde besser darin. Sollen wir es dieses Mal mit einem Jahrhundert versuchen?"

Ich lächelte. „Nein, kleine Gaunerin. Du hast dich versteckt und ich habe dich gefunden." Ich zog sie in meine Arme und hielt ihren wachsamen Blick fest. „Das Spiel ist vorbei, Prinzessin. Ich habe gewonnen. Jetzt ist es Zeit, nach Hause zu gehen. *Unser zu Hause.*"

ENRIQUE

BARILOCHE SEKTOR

ALS ICH DURCH den Wald lief, wurde mir klar, dass ich dieses Land nicht mehr als mein eigenes empfand. Es war fremd. Missbraucht. Beschmutzt.

Der Gestank von Fäulnis hatte die Blätter übermannt, die infizierten Gruben waren zahlreich und der Zustand grotesk.

Dieser Ort war nicht mehr mein Zuhause.

Das bedeutete, dass ich ein Wolf ohne Sektor war. Ich hatte keine Ahnung, wohin ich danach gehen würde. Meine Vergangenheit schwebte wie eine schwarze Wolke über meinem Kopf, die es mir verbot, in bestimmten Ländern, um Zuflucht zu bitten.

Kazek wollte mich nicht akzeptieren.

Ludvig würde das auch nicht tun.

Ander vielleicht, wenn ich mich für die Sache einsetze und mich heute Abend bewundernswert genug verhielt. Sein Stellvertreter schien mich ganz gut zu finden. Ich hatte bereits einen sicheren Sektor für Savi und Joseph ausgehandelt; vielleicht könnte ich meinen eigenen Namen auch auf diese Liste setzen.

Ein Gedanke für später, sagte ich mir. *Fokussiere dich auf das jetzige Problem.*

Die Landminen vor Carlos' Anwesen hatten sich als heikel erwiesen, und von einer von ihnen war Sven bereits getroffen worden. Zum Glück war er nicht direkt darauf getreten. Kazek hatte sie ein paar Schritte vor ihm gesehen und mit seinem Gewehr auf sie geschossen, bevor Sven darauf treten konnte.

Es hatte dem jungen Alpha immer noch zugesetzt, aber Kierans gruselige Magie hatte ihn geheilt.

Ich nahm an, dass die Wölfe des V-Clans ihren Nutzen davon hatten, aber ich würde auf keinen Fall um Zuflucht im Blutsektor bitten. Ich war lieber ein einsamer Wolf, als von ihrer verrückten Magie umgeben zu sein.

Allein der Gedanke daran ließ mich erschaudern.

Ich konzentrierte mich wieder auf die bevorstehende Aufgabe. Das Anwesen war in Sichtweite. Wir waren bereits weiter in Carlos' Privatbereich eingedrungen als irgendjemand sonst. Er musste bereits wissen, dass wir hinter ihm her waren. Aber jeder Alpha, den er aussandte, um sich mit uns zu befassen, wurde von gut ausgebildeten Kämpfern ausgeschaltet. Es war hilfreich, dass die nicht-konformen Alphas – diejenigen, die zuvor von den Betäubungsmitteln kontrolliert worden waren – ebenfalls auf unserer Seite kämpften. Sie waren wütend, und das zu Recht.

Deine Minuten sind gezählt, Carlos, dachte ich.

Zwei Betas rannten mit Waffen in der Hand durch die Vordertür und warfen sie schnell weg, als sie sich aus dem Staub machten.

Kazek schnaubte. „Das kommt davon, wenn man sein Volk versklavt. Keine Loyalität."

„Er wird die anderen als Schutzschild benutzen", warnte ich ihn.

„Lass das meine Sorge sein und such deinen Bruder", erwiderte er, während er sich bereits mit einer Waffe der offenen Tür näherte.

Sven lief direkt neben ihm, die beiden waren offensichtlich gemeinsam für den Kampf trainiert.

Als sie das Haus betraten, hörte ich Schreie und Schüsse. Elias lief ihnen mit seiner Pistole hinterher. Ich betrat das Haus als Letzter und war gar nicht überrascht, die Überreste mehrerer Sklaven vorzufinden, die sich wahrscheinlich geweigert hatten, Carlos zu beschützen. Die meisten von ihnen bluteten aus der Kehle, und Zähne waren eindeutig die Waffe seiner Wahl gewesen.

„Glaubst du, dass es in Wolfsgestalt einen fairen Kampf geben wird?", forderte Sven und konzentrierte sich auf den Wolf, der in der Ecke knurrte. „Nicht die geringste Chance."

Ich schnaubte. „Das Spiel ist aus, Carlos."

Er knurrte zurück und war offensichtlich überhaupt nicht darüber erfreut, dass ich der Alpha war, der den anderen half, ihn anzugreifen.

Der Nebel entzündete sich um uns herum, als Carlos einen seiner Sicherheitsmechanismen in Form eines giftigen Gases einsetzte. Aber wir hatten uns alle mit dem Gegengift gespritzt, bevor wir zum Bariloche Sektor aufgebrochen waren. „Das wird nicht funktionieren", rief ich meinem ehemaligen Anführer zu. „Ich habe sie bereits auf alle deine Tricks vorbereitet."

Elias zog zwei Rauchbomben hervor, die die Gifte zerstreuen sollten, und ließ sie direkt neben dem knurrenden Wolf in der Ecke des Raums hochgehen.

Sie explodierten, lösten den Nebel auf und ließen uns alle unversehrt. „Mehr Glück beim nächsten Mal", sagte Elias.

Dann zielte Sven und schoss dem Alpha eine Kugel zwischen die Augen.

„Ernsthaft?", forderte Kazek. „Einfach so?"

„Ja", antwortete Sven und warf dem anderen einen Blick zu. „Mein Mentor hat mir immer gesagt, dass ich nichts gewinne, wenn ich übermütig bin. Wenn du die Oberhand hast, musst du sie nutzen. Halte dich nicht zurück."

Ein Lächeln breitete sich auf Kazeks Lippen aus. „Klingt nach einem klugen Mentor."

„Er ist der Beste", konterte Sven.

„So verdammt wahr", stimmte Kazek zu, nahm seine eigene Waffe und feuerte zwei Schüsse in Carlos' Brust, als er die Rückverwandlung in die menschliche Form beendet hatte. „Möchtest du ihm immer noch den Kopf abschneiden?"

Sven zückte daraufhin ein Messer. „Und ob ich das möchte."

Kazek nickte und sah mich dann an. „Geh und such deinen Bruder und die anderen."

Ich wartete nicht und vertraute darauf, dass sie das Gebiet bewachen würden, während ich suchte.

An der Gefängnistür war kein Wächter zu sehen und in den Gängen lauerten keine Wölfe.

Es gab eine Unzahl von Zellen, in denen gebrochene Alphas und Betas gefangen waren, die Carlos offensichtlich irgendwann einmal verärgert hatten. Ich öffnete jede ihrer Türen und sagte ihnen, dass sie frei seien.

Einige konnten laufen

Andere humpelten.

Die meisten … waren nicht in der Lage, sich zu bewegen.

Darunter war auch mein Bruder, den ich in der letzten Zelle fand. Seine gebrochene Gestalt wurde von silbernen

Ketten gehalten. Er sah bis auf die Knochen ausgehungert aus, sein Körper verformte sich unter dem Gewicht des Metalls.

„Joseph", hauchte ich und mein Herz brach für ihn. „Oh ... *verdammt.*"

Er war nicht tot, aber er war auch nicht wirklich lebendig.

Er sah halb wahnsinnig aus, seine Augen waren verrückt vor Hunger und erinnerten mich an die Infizierten. Ich hatte keinen Zweifel, dass er sich auf mich stürzen würde, wenn ich ihn befreite, wahrscheinlich nur, um etwas zu finden, in das er seine Zähne schlagen konnte.

Ich war mir nicht sicher, wie ich ihn wegbringen sollte. Aber hier konnte er nicht bleiben. Die anderen hatten bereits beschlossen, dieses Anwesen und noch einige andere niederzubrennen.

„Ich bin hier", sagte ich ihm, ohne zu wissen, wie sehr ihm das half. Aber ich musste ihn wissen lassen, dass ich ihn endlich gefunden hatte – dass ich ihn retten würde. Irgendwie. Ich würde es irgendwie schaffen.

Die anderen fanden schließlich den Weg zu mir, mit dem Ziel, die Zellen zu räumen und denen zu helfen, die sich nicht selbst bewegen konnten.

Elias tauchte mit einer Spritze auf, die meinen Bruder beruhigen sollte. Sein Knurren war ein Alptraum. Ich war noch nie jemand gewesen, der Tränen vergoss, aber angesichts meines gebrochenen Zwillingsbruders stiegen sie mir in die Augen. „Er braucht nur Nahrung und seine Gefährtin", versprach Elias.

„Er darf Savi in diesem Zustand nicht sehen", antwortete ich sofort. „Er wird sie umbringen."

„Nein, es wird eine sehr langsame Heranführung erfordern", sagte er. „Aber wir haben die Möglichkeiten dazu."

Ich nickte und schluckte.

„Und du wirst ihn auch begleiten", fügte er streng hinzu. „Richtig?"

„Natürlich wird er ihn dabei begleiten, er ist sein Bruder", sagte Ander, als er hereinkam, um sich um meinen Zwillingsbruder zu kümmern. Da er der stärkste X-Clan-Alpha unter uns war – abgesehen vielleicht von Kazek -, ergab es Sinn, dass er diesen Part übernahm.

Aber Kazek kam zu Hilfe, und die beiden holten meinen sedierten, aber immer noch wilden Bruder aus dem Käfig und führten ihn langsam nach oben. „Wäre schön gewesen, wenn Kieran sich nicht ohne ein Wort verpisst hätte", murmelte Kazek. „Seinen magischen Touch hätten wir jetzt gut gebrauchen können."

„Wir wussten alle, dass er wegen der V-Clan Omega hier war", antwortete Sven. „Er hat sie offensichtlich gefunden."

Kazek schnaubte und erwiderte etwas, aber mein Blick war auf Joseph gerichtet.

Ich hatte endlich getan, was ich mir vorgenommen hatte – ich hatte meinen Bruder gefunden.

Und jetzt hatte ich keine Ahnung, was ich als Nächstes tun sollte. Ihn heilen, klar. Aber was dann?

Eins nach dem anderen, sagte ich mir. *Eins nach dem anderen.*

SVEN

ANDORRA SEKTOR

MEIN KÖRPER SCHMERZTE, als ich den Andorra Sektor betrat, und die Erschöpfung schlug mir auf die Brust. Wir hatten zwei Tage damit verbracht, den Bariloche Sektor aufzuräumen und die Flüchtlinge in verschiedene Gruppen aufzuteilen. Die Wölfe, die medizinische Hilfe brauchten, kamen in den Andorra Sektor, wo sie einer gründlichen Behandlung unterzogen wurden. Diejenigen, die in besserer Verfassung waren, wurden in den Nordsektor und den Wintersektor gebracht. Und eine Handvoll war zu anderen Verbündeten rund um den Globus gegangen, darunter zwei Ashvolves, die in den Shadowland Sektor gegangen waren.

Das letzte Flugzeug hatte Omegas aus verschiedenen Teilen der Welt an Bord. Enrique hatte angeboten, sie nach Hause zu fliegen, da dies das Mindeste war das er für unsere Hilfe bei der Lösung der Situation tun konnte. Er würde irgendwann nächste Woche in den Andorra Sektor zurückkehren. Mein Bruder hielt das für das Beste, weil Enrique so beschäftigt war, während sich die Ärzte im Andorra Sektor um Joseph und Savi kümmerten.

Mit einem Seufzer klappte ich das Fahrwerk aus und entspannte mich in meinem Sitz.

„Das hast du gut gemacht", sagte Kazek in einem für ihn untypisch ernsten Ton. „Wirklich gut."

Meine Lippen verzogen sich an einer Seite. „Viel besser als Prag"

„Viel besser", stimmte er zu. „Du hattest nur einen kleinen Rückschlag mit einer Mine. Aber dieses Mal wurdest du nicht gebissen."

Ich schnaubte. „Ich bin in Prag nicht gebissen worden."

„Aha."

„Der Biss in die Jeans zählt nicht. Er hat die Haut nicht getroffen."

Kazek überlegte. „Ja, in Ordnung. Nur ein halber Punkt Abzug."

Ich rollte mit den Augen. „Kein Punktabzug, es sei denn, du möchtest Blut sehen."

„Habe ich das gesagt?"

„Das hast du."

„Scheiße", murmelte er. „Ich schätze, ich muss das überdenken."

„Warum? Hast du noch ein anderes Nest, in das du mich bringen willst?"

„Vielleicht nicht dich, aber Winter." Dann lächelte er, mit verträumtem Gesichtsausdruck. „Sie will mit mir Zombies jagen."

Ich gluckste. „Das hört sich nach einer Verabredung nach deinem Geschmack an."

„Und was ist dein Geschmack?", fragte er, schnallte sich ab, drehte sich um und blickte hinüber auf den Rücksitz zu dem Kopf in der Tasche.

„Es ist ein Zeichen", sagte ich ihm. „Um zu beweisen, dass ich würdig bin."

„Dafür brauchst du keinen abgetrennten Kopf, Mick",
antwortete er. „Du bist einer der würdigsten Alphas, die ich
je gekannt habe. Und das ist auch gut so, denn ich bin mir
nicht mehr sicher, wer einen Kampf zwischen uns
gewinnen würde."

„Du", antwortete ich ohne zu zögern. „Weil ich mich
verneigen würde."

„Ja", stimmte er zu. „Nur, dass ich schneller in die Knie
gehen würde und am Ende trotzdem gewinnen würde."

Ich schnaubte und löste meinen Sicherheitsgurt, bereit,
das verdammte Flugzeug zu verlassen. Aber Kaz hielt
mich mit einer Hand auf der Schulter auf. „Winter hat
gesagt, ich kann Alana als meine Stellvertreterin behalten."
Er fing meinen Blick auf und der ernste Ausdruck war
wieder da. „Ich akzeptiere das nur, weil du eine bessere
Gelegenheit hast. Sonst würde ich verlangen, dass du den
Job annimmst."

Ich runzelte die Stirn. „Bessere Gelegenheit?"

„Komm schon, Mick. Du weißt, dass dein Vater dich
aufgebaut hat. Jetzt, wo ich und Alana weg sind, bist du die
beste Wahl als sein Stellvertreter im Nordsektor. Und es
würde mich nicht überraschen, wenn er vorhat, dass du
eines Tages auch sein Nachfolger wirst."

Ich dachte über seine Aussage und über das nach, was
mein Vater um mich herum in Bewegung gesetzt hatte. „Er
baut immer auf, nicht wahr?"

„Das macht er, verdammt", murmelte Kaz, aber ich
bemerkte die Belustigung in seinem Blick. „Er rief mich
aus Höflichkeit an, um mir von deinen Plänen für den
Bariloche Sektor zu erzählen, und meinte, es sei nur fair,
da ich ihm zuvor von deinem Anruf erzählt habe."

„Weil er wusste, dass du sofort zu uns fliegen würdest,
um mit uns ein Blutbad anzurichten."

„Ja." Er grinste. „Er wusste auch, dass ich nicht

zulassen würde, dass dir etwas zustößt. Aber du hast bewiesen, dass du mich nicht wirklich brauchst, abgesehen von der Sache mit der Landmine."

„Und jetzt wirst du mir das nie verzeihen, oder?"

„Nie. Ich meine, du wärst fast draufgetreten, Sven. Es waren nur ein paar Meter …"

„Ja, ja, ja", sagte ich und winkte ihn ab, als ich aufstand. „Du hast mir wieder das Leben gerettet. Ohne dich bin ich verloren. Blabla, blabla, blabla."

Er lachte. „So weit würde ich nicht gehen."

„Oh, aber das wirst du. Genauso wie du nie über das verdammte Stockholm hinwegkommen wirst." Ich pirschte mich an den eingetüteten Kopf heran und warf einen Blick über meine Schulter. „Du hast mich mit einer einzigen Pistole zurückgelassen und mein Flugzeug gestohlen."

„Ich habe es mir geliehen."

Ich machte mich auf den Weg zum Ausgang, während er mir dicht auf den Fersen war. „Und dann hast du mich gezüchtigt, weil ich zu lange gebraucht habe."

„Weil du langsam warst", antwortete er.

„Das passiert, wenn man mit nur sechs Kugeln in ein verdammtes Nest von Infizierten geworfen wird."

„Es ist nicht meine Schuld, dass du sie nicht klug eingesetzt hast."

„Absolut deine Schuld, da ich nicht vorgewarnt wurde", antwortete ich und trat nach draußen, als sich die Tür öffnete und sich die Treppe bevölkerte.

„Du hattest noch deine Zähne", bot er an. „Und du hättest dich bewegen können, um schneller zu laufen."

Ich schüttelte nur den Kopf. „Du wirst es mich nie vergessen lassen."

„Nein", murmelte er. „Und jetzt hast du mir noch mehr Grund gegeben, dich aufzuziehen."

Ich seufzte und ging auf das Gebäude zu und hielt inne, als ich beschloss, ihn nicht einfach so ziehen zu lassen. „Danke, dass du mit mir gekommen bist, Kaz." Es war wichtig, das zu sagen, nicht nur, weil ich es ernst meinte, sondern weil ich das Gefühl hatte, dass sich unsere Wege nun offiziell trennten. Nicht für immer. Nur …, dass wir zwei neue Lebenswege einschlugen.

Wir schauten uns einen Moment lang an und dann nickte er.

„Ich werde dich nicht umarmen, Mick."

„Gut. Ich mag es nicht, wenn du mich anfasst."

Er starrte mich an.

Ich starrte zurück.

Und dann lächelte er. „Hm, ich stimme zu." Er klopfte mir auf die Schulter und nickte mit dem Kopf. „Jetzt geh und hol deine Omega."

Das brauchte er mir nicht zweimal zu sagen. Mein Herz hatte aufgehört zu schlagen, ohne dass Kari in der Nähe war, um mich wiederzubeleben. Ich ging geradewegs zum Fahrstuhl und hinauf zu unserer Suite.

Sie wartete im Eingangsbereich auf mich. Ihre Augen waren so voller Hoffnung, dass mir die Brust weh tat.

Meine Kari war zu einer neuen Wölfin herangewachsen, einer, die lächelte und an eine bessere Zukunft glaubte.

Als ihr Blick auf die Tasche in meiner Hand fiel, spürte ich, wie diese Hoffnung ein wenig schwand. „Du hast es geschafft", hauchte sie.

„Das habe ich", antwortete ich. „Und ich habe auch die beiden Ärzte getötet, die dich operiert haben." Ich hatte ihre medizinischen Unterlagen in Carlos' Arbeitszimmer gefunden, als wir seine Akten und durchgesehen hatten, bevor wir die Flüchtlinge in Gruppen einteilten. „Ich habe ein Video von der

Verbrennung gemacht, wenn du es sehen willst", sagte ich ihr.

Sie nickte langsam. „Ja."

Ich konnte fast hören, wie Kazek irgendwo ihr Bedürfnis nach Rache guthieß. Vielleicht würde ich sie eines Tages auf eine Mission zur Jagd auf Infizierte mitnehmen. Es könnte ein Doppeldate mit Kaz und Winter sein.

Vergnügt zuckten meine Lippen bei diesem Gedanken, aber ich hatte im Moment etwas Wichtigeres zu tun.

Ich musste Kari helfen, die Vergangenheit zu verbrennen.

Und das begann mit der Vernichtung von Carlos' Kopf.

EPILOG: KARI

ANDORRA SEKTOR

Einige Tage später

ICH STARRTE AUF DIE TÜR, betrachtete ihre Scharniere und die glatte Holzoberfläche.

Dahinter lag ein Teil von mir, den ich hinter mir lassen wollte – eine zerstörte Seele, die verwelkt war und einen schmerzhaften Tod starb, den sie selbst gewählt hatte.

Jetzt war ich nicht mehr diese Frau.

Ich war nicht mehr gebrochen, nicht länger ein zerbrochenes Fragment. Ich war keine Omega-Sklavin mehr.

Ich war Kari Mickelson, die Gefährtin von Sven Mickelson.

Und wir waren endlich auf dem Weg nach Hause.

Ich drückte meine Handfläche noch einmal an die Tür, verabschiedete mich zum letzten Mal und ließ mein altes Leben hinter mir. Wir hatten den Kopf meines Vaters in diesem Raum verbrannt. Ich hatte geweint – nicht wegen des Verlustes, sondern wegen des Schmerzes, den er mir zugefügt hatte, wegen der Zerstörung, die er in meiner

Seele angerichtet hatte, und dieser dunkle Teil von mir war zusammen mit ihm verbrannt.

Er konnte mir nicht mehr wehtun.

Das verdankte ich Sven. Er hatte mich gerettet. Er gab mir Hoffnung. Er hat aus mir eine neue Frau gemacht, eine, die aus Kraft und *Hoffnung* wiedergeboren war.

Er war der perfekte Gefährte, die andere Hälfte meiner Seele, und als ich mich jetzt zu ihm umdrehte, wurde mir klar, dass er für immer mein Partner sein würde.

„Ich liebe dich", flüsterte ich und sagte ihm die drei Worte, die ich zurückgehalten hatte, seit ich sie ihm in der Videoübertragung gesagt hatte. Ich hatte es damals schon ernst gemeint, aber nicht so wie jetzt. Ein Teil von mir war verängstigt gewesen und hatte sich Sorgen um ihren Gefährten gemacht, aber jetzt wusste ich, dass er gesund und lebendig war und mir sehr wohl gehörte. Also sagte ich es mit Absicht, meinte es von Herzen und zeigte ihm mit meinen Augen, wie tief meine Liebe zu ihm war.

Er griff nach mir und zog mich in seine Arme. „Ich liebe dich auch", murmelte er, und seine Lippen streiften meine. „Und jetzt lass uns nach Hause gehen."

Ich nickte.

Meine Zukunft lag im Nordsektor, und obwohl ich immer noch dieses Kribbeln im Bauch verspürte, beschloss ich, meinem Schicksal zu vertrauen – auf Sven zu vertrauen, auf mich selbst und auf meine innere Wölfin. Sie war für mich da gewesen, als ich sie am meisten gebraucht hatte, und jetzt würde ich ihren Instinkten folgen, genauso wie meinen eigenen.

„Ja", sagte ich leise und nahm Svens Hand. „Lass uns nach Hause gehen."

Mit meinem Gefährten.

Mit meiner Liebe.

Mit meiner vollständig geheilten Seele.

Die Zukunft hatte noch nie so rosig ausgesehen. Jetzt hatte ich die Ewigkeit auf meiner Seite.

Auf das Schicksal, dachte ich und blickte ein letztes Mal auf die Suite, die mein Leben verändert hatte. *Auf das Leben.*

Vielen Dank, dass Sie *Bariloche Sektor* gelesen haben, *die* letzte Geschichte der X-Clan-Reihe. Die Beziehung zwischen Sven und Kari war ein emotionaler Wirbelsturm, der mich an manchen Stellen zermürbt hat, aber das Ende war den Schmerz und das Leid wert. Ich hoffe, Sie haben die Hoffnung im Happy End gefunden. Und ich hoffe, Sie begleiten mich, wenn ich diese Welt mit der Geschichte von Kieran und Quinn in *Blutsektor* weiter erzähle.

Ich werde auch *Hunted* wieder aufgreifen*: Sector World Captives.* Enriques Geschichte ist noch nicht zu Ende, denn das Flugzeug, das er gerade gesteuert hat, hat sein endgültiges Ziel nicht erreicht. Ich begleite die *USA Today-* und die internationalen Bestsellerautorinnen Mila Young und Jennifer Thorn auf einer Reise zu den Inseln des Südpazifiks, wo ein Flugzeug mit den Omegas an Bord gerade eine Bruchlandung im Herzen des wilden Alpha-Territoriums hingelegt hat. Die Überlebenden sind dabei, zu Gejagten zu werden …

BLUTSEKTOR
Die Wölfe des X-Clans

Quinn McNamara
Blut. Tod. Krieg.
Eine Dynastie wurde zerstört und hat mich als ultimativen
Preis hinterlassen.

Ich bin eine unverpaarte Omega-Wölfin – eine Prinzessin
und dazu bestimmt, zu herrschen, aber die verbleibenden
Alpha-Prinzen wollen mich alle für sich beanspruchen.
Ihre brutalen Methoden sind erschreckend und grausam.

Ich habe das letzte Jahrhundert damit verbracht, mich an
Orten zu verstecken, an denen niemand suchen würde.
Nur *er* hat mich gefunden. Prinz Kieran, der mächtigste
Gestaltwandler von allen.

Unser Versteckspiel ist nun zu Ende.

Es ist Zeit für mich, mich zu fügen oder im Kampf zu sterben.

Kieran O'Callaghan

Meine kleine Ausreißerin ist mir einmal entwischt. Sie hat sich auf ein gefährliches Verfolgungsspiel durch die Sektoren eingelassen, aber jetzt habe ich endlich meine Auserwählte gefunden.

Der arme kleine Schatz dachte, ich lege Wert auf Ritterlichkeit und das Umwerben. Ich bin ein Alpha-Prinz, ich nehme mir, was ich will, wann ich es will und wie ich es will. Ihr süßes Blut ruft das Raubtier in mir auf den Plan und es will all ihre Träume von einem glücklichen Leben bis ans Ende ihrer Tage zerstören.

Lasst die Prinzen ihre königlichen Kriege genießen, solange sie sich mir als König des Blutsektors unterwerfen, werde ich nicht eingreifen.

Außerdem habe ich eine hübsche kleine Omega zu zähmen. Es ist an der Zeit, ihr eine Krone aufzusetzen und sie zu meiner Königin zu machen.

Anmerkung der Autorin: *Dies ist eine eigenständige Dark Shifter-Romanze mit Omegaverse-Themen. Kieran ist ein kompromissloser Alpha-Prinz und Quinn ist eine temperamentvolle Omega-Prinzessin. Es ist ein Kampf, der in der buchstäblichen Hölle ausgetragen wurde, wo der Antiheld der König ist.*

USA Today Bestsellerautorin Lexi C. Foss ist eine
Schriftstellerin, verloren in der Welt der Computer. Sie lebt
in Chapel Hill, North Carolina mit ihrem Mann und ihren
haarigen Gesellen. Wenn sie nicht gerade schreibt, ist sie
mit Sicherheit auf Reisen. Viele der Orte, die sie schon
besucht hat, lassen sich in ihren Büchern wiederfinden,
einschließlich der mystischen Welt von Hydria, die auf der
griechischen Insel Hydra basiert.

Lexi ist ein bisschen verschroben, trinkt viel zu viel Kaffee
und schwimmt gern.

Würden Sie gern über Neuerscheinungen informiert
werden? Dann tragen Sie sich für ihren Newsletter ein:
https://www.lexicfoss.com/deutschen-newsletter

Besuchen Sie Lexi im Netz!
https://www.lexicfoss.com/aktuell
www.facebook.com/LexiCFoss
twitter.com/LexiCFoss
www.instagram.com/LexiCFoss
E-Mail: lexicfoss@gmail.com

BÜCHER VON LEXI C. FOSS

Akademie der Mitternachtsfeen:

Buch Eins

Buch Zwei

Buch Drei

Buch Vier

Ellas Mitternachtsmärchen

Königin der Elemente:

Buch Eins

Buch Zwei

Buch Drei

Unsterblich verflucht:

Blood Laws – Blutgesetze (Buch 1)

Forbidden Bonds – Unsterblich entfesselt (Buch 2)

Blood Heart – Blutige Unschuld (Buch 3)

Blood Bonds – Unsterblich geboren (Buch 4)

Angel Bonds – Himmlische Bande (Buch 5)

Blood Seeker – Die Fährte des Blutes (Buch 6)

Blood Burden – Himmlische Bürde (Buch 7)

Wicked Bonds - Himmlisch verrucht (Buch 8)

Die Blutallianz:

Chastely Bitten – Keuscher Biss (Buch 1)

Royally Bitten – Königlicher Biss (Buch 2)

Regally Bitten – Majestätischer Biss (Buch 3)

Rebel Bitten – Rebellischer Biss (Buch 4)

Kingly Bitten - Royaler Biss (Buch 5)

Cruelly Bitten - Grausamer Biss (Buch 6)

Die Wölfe des X-Clans

Andorra Sektor

Das Experiment

Pfeil des Winters

Bariloche Sektor

Und auch die folgenden Bücher von Lexi C. Foss werden in Kürze auf Deutsch erhältlich sein:

Aus der Reihe »Dark Provenance Series«:

Daughter of Death – Die Tochter und der Tod (Buch 1)

Paramour of Sin – Die Geliebte und die Sünde (Buch 2)

Son of Chaos (Buch 3)

Heiress of Bael (Buch 3.5)

Princess of Bael (Buch 4)